GEARBREAKERS
MATADORES DE ROBÔS

ZOE HANA MIKUTA

GEARBREAKERS
MATADORES DE ROBÔS

TRADUÇÃO
ANA BEATRIZ OMURO

Editora Melhoramentos

Dados Internacionais de Catalogação na Publicação (CIP)
(Câmara Brasileira do Livro, SP, Brasil)

Mikuta, Zoe Hana
　　Gearbreakers: matadores de robôs / Zoe Hana Mikuta; tradução
Ana Beatriz Omuro. – 1. ed. – São Paulo: Editora Melhoramentos, 2023.

　　Título original: Gearbreakers
　　ISBN: 978-65-5539-582-2

　　1. LGBTQIAP+ – Siglas 2. Ficção científica norte-americana I. Título.

22-136752　　　　　　　　　　　　　　　　　　　　　　　CDD-813.0876

Índice para catálogo sistemático:
1. Ficção científica: Literatura norte-americana 813.0876

Eliete Marques da Silva – Bibliotecária – CRB-8/9380

Copyright © 2021 by Zoe Hana Mikuta
Título original: *Gearbreakers*
Esta edição foi publicada mediante acordo com Feiwel and Friends,
um selo do Macmillan Publishing Group, LLC.

Tradução: Ana Beatriz Omuro
Preparação: Laura Pohl
Revisão: Vivian Miwa Matsushita e Elisabete Franczak Branco
Projeto gráfico e diagramação: Bruna Parra
Imagens de miolo: Freepik
Capa: adaptada da original de Mike Burroughs
Arte da capa: © Taj Francis
Lettering da capa: Mike Burroughs
Adaptação de capa: Carla Almeida Freire
Foto da autora: © Zoe Hana Mikuta

Direitos de publicação:
© 2023 Editora Melhoramentos Ltda.
Todos os direitos reservados.

1ª edição, janeiro de 2023
ISBN: 978-65-5539-582-2

Atendimento ao consumidor:
Caixa Postal 169 – CEP 01031-970
São Paulo – SP – Brasil
Tel.: (11) 3874-0880
www.editoramelhoramentos.com.br
sac@melhoramentos.com.br

Siga a Editora Melhoramentos nas redes sociais:
/editoramelhoramentos

Impresso no Brasil

Para os jovens inconsequentes e apaixonados.
(A inconsequência pode ser letal, mas a paixão faz tudo valer a pena.)

CAPÍTULO UM

SONA

Faz sentido que, quando o mundo se torna desesperador o suficiente, quando as pessoas ficam desoladas o bastante, em dado momento deixemos de rezar para divindades e, em vez disso, comecemos a construí-las.

Nunca havia apreciado isso. Não de verdade.

Então meus olhos se abrem, e engasgo ao ver que o céu sangra.

Ao me agarrar às bordas da cama e regurgitar em sua lateral enquanto o céu vermelho queima sobre mim, eu compreendo. A lógica de tudo. A necessidade brutal e humana por seres maiores.

Humana.

Pisco uma vez, devagar, esperando o restante dos meus pensamentos se alinhar.

Ao menos esses restaram.

Eu me sento ereta, erguendo as mãos para inspecioná-las, notando que os dedos ainda se movem ao meu comando. Parecem os meus. Todos os calos ainda estão lá, duros e lisos como cascalhos de rio nas minhas palmas. Dobro o polegar esquerdo para trás, procurando a cicatriz fina e pálida em sua base, onde eu sempre enterrava a unha para conter o tremor das mãos.

Minhas mãos nunca mais vão tremer, mas não porque deixei de ter medo. Nesse aspecto, eles não me mudaram.

Não há cicatriz alguma.

Isso também faz sentido. Calos têm utilidade. Cicatrizes têm memórias e não muito mais do que isso. Salve o soldado, elimine seus defeitos e faça dele um Deus.

Pressiono a unha do indicador onde a cicatriz deveria estar.

Forço-a para dentro, cada vez mais forte, os nós dos dedos ficando brancos, esperando pacientemente a pele ceder...

Um pequeno corte se abre. Uma gota vermelha escorre pela pele e pinga no piso frio.

Eles não removeram meu sangue, mas eliminaram minha dor.

Não vou ter isso de volta até sincronizar com o Windup.

Meu Windup.

Ergo os olhos mais uma vez para observar o céu vermelho da manhã, ainda manchado com partículas de éter e uma lua pálida que permanece fixa, resiliente, apesar da cor no horizonte.

Se eu abrisse a boca, poderia pedir ao teto para exibir um cosmos cheio de estrelas, ou uma tempestade de trovões infinita, ou qualquer visão entre um milhão de outras imagens fantásticas. Apenas as melhores comodidades para os melhores alunos da Academia.

Não falo nada. Qualquer coisa que eu pedir ainda será coberta de vermelho, assim como as paredes, assim como meus membros. Tenho medo de que minha voz tenha mudado. Eles podem tê-la alterado a seu bel-prazer, ou a removido completamente. Assim como removeram minha dor, minha respiração, meu olho.

Não importa – qualquer que seja a projeção exibida no teto, não será nada além de uma coleção de miragens sobre concreto frio. Apenas coisas bonitas que sufocam duras verdades. Faz tempo que aprendi a ser cautelosa diante de coisas bonitas. Diante da beleza, da graça dos Deuses formados a partir de aço e fios...

É tudo apenas pele cálida que esconde fios, parafusos e as bordas afiadas de microchips.

Mexa-se. O pensamento brota, frágil com o pânico. *Você precisa se mexer, ou o medo vai prendê-la aqui.*

Espio pela lateral da cama. Devagar, encosto um dedo no chão, testando meu peso, esperando alguma costura rasgar na minha perna, alguma parte de mim que esqueceram de selar quando terminaram de me agraciar com as Modificações.

Coloco o outro pé no chão e saio completamente da cama.

Não me desfaço.

Nem mesmo oscilo.

Não sinto mais necessidade de respirar e, sem o peito subindo e descendo, eu me sinto imóvel. Meu pânico é uma coisa oca e sem som.

As luzes ao redor do espelho se acendem quando entro no banheiro. Os azulejos que cobrem as paredes são de um preto absoluto. Pedras azuis pontilham a pia de mármore branco. Sei disso. Sei disso, mas, por mais que me agarre à memória de tons passados, tudo ao meu redor sangra em carmim.

No entanto... *sangra* não é bem a palavra certa para isso.

Já fiz coisas sangrarem antes; aquele vermelho é sempre contido. Mancha roupas e pisos e lábios, apenas coisas que *eu* permiti manchar.

Porém, este tom ondula aos meus pés como o mar e corrompe o ar que me esforço para me lembrar de não respirar, e não me dá a sensação de vitória.

Este maldito olho.

O olho esquerdo, para ser exata. A distinção é importante. Um é artificial; o outro, não. Um enxerga apenas vermelho e inunda o mundo com ele, e o outro pertence a mim.

Demoro um tempo para arrastar minha visão do balcão até o espelho, e, quando faço isso, a Piloto Windup Dois-Um-Zero-Um-Nove está lá me encarando. Ela fecha os dedos ao redor dos meus braços, parte meus lábios e encaixa meus ombros para dentro, arrancando um som irritante e cortante da minha garganta – parte suspiro, parte grito áspero.

Logo antes de o som morrer, ele se transforma em uma risada.

O que diabos eu fiz?

A Piloto tira as mãos dos braços e as ergue até o rosto, fazendo um inventário de todos os traços. A mandíbula forte do pai, com cachos que se curvam ao redor dela. O nariz e a boca suaves da mãe, o formato refinado e gracioso de seus olhos – mas os meus são maiores, como se tivessem sido colocados no lugar por uma mão sem pressa, como ela costumava dizer.

Eles nunca sonharam que a filha carregaria muito mais do que ossos e sangue.

– Meu nome... – o sussurro sai rastejando. – Meu nome é Sona Steelcrest.

A filha deles ainda está aqui.

– Meu nome é Sona Steelcrest. Ainda sou humana.

Eu ainda estou aqui.

Eles não conseguiriam me apagar por completo, não sem remover as peças que desejam usar. Que *precisam* usar.

Como tenho sorte de ser perfeita agora.

Paro um instante, depois coloco a mão sobre o olho esquerdo.

As cores voltam com força quando a Modificação é desativada. Preto jorra sobre os azulejos e marrom cobre meu cabelo e meu olho. É tudo tão melhor do que o vermelho que reluz embaixo da minha mão, o vermelho que eles forçaram em mim.

Tenho muita sorte que, quando estavam me esquadrinhando – arrancando aquelas irritantes imperfeições humanas –, os cirurgiões da Academia não queimaram as mãos com cada pensamento venenoso que rasteja sob a minha pele. Por não terem olhado com mais atenção, onde, ao longo de cada veia e osso, entalhei a promessa de que, quando chegar a hora, vou despedaçá-los também.

Afasto a mão lentamente, deixando o olho deles fechado, e encaro a garota meio cega que me encara de volta. Ela é feita de parafusos e fios e placas de metal. Ela é feita de osso e sangue e fúria.

– Meu nome é Sona Steelcrest. Ainda sou humana. – Respiro, permitindo que o ar me preencha, me incendeie. – Estou aqui para destruir todos eles.

CAPÍTULO DOIS

SONA

Há linhas, fissuras na pele, formando uma caixa perfeita nos meus antebraços.

Quando toco uma e sinto apenas a mim mesma, penso: *O painel é enxertado na sua própria pele, com seus próprios nervos, e é por isso que você não precisa chorar.*

Sentindo a ardência atrás dos olhos, peso um braço nas mãos, troco, peso o outro. Parece igual. Parece bem. Meus dentes pressionam meu lábio inferior.

Ouço alguém batendo à porta.

A miragem do quarto oscila antes de desaparecer por completo, me privando do falso céu matutino, e em seu lugar revela a janela presa ao concreto com vista para a vastidão de Godolia. Como a joia da coroa, a Academia está situada no coração da cidade, o epicentro de uma metrópole populosa que se estende por oitenta quilômetros em cada direção. Tudo além das muralhas é considerado parte das Terras Baldias, pontilhadas por vilarejos de suprimentos e devastadas por guerras passadas – e até as fronteiras do continente, a cidade-estado de Godolia domina tudo.

Desta altura, as únicas coisas que enxergo são os outros arranha-céus, altos o suficiente para vencer a neblina fantasmagórica, atravessando a névoa como os ciprestes solitários de um pântano.

Quando a porta se abre com um deslizar, faço uma continência com uma mão firme, o indicador imóvel sobre a testa, olhos voltados para as botas de combate do visitante.

– Descansar – diz o Coronel Tether, seco.

Agora tenho permissão para erguer os olhos, mas ainda não posso encará-lo diretamente. Alunos jamais podem encarar os superiores nos olhos.

Eu desconhecia essa regra durante minha primeira semana como aluna da Academia Windup, o que fez o calcanhar deste homem golpear minha barriga, além da lateral do meu corpo, quando tive a audácia de cair de joelhos. Foi somente aos doze anos, quando, arfando sem fôlego no chão, parei de engasgar e me dei conta de como eu tive sorte. Sorte por ter sido machucada em vez de descartada, jogada de volta nas ruas da cidade de onde haviam me tirado. Sorte por terem me alimentado quando eu estava quebrada e esfomeada. Sorte por terem me dado uma chance de ser adorada, de ser uma coisa divina, quando eu estava sozinha e perdida.

Porque eles são misericordiosos.

Godolia é um lugar misericordioso.

Tether se aproxima. Eu não me mexo.

Ele deve ser capaz de ver – esta repugnância pulsante, a sensação nauseante e opressora de que há algo errado corroendo todas as minhas partes naturais. Como ele poderia não notar quando isso é tudo em que consigo focar, quando isso é tudo que consigo fazer para manter os pés fixos no lugar?

– Steelcrest – Tether murmura baixinho –, você está pronta para se tornar uma Valquíria?

Sem querer, meu coração acelera, e, com isso, uma risada quase escapa da minha garganta. Somos pequenos. Somos mortais. E agora estão me perguntando se estou pronta para me tornar um Deus.

Não há outra resposta que eu poderia dar.

– Sim, senhor.

Ele dá meia-volta e aperta o passo, me conduzindo para fora do quarto e da ala residencial, descendo um lance de escada até o andar das salas de aula. Passamos pelos domos de simulação, onde crianças e jovens de doze a dezesseis anos são encapsulados em barreiras de vidro luminescente, braços estendidos na direção de imagens que piscam dentro de seus headsets. Por trás das viseiras, veem exércitos de mechas autônomos, helicópteros adulterados com submetralhadoras e tanques verdes com canhões apontados para suas cabeças. Dentro de seus domos, alteram a postura para esquivar, proteger e eliminar.

Dentro de um dos domos pelos quais passamos está uma garota, o cabelo preso em duas marias-chiquinhas que terminam logo abaixo das orelhas. Ela está descalça e usa o uniforme dos alunos da Academia: calça cargo preta e camisa cinza, escura nos lugares onde o suor saturou o tecido.

Não sei como é a guerra virtual que ela enxerga atrás da viseira, mas sei quando ela perde. Sua postura defensiva é fraca, tímida. Seus olhos vão para a esquerda atrás do vidro esverdeado, e ela ergue o braço, cada vez mais – e hesita.

Seja lá o que a esteja atacando, não comete o mesmo erro. A defesa dela cede. O corpo pequeno é arremessado ao chão com um grito lancinante, e ela leva as mãos às costelas. Não deve ter mais de treze anos.

Continuo andando.

As simulações me disseram que sou boa para caramba nisso. Na guerra.

Disseram à Academia que eu estava pronta para matar, para me darem um mecha.

Só que eram simulações. Brincadeira de criança, para qualquer criança feroz o suficiente.

Entramos em um elevador de vidro. Tether aperta um dos botões prateados com o polegar antes de lançar um sorriso doentio sobre o ombro.

– Você parece nervosa, Steelcrest.

– Não, senhor.

Fico esperando o pequeno *clique* que indica o fechamento das portas.

– Devo lembrá-la – diz ele, virando-se e inclinando a cabeça na direção da minha. – Você não tem minha permissão para morrer durante o teste.

Passo o polegar sobre a manga, sobre a fina fenda entalhada naquela região da pele.

– Ou o quê?

Seu sorriso congela.

– Não entendi.

– Entendeu, sim. – Ergo os olhos, examinando sem pressa seus traços grosseiros e endurecidos. A barbicha do queixo, a curva da boca, o porte infeliz de seu nariz. – Se eu morrer durante o teste, sem sua permissão... o que o senhor vai fazer?

Meu olhar fulmina o dele.

Não sei qual é a cor de seus olhos, e não me importo.

Não há nenhuma tecnologia em sua íris esquerda, o que marca sua ausência de habilidade. Talvez exista um resquício de técnica enterrado debaixo de camadas e camadas de arrogância mesquinha, mas jamais vai se comparar ao poder que a Academia implantou nas minhas veias.

– Você está saindo da *linha*, Steelcrest – rosna Tether.

– E você esquece o seu lugar, Tether – respondo suavemente. – Me machucar não será divertido para você agora. Não quando não há mais dor para me fazer gritar, certo?

O elevador penetra a neblina, e a infestação brilhante da minha órbita esquerda se torna a única fonte de luz em meio à escuridão.

– Além disso – continuo, diante de seu silêncio chocado –, quanto de mim vocês ousam danificar agora?

Estou perguntando de verdade. Ele quer me quebrar em pedacinhos; posso ver pelo movimento da mandíbula, pela forma como as linhas ao redor da boca se retesam e ficam pálidas. Ele pode querer o quanto quiser.

Ele não fala.

O elevador deixa o nevoeiro, e a cidade aparece diante de nós. Arranha-céus perfuram a névoa, como se as bestas reluzentes tivessem força para sustentar os céus sozinhas. Todos os beirais e cantos estão banhados por uma luz suave e, da minha visão tingida, é como se tudo estivesse pintado com uma luminescência carmim cintilante. Ela se derrama nas ruas serpenteantes, fervilhando de movimento.

Fios de luzes cintilantes e lanternas de papel estão entrelaçados pelas ruas, calçadas e vias igualmente congestionadas pelo fluxo de pessoas. Carrinhos de comida emitem vapor debaixo das lonas pintadas. Garotas esqueléticas se equilibram em saltos nas esquinas, envoltas em sedas que refletem as luzes da rua, atraindo os passantes que as encaram boquiabertos.

O elevador cheira a limpeza, como linho fresco e um toque de alvejante. Imagino o fedor de suor e água suja da chuva e escapamento nas ruas lá embaixo. Não saio para ver a cidade há sete anos. Talvez as coisas tenham mudado.

Como eu. Agora, não sei qual cheiro detesto mais. Dentro ou fora, essa cidade inteira é sufocante.

Essas são as pessoas afortunadas, lá embaixo, mesmo apertadas como estão, vivendo sob a proteção de Godolia em vez de sofrendo com sua gula. A única coisa que precisaram fazer foi nascer como um de seus cidadãos, em vez de nas Terras Baldias. O mundo sempre foi assim: alguns nascem com sorte, e os demais se esforçam para sobreviver ao que quer que os sortudos decidam fazer com eles.

O elevador entra na terra, mergulhando na escuridão completa outra vez. Nossa descida desacelera, e meu desgosto engrossa conforme as portas se abrem.

Chegamos ao hangar dos Windup.

Onde os mechas são construídos e protegidos.

Onde descansam depois de retornar das Terras Baldias, e o sangue e a carne debaixo de seus pés são lavados e sua superfície é coberta por uma camada limpa e inocente de tinta.

Tether agarra meu pulso e me puxa mais rápido. As unhas se enterram na minha pele, mas ignoro a leve sensação e deixo meus olhos vagarem pelos Windups que se assomam ao nosso redor, as cabeças metálicas reluzentes quase tocando o teto de sessenta metros.

Curvo os lábios. O tamanho deles é absurdo; é assustador, e esta é a intenção: inspirar e provocar aquele sentimento muito humano de pequeneza, de vulnerabilidade.

Os mechas recebem traços humanos, a pele de ferro moldada meticulosamente para conter raiva nas sobrancelhas, lábios rijos de concentração, olhos como adagas, estreitos e determinados. Quando operados por um Piloto, as pupilas apagadas se acendem em um tom ardente de carmim.

Quando eu começar a pilotar, quando os fios que a Academia forçou pela minha corrente sanguínea se conectarem com o núcleo central de poder do robô, aqueles olhos serão meus. A Valquíria será eu, e eu serei ela, e moverei cada parte com a mesma facilidade com que movo as pontas dos meus dedos.

Os mechas estão divididos por suas respectivas unidades, polidos dos pés à cabeça, cintilando de forma sádica sob as luzes frias. À nossa esquerda, os Windups Berserker, que possuem artilharia suficiente na palma das mãos e nas costelas para derrubar um arranha-céu. Em seguida, os Paladinos, que alcançam apenas vinte e quatro metros de altura em média, mas servem mais como aríetes do que qualquer outra coisa, com uma camada de quase um metro de ferro na superfície. Os Windups Fênix brilham com um acabamento vermelho, mesmo sem este olho cobrindo minha visão, representando as chamas que cospem de seus canhões termais, que ficam no lugar do braço direito. Qualquer criatura que ousar chegar perto de seu estado ativado será recebida com queimaduras de segundo grau quase instantaneamente.

– Steelcrest – rosna Tether.

Paramos, e congelo de uma só vez, sentindo uma necessidade nauseante de fugir dos pés da divindade diante de nós. Chegamos rápido demais. Não consigo fazer isso. Não será possível.

Só que eu preciso olhar. Porque é minha. Porque será eu.

Fecho o olho esquerdo, ergo a cabeça, cada vez mais alto, e *juro* que aquele sorrisinho arrogante em seus lábios de marfim se curva um pouquinho mais.

Grevas douradas protegem as canelas flexíveis, que têm quase cinco vezes a minha altura. Acima, uma série de placas de aço negro está parafusada do quadril ao peito, com sulcos ao redor dos ombros e continuando pelos braços num conjunto de implacáveis espinhos feito agulhas, tingidos de branco neve. Bem lá em cima, ela contempla o horizonte com um olhar rubi que cintila perigosamente debaixo do cenho franzido. O capacete de um cavaleiro, preto com detalhes dourados, está gravado com desenhos de penas. As mãos de aço, unidas como em prece, estão envoltas por um par de luvas cromadas e, entre elas, há um montante preto. A lâmina é delineada por ferro, a ponta beijando de leve o chão à nossa frente.

Estou presa numa onda de fascínio, repulsa e pavor.

— Valquíria — sussurro. — Ela é linda.

— Isso ela é — diz uma voz, a centímetros da minha orelha.

Fomos ensinados a não vacilar; fomos ensinados a atacar. Porém, quando me viro, o punho erguido, uma mão envolve meu pulso — rápida, assustadoramente rápida —, e um rosto de repente se aproxima do meu. Um olho vermelho e brilhante, saltado na cavidade esquerda, se mexe diante da minha expressão de espanto.

— Ora, ora! Esta é a primeira vez que quase levei um soco de um de meus Pilotos — diz ele, um riso elevando as palavras. A unha do meu polegar está a poucos centímetros de sua mandíbula, mas ele não parece incomodado. — Pelo menos antes de uma apresentação de verdade.

O rapaz me solta e coloca uma mão no quadril. A outra vai para trás, os dedos dobrados para coçar a nuca. Minha vista se fixa na reentrância retangular que espirala do seu pulso ao cotovelo. Inconscientemente, meu polegar roça a manga que cobre meu próprio antebraço.

— Disseram que você era jovem, mas Deuses — murmura ele. O outro olho é feito gelo, azul como um céu limpo do meio-dia. Meu olhar passeia pelo restante de seus traços: cabelo loiro platinado, pele leitosa com covinhas feito crateras, um sorriso atencioso. Não o retribuo. — Meu nome é Jonathan. Jonathan Lucindo. Sou o capitão da sua unidade. Você é Bellsona Steelcrest, correto?

— Só Sona...

— Correto — interrompe Tether no mesmo segundo.

Lucindo olha para o coronel como se tivesse acabado de notar sua presença, e dirige os olhos para baixo, onde os dedos de Tether ainda prendem meu pulso.

– Perguntei a *ela*, senhor – diz Lucindo, curvando os lábios ao usar o termo formal. A expressão some tão rápido quanto apareceu, substituída por um olhar gélido. – Acha que ela vai começar a agredir o senhor também?

Tether pisca.

– Senhor?

O sorriso de Lucindo é alegre, mas nada caloroso.

– Solte a Valquíria.

Um ruído de deboche escapa dos lábios de Tether. Seus dedos deslizam para longe do meu pulso como larvas, cada um deixando uma marca em forma de crescente na pele.

– Melhor não morrer e me envergonhar, criança – diz ele, ríspido.

Aproveito o momento para imaginar a marca que os nós dos meus dedos deixariam na bochecha de Tether, a forma como eu me regalaria na adrenalina da luta que nunca ousei perseguir. E venceria essa luta também, como venci todas as outras. Porém, o poder está em terminar lutas, e não em começá-las. Então, em vez disso, abro as mãos na lateral do corpo, sorrio e digo:

– Vou morrer quando bem entender.

Tether se afasta, provavelmente à procura de um lugar para assistir ao acionamento, e, atrás de mim, Lucindo solta um risinho sombrio. Eu me viro e vejo que ele me ofereceu a mão.

Sinto a coragem congelar no peito. Encaro o painel instalado em seu braço, a área onde a Academia abriu a pele e roubou Deuses sabem lá o que dele. De nós dois. Agora ele está de pé diante de mim, piscando os olhos como se ambos lhe pertencessem, fingindo que o gesto contém apenas seu sangue e ossos, e não os fios que os rodeiam.

Reteso os ombros e saúdo meu novo capitão, um ato que ele verá como fruto de respeito em vez de uma resolução do meu próprio medo. Preciso de foco total para sobreviver ao teste, e não serei capaz de mantê-lo se apertar a mão de Jonathan Lucindo e encontrá-la gelada como o cobre que percorre nós dois.

– Bem, Só Sona – diz ele, retraindo a mão e abrindo um sorriso. – Parabéns pelos dezessete anos. Vamos ver o seu potencial, que tal?

Apesar da atual infestação de Deuses, o mundo costumava ser um lugar verdadeiramente carente deles.

Arranha-céus desabrochavam acima das nuvens à medida que as cidades inchavam com números que eram incapazes de sustentar, devastadas pela fome e por doenças contra as quais não possuíam qualquer proteção. O medo e o desespero transbordavam pelas ruas como esgoto, e, tal qual nos tempos antigos, o espectro humano começou a se encaminhar para uma das duas direções: a gula e o pecado, conforme as pessoas buscavam o prazer para protelar a dor; ou a devoção, quando buscavam os Deuses para salvarem a todos nós. Os desesperadamente íntegros talharam uma nova teologia, que combinava as divindades das religiões dominantes do mundo em uma única doutrina, e punia as pessoas que haviam se tornado imorais com a proclamação de um eterno inferno duplo: um purgatório para os pecados da carne e outro para os pecados da mente.

Esse fervor religioso apenas exacerbou as relações diplomáticas instáveis entre as nações. Conforme entravam em pânico e oravam e constatavam que aquilo não era o suficiente, perceberam que precisavam das divindades aqui por elas, para matar por elas. Esculpiram suas novas armas de destruição em massa à imagem dos Deuses, e deram-lhes o nome de Windups.

Era uma espécie completamente nova de guerra – uma escala totalmente nova de destruição, quando as pessoas encontram divindade no derramamento de sangue.

Há dois séculos e meio, o mundo testemunhou o início da Guerra da Primavera, na qual as nações mais poderosas possuíam os Windups mais poderosos, usando seus mechas para impor domínio sobre os recursos já escassos do planeta. As batalhas eram raramente travadas por vidas humanas – até que Godolia, implacável em sua determinação, criou a primeira geração de Windups pilotados por pessoas no lugar dos sistemas autônomos convencionais.

Suponho que seja um pouco irônico que utilizassem o fator humano ao arrancar algumas das partes humanas. Esse foi o propósito de criar a Academia: encontrar aqueles com tempo de reação impecável, que tinham talento especial em táticas de batalha e, é claro, que possuíam o instinto natural que nenhum conjunto de engrenagens, parafusos e fios poderia replicar.

Foi assim que Godolia ascendeu, proclamando-se a capital do mundo – ao menos do que sobrou dele depois da Guerra, abarrotado de ídolos abatidos e atravessado por faixas de terra seca e morta. Dizem que os Windups foram feitos para representar um bastião de esperança. Dizem que é como se os próprios Deuses tivessem descido para proteger a todos nós. Dizem para celebrarmos o céu vermelho e a pele indolor, porque marcam nossas partes inumanas, ou nossas partes sobre-humanas.

Ainda assim, venho reprimindo um grito desde que acordei da cirurgia. Para mim, e para todos que vivem fora dos limites de Godolia e debaixo de seu domínio, aquilo que fora pensado para pôr um fim ao terror acabou prosperando nele.

Quando Lucindo se vira na direção do Windup, vislumbro a insígnia bordada nas costas de sua jaqueta militar cinza-escura. É o símbolo da unidade Valquíria: uma espada negra, lâmina e cabo contornados por um fio prateado, costurado com cuidado à imagem do céu noturno.

A única coisa maior do que nós é o céu, e por muito pouco, nossas espinhas pressionadas com força contra as estrelas.

Ele me conduz até a base da minha Valquíria, onde uma porta está delineada no metal da bota.

– Olhe ali dentro – instrui ele, apontando para uma pequena esfera de vidro que se projeta para fora da porta. Eu me inclino, mas ele balança a cabeça. – Não, não. Abra seu olho esquerdo.

Escondo minha cara de descontentamento e faço o que ele diz. A porta se abre, revelando os mecanismos internos do Windup. Há uma escada em espiral no interior da panturrilha, pela qual Lucindo começa a subir.

As entranhas do mecha estão atulhadas de fios de cobre e prata que sibilam com eletricidade, engrenagens que chiam em conjunto de forma fluída, e válvulas que soltam vapor sobre os degraus da escada. Conforme nos aproximamos da região do torso, vislumbro uma enorme caixa suspensa no mesmo lugar em que ficaria um coração: o núcleo de poder central do Windup.

Assim que o chip que implantaram na base do meu tronco encefálico sincronizar com sua rede de comunicação, a Valquíria será acionada, e nós seremos uma só.

Isso, é claro, presumindo que meu cérebro conseguirá sobreviver ao estresse.

Paro na escada, notando a plataforma que se estende a partir da caixa do núcleo, ficando a poucos centímetros acima da minha cabeça.

– Você vem ou não? – chama Lucindo, dez degraus à frente.

– Por que... por que tem uma plataforma?

– O quê?

Solto a escada para apontar.

– Qual é a necessidade de uma plataforma?

Ele pisca.

– É onde os guardas ficam.

– Guardas?

– Isso, guardas.

Fico de boca fechada por alguns instantes, até a curiosidade me forçar a abri-la novamente.

– Por que precisamos de guardas?

– Gearbreakers, é claro.

Pisco.

– Gearbreakers?

Ficou sabendo? Um Berserker foi derrubado ontem, perto de Auyhill.

Um Paladino saiu semana passada e nunca mais voltou.

Encontraram aquele Piloto perdido no fundo do Rio Hana. Será que devemos nos preocupar com os Gearbreakers?

Nos preocupar? Um outro sempre diria. *Seremos Deuses.*

– Ainda não ensinam sobre os Gearbreakers lá em cima? – pergunta Lucindo, virando-se para me olhar.

– Achei que fosse fofoca dos colegas. – Um instante de silêncio se passa. – Acho que não entendi. Eles... eles são...

– Pequenos? Sim, mas odeio ter que admitir que são espertos. Depois que entram, só é preciso um deles para derrubar o mecha inteiro. Alguns fios cortados aqui, uma engrenagem rachada ali, e...

Dou uma olhada na lateral da plataforma, onde a perna da Valquíria se estende por trinta metros até o chão, apoiada por vigas de ferro e placas de metal e engrenagens, algumas tão pequenas quanto meu mindinho, outras tão grandes quanto meu torso, uma alimentando a outra. Basta uma simples obstrução para transformar o mecha em ferro-velho.

É por isso que não nos ensinam sobre Gearbreakers na Academia. Estariam nos ensinando que nossos Deuses são frágeis.

– Imagino que seja apenas uma prova de que Godolia é a única nação realmente civilizada que restou. – Lucindo suspira. – Os Gearbreakers... eles não passam de bárbaros.

Bárbaros capazes de destroçar divindades.

Chegamos à cabeça, um espaço maior do que meu quarto. Duas janelas compridas marcam os olhos da Valquíria, que contemplam o hangar dos Windup com orgulho por trás do visor engradado. Vidro luminescente cobre o chão, do mesmo tamanho e formato que a base de um domo de simulação. Do teto pende uma multidão de cabos encapados com borracha. Ao ver aquilo, um grito começa a rastejar por minha garganta. Eu o contenho quando Lucindo se vira para mim, oferecendo-me a mão outra vez. Dessa vez eu a aceito.

Ele me leva até o vidro, que brilha com mais força ao sentir nosso peso, e depois até o centro dos cabos. Percebo que ele está prestes a me soltar, e involuntariamente aperto a mão dele. Sinto um calor nas bochechas. Queria que tivessem removido minha capacidade de corar.

Porém, Lucindo olha para mim, os olhos cheios de uma compreensão infinita, um sorriso quase reconfortante. Solto a mão dele.

– Palmas para cima, por favor – diz ele, a voz suave de repente.

Eu ergo as mãos. Ele arregaça minhas mangas com delicadeza, expondo por completo os painéis que cobrem meus antebraços. Elas se abrem com um único toque, e eu me preparo para ver sangue e ossos e artérias que se dilatam a cada batida rápida do coração, fios de veias que brilham sob a luz repentina. Para sentir a carne esfriando em contato com o ar.

Só que não há nada além de um recipiente prateado e liso dentro de cada braço, com uma fileira ordenada de pequenos soquetes de cada lado.

Lucindo vê o choque em meu rosto e dá uma risada.

– Também esperava que fosse nojento – diz ele. – Mas eles nos deixam bem limpinhos, não é?

Neutralizo meu semblante outra vez e aceno com a cabeça para que Lucindo continue. Ele ergue o braço para pegar um dos cabos, puxando-o até meu antebraço.

– Vocês não estarão sincronizadas até todos esses cabos estarem conectados – murmura ele, afixando um cabo a um dos soquetes com um pequeno clique. – Quando estiverem, quando a Valquíria for acionada, comece devagar. É quase como acordar de manhã.

Meu braço esquerdo é afixado, seis cabos desaguando na minha pele, como sangue escorrendo da veia radial. Sinto o estômago embrulhar e, logo depois, penso em fugir. Penso em envolver o pescoço dele com os cabos e *torcer*, e então agarrar os degraus da escada antes que o corpo dele caia ao chão. Penso em quantos metros conseguiria percorrer antes de uma bala estilhaçar a parte de trás do meu crânio.

Penso na morte, e em como penso demais nela, e em quão pouco dano um cadáver pode causar.

Lucindo se posiciona à minha direita.

— E você também vai recuperar a habilidade de sentir dor. É tipo... uma espécie diferente de dor. Como... uma dor fantasma, porque, lá no fundo, você sabe que não é real, e sabe que basta arrancar os cabos para se livrar dela. Acho que é um pouco estranho pensar nela desse jeito, como se uma parte sua não existisse. Mas você se acostuma.

Vou me acostumar.

A mão dele congela, um cabo entre os dedos, pairando sobre o último soquete vazio. Ele ergue os olhos para mim. Opacos e brilhantes. Naturais e artificiais.

— Vá em frente.

— Não posso. Não se você não estiver pronta. Você precisa estar no estado mental correto, ou aquele minúsculo chip na base da sua cabeça vai fritar você.

Meu silêncio se infiltra no ar. Ele espera.

— OK, escute, Sona — diz ele, afrouxando um pouco os dedos. Os cabos caem de sua mão e pendem no ar. — Sabe por que as Valquírias são a melhor unidade de Windups? Por que somos os mais valorizados, por que cuidamos das missões mais perigosas?

— Elas... — começo, com dificuldade para recordar as aulas. — São os mechas mais rápidos já criados, por causa do metal leve. Dentre todas as unidades, são construídos com maior cuidado, então são quase tão complexos quanto o corpo humano. O quadril, os calcanhares e as articulações das pernas são montados com engrenagens minúsculas e detalhadas, para que possam girar o corpo, como é preciso para dar um chute circular, enquanto outros Windups só conseguem andar ou correr. As Valquírias conseguem reproduzir qualquer estilo de luta utilizado pelo Piloto com precisão integral.

Lucindo balança a cabeça.

— Está errado, Sona.

– Não está, não.
– É claro que está – diz ele, chegando mais perto. Ele fixa os olhos nos meus. – Você quer dizer *eu*. *Eu* sou o mecha mais rápido já criado. *Eu* luto com precisão integral. *Eu* sou o Windup mais forte. *Eu* sou uma Valquíria. Diga, soldada.

Levanto o queixo.

– Eu sou uma Valquíria.

Lucindo abre um sorriso e pega o último cabo. Fecho os olhos, e o mundo deixa de ser vermelho, ou colorido, ou qualquer outra coisa.

O cabo se conecta a mim.

Um choque percorre minha coluna, um raio de eletricidade que me põe de joelhos e faz um urro escapar da minha garganta. O solavanco força meus olhos a abrirem, mas não encontro o chão de vidro sob os joelhos como esperava.

Em vez disso, o rosto do Coronel Tether aparece largo, com traços assustados.

A borracha de suas botas guincha pelo chão conforme ele recua, cambaleante, para escapar do espaço entre meus dedos enluvados, abertos e esticados sobre o chão. Minha outra mão está envolvendo o cabo da espada, que cintila perversamente na minha visão periférica.

Ergo a cabeça, notando o número de pessoas que ficaram paralisadas ao me ver. Ignorando o estupor, levanto uma mão à altura dos olhos, observando meus dedos se contorcerem e o cromo reluzir.

Ah.

Não imaginava que a sensação seria essa.

Não parece novo, não parece estranho.

É só... *eu*.

Pela primeira vez em muito tempo, sinto como se fosse eu mesma de novo.

Assumo minha altura, e os olhos do público me seguem, devorando a visão do Deus desperto. Dou um passo e, em algum lugar no fundo da minha mente, sei que sinto o chão de vidro se transformar sob os meus pés, os fios que agraciam minha pele, e o olhar de Lucindo fixo nas minhas costas. Tenho consciência do meu segundo eu, tão pequena como aqueles que me encaram embasbacados, mas, por enquanto, não somos uma só. Eu sou algo que ela jamais poderia ser.

Eu sou alguém que pode destruir Godolia.

Os Windups foram criados para proteger esta nação.

Eu fui criada para proteger esta nação.

Godolia precisava de mim, e assim a Academia me revirou e instalou as Modificações em lugares onde outrora havia fôlego e vida e cor, e chamaram isso de minha evolução.

Disseram que eu devia celebrar o dia em que o céu sangrasse.

Estou celebrando. Estou *me deliciando*.

Porque eles não criaram simplesmente outro Piloto. Outro soldado. Outro guardião.

Criaram nada menos do que a própria ruína.

– Isso é muito bom – digo, e acho que ela está sorrindo, um sorriso de orelha a orelha. – Isso é bom para caralho.

CAPÍTULO TRÊS

ERIS

TRÊS SEMANAS DEPOIS

Existem muitas razões para acordar meio puta da vida.

Daria para culpar a primeira coisa que se vê toda manhã – um teto cheio de infiltrações, rachaduras rasgando o reboco barato em fragmentos estruturalmente questionáveis. Daria para culpar o fato de que você está suando por causa do calor abafado produzido pelo garoto de cabelos claros enfiado ao seu lado debaixo das cobertas, ou o fato de que na noite passada ele tirou a sua blusa e talvez mais algumas outras peças de roupa, e que em algum momento você terá que sair à procura delas.

Ou talvez possa culpar sua motorista, que está batendo à porta com as mãozinhas movidas à cafeína, gritando para você tirar o traseiro da cama porque há outro mecha de sessenta metros à solta que está fodendo para valer com o mundo e é seu trabalho lidar com ele.

Pode culpar toda e qualquer coisa, porque no fim praticamente não importa. Quer eu acorde puta da vida ou sorrindo, ainda preciso calçar os sapatos e tentar não morrer.

– Já acordei, vê se não enche! – grito, e então a poeira entope minha garganta e começo um gracioso ataque de tosse, me curvando.

Há uns dezessete anos, meus pais batizaram a segunda filha em homenagem a uma das muitas Deusas da discórdia, determinando que, mesmo sendo uma bebezinha rechonchuda brincando no complexo dos renegados, eu fosse sinônimo de caos.

Uns dezessete anos depois, enquanto esfrego os olhos para afastar o sono, penso em como só consigo causar um ou dois desastres medíocres antes de precisar tirar um cochilo.

Afasto o cobertor. Quando um dos meus pés chega ao piso de madeira, Milo agarra meu pulso. Seus olhos ainda estão sonolentos, os lábios partidos num sorriso desleixado.

— Você me deve pelo menos mais cinco minutos — murmura ele.

— Vai sonhando — retruco, puxando a mão com força. Eu me levanto, o frio do chão imediatamente subindo pelas pernas, e por um momento considero aceitar a oferta dele. Então me dou um chacoalhão mental.

— Levanta — resmungo com o mesmo tom ríspido. — Temos trabalho a fazer.

Ele se apoia nos cotovelos, um sorriso torto formando uma covinha na bochecha direita. Ele me observa enquanto visto um macacão preto que encontro em uma das pilhas de roupas amontoadas pelo quarto. Aperto os olhos, vasculhando o chão.

— Procurando por isso? — pergunta ele, tirando meu sutiã de baixo dos lençóis, a alça balançando na ponta de um dedo calejado. Ele já parecia um pouco confortável demais; agora parece convencido além da conta.

Eu me sento na beirada da cama, recuperando o sutiã com uma mão e usando a outra para tirar o cabelo da testa dele.

— Ei — murmuro, e me inclino, os lábios próximos ao dele. — Sei que é cedo, amor, e sei que temos um longo dia pela frente. — Abro um sorriso largo. Ele sabe que está vindo, mas meus dedos entrelaçam seu cabelo antes que ele consiga recuar, forçando sua cabeça para trás, fazendo o branco devorar aquelas lindas íris azuis. — Mas, quando a capitã da sua equipe diz para você levantar, é para você levantar.

— Ou o quê? — provoca Milo, embora seu sorriso esteja nervoso. — Você vai me carregar no colo como se fosse nossa noite de núpcias, Eris?

— Você que se carregue. — Localizo uma pontinha da minha blusa debaixo do cobertor e solto o cabelo dele para pegá-la. — Você só precisa escolher se vai jogar o peso nos pés ou nas mãos, porque só vou deixar você ficar com um deles.

Quando termino de passar os braços pelas alças do macacão, Milo já está de pé, levando o calor consigo ao se levantar para vestir os jeans. Eu me abaixo e enfio a mão debaixo da cama, procurando com os dedos o familiar elástico dos meus óculos de solda.

— Suas ameaças são melhores do que café — ele me informa.

Coloco os óculos.

— Feitas para tirar o seu sono.

Milo hesita antes de passar pela porta, pensativo, depois dá meia-volta para plantar um beijo nos meus lábios. Deixo que o faça, porque, embora tudo tenha gosto de brasa nos Ermos, Milo às vezes deixa as cinzas um pouco doces.

– Amo você – diz ele.

Não devolvo a declaração. Não necessariamente por não ser verdade; é mais porque sempre há uma chance de ele ser pisoteado por um Windup e sofrer uma morte horrível e excruciante.

Um coração mole não combina muito bem com esse tipo de trabalho. Não que eu não tenha um, ou que não esteja ferozmente apegada a cada idiota da equipe – só tenho consciência de que é um problema. Então não penso muito na morte deles, assim como não penso muito em como os amo. Pensar em uma dessas coisas sempre alimenta a outra, e aí sinto que meu coração está afundando no peito, e, sendo sincera, *dane-se isso*.

Espero pelo som da porta se fechando. Quando ele não vem, digo sem me virar:

– Você deve ser um masoquista completo se...

– Não sou – diz outra voz, carregada de tédio.

Eu me viro. Jenny está parada na porta, encostada no batente, a jaqueta de lona escura pendendo de um dos ombros pálidos. Seus óculos de solda estão no topo da cabeça, as lentes tão pretas quanto seus olhos e seu cabelo comprido, que se amontoa selvagem ao redor dos ombros sempre que ela não está lutando. Ela carrega uma prancheta, diagramas de Windups flutuando de leve.

Arranco a prancheta dela, cantarolando:

– Você foi suspensa outra vez.

Jenny não diz nada, nem sequer olha para mim; apenas tira a caneta de trás da orelha e risca alguma coisa da lista que traz rabiscada no braço:

~~HARRY (FORNECER INFO)~~
~~POPPY (FORNECER INFO)~~
~~MERDINHA (FORNECER INFO)~~
RECONHECER: NÃO FICAREI SUSPENSA SE VIOLAR A SUSPENSÃO (LUTAR CONTRA ROBÔS)

Então ela agarra meu pulso e, ignorando meus gritos, rabisca de qualquer jeito nas costas da minha mão:

SE ENCONTRADA: ENTERRAR.

Ela coloca a tampa na caneta usando os dentes e vai embora, olhando por cima do ombro para dizer, em um tom desinteressado:

– Apodreça, irmãzinha.

– Tá, tá. – Fecho a porta e vou para a frente do espelho, colocando fios soltos de cabelo preto dentro do elástico dos óculos, depois tento esfregar a tinta da mão. Mas tudo que consigo é borrar o que ela escreveu e manchar os dedos.

Logo acima da parte da frente do meu macacão, os pontos pretos espalhados pela minha clavícula estão evidentes por baixo da blusa branca. Uma pequena engrenagem tatuada para cada mecha derrubado.

Oitenta e sete engrenagens.

Oitenta e sete mechas eliminados do horizonte.

Sei o que faz os Windups funcionarem e, toda vez que me esgueiro para dentro de seus membros, sei exatamente quais peças arrancar e estilhaçar para fazer aquela atrocidade tombar como um castelo de cartas. Porque, por mais que Godolia goste de dizer o contrário, a linha que separa as divindades de sucata pode ser apagada pelo simples ódio humano.

E os Robôs – os Pilotos que brilham em vermelho e têm mais fios dentro de si do que pele e osso, que abriram mão de sua humanidade para destruir o *meu* povo – não são diferentes. Os Windups não funcionam sem seus movimentos, então quando as engrenagens não causam destruição suficiente, eles são meu próximo alvo. Acabar com os Robôs é ainda mais fácil do que derrubar os mechas.

Sorrio para o meu reflexo. Não vou dizer que sou sinônimo de caos, não de verdade. Se este mundo me ensinou uma coisa, é que humanos não têm o direito de fingir que são Deuses.

Só que eu sou uma Gearbreaker, o que chega bem perto disso.

Com cabelos empoeirados e bochechas vermelhas, esparramados pela mobília desgastada e roída por traças do nosso salão comunitário, como se tivessem sido arrastados até lá cedo para caralho, cada um dos meus colegas de equipe é um colírio para os olhos. E, infelizmente, eu não estaria fazendo meu trabalho direito se não precisasse de colírio constantemente.

Nova, nossa motorista, está acomodada na mesa de madeira lascada, o corpo minúsculo equilibrado nos dedos dos pés, pernas juntas na costumeira pose empoleirada e instável. Está comendo pipoca de café da manhã outra vez, jogando os grãos queimados no cabelo castanho de Theo. Com o pescoço inclinado por sobre a lateral do sofá esgarçado, as pernas apoiadas no encosto enrugado, nosso atirador resmunga obscenidades conforme caça os grãos extraviados.

No sofá maior, Arsen jaz morto ou adormecido, inerte e com a cara enterrada no colo de Juniper. O rosto de June está virado para o outro lado, a bochecha apoiada na almofada do encosto, uma expressão distante nos olhos castanhos enquanto ela enrola os cachos do demolidor em seus dedos dourados cobertos por cicatrizes. Atrás deles, Xander aguarda perto da única janela que permite a entrada de uma quantidade mínima de luz, o rosto perto demais do vidro imundo, a respiração espalhando nuvens que combinam com as do lado de fora.

Milo está sentado à mesa com a postura ereta, um livro em mãos, o fuzil apoiado de modo casual na cadeira.

– Dia – digo.

Milo é o único que ergue os olhos para mim. Eu o ignoro completamente.

– Gearbreakers, eu disse *bom dia*.

Nova me olha com um sorriso gaiato já se formando nos lábios.

– Você não disse *bom*.

Eu a encaro de volta, nada impressionada. Ela bota a língua para fora entre o espaço que separa os dois dentes da frente, a gira e depois joga o saco de pipoca na cabeça de Theo. Grãos se prendem às fibras do tapete e às costuras do sofá, além de se espalharem e estourarem na lareira.

Theo avança contra ela.

– Vai se *ferrar*, sua...

– Pode *parar* – digo, tentando agarrar o colarinho da camisa dele e errando por quilômetros.

Nova solta um gritinho, os pés raspando no tampo da mesa antes de se jogar em cima de Juniper – o que também significa se jogar em cima de Arsen. Ele acorda assustado bem quando Theo chega até eles, e então os quatro estão no sofá, debatendo-se e gritando. Xander se vira, o pequeno nariz manchado de sujeira, e se arrasta até a parte de trás do sofá, entrando na confusão. Milo vira uma página, completamente imperturbável e completamente inútil.

Agarro uma cadeira próxima e a arremesso contra a parede oposta.

Quando me viro, eles estão separados e sentados respeitosamente nos assentos remanescentes.

– Ótimo – digo, chutando uma perna de cadeira quebrada antes de olhar para minha prancheta.

As páginas contêm os diagramas de um Windup Fênix, gráficos do tempo durante o qual teremos acesso a ele, e informações sobre o Piloto. Todos os dados vêm de mechas derrubados no passado, ou de guardas e Robôs fortemente persuadidos a fornecê-los. Em seguida, as informações chegam aos Ermos – o quartel-general dos Gearbreakers – e são distribuídas pelos superiores às equipes mais adequadas para cada tarefa. E minha equipe, apesar de agora não parecer, é sempre adequada.

Seria possível dizer que somos jovens inconsequentes perfeitos para trabalhos inconsequentes. Além disso, sabem que é sempre bom nos deixar extravasar e aliviar a tensão. É claro, encontramos outros jeitos de passar o tempo. Lemos o que quer que conseguimos arranjar (embora June seja a única que gosta dos livros de romance), organizamos noites de cinema (Nova está proibida de preparar a pipoca, porque é péssima nisso) e fazemos atividades divertidas e recreativas em geral (como semana passada, quando pensamos que estávamos prestes a pintar as paredes porque Xander achou que seria legal jogar um antigo pino de uma das granadas de Arsen na mesa enquanto estávamos jantando, ou como ontem, quando Theo pendurou Nova para fora da janela e todos precisamos impedi-la de arrebentar a cara dele).

Porém, para nós, não há nada melhor do que derrubar robôs. Pode nos chamar de viciados em adrenalina. Caramba, pode nos chamar de suicidas. Levamos isso a sério. Somos bons no que fazemos, e fazemos isso em nome das pessoas que não podem e não puderam.

– A Fênix está escoltando até Godolia um trem de carga vindo de Pixeria, aquela cidade mineradora a uns vinte quilômetros ao sul daqui – digo, esfregando uma mancha de pasta de dente no canto superior da folha. Caiu ali cerca de dez minutos antes, quando eu estava escovando os dentes e dando uma olhada nos dados, elaborando o plano de deicídio de hoje enquanto tentava ignorar o estado desastroso do nosso banheiro. Vou colocar todos eles para esfregá-lo quando voltarmos. – Como não conseguiu atingir a cota ridícula de produção de carvão este mês, Pixeria pediu nossa assistência para garantir que o trem não chegue à estação. Do contrário, os números serão registrados como insuficientes e um Windup será enviado para massacrar a cidade ao cair da noite seguinte. Vocês já sabem o esquema: derrubamos a escolta Fênix, paramos o trem, saqueamos a carga e o devolvemos para a cidade.

– E assumimos a culpa – acrescenta Juniper, abrindo um sorriso largo que exibe suas covinhas.

– Com prazer. – Desse jeito, todo mundo ganha. A população da cidade é poupada, já que o carvão é registrado como roubado em vez de insuficiente, e minha equipe continua subindo na lista de procurados de Godolia. – Nova, você vai nos levar em ponto morto entre o trem e a Fênix, de preferência evitando os passos dela, e Xander e eu vamos fazer uma abertura no tornozelo para entrarmos. Milo e Theo, artilharia, como sempre. Não quero que nenhum de nós leve um tiro de novo, então, vocês sabem, atirem primeiro e tudo o mais. Depois...

– Quero dirigir dessa vez – diz Theo.

Viro uma folha, estudando os diagramas do trem.

– Claro. Dê sua arma para a Nova.

– *Isso*. Dê sua arma para a Nova – repete Nova.

– Deixa para lá – responde Theo.

– Quando estivermos lá dentro, Juniper e Arsen vão pular no segundo vagão e implantar explosivos ao longo do engate que conecta os vagões de carga à locomotiva – continuo. – Se por acaso houver um condutor para atrapalhar, apaguem ele, mas não saiam procurando briga. Estou falando sério, vocês dois. Tirem esses sorrisinhos da cara. Nova vai estar por perto, então saltem de volta para o carro assim que terminarem de colocar as bombas. Elas serão disparadas remotamente. Em um cenário ideal, à essa altura Xander e eu já teremos terminado com o Windup. Vamos tentar sair do mesmo jeito que entramos, mas, se o mecha já estiver tombando, vamos ter que improvisar. Fiquem de olho, em nós e nos destroços. Alguma pergunta?

A sala fica em silêncio. Como acontece antes de todas as missões, o entusiasmo começou a eletrizar o ar estagnado. Energizar nossas almas. Vivemos apenas para vislumbrar o último brilho carmesim nos olhos dos mechas antes de se apagarem para sempre, para causar nada além de discórdia e caos e, mesmo assim, ainda ficamos com os olhos irritados pela fumaça quando tudo acaba, e reconhecemos a insanidade pura – não, a *impossibilidade* pura – de ainda termos fôlego.

Pauso por um momento para observar a equipe mais uma vez. Só um bando de jovens esparramados na mobília deteriorada, em um mundo deteriorado, ajudando a deteriorá-lo ainda mais. Jovens machucados por Godolia e os Windups no passado, que tiveram pessoas roubadas de si, que foram lançados num verdadeiro inferno e *voltaram*, esperneando e gritando e desejando, mais do que qualquer outra coisa, retribuir o favor.

Sim, somos pequenos. Sim, somos humanos. Só que também somos Gearbreakers, e estamos aqui para derrubar os cuzões que pensaram que só ficaríamos sentados assistindo.

Coloco uma mão no quadril.

– Preparem-se, Gearbreakers. Nenhum de vocês tem minha permissão para morrer hoje.

CAPÍTULO QUATRO

ERIS

Nova liga o motor quando o restante de nós sai dos dormitórios, um braço pendurado para fora na janela, a manga do traje à prova de calor reluzindo com os raios de sol que conseguiram desviar da folhagem das árvores.

Todos subimos na caçamba da caminhonete, Milo escolhe um lugar ao meu lado. Coloco os pés em cima dos dele, e ele observa enquanto ajusto minhas luvas criogênicas pretas ao redor dos pulsos. Tubos de fluido azul foram costurados com firmeza no tecido, intricados como veias dentro de uma mão. Há um pequeno botão nas laterais dos meus indicadores, esperando um clique rápido para acioná-las. São meu bem mais precioso, perfeitas para qualquer situação – especialmente uma que envolva uma Fênix.

Nova costura pelo complexo dos Ermos, colocando a cabeça para fora da janela de vez em quando para gritar ao fluxo de pessoas que vagam de um prédio ao outro, equilibrando diagramas, ferramentas ou barras de cereal nas mãos. Ao longo do complexo, estradas de concreto gasto serpenteiam por entre troncos de antigos carvalhos, altos como o céu, mas tão carregados de folhas outonais que parecem estar agachados sobre a terra. Jenny improvisa uma miragem na floresta quando as folhas caem, mas, no inverno, a maior parte de nós não consegue deixar de prender a respiração sempre que um helicóptero de Godolia passa por cima de nós.

Chegamos aos portões e, ao lado do operador, uma figura familiar surge. A jaqueta de lona é tão preta quanto as lanças de ferro atrás dele, a espinha tão rígida quanto a bengala de castão de prata na qual se apoia. O cabelo grisalho é cortado rente ao couro cabeludo – aparentemente um estilo militar dos tempos antigos, mas acho que só deixa as veias em sua cabeça mais visíveis –, e um músculo na bochecha com a cicatriz se contrai. Rugas marcam a pele ao redor de seus olhos.

James Voxter, o primeiro Gearbreaker.

Aperto a ponte do nariz.

– Ah, merda.

Já faz quase sessenta anos desde que Voxter provou que humanos eram capazes de derrubar Windups por dentro, sessenta anos desde que os moradores de seu vilarejo de recursos tentaram escapar do domínio de Godolia. A maioria tenta evitar a servidão fugindo para o outro lado do mar, então seu povoado se deslocou para a costa.

Doze horas depois, eles enviaram os Berserkers.

Conforme a noite caía sobre a cena do massacre, Voxter aprendeu uma lição muito importante: desde o começo da supremacia de Godolia, houve tamanho grau de medo injetado ao longo das Terras Baldias que as pessoas sempre escolhiam fugir em vez de resistir, e que aquela forma de pensar existia porque enxergavam os mechas como algo invencível. Elas só precisavam que alguém lhes mostrasse que aquilo estava longe de ser verdade.

Então o Voxter de dezesseis anos saiu com explosivos no bolso e comprou uma briga. A resistência dos Gearbreakers começou ali, fundada no propósito de enviar uma mensagem tanto a Godolia quanto às pessoas das Terras Baldias: *podemos lutar*.

Eu me levanto para entregar a prancheta ao operador do portão. O castão de prata da bengala de Voxter se encaixa no para-choque da caminhonete.

– Ei! Não estrague o meu carro, Vox! – grita Nova.

Voxter a ignora, virando os olhos cinzentos para mim. Ele está bravo. De novo.

– Shindanai...

– Espere aí – digo, me virando para trás, onde Juniper está sentada ao lado de Arsen. Os dois estão com as mãos enroscadas nos fios espalhados no colo, cabeças curvadas, os cachos castanhos de Arsen se embaraçando no cabelo tingido de verde de Juniper. Ampolas de líquidos coloridos estão firmes entre seus joelhos apertados. Estalo os dedos para eles. – Já falei para vocês pararem de mexer nisso.

Arsen ergue a cabeça, os olhos pretos arregalados e inocentes.

– Você não quer que o trem exploda?

– Não, quero que *uma parte* dele exploda.

– Ah – murmura ele, voltando a encarar os fios. – Saquei.

– Você vai nos deixar sair? – pergunto ao operador. – Temos que pegar um trem.

– Shindanai – Vox começa outra vez. – Que história é essa de um dos membros de sua equipe pendurar um colega para fora janela ontem?

Dou de ombros.

– Não fiquei sabendo disso.

Ao mesmo tempo, Juniper diz:

– A gente colocou um colchão embaixo, senhor.

Isso é mesmo verdade, mas, como Voxter sabe que estamos no quinto andar, ele abre a boca para começar a gritar conosco.

– Jenny está violando a suspensão dela neste exato momento – conto a ele enquanto o portão se abre.

O rosto de Voxter assume um tom excelente de roxo, e Nova enfia o pé no acelerador assim que há espaço suficiente para o carro passar. Então Voxter e os Ermos ficam cada vez menores atrás de nós, a mancha em suas bochechas se mesclando ao borrão das folhas de outono. Sorrio e aceno de leve para ele antes de me acomodar.

Depois de meia hora, deixamos as árvores para trás. Nova manobra o carro em meio aos escombros de prédios destruídos e pequenos vales formados pelas pegadas de Windups, que, como sabemos, são também cemitérios, apesar de ossos esmagados a ponto de virarem pó fino não deixarem marcas. A paisagem é evidência de antigas batalhas, quando as pessoas que lutavam contra o reinado de Godolia erguiam a cabeça e viam os mechas bloqueando o céu, em vez dos Deuses para quem rezavam.

Todos nós nascemos alistados numa guerra já perdida. Entretanto, depois que a resistência dos Gearbreakers começou, depois que todos perceberam que tínhamos a habilidade de derrubar divindades, algo novo surgiu. Algo que me faz sorrir em vez de me retorcer de dor a cada nova tatuagem desenhada na minha clavícula. Algo assustadoramente parecido com esperança.

No banco da frente, Nova se debruça sobre o porta-luvas e o abre, revirando a coleção de fitas antes de escolher uma. Ela a sopra carinhosamente, dá um beijo na lateral do plástico e lança um sorriso perverso pelo retrovisor ao enfiá-la no toca-fitas.

A música jorra em uma série de batidas, e uma alegria toma o lugar em gritos, tão quente e leve que a única coisa que consigo fazer é apoiar a cabeça no ombro de Milo, sentindo o vento queimar minhas bochechas.

Depois de um tempo, chegamos ao terreno plano e não há nada além de poeira solta cobrindo o chão. Na linha do horizonte, o mundo se divide em duas metades perfeitas: céu azul e terra marrom, contendo nada além de um mecha de cinquenta e três metros e um trem vindos do leste.

Theo guincha e dá um tapa na lateral da caminhonete.

– Pisa fundo, Nova! – berra ele, e o motor ronca, cortinas de poeira flutuando debaixo do veículo.

Atravessamos o deserto, gritando de alegria por fazer algo tão inconsequente, tão importante.

Nos alinhamos aos trilhos, as rodas momentaneamente roçando os parafusos de cromo antes de Nova virar o volante para a direita, nos lançando na extensa sombra do Windup. Um arrepio percorre minha espinha, e sorrio conforme ativamos nossas máscaras simultaneamente, os intercomunicadores ganhando vida em meu ouvido. A poeira levantada pelos pés da Fênix gruda nos visores de plástico.

Quarenta e cinco metros até o alvo. Vinte e cinco. Nova faz algo particularmente cruel ao motor, uma faísca saindo do escapamento, adrenalina percorre meu peito conforme o ar em meus pulmões é forçado para trás, e aí são dez metros.

– Cavalaria. – Arsen boceja no microfone enquanto o cano preto de uma submetralhadora brota do teto do último vagão, o rosto do atirador protegido por um capacete à prova de balas.

Nova pisa nos freios, nos forçando a procurar algo em que nos segurar; a poucos metros do capô da caminhonete, a terra estala sob uma chuva de balas. Os disparos rasgam o ar em nossa direção, e Nova, zumbindo em nossos ouvidos, gira o volante para a direita, engata a marcha a ré depois de darmos um meio giro e, com balas raspando o lugar do qual acabamos de sair, nos lança para trás numa velocidade capaz de quebrar nosso pescoço.

– Pescoço – digo.

– É. – Milo apoia o fuzil no ombro, levando um quarto de segundo para ajustar a mira, e enterra a bala na garganta do atirador.

Ele cai para trás, depois cai do trem. O corpo atinge o chão e ali fica, o último suspiro tomado pela poeira.

Conforme aceleramos entre o trem e a Fênix, com Nova nos aproximando o máximo possível dos rápidos pés do mecha, aperto com violência os botões das luvas criogênicas, os tubos acendendo com um azul luminoso.

– Estou pronta! – berro, me inclinando na direção da Fênix, um braço esticado.

O pé esquerdo está descendo à nossa frente, com uma força que quebraria meus dentes se eu não estivesse usando proteção. Quando ele chega ao chão, golpeio o tornozelo, as placas que cobrem a palma da luva e os dedos explodindo de energia fria. O metal aquecido começa a soltar vapor.

Retraio a mão antes que a força do passo da Fênix me puxe para fora da caminhonete. Ao mesmo tempo, Nova diz:

– Mão!

O céu desaparece quando uma palma de placas vermelhas desce, esticando-se na nossa direção para tentar agarrar o veículo por inteiro e nos arremessar no deserto.

– Freio! – grita Theo.

– Acelera! – berra Juniper.

– O que eu falei sobre querer dirigir do banco de trás? – retruca Nova.

– Nova, mantenha a velocidade! – Arsen vasculha a jaqueta e tira de lá uma pequena esfera, jogando-a para cima. Ela se fixa na palma vermelha, uma luz fraca emitindo duas míseras faíscas antes de explodir em um clarão ofuscante.

– Bomba grudenta. – Juniper solta uma risadinha, levantando uma mão para afastar a chuva de metal fragmentado.

Ela e Arsen se viram na direção dos trilhos. O rapaz faz um sinal de positivo por cima do ombro.

– Pronto quando você estiver!

Os explosivos dos dois nunca são bonitos, mas, com os corrosivos que beiram ao sadismo de Juniper e as habilidades de demolição de Arsen, não tenho dúvida de que o mecha vai explodir. Eles sempre explodem. Faço um gesto discreto para Theo, que gira a arma nas mãos e aponta a coronha do rifle para a região da perna do Windup onde minha palma repousou por um instante. Agora, debaixo da carcaça do Windup, o sérum criogênico injetado por minha luva abre caminho pelo ferro, devorando cada partícula de calor que ousa entrar em seu caminho.

A coronha do fuzil de Theo colide com o tornozelo do mecha, e o material que o cobre se estraçalha como uma vidraça.

— Ele está carregando — grita Arsen, notando o chiado repentino no ar.

— Isso é problema seu, não meu. Vou primeiro — digo, observando a perna se afastar no passo seguinte do Windup, vapor saindo da ferida. Do lado oposto, o ar ao redor do canhão termal está brilhando, formigando de calor conforme prepara o ataque. — Xander, você é o segundo. June, Arsen, o trem.

Não espero eles responderem; não preciso. A panturrilha retorna, e eu salto da caminhonete na direção da abertura, ficando suspensa no ar por um décimo de segundo antes de adentrar o mecha.

Por instinto e memória muscular, agarro um degrau da escada antes que eu bata na parede oposta; desativo as luvas criogênicas para que elas não estilhacem o metal. Aperto o corpo contra a escada quando o Windup dá outro passo, a força me fazendo prender a respiração. Então a perna volta para trás, e tenho um breve vislumbre tanto da minha equipe quanto de Xander atravessando a elevação que nos separa. Ele transpõe a abertura na parede e agarra um degrau antes de conseguir chegar até mim.

Ele tira o visor e o capuz e ergue os olhos em silêncio.

Subimos.

Quando chegamos ao quadril, avistamos fios grossos pendendo no ar. Nós nos esgueiramos para fora da escada e subimos por uma viga de apoio que atravessa o abdome. Coloco uma mão na cabeça de Xander para mantê-lo abaixado, os olhos atentos a qualquer movimento acima de nós.

— Vá para o lado direito — sussurro. — Espere o meu sinal, aí golpeie as engrenagens da perna. — Ele se vira para partir, mas agarro seu braço magro, tirando meu visor para poder fitá-lo nos olhos. — Segundo nossa inteligência, há dois guardas. Não seja idiota. Grite por ajuda se precisar. Essa coisa vai cair com tudo, e vai cair rápido. Não fique esperando por mim. Se vir uma saída, vá embora. Isso é uma ordem.

O garoto, mantendo seu silêncio infinito, assente outra vez e recua pela viga de apoio, mergulhando debaixo de uma cortina de fios antes de desaparecer. Ainda me lembro dos dias em que não o deixava fora de vista, muito menos o deixava vagar por um mecha sem companhia. Não era porque eu tinha medo de que ele morresse, mas porque a morte de um membro da minha equipe logo após minha nomeação como capitã teria sido muito constrangedora.

Felizmente construí uma reputação respeitável o suficiente para que todos eles saibam que não há sentido em morrer, independentemente da forma, já que, se o fizessem sem minha permissão, eu marcharia até o inferno duplo e os arrastaria de volta pelos portões eu mesma.

Ergo a cabeça, localizando o mecanismo giratório que controla a perna esquerda, meus olhos examinam porcas e parafusos e engrenagens, preenchidas com artérias de fios e aglomerados de nervos artificiais brilhando com a eletricidade. Não consigo entender por que Godolia construiria os mechas de modo que os Pilotos também sentissem dor, mas não vou reclamar. Isso me dá mais opções.

Eu aprendi uma coisa sobre as divindades: todas elas têm um ponto fraco. E, se por acaso não tiverem, sempre posso fazer um eu mesma.

– Ei! – grita alguém.

Levanto a cabeça e descubro que duas silhuetas se materializaram lá em cima, os contornos nítidos de armas nas mãos. Armas grosseiras, pouco criativas.

– Tenta me peg... – Dou um passo para o lado quando uma bala perfura o metal do abdome do mecha, a centímetros da minha orelha esquerda. – ... ar. Que... – Outra rodada; levo os braços ao peito, o coração palpitando quando meu calcanhar momentaneamente mergulha no vazio. Assim que me endireito: – ... *grosseria*. Comedores de fios. Não preciso disso.

Saio antes que a próxima rodada de tiros comece. Derretendo nas sombras, abro caminho em meio à colcha de retalhos de rotas escuras de engrenagens e fios.

Salto um vão e me abaixo, os olhos voltados para a escuridão acima. *Circulando. Essa é a minha divindade agora.*

No instante em que não consigo mais ouvi-los, salto para uma viga de suporte vertical, agarrando os parafusos gigantes e usando-os como apoios para os pés enquanto escalo o Windup. O movimento do mecha faz meus dentes trepidarem, mas talvez seja só o choque da adrenalina. Seja o que for, cerro a mandíbula para não cortar a língua enquanto subo. O mecanismo do quadril chia acima, a alavanca gigante cortando o ar conforme a Fênix corre.

Estendo o braço sobre a plataforma que suporta o quadril, um beiral com cerca de quinze centímetros. Ergo o corpo e apoio os pés no patamar, apertando as costas contra a viga de suporte. Abaixo de mim há uma queda de trinta metros, da perna até a base do pé do mecha, onde meu corpo seria estraçalhado em milhões de pedacinhos pela gravidade.

Aciono as luvas criogênicas e as coloco sobre uma das engrenagens. Fios de gelo se expandem a partir dos meus dedos, rastejando sobre o metal e envolvendo as dobras do ferro. A engrenagem desacelera.

– Pare!

Seis metros à minha esquerda, vejo um guarda em uma estreita viga de suporte, a mira do fuzil entre meus olhos. Retraio a mão e levanto as luvas criogênicas acima da cabeça.

– Oi – digo. – Cadê seu amigo?

– Tire as luvas, senão eu atiro.

Olho para seu rosto, que parece ainda conter uma quantidade significativa de gordura infantil. Não deve ser muito mais velho que eu.

– É melhor você não errar.

– Quê?

Gesticulo ao redor.

– As balas vão ricochetear se você errar. No seu lugar, eu chegaria um pouco mais perto. Estou desprotegida. Só quero que seja rápido.

Ele hesita por um momento, os dedos tremendo sobre a arma. Então, como uma pessoa que foi ensinada desde o nascimento a enxergar os habitantes das Terras Baldias como bárbaros idiotas, ele se aproxima lentamente. Tudo que preciso fazer agora é baixar a mão sobre a viga, inclinar a cabeça para um lado a fim de desviar da primeira bala e – uau, uma segunda? Sério? – depois, assim que o gelo tiver feito seu trabalho, chutar.

A viga se estilhaça e, sem nada em que se apoiar, a parte do meio se rompe sob o peso do guarda. Ele cai, a figura tentando agarrar cabos que não oferecem qualquer assistência às mãos estendidas. Dois segundos depois, ouve-se o som de um corpo se espatifando.

Eu entendo, entendo mesmo. Nem todo mundo tem estômago para atirar na cabeça de um adolescente, mas não vou agradecer a ninguém por isso; não vou hesitar só porque eles hesitam. Vou viver com o que for preciso, porque isso significa que posso continuar viva.

Giro o pescoço e olho para trás, na direção da turbina.

– Xander, agora! – grito, me preparando para esmurrar o punho na engrenagem cada vez mais lenta.

Nada acontece.

O guarda. *Cadê seu amigo?*

Solto a beirada do quadril, as duas mãos envolvendo a viga de suporte, então deslizo, o gelo das luvas desacelerando minha queda. Salto na área onde nos separamos e depois mergulho sob a cortina de cabos. Diretamente acima, Xander se equilibra na beirada do mecanismo do quadril direito, as costas pressionadas na viga para sustentar o peso, como eu o ensinei. Com uma mão, ele agarra tanto um pé de cabra quanto o seu outro braço. Há sangue escorrendo de seus dedos em gotas volumosas, pingando em uma poça aos meus pés.

À minha frente, há um guarda com um fuzil na altura da cabeça.

Os olhos de Xander se voltam para mim, notando minha presença por apenas uma fração de segundo antes de sair correndo.

– O que eu falei sobre levar tiros? – digo, irritada.

O guarda vira a cabeça, as manchas prateadas no cabelo e na barba brilhando apesar da escuridão ao nosso redor. Ele é mais velho, provavelmente já faz isso há um tempo. Não vai errar o segundo tiro.

O motivo de ainda não ter atirado? Ele não tem a menor pressa. Está se divertindo.

E dizem que *nós* somos bárbaros.

Enquanto isso, Xander volta a olhar para mim. O moleque mal fala, mas sempre consigo escutá-lo, claro como o dia. Em seu silêncio, ele me diz: *vê se apodrece.*

Reviro os olhos e levanto as mãos.

– Pode deixar ele ir – informo ao guarda.

Ele sorri. É uma expressão quase paternal, isso se você ignorar o fuzil em suas mãos e o sangue do membro da minha equipe manchando o bico de suas botas de combate.

– Você vai se voluntariar para ficar no lugar dele, Geada?

– Awn, você sabe quem eu sou.

– Isso mesmo – diz ele. – A menina que encontrou umas bugigangas tecnológicas há alguns anos e agora acha que pode derrubar Godolia.

Mexo os pés de leve conforme os movimentos da Fênix assumem outra marcha, errática. É possível que minha equipe esteja sendo perseguida em círculos pelo deserto agora. É mais possível que Theo esteja brigando com Nova pelo volante outra vez, e que Milo esteja tentando matar ambos, fazendo o Piloto atrás deles ficar confuso e desorientado. Gostaria de poder dizer que é uma estratégia intencional, mas, em grande parte, eles são só imbecis. Também queria poder dizer que não estou falando isso com base no que aconteceu no passado.

Ergo um ombro.

– Pelo menos sou ambiciosa. O que diriam da minha autoestima se eu quisesse ser alguma coisa inútil, tipo um... tipo um padre? – Reflito. – Ou um guarda de Windup?

– Ninguém te ensinou que bancar a heroína apenas atrasa o inevitável? – provoca o guarda, movendo o cano do fuzil de Xander para mim. Solto um suspiro de alívio. – Últimas palavras?

– Claro. Eu sou, tipo, superfamosa em Godolia?

Ele abre um sorriso torto.

– É sim. Você e seus amiguinhos Gearbreakers são uma pedra no nosso sapato. Já tentou remover um pedaço de pele achatada da sola de um Windup? Ouvi dizer que leva um tempão.

– Imagino. Mas matar você, não.

– Gostaria de ver você tentar, mocinha.

Não posso deixar de sorrir ao ouvir isso.

– Não gostaria, não.

Abro bem os dedos.

As veias da luva explodem em azul, depois branco, e as placas das palmas emitem um clarão serpenteante. Como um cometa, o sérum risca o ar, sua luminescência violenta é uma praga corrupta na escuridão das entranhas do mecha. O feixe colide com o ombro do guarda, e a luz desaparece dentro de seu novo hospedeiro. Conforme as sombras recaem mais uma vez, vejo um espasmo violento na ponta de seu dedo: uma tentativa de puxar o gatilho. Não adianta. O gelo já se instalou.

Caminho até ele, observando o pavor que tomou seus olhos vidrados. Já vi a mesma expressão várias e várias vezes; quando era mais nova, examinava os traços marcados pela agonia à procura de um vestígio de minha própria culpa. E, várias e várias vezes, não encontrei um resquício que fosse. Isso não faz de mim uma pessoa ruim. Só quer dizer que ninguém que serve a Godolia merece uma única migalha da minha misericórdia.

– Veja bem, o fato é que "bugigangas tecnológicas" ainda doem pra caralho – murmuro, colocando a luva no ombro dele. Sob meu toque, o sérum criogênico serpenteia pelas veias do guarda, dissipando todas as partículas de calor existentes. – Mas só no começo. Não precisa se preocupar. Você não vai sentir mais nada.

Aperto, e ele se despedaça sob os meus dedos, o último suspiro congelado no pulmão.

Ergo os olhos para Xander.

– Tá esperando o quê? Uma festa?

O moleque faz um gesto impressionantemente ofensivo com as mãos, gotas de sangue umedecendo o cabelo preto.

Eu me livro dos pedacinhos do guarda que ficaram presos na palma da minha mão batendo-a na calça do macacão, que fica sujo, e chuto o restante pela lateral da viga.

– É, é. Vamos. Já estamos atrasados.

CAPÍTULO CINCO

ERIS

Desativo as luvas antes de Milo segurar a minha mão e me ajudar a sair do Windup. Xander já está em terra firme, com uma expressão um pouco convencida demais, enquanto Juniper e Arsen fazem um escândalo por causa de seu ferimento, manchas escuras de cinzas espalhadas no rosto de ambos. Abaixo de nós, a Fênix jaz inerte, membros esparramados na areia em ângulos estranhos. A cabeça, com os dois olhos rachados e opacos, repousa sobre o ombro. O Piloto ainda está escondido lá dentro, o pescoço quebrado pelo choque da queda, ao que parece. Torço para que seja com alguns pedaços grandes de vidro espalhados pelo corpo, só para garantir.

Levanto o visor de Milo e puxo seu capuz até ele se abaixar o suficiente para que eu o beije. O cano do fuzil, apoiado em suas costas, quase encosta em minha têmpora.

— Todo mundo seguro? – pergunto, afastando o rosto de Milo e me virando.

Acima da curva da coxa do Windup, Nova abre a porta de um vagão do trem, emergindo lá de dentro com um caroço preto na mão.

— Que chatice! – declara ela, atirando o carvão, que bate de forma inofensiva na pintura da Fênix. Ela pousa as mãos na lombar e inclina a cabeça para nos olhar. — Ah, ótimo, vocês estão vivos.

Theo, que até então vagava pelo cadáver do Windup, escorrega pela bota e aterrissa com força na frente de Nova. Ela torce o nariz com a nuvem de poeira levantada.

— Apesar de você dirigir feito uma lunática – debocha ele, o rosto com sardas se contorcendo em um sorrisinho irônico.

Nova põe a mão em seu peito e o empurra.

– Pelo contrário, otário, eu dirijo bem pra cacete. Quando você der um tiro certeiro, *aí* você pode falar de mim. Eu faria melhor do que você.

– Pode tentar, princesa – retruca ele, tirando a pistola do coldre e a balançando na frente dela.

Nova estica o braço, mas Theo ergue o punho, então ela lhe dá uma joelhada na barriga e agarra o fuzil quando ele dobra o corpo.

– Apodreça! – grita ela enquanto Theo se levanta, sua figura contorcida por cima do ombro do garoto.

Mesmo que tenhamos outro incidente de braço quebrado/cegueira parcial, posso dirigir e atirar bem o bastante, então deixo que os dois briguem e salto para terra firme, onde Juniper terminou de prender uma atadura ao redor do braço de Xander.

– Bom trabalho, moleque – elogio, recebendo um aceno de cabeça rígido como resposta. – June, Arsen, correu tudo bem com o trem?

– Tudo certo – os dois respondem ao mesmo tempo.

– Ótimo. Uma equipe de limpeza deve chegar em breve para pegar a carga – digo, observando Nova passar as mãos pelo cabelo, o carvão nas palmas manchando de preto os fios loiros. Theo está ajoelhado no chão, a testa na areia; Nova claramente conseguiu escapar dele com um golpe baixo. – Vamos dar o fora daqui.

Entramos na caminhonete, Nova no banco do motorista, e o restante de nós amontoados na parte de trás, Milo com a perna repousando ao lado da minha outra vez. Theo, já recuperado, tamborila os dedos na lateral imunda, cantarolando enquanto o motor é ligado. Ali perto, porções da paisagem cintilam com a areia derretida e transformada em vidro – evidência do ataque da Fênix.

– Não foi muito trabalhoso, certo? – pergunta Milo.

Dou de ombros.

– Fácil como sempre. E você?

O carro dá um solavanco e faz uma curva em forma de U, depois freia de repente. Do banco da frente, Nova prende a respiração, o rosto completamente pálido no retrovisor.

– Hum... galera? – chama ela. Todos nós levantamos a cabeça.

– Merda – prageja Theo.

Diante de nós está a cabeça da Fênix, encarando-nos com um único olho aceso.

– Theo, Milo! – grito, sentindo um pavor repentino percorrer meu corpo. Eles imediatamente ficam atentos. – Vejam se conseguem se livrar do Piloto. Nova, tire a gente daqui.

Ela acelera, e o carro passa pelo joelho do Windup. Estamos prestes a fazer a curva da cintura quando o mecha se move para tirar um braço – já sem a mão – de baixo do corpo quebrado, cabos jorrando do metal estraçalhado. O braço tomba em nosso caminho, e Nova desvia para o lado a fim de evitar uma colisão.

O Windup se ergue, apoiando-se no punho quebrado, tirando o outro braço de trás das costas. Alguém à minha esquerda dispara um tiro, seguido por alguém à minha direita, e, por um momento, o silêncio atravessa minha cabeça, rasgado por uma voz débil e esperançosa – *estamos bem*.

Ambas as íris se quebram, sangrando vidro. Os tiros certeiros me enchem de orgulho, até eu perceber que o mecha ainda está se movendo.

Seu canhão termal tomba com força na areia, fazendo a terra debaixo de nós tremer, a abertura larga o bastante para engolir o veículo por inteiro.

O Piloto provavelmente tem apenas mais alguns segundos de vida, mas só precisa enviar um único, último pensamento.

De dentro do vazio do canhão, uma pequena chama alaranjada ganha vida em uma explosão.

– *Merda!* – grita Theo.

A chama ruge. Uma lufada de ar quente nos atinge no rosto. Nuvens de poeira rodopiam ao nosso redor.

– Estou sem tração! – berra Nova. De repente, a porta dela se abre e ela se abaixa ao lado dos pneus. – As rodas estão enterradas!

– Voltem pra droga do carro e coloquem seus visores! – grito, ficando de pé em um pulo.

Invoco meu poder de volta para as mãos com um único gesto, permitindo que o sérum criogênico floresça em suas veias.

Acima de nós, o cano do canhão se alarga como uma boca, uma língua alaranjada girando raivosa dentro de seus limites. Pensa que somos sua próxima refeição, devorando vidas a bel-prazer, assim como Godolia tem feito há décadas.

Junto as palmas, expelindo o sérum, e cerro as mãos em punhos. Filamentos de gelo penetram os espaços entre os dedos, os tentáculos faiscando pelo ar. Minha fúria não é uma entidade que arde, como acontece com muitos outros, mas é igualmente devastadora.

O inverno é fichinha perto da Geada.

Uma descarga de energia azul sai das minhas palmas, riscando o ar como raios de nuvens de tempestade. Sem amarras, se contorce alegremente por um único momento antes de se conectar com a chama da Fênix, que recebe o sérum da mesma forma que um balão reage a um alfinete: afundando num círculo perfeito ao redor do ponto de impacto e explodindo.

A energia sobe pelo canhão, me atingindo com tamanha força que perco o equilíbrio e caio em cima de Milo.

Por alguns minutos, o ar fica opaco. Desativo as luvas e arranco meu visor.

– É melhor todo mundo estar vivo – digo, recebendo apenas tosse como resposta.

Os dedos familiares de Milo encontram minha palma e a apertam com força. Percorro seu braço com as mãos até chegar à cabeça, constatando que tudo está em seu devido lugar.

– Eris – diz ele. – Você é incrível, sabia?

– Hum, claro. Acabei de dissipar um ataque da Fênix.

– Assim fica difícil elogiar você.

– Você precisa conquistar esse direito, soldado.

Uma pausa. Alguém se vira no banco da frente.

– Vocês estão se pegando? – pergunta Nova.

– É, sua pervertida – responde Milo, embora tenha soltado minha mão.

Tateio ao redor e encontro Arsen, Juniper e Theo jogados uns contra os outros, todos tremendo com risadinhas baixas.

– Estão rindo de quê? – disparo.

– Eu... – começa Theo, pausando por um momento para respirar. – Nunca vi a Nova surtar antes.

– Seu filho da puta! – vocifera ela. – Se eu pudesse ver você, quebraria a sua cara!

Ignoro os dois, ainda tateando ao redor.

– Xander? Fala alguma coisa. Pode ser baixinho, se quiser. Só preciso saber que você está aqui, moleque.

Todos ficam tão quietos quanto o vapor que nos envolve. Sinto um arrepio na espinha.

– Xander? – digo, a voz de repente amplificada pelo pânico. – Fala alguma coisa, qualquer coisa, por favor. Só precisamos saber que você está vivo, OK?

Silêncio. Meu coração congela no peito, com dificuldade para voltar a bater.

– Ele tá aqui! – anuncia Milo, o corpo nada além de um contorno tênue.

Rastejo até ele e estico um braço, hesitante, as pontas dos dedos roçando a bochecha funda de Xander.

– Puta merda – sussurro, agarrando seu rosto. – X, por que você não falou nada?

O garoto continua imóvel. Corro os dedos por sua bochecha, percorrendo o contorno de sua mandíbula. O queixo está apontado para o céu.

Também levanto a cabeça. Bem acima de nós, o sol foi reduzido a um único ponto brilhante, os raios mal atravessando a névoa. No céu nublado, a silhueta de uma enorme águia, as grandes asas abertas e fixas no ar.

Então ela se vira e as penas reluzem com o lustre do metal.

Não é um pássaro.

É um padrão delicado de flocos de ferro, descascados da testa afiada do capacete de um guerreiro. O sol desaparece por completo. Atrás da curva de um visor engradado, brilham dois eclipses vermelhos.

– Valquíria – sussurra Xander.

Alguma coisa rasga o ar acima de nós, sombria como os infernos e facilmente duas vezes mais comprida do que a caminhonete, dissipando a névoa conforme a atravessa. O Windup emerge, visível por completo, a espada de ferro pendendo sobre o chão na mão firme, fios de vapor que lembram seda agarrados à lâmina negra. O mecha encara a terra e os mortais que têm a audácia de encará-lo de volta.

Inspiro, trêmula, e me levanto. Fixo o olhar no rosto da Valquíria, dentro da qual há um Piloto com cabos que percorrem sua corrente sanguínea. Esquecendo-se de quão pequenos são de verdade.

Subo no capô da caminhonete e depois no braço sem mão da Fênix, minha aterrissagem vibrando ao longo da pele de metal. Quando volto a olhar para a equipe, Milo balança a cabeça.

– Eris – diz ele suavemente. – Não.

– Gearbreakers – digo, mas a palavra sai distorcida, o medo entupindo minha garganta e entrecortando minha respiração. – Gearbreakers, essa é uma ordem de sua comandante. Milo é seu capitão interino agora. Tente ser tão bom quanto eu, OK?

– Eris...

Meu nome na boca dele, suave ao deixar seus lábios, é... ridículo. Tão ridículo que sinto um calor transbordar as minhas bochechas, acumulando-se na minha cabeça.

– Eu... – murmuro, a voz falhando.

Quero ir para casa. Quero estar no salão comunitário, me enterrar naquela mobília empoeirada e nojenta com a lareira ardendo e minha família reunida ao meu redor, implicando uns com os outros como idiotas, engolindo minhas ameaças como ninguém mais faria.

Só que não há tempo para isso. Não há tempo para eu ser qualquer coisa além de fria.

– Eu vou matar essa desgraça – digo, porque odiar é fácil, e meu ódio é maior do que eu mesma. Ele me faz endireitar a coluna e as palavras saem entrecortadas da minha língua, farpadas em vez de quebradas, e é isso que eles precisam ouvir. – Não preciso de plateia. Nova, tire eles daqui.

Uma pausa. Encontro os olhos verdes dela atrás do para-brisa imundo, e deixo meu olhar se enterrar no dela. Ela assente uma vez.

– Pode deixar – sussurra ela, envolvendo o volante com os dedos tímidos.

Os pneus giram em falso na areia antes de escaparem de sua cova, e o carro dá ré. O Windup rompe sua rigidez presunçosa e divertida e desliza a espada pelo ar. Nova faz uma curva; a ponta de ferro arranha a pintura da caminhonete, quase virando o veículo, e corta o antebraço da Fênix. Salto para trás, abrindo os dedos com as luvas criogênicas e lançando um jato de gelo para prender a espada à pele de metal, mesmo que por apenas alguns segundos cruciais.

Milo se agarra à borda da carroceria, o rosto branco como um lençol.

– Vão! – vocifero.

Então a poeira sobe atrás deles.

A Valquíria se vira com uma velocidade apavorante, mais rápida do que qualquer outro Windup, as garras seguindo atrás da caminhonete. Levanto as mãos e lanço um jato em seu ombro esquerdo. Ela dá apenas um passo para trás, mas é tempo o suficiente para Nova ultrapassar o trem.

Assim eles somem de vista. Estão a salvo, o que faz ser mais fácil virar as costas.

Ou morrer, penso, seca, encarando a Valquíria sob sua própria sombra, *mas, sabe, é só questão de semântica.*

Imagino a pessoa minúscula e frágil suspensa dentro da falsa forma, inebriada com a própria percepção distorcida de poder, com a fantasia de que pode ser qualquer coisa além de humana.

– Você me quer? – grito, cerrando os punhos.

O sérum goteja da ponta dos meus dedos, escorrendo pela minha pele feito lágrimas inofensivas. O gelo sabe que não é uma boa ideia me machucar.

– Tente me pegar.

CAPÍTULO SEIS

SONA

O membro tilinta ao cair no chão, e eu me viro para cortar seu pescoço.

Fios quebrados faiscando em protesto, o Auto de treino descabeçado tomba sobre o piso. Esfrego o óleo lubrificante da lâmina com a ponta de um dedo e giro os ombros para trás, o suor colando minha camisa às costas.

– Próximo – digo para a sala.

O espelho na parede oposta se abre. Outro Auto surge da abertura escura, uma mão agarrando a espada. Ele faz uma mesura, coisa que eu não faço; uma sensação desagradável se desdobrando no estômago conforme o rosto vazio se inclina na direção do chão, programado para sangrar submissão. Ele se endireita e avança ao mesmo tempo que a porta atrás de mim se abre.

– Caramba, Steelcrest. Você sabe que essas coisas são caras, não sabe? – diz uma voz.

Eu me abaixo, desviando do golpe do Auto, e enfio o ombro em seu torso, espiando pelo espelho conforme ele cambaleia para trás. Três Valquírias estão entrando na sala, jaquetas militares engomadas.

– Boa noite – digo.

O Auto aproveita a oportunidade para agarrar meu tornozelo, me derrubando no chão e colocando um pé no meu ombro. Levanto o queixo para olhar para os Pilotos: Victoria, Wendy e Linel. O Auto ergue a espada.

A arma desce na direção do meu pescoço, a ponta de aço gravando apenas um beijo frio em minha pele antes de o Auto hesitar ao lembrar que não tem permissão para me matar. Arremesso sua lâmina para longe e enfio a minha em seu peito.

Eu o empurro e me levanto, limpando o óleo da bochecha com o ombro.

Os resquícios das atividades da tarde me separam dos outros Pilotos: partes de Autos de treinamento espalhadas pelo chão, fluido das engrenagens infiltrando na plataforma e o chiado ocasional de fios cortados. Eles atravessam a bagunça cuidadosamente, abrindo caminho na minha direção.

— Querida, esse *tapa-olho* – diz Victoria com espanto, os olhos vermelho e verde arregalados. Com o dedo branco, ela cutuca minha têmpora, onde o tecido que rasguei dos meus lençóis pela manhã se estica. — Por que isso?

Tiro a peça do rosto, dando de ombros conforme o mundo volta a mergulhar em vermelho.

— Só estou acostumada a treinar com cores.

Wendy bufa, franzindo o nariz pontudo.

— E com péssima percepção de profundidade, aparentemente.

Faço um gesto vago ao nosso redor.

— Aparentemente.

Victoria solta um riso alegre e passa um braço ao redor dos meus ombros, me apertando contra si. Eu a deixo fazer isso, embora saiba que o gesto está longe de ser amigável. Já se passaram algumas semanas desde o meu teste, e nem todas as Valquírias me acolheram gentilmente. A maioria delas precisou se esforçar para fazer parte da unidade e não gosta do fato de que sou uma delas apesar de ter acabado de sair da Academia.

Eu não gosto do fato de que elas sequer pensam que eu sou uma delas.

— Ah, Bellsona – suspira Victoria. — Você é uma figura.

— Você está enterrando as unhas em mim – observo, preocupada com uma mancha de lubrificante na minha manga.

— Você não vai durar muito se não conseguir aguentar uma dorzinha – cantarola Linel, chutando uma cabeça de Auto para o outro lado da sala.

Wendy agarra dois dos Autos pelo pescoço e os arremessa para a lateral da sala, abrindo espaço.

Eu os observo, permitindo que Victoria faça hematomas na lateral do meu corpo. Hematomas que não consigo sentir. *Isso não é dor.* Wendy toma meu pulso e me conduz até a plataforma limpa, as risadas enjoativas de Linel preenchendo a sala. Ele agarra uma espada de treino e a joga para Victoria, que a pega no ar, apontando-a na minha direção com um gesto experiente. *Vocês não imaginam o que é dor.*

— Vamos lutar? – pergunto.

– Uma estrelinha para Bellsona – zomba Victoria, assumindo sua postura.
– Por quê?
– Por quê? – Ela olha para Wendy e Linel, que soltam risadinhas enquanto observam.
– É, por quê? Qual é o motivo?
– Só quero ver se a melhor aluna da Academia se garante – explica ela, embora não soe sincera.
– Não está se sentindo confiante? – Eu me inclino para a frente, sussurrando: – Precisa que eu deixe você vencer?

Era uma piada. Pensei que tinha sido engraçada, mas nenhum deles ri. O sorriso de Victoria desaparece por completo de seus lábios.

– *En garde* – rosna ela.

Encaro a lâmina. O anel do meu olho é o único reflexo visível no metal liso.

A Academia permite aos alunos que retenham uma parcela de sua humanidade porque, com a emoção, podemos ignorar aquilo que nos faz hesitar, transpor o pensamento lógico.

Normalmente, Victoria é uma espadachim habilidosa, de movimentos ágeis e graciosos, capaz de mudar de postura com fluidez. Porém, a emoção deixa seus golpes desajeitados, o rosto manchado pela raiva. Um desvio brusco a faz tropeçar; antes que ela consiga se endireitar, levo o punho até sua bochecha.

Quando Victoria é enviada para massacrar um local, ela o faz com eficiência. Não nutre qualquer sentimento pelos habitantes das Terras Baldias, nem mesmo a fúria que apresenta agora; ela mal pensa neles.

Ela desaba sobre a plataforma com um ruído de frustração, as bochechas ardendo, cada vez mais vermelhas, e só ergue a cabeça quando a ponta de minha lâmina fica sob seu queixo.

Dessa forma, sua morte seria indolor.

– Obrigada pela luta, querida – digo, baixando a espada.

Assim que a ameaça é dissipada, Linel e Wendy dão um passo à frente e agarram meus punhos, me forçando a soltar a arma. Eles levam minhas mãos até minhas costas e as torcem, enquanto Victoria se recompõe e toca o queixo com a ponta do dedo. Quando ela afasta o dedo, há sangue debaixo da unha.

– Você acha… – ela bufa, apertando a espada com a mão – que é melhor do que a gente? Só porque é mais nova e dá golpes baixos?

Ela aponta para a maçã do rosto, onde brota o que imagino ser um adorável tom de violeta profundo. Olho para os dois que seguram meus braços.

— Perdão. Não fiz uma luta justa — digo, seca, e pauso, percebendo que me esqueci de jantar. — Vocês sabem se o refeitório ainda está aberto?

— Você sabe que a gente pode quebrar seu braço quando quiser, não sabe? — dispara Linel.

Dou de ombros da melhor forma que consigo.

— Não me causará dor.

Victoria abre a boca para cuspir algum comentário venenoso, mas então ouvimos o som de passos se aproximando no corredor.

— Soltem-na — ordena Victoria.

Linel e Wendy obedecem.

Estou torcendo as mãos, massageando-as até voltar a sentir a ponta dos dedos, quando o rosto sardento de Rose aparece na porta. Sua jaqueta de Valquíria pende frouxa dos braços em vez de dos ombros. Os cachos do cabelo emolduram seu rosto; cada curva em um tom de vermelho profundo, mesmo quando não estou com os dois olhos abertos, combina com o rubor natural de suas bochechas pálidas com covinhas.

— Puta merda, o que aconteceu com você? — pergunta Rose, espantada ao ver Victoria. Ela balança a cabeça. — Deve ter merecido. Enfim, Jonathan já está voltando. Ele disse pelo rádio que aconteceu... aconteceu alguma coisa enquanto ele atendia a um pedido de socorro. É melhor vocês irem ver o que é.

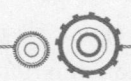

O restante da unidade Valquíria nos espera no hangar dos Windups, em frente à porta hidráulica na parede leste, que vai do chão até o teto. A porta está aberta, revelando o corredor subterrâneo que se expande debaixo de Godolia, permitindo que os mechas entrem e saiam das Terras Baldias sem perturbar a cidade. Do interior de sua boca de concreto podemos ouvir passos estrondosos, vibrações que sacodem a terra debaixo de nós.

Rose cutuca um Piloto com a jaqueta jogada sobre o ombro.

— Ei, Jole, alguma ideia do que tá rolando?

Ele sacode a cabeça, o olhar fixo na porta.

— Nenhuma palavra no rádio faz uns dez minutos.

Riley, a garota ao seu lado, belisca o braço de Jole.

– Cale a boca por dois segundos – repreende ela. – Vocês também! Quietos. Escutem...

Ela inclina a cabeça para o lado, uma porção de cabelo saindo de trás da orelha e descansando na bochecha marrom-escura. O restante das Valquírias se cala diante da ordem, deixando a aproximação do Windup muito mais aparente.

Conheço o som dos meus próprios passos. Esses não chegam nem perto. O que significa que algo dentro do Windup de Lucindo está quebrado.

– São as pernas – anuncia Riley, assentindo com firmeza. – Jonathan está colocando mais peso na esquerda do que na direita.

Victoria ri.

– Você sabe em que tipo de unidade de mecha a gente está, não sabe?

– Sei o que estou ouvindo, Vic – murmura Riley, depois aponta para o corredor. – Lá vem ele!

Ficamos em silêncio mais uma vez. O Windup vira a esquina, a distância reduzindo sua figura a nada além de uma faixa prateada que oscila conforme se aproxima. Rose coloca a mão sobre a testa para proteger o rosto das fortes luzes fluorescentes acima, estreitando os olhos.

– Mas que... – murmura ela. – Aquilo é... *gelo*?

O Windup entra na zona iluminada. Ou melhor, cambaleia até ela, o mecha inteiro pendendo para um lado, apoiado na perna esquerda, como Riley previu. Porém, a pele de aço não dá lugar para o reflexo cruel das luzes fluorescentes; a luz se dispersa nas fissuras irregulares de gelo que a entrelaçam. Garras gélidas prensam o metal como destroços, aninhadas no metal franzido e na larga fenda que rasga a greva direita. A espada, presa de forma magnética entre as escápulas, cintila com cristais de gelo que se projetam violentamente do ferro negro.

Um único olho aceso nos encara por trás de um visor rachado.

– Ele vai tombar – declara Jole. Percebendo que o espanto reduziu sua voz a um sussurro, ele se vira para as outras Valquírias e coloca as mãos ao redor da boca: – Ele vai tombar! Para trás!

Lucindo consegue dar um único e doloroso passo para dentro do hangar antes de a perna direita sucumbir sob seu peso. A Valquíria cai de joelhos, apoiando-se em uma das mãos para não esmagar os Pilotos que não acataram o aviso de Jole a tempo.

O mecha ergue a outra mão, enfiando os dedos trêmulos no espaço onde a grade do visor foi extirpada, e o arranca. Um operário mergulha para a esquerda quando as barras de metal caem no chão, partindo o concreto com o impacto. A mão do mecha desliza pelo antebraço, indicando que, lá dentro, Lucindo está puxando os cabos que conectam seu sistema nervoso ao Windup. O olho solitário se apaga, piscando.

Por alguns segundos, tudo fica imóvel. A Valquíria está agachada acima de nós como uma divindade curiosa, observando nosso espanto.

Então a íris direita explode e, um instante depois, Lucindo aparece. Ele aterrissa desajeitado, mas ereto, o braço estendido para segurar em um parafuso do punho.

— Ela ainda está lá — resmunga ele. A impressão infantil que tive ao conhecê-lo se dissolve quando ele passa um nó do dedo sobre o olho esquerdo, tentando remover o sangue do ferimento. Um riso sem graça, sombrio e áspero, escapa dos lábios rachados. — A Gearbreaker. Minha perna... eu acho...

À essa altura já cheguei à base da mão da Valquíria, então quando ele desaba estou lá para segurá-lo, Jole e Rose ao meu lado. Meus dedos roçam seu pescoço, sentindo o pulso, e ele abre os olhos de novo.

— Dói pra porra... — murmura ele, depois balança a cabeça. — Não... doeu *mesmo*. Não agora. — Com a cabeça, ele aponta para o mecha meio-cego acima de nós. — Dor fantasma. Lembra o que eu falei, Sona?

— É claro, senhor — respondo imediatamente, embora minha cabeça esteja girando.

Que tipo de coisa poderia fazer isso? Quem seria *capaz* de fazer isso?

Desvio o olhar do rosto ensanguentado de Lucindo e me viro para a pessoa que emergiu de uma fissura no tornozelo da Valquíria, saltitando sobre a borda irregular até a panturrilha. Ela varre a sala com seus olhos escuros, examinando dezenas de mechas recém-construídos e parados como estátuas ao redor do hangar e o grupo de Pilotos que a encara com olhos brilhantes.

A garota se endireita, o brilho das luzes fluorescentes refletindo em seu cabelo curto.

— Ah — diz ela. — *Merda*.

Então ela dispara sobre a Valquíria.

É ridículo.

Não consigo desviar o olhar.

Observo um punhado de Pilotos saltar na perna para persegui-la, e vejo o canto de seus lábios se curvar em um sorriso zombeteiro.

E algo estranho acontece – as mãos dela são tomadas por fios de luz, as palmas brilhando com desenhos delicados da eletricidade; então a luz se projeta, bradando para longe dela, formando garras pelo ar e desaparecendo na carne do ombro de um Piloto. Ele solta um grito de espanto, cambaleia para trás até o pé atingir apenas o ar e cai no chão – o braço se estilhaçando em um milhão de pedacinhos irregulares.

Viro a cabeça para o lado, desviando o olhar do Piloto aos gritos e fixando-o na garota outra vez. Fecho o olho esquerdo.

Seus cabelos são negros como um corvo, e uma cor ainda mais escura tinge seus olhos, ágeis e belos, e agora incandescentes, uma fúria incrivelmente firme em sua expressão – nunca vi uma carranca como a dela na vida. Ondula a partir da testa e puxa seus lábios para trás, vazando para fora do rosto e fazendo-a erguer os punhos e firmar os ombros em uma postura rígida, mas orgulhosa.

E, quando encontro seu olhar, que de alguma forma parece fervilhar com mais violência do que a luz artificial forçada no meu, esqueço tudo e respiro fundo.

Não sei bem se é só o fato de que ela teve a habilidade de obliterar uma Valquíria sozinha, ou a audácia de atacar um Piloto na frente de vinte de seus companheiros com um sorriso nos lábios, ou o fato de que ela é a primeira Gearbreaker na qual coloco os olhos e, portanto, representa cada partícula de destruição que desejo personificar – mas ela é a garota mais linda que já vi.

Todos no hangar dos Windup se dirigiram para a área ao escutarem a comoção. Guardas apareceram com fuzis já preparados nas mãos, apontados para a garota com ferocidade costurada nos traços. Ela ergue as palmas novamente, mas dessa vez nada faísca de seus dedos, a não ser um par de gestos obscenos.

– E aí? Vão se foder vocês todos! – grita ela. – Venham me pegar!

Ao meu lado, Jole balança a cabeça.

– Ela deve saber que não vai conseguir escapar.

Rose dá de ombros, passando uma mão pelo cabelo de Lucindo, arrancando um pedaço de sangue seco.

– Gearbreakers. Acham que podem enfrentar o mundo todo.

– Você viu o que ela fez comigo? – Lucindo tosse, levantando o queixo. – Sozinha. O pedido de socorro veio de uma Fênix e, quando cheguei lá, o mecha já estava morto. O Piloto também. E lá estava ela, gesticulando para sua equipe ir embora, gritando para eu *tentar* pegá-la. Achei que ela devia estar louca, mas aí...

A garota solta um grito sufocado quando um dos Pilotos a derruba, acertando um soco em suas costelas conforme os dois tombam. Ele consegue prender o punho dela à panturrilha da Valquíria e ergue a mão para dar outro golpe. Ela acerta o abdome dele com o joelho, sem nem piscar com o cuspe que cai sobre seu rosto, e mete a testa na ponte do nariz dele.

Quando o Piloto se retrai, a garota pressiona a palma sob o queixo dele, e o grito enraivecido que ele solta mingua até uma única nota antes de desaparecer por completo. Mesmo daqui, posso ver o ponto em que seus olhos se apagam, e um tom quase mais doce toma o grunhido da garota quando ela chega à mesma conclusão. Porém, antes que ela possa empurrá-lo e ficar de pé, a coronha do fuzil de um guarda a acerta na têmpora, fazendo seus olhos revirarem conforme ela desaba. Sua mão solta o Piloto morto para pousar inerte na beirada do Windup.

Mesmo inconsciente, seu rosto continua fixo em uma carranca.

– Quem é ela? – sussurro.

– Uma verdadeira pedra no sapato de Godolia, é isso que ela é – murmura Lucindo, observando enquanto o guarda joga a garota em cima do ombro. – Assumiu o comando da própria equipe aos catorze anos, mas está na ativa há muito mais tempo. Acreditamos que ela encontrou um par raro de luvas criogênicas e as modificou para que tivessem energia o suficiente para exaurir até o calor de uma Fênix. O preço pela cabeça dela é assombroso, mas aparentemente adequado.

Balanço a cabeça, escondendo o fato de que meu coração está na garganta.

– Sim, mas qual é o *nome* dela?

– Não sei. Mas a chamam de Geada – diz Lucindo. De repente, ele sorri. Todos olhamos para ele, fascinados. Ele afasta a mão atenciosa de Rose com um tapinha, esticando o pescoço para conseguir um último vislumbre da garota antes que ela e o guarda desapareçam em meio à multidão atordoada. – Pegamos uma, Valquírias. Uma Gearbreaker. E ela vai nos contar tudo.

CAPÍTULO SETE

ERIS

Espera, o que...

Tento abrir os olhos. *Ah, Deuses.* Muita claridade. Figuras desfocadas estremecem ao meu redor. Bando de imbecis. Dormi no sofá de novo. Nova cutuca minhas costelas com uma unha pontuda; Arsen belisca minha bochecha de forma agressiva. Tento afastá-los com um gesto, mas acho que minhas mãos não se movem. Não estou me sentindo muito bem. Nem perto disso. Instintivamente, passo a língua nos dentes, contando, para me certificar de que estão no devido lugar. Não consigo lembrar quantos eu tinha, para começo de conversa.

Espera...

Pisco diante da luz repentina, compreendendo a situação com uma clareza excruciante, e depois começo a pensar se estou pronta para morrer ou não. A resposta, como sempre, é *não*, o que *não* é muito útil, então, em vez disso, faço algo que *é* útil: estendo o braço até a cavidade ocular esquerda da pessoa mais próxima e arranco seu olho.

O ato produz um som nítido e limpo. Os fios conectados ao olho estão ensanguentados – e feios também –, então torço os cabos ao redor dos dedos e puxo. Os fios arrebentam, uma única faísca atravessando o ar a partir do cobre quebrado. A pupila apaga na minha mão.

Alguém força meus braços de volta para a mesa. Debruçada sobre mim, a Piloto de um olho me encara de volta, apática, erguendo a ponta de um dedo para limpar o fio de sangue que escorre da cavidade vazia. Seu outro olho é verde como a floresta dos Ermos no auge do verão. Devia ter arrancado esse também.

– Gearbreaker imbecil – resmunga a Piloto, apenas levemente incomodada. Ela balança a cabeça para os companheiros, dois outros Pilotos que rapidamente seguram meus braços contra a mesa. – Preciso buscar um olho novo. Certifiquem-se de que ela receba o que merece.

– É claro – diz o garoto à minha direita em uma voz alegre, embora as portas já tenham se fechado atrás da Piloto.

Uma outra, à minha esquerda, solta um riso baixo e debochado.

– "É claro" – zomba ela.

As bochechas pálidas do garoto coram. É uma imagem estranha; não sabia que Robôs eram capazes de corar.

– Qual é o problema? – retruca ele.

A garota bufa.

– Pelo amor, Linel. Só falta você chamar ela de Rainha Victoria e confessar seu amor eterno.

Ele franze a testa, as bochechas corando ainda mais.

– Wendy, faça um favor pra todo mundo e pelo menos *uma vez* cale a porra da sua boca.

Enquanto eles discutem, absorvo o máximo da sala ao meu redor. A parede onde fica a porta é a única que não é feita de espelhos, provavelmente falsos. A única fonte de luz é um bulbo fluorescente que irradia calor sobre mim, refletindo no metal do tampo da mesa. Uma camada de suor umedece minha testa, e percebo que há poeira de carvão na minha boca, da operação no trem. Parece que foi há meros minutos.

– Devolvam minhas luvas – rosno, e os dois interrompem a discussão para me encarar. Nunca havia prestado tanta atenção ao rosto de um Robô. Eles têm uma aparência perturbadoramente humana de perto.

– Essas aqui? – provoca o garoto, erguendo-as. Ele as aperta de qualquer jeito, com força, as veias saltando. É como se estivesse sufocando minha garganta.

– Devolve – vocifero.

Wendy solta um riso debochado.

– Ou o quê, vai arrancar nossos olhos também?

– Ah, está nos meus planos.

Outro riso de Wendy, mas há algo mais sombrio ali, e ela lança um olhar firme para o garoto. Em seguida, ela vira a mão e uma braçadeira de metal se fecha ao redor do meu pulso. Antes que eu possa reagir, Linel faz o mesmo no outro lado. Tento me mexer, mas só sinto o sangue inchando as pontas dos dedos, e a pele fica roxa com a pressão.

— Olha só pra ela, se debatendo — murmura o garoto. De repente, ele não parece mais infantil ou envergonhado, e o rubor de suas bochechas desaparece. Agora ele sorri, a expressão doentia. — Como é que ela quase acabou com Lucindo?

— *Quase* — zombo. — Fale isso pra Valquíria que deixei inerte no seu hangar.

— Uh-uh. — Wendy estala a língua quando tento acertar minha testa em sua mandíbula.

Ela coloca o antebraço sobre meu pescoço e empurra minha cabeça no lugar; quando arfo, eu engasgo e não há ar, apenas a sensação dos pulmões agitados, em espasmos. O olho desliza dos meus dedos e deixa minha palma escorregadia. Com um tipo violento de desespero, penso comigo mesma: *não quero morrer aqui.*

Wendy retrai o braço. Enquanto ofego por ar, Linel aperta minha mão entre os dedos.

— O que está escrito aqui? — pergunta ele, faceiro, estreitando os olhos diante da tinta borrada. — *Se encontrada: enterrar.*

— Isso é coisa da Rompe-Estrelas, seus cuzões — rosno. Jenny ia adorar o fato de que estou usando seu codinome como uma ameaça. — E ela vai detonar este lugar todo se vocês encostarem um dedo em mim.

— Não parece — diz Wendy, o cabelo longo e escuro escorrendo sobre o meu ombro quando ela inclina a cabeça para ler a minha mão, um sorriso discreto na boca. — E de onde é que a Rompe-Estrelas chegaria, exatamente?

Reúno saliva e cuspo em sua bochecha.

Seu sorriso se torna maior e mais profundo. Meu pânico cresce. Quero que os dois desviem o olhar, que aqueles olhos horríveis explodam em seus crânios.

Wendy tira algo do bolso — duas pequenas facas com cabo de madeira envernizado, como se fossem parte de um aparelho de jantar. Ela entrega uma a Linel.

— Seu pessoal gosta de engrenagens, não é? — sussurra Wendy, inclinando a cabeça. — Que tal mais algumas?

Sinto a respiração estremecer no peito e, por um momento passageiro de fraqueza e egoísmo, desejo que os outros estivessem aqui comigo. Assim a sala pareceria menos fria, e eu não estaria sozinha, mergulhando nas histórias de terror sobre a crueldade de Godolia que contam a todos os pequenos Gearbreakers.

Linel segura meu pulso.

— Você não devia ter mexido com as Valquírias, Geada.

O fio da lâmina pressiona minha pele, enterrando-se nela.

Não são mais só histórias.

Meu grito arranha a garganta; eu o prendo, tento sufocá-lo no peito, mas, quando Wendy começa do outro lado, não consigo contê-lo.

Seja forte, imploro para mim mesma, lágrimas brotando dos olhos, borrando a sala e a visão das lâminas deslizando, devorando, *por favor, pelo amor dos Deuses, seja forte e aguente.*

— Não tem nada para falar, Geada? — cacareja Wendy, a voz distante.

Comedores de fios, guincho, mas nada sai; nada além de outro grito incompreensível.

Cortes rasos, superficiais, é o que digo a mim mesma quando eles terminam, mas o medo ainda está enraizado. Isso é só o começo. Isso é o que o resto da minha vida vai ser, por mais curta que seja.

Já morri?

O sangue escorre por meus antebraços, gotejando no chão em intervalos irregulares. Minhas mãos estão frias; a sensação lembra a corrente das minhas luvas, o som do metal se partindo.

Não, não morreu, então pare de ser dramática.

A voz em minha cabeça soa como Jenny.

Conto as gotas perdidas. Faço anotações mentais. Anexo uma promessa sombria a cada uma.

Não vou morrer assim.

Não vou morrer assim, e isso significa que posso fazê-los pagar por isso.

CAPÍTULO OITO

SONA

— Estamos aqui para comemorar — anuncia Lucindo na ponta da mesa. As Aranhas reduziram os cortes em seu rosto a nada além de algumas marcas pálidas superficiais, e, a alguns andares abaixo de nós, sua Valquíria está sendo revestida com cromo novinho em folha, ferro e vidro. Todo o trabalho da Geada, coberto como se não fosse nada. — Sim, capturamos uma Gearbreaker ontem, porém, mais importante...

Rose raspa uma colherada de chantili do prato, se inclina na minha frente e a espalha na testa dele. O salão explode com as gargalhadas das Valquírias.

Lucindo leva um guardanapo ao rosto.

— Vou remover você da unidade, Rose.

— Posso terminar meu bolo antes? — pergunta ela.

— Não — responde Lucindo, avançando sobre a sobremesa.

Rose agarra o prato e pega o pedaço inteiro com a mão, abre a boca e o manda para dentro.

— Que. *Delícia* – geme ela, migalhas presas nos cantos da boca.

Como um pedaço do meu bolo enquanto eles se recompõem, mantenho-o na língua pelo máximo de tempo possível. Na Academia, os alunos raramente podiam comer açúcar, exceto no Dia do Paraíso – a celebração de final de ano –, mas a formiguinha que fui na infância nunca foi realmente contida. Culpo minha mãe e sua cozinha, tomada pelo aroma de *yakgwa* recém-frito sempre que um aniversário se aproximava e tínhamos mel o suficiente na despensa, os doces modelados no formato de pequenas flores com o fundo de uma xícara de chá.

Jole, à direita de Rose, deve notar minha euforia, porque leva o prato até o meu e deposita seu chantili na minha fatia.

– Como eu estava tentando dizer – retoma Lucindo, agora de volta a seu lugar, as bochechas coradas –, o verdadeiro motivo de nossa celebração: Sona, nossa mais nova Valquíria, executou com sucesso e perfeição, devo acrescentar, sua primeira missão hoje!

Ele sorri para mim. Meu olhar escaneia sua boca e as ruguinhas que se formam ao redor de seus olhos. O bolo parece algodão em minha garganta.

– A muitas outras! – brinda Rose, erguendo a taça.

Ao redor da mesa de jantar, todos os Pilotos a imitam. Victoria, sentada na ponta oposta com Linel e Wendy, até inclina a taça na minha direção, embora com uma careta. Todos os olhos estão em mim, íris vermelhas ardendo, refletidas na prata dos copos.

– A muitas outras! – gritam eles.

Hoje, fui uma soldada fantástica.

Agora, por causa disso, quero chorar, e não parar mais. Quero engasgar no meu bolo. Sinto o desejo estranho e violento de engolir meu garfo, de sentir o metal fisgar minha garganta de um jeito estranho, pontas rasgando a pele crua e macia; não posso sentir dor, mas posso dar a mim mesma algo para dilacerar.

Não choro. Seguro o calor atrás dos olhos até ele se dissipar. Não há respiração trêmula para me preocupar, para conter, não quando existem pequenos filtros instalados nos tecidos de minha garganta para oxigenar minhas células, mil vezes mais eficientes do que meus pulmões.

A parte mais vulnerável de qualquer Windup pilotado é o próprio Piloto. Na época da Guerra da Primavera, as batalhas aconteciam estrategicamente ao lado de corpos d'água, de modo que os mechas autônomos inimigos pudessem arrastar os Windups de Godolia abaixo da superfície, quebrando os olhos para que as divindades só pudessem se debater em suas formas menores, os Pilotos, afogados às cegas. Nas batalhas secas, os inimigos de Godolia inundavam o terreno com gases tóxicos, enviando os Windups com o único propósito de se atracarem com os mechas de Godolia e depois explodirem, causando um vazamento. Os Pilotos respiravam, e então caíam. Acredita-se que a criação de tecnologias de oxigenação por parte de Godolia foi o que mudou os rumos da guerra. Sem respiração, não importava se os corpos eram lançados como bonecos de pano debaixo d'água, se eram envoltos por gases nocivos: desde que os Pilotos permanecessem conscientes e conectados a seus cabos, podiam lutar. E lutavam. E venciam.

Agora, sem o arfar do peito, há menos um sinal para denunciar o pânico.

– Conta como foi, Sona – diz Jole um tempo depois, quando a maioria das Valquírias está para lá de bêbada, incluindo Rose; ela cantarola enquanto se balança de um lado para o outro entre nós.

– *Isso*, conta! – exclama ela, agarrando meu braço, olhos sem foco, mas brilhantes. – Conta!

– Foi só uma missão de escolta – respondo, resistindo à vontade de me encolher diante do toque. – Como todas as primeiras missões de vocês.

– Nossas primeiras missões não costumam envolver um combate com a Rompe-Estrelas – diz Lucindo com aquele sorriso preguiçoso e permanente nos lábios, recostando-se na cadeira.

Quando falo, minhas palavras saem baixas.

– Talvez ela ainda esteja viva.

Lucindo ri.

– Não precisa ser modesta, Sona.

Debaixo da mesa, minhas mãos se apertam.

Não estou sendo modesta, porque não há motivo algum para ser modesta – não sinto qualquer orgulho do que fiz hoje. Nada além da náusea no estômago, embrulhado pela culpa.

– Fui para o norte – começo.

Rose está encostada em Jole; Lucindo, inclinado para a frente e apoiado nos antebraços, atento. As outras Valquírias param de tagarelar para ouvir. Quero respirar fundo, mas isso seria um sinal; seria inútil. A Modificação fixada à minha garganta carrega ar por minhas cordas vocais sempre que preciso falar.

– Para um vilarejo de suprimentos, Franconia, perto do Rio Hana. A missão era escolher uma aerobarca de água potável.

Aquilo parecia inofensivo o bastante.

Até que a aerobarca atravessou o rio, o deque abarrotado de barris de aço, e notei o clarão de um alerta de aproximação.

Eu me virei bem a tempo de ver uma caminhonete cheia de Gearbreakers seguir pela curva do rio – e uma jovem, com um par de pontos de luz no lugar dos punhos, o cabelo escuro como o vazio – antes de a aerobarca explodir e me arremessar no rio.

– Não tinha uma gota de água na barca – digo para o salão silencioso. – Só gasolina.

Envolta em chamas, a Valquíria surgiu na superfície da água.

Dentro da minha mente, meu outro corpo colidiu com o vidro dos meus olhos. Acordei de súbito quando os cabos conectados aos meus braços arrebentaram. O mecha estava afundando, de cabeça, e pensei comigo mesma: *isso não seria tão ruim.*

Porém, os Gearbreakers, ali na margem – os Gearbreakers sabiam que eu não me afogaria, que não podia me afogar, e viriam até mim para terminar o trabalho.

Quero morrer aqui? Fitei a pressão da água profunda contra os olhos do mecha, a centímetros de meus dedos. Os cabos prendiam meus braços, o gemido solitário do casco de metal, a ruptura escura e vazia no meu peito... *Deuses, não, não posso morrer aqui, não quando essa é a última coisa que vou sentir. Não vou carregar isso comigo, não vou...*

Foi um tipo especialmente magnífico de constatação: vou morrer dessa forma. Nunca vou me livrar do toque da Academia, da visão de Godolia. Vou morrer como parte deles.

Está fora do meu controle.

Talvez sempre esteve.

Olhei através dos olhos da Valquíria e notei que havíamos chegado ao fundo do rio. A água tamborilava debaixo de meus dedos. Era escuro como a calada da noite, ali embaixo. Silencioso, para variar.

E, de repente, os olhos da Geada estavam repousando sobre os meus de novo, aquele olhar furioso e congelante, como se fosse ela que estivesse na ofensiva, como se este fosse o campo de batalha *dela* e eu fosse a intrusa. Aquele único olhar prometia destruição e prometia ódio e, sem nem perceber, eu havia entrelaçado meu próprio voto ao olhar dela: posso morrer como parte deles, mas vou levá-los comigo.

Porém, não poderia acontecer se eu morresse ali naquele momento, no fundo de um rio, dentro da cabeça de um mecha, com uma Gearbreaker vindo quebrar meu pescoço.

– Eu me ativei – murmuro. – Senti os pés na margem, levantei a cabeça a tempo de ver a equipe da Rompe-Estrelas saindo da caminhonete. Ela ergueu as mãos e uma... uma luz saiu das palmas, iluminou o rosto dela, a equipe...

E ela era *gloriosa*. Um sorriso selvagem, cabelo preto iluminado, gritos de guerra dançando da língua. Ela parecia tão... feliz. Quando foi a última vez que estive feliz?

Consegue ver? Cinquenta metros de aço, ferro e fio, olhos em chamas em minha cabeça, meus traços moldados para conter apenas perversidade, para criar apenas carnificina. *Consegue ver que eu não sou* isso?

— E então... — Debaixo da minha nova jaqueta das Valquírias, pouso a mão sobre as costelas. — Eu estava fervendo.

Fazia semanas que eu não sentia dor, e havia começado a sentir falta dela.

Então, a Rompe-Estrelas estava na minha frente, e não me lembrei de nada além do calor cortante que queimava minha lateral.

— Ainda não sei o que era. O que ela fez comigo.

— Ninguém sabe — diz Lucindo, melancólico, entrelaçando as mãos atrás da cabeça. Seu olhar fica desfocado, sonhador. — Como uma pirralha poeirenta das Terras Baldias tem a sorte de encontrar uma peça de tecnologia magma daquele tipo?

Levo um momento para imaginar uma cena em que despedaço minha placa em cima da cabeça dele antes de continuar:

— Eu me arrastei até o rio.

Água cobrindo minha cabeça, um choque de frio contra minhas bochechas. Ao meu lado, as placas escaldadas chiavam e crepitavam.

— Quando meus joelhos atingiram o leito do rio, a dor já estava suportável. Juntei as palmas, torcendo o corpo conforme nadava até a superfície, e lancei uma onda sobre a margem.

— E eles se afogaram? — pergunta Jole, entusiasmado, o queixo sobre os cachos de Rose.

— Eles se dispersaram.

Corpos jogados pela água ao longo da margem, pequenas formigas se contorcendo em uma enxurrada.

— A motorista deles lutava contra a correnteza, resgatando a equipe com as rodas sufocadas pela água do rio.

— Rodas — debocha Riley do outro lado da mesa, bochechas coradas por causa de seja lá o que havia em sua taça vazia. — Que *piada*.

— Ela resgatou todos eles, encolhidos e ensopados na caçamba da caminhonete conforme eu saía do rio. Exceto pela Rompe-Estrelas, que havia sido jogada contra uma das rochas na margem. A motorista parou a uns três metros de distância; gritando para ela, acredito, e gritou alguma coisa de volta e não saiu do lugar. – Não digo que ela cuspiu na minha sombra no momento em que apareceu sobre sua cabeça. – Os membros da equipe dela saíram correndo do carro e a agarraram para levá-la a um lugar seguro.

Assim que a Rompe-Estrelas entrou na caminhonete, eu me ergui por completo, o sol nascente às minhas costas, minha sombra tão comprida que cobria o vilarejo de suprimentos na margem oposta.

Vão. Os queixos erguidos, expressões banhadas no brilho dos meus olhos, os Gearbreakers não se mexeram. *Por favor, vão*.

O motor roncou, mas aquilo não era uma retirada – era um ataque, e as mãos da Rompe-Estrelas tremeram nas laterais de seu corpo, e nenhuma sombra ou luz que eu pudesse lançar poderia competir com o brilho que jorrava de suas mãos. Senti... senti medo.

Não só dela.

Por ela.

– Antes que ela pudesse erguer as mãos, eu abaixei as minhas. – Sorrio com a mentira que pesa em minha língua. – Foi fácil; esmagar o carro, chutar tudo aquilo rio adentro. Só queria que eles tivessem se esforçado um pouco mais. – Faço círculos no tampo da mesa com o dedo, procurando farpas nas quais possa prender o dedo, mas não encontro nenhuma. – Queria uma chance de usar aquela linda espada.

Linel ri.

– Que *frieza*, Steelcrest.

Victoria bate as costas do punho com força no ombro de Linel e se levanta da mesa.

– Não liga pra Vic – diz Rose –, ela só está em choque por causa da história!

– Nem – diz Jole, revirando os olhos. – Alguém podia arrancar a lua do céu e Vic nem sequer olharia duas vezes.

– Tô entediada – responde Victoria com facilidade, mas para no batente da porta da sala de jantar.

A imagem fica tão estranha de repente, com Victoria emoldurada pela porta, o lustre banhando com seu brilho suave as Valquírias alegres por causa do açúcar, guardanapos e pratos vazios espalhados de forma caótica pela grande mesa. Os dedos de Rose na minha manga, o sorriso preguiçoso atravessando seu rosto. A mão de Jole dando tapinhas amigáveis nos meus ombros. Há algo de íntimo na cena. Confortável, de uma forma que me faz quebrar, mas só um pouco. *Jantar em família*, foi o que Lucindo disse quando foi me buscar no meu quarto.

Quando meus professores anunciaram que eu havia sido aceita no Programa de Windups, eu sorri, apertei suas mãos e, assim que fiquei sozinha no meu quarto, esvaziei o conteúdo do estômago. Foi de ódio por eles, ódio por mim mesma e pela forma como minha imprudência e infantilidade haviam me unido para sempre àquela nação e ao sonho de sua destruição, e ódio pelo que eu me tornaria para alcançar aquilo.

Então acordei da cirurgia. Acionei meu Windup. Por apenas um instante, um momento alegre e cintilante, pensei que tudo valia a pena. Era assim que vingaria meus pais. Era assim que poderia vingar a mim mesma.

No entanto, estou aqui há semanas. Durmo de forma irregular, assombrada por pesadelos, e acordo sem ar, jurando que aquela poeira de carvão de Silvertwin estava sendo enfiada pela minha garganta. Acordo com nove anos de novo, rastejando sobre mãos decepadas e joelhos partidos nas minas do vilarejo, olhando para cima, onde o chão rachara para revelar o cosmos pontilhado e divindades com olhos eclipsados de carmim nos encarando do céu.

Há semanas sei que posso causar estrago, adorável e chocante e terrível, e há semanas sei que não posso fazer o suficiente. Sou apenas uma garota. Tenho apenas um Windup. E estava tão embriagada no mero *pensamento* de ter poder que me permiti ser transformada nisso.

Agora, estou sentada em uma mesa com meus inimigos.

Com a porra da minha *família*.

O olhar de Victoria repousa sobre mim. A maçã do rosto que acertei ontem está tão saudável quanto o rosto de Lucindo.

– Mas devo admitir, Bellsona – diz ela. – É mesmo uma história inacreditável.

Se eu pudesse respirar, ficaria sem ar sob o olhar dela. *Não é possível que ela saiba a verdade.*

– Obrigada.

Ela assente e sai.

Lucindo revira os olhos.

– Ela é um anjo, não é?

– Não – murmuro. – Ela só é uma vaca.

Jole ri baixinho e ergue a taça para brindar com Rose.

– Um brinde a isso, Steelcrest.

– É melhor a Steelcrest tomar cuidado com o que fala – resmunga Wendy do outro lado da mesa, Linel, arrepiando como um cachorro assustado, está à sua esquerda.

Riley dá um tapa na coxa dela.

– Ah, a gente tá precisando *mesmo* de uma briga!

Lucindo tosse, tentando impor alguma autoridade.

– Valquírias, estamos comemorando, lembram?

– Awn, o capitão quer fazer um brinde? – pergunta Rose, piscando os olhos, o queixo descansando sobre os dedos.

– Bem, não...

– Eu não mereço um brinde? – pergunto.

Era apenas uma piada, mas as bochechas de Lucindo ganham um tom mais forte de vermelho. Desajeitado, ele se levanta e pega sua taça, mas não sem antes bater nela com a mão sem querer. Erguendo-a bem alto, ele gagueja:

– Oh, ah... é claro! À primeira missão da nossa Sona, e à morte espetacular da Rompe-Estrelas!

Sorrio enquanto todos erguem suas taças e tomo meu primeiro gole da noite. *À Rompe-Estrelas*. A expressão de choque e fúria em seu rosto quando a equipe emergiu na superfície em busca de ar, óculos frouxos no pescoço, arrastada pela correnteza do rio. A caminhonete afundando debaixo dela, bem abaixo da espuma da água – não esmagada, mas meramente derrubada como uma pedra. De uma altura razoável, da qual todos sobreviveriam.

Não serei uma assassina. Não enquanto puder evitar.

– E, é claro, à Geada – acrescenta Lucindo, uma nova expressão tocando seu rosto. O sorriso ridículo agora parecendo qualquer coisa menos gentil. Ele dá de ombros, o gesto quase tímido, mas suas palavras são afiadas. – Que ela resolva ceder.

– Já cedeu? – pergunto quando os vivas se aquietam.

– Ah, bem, os Zênites decidiram dar a ela um tempinho antes de o interrogatório de verdade começar. – Lucindo suspira, melancólico.

– Quanta compaixão.

– Não se preocupe, Capitão – cantarola Wendy, afagando os cabelos de Linel. – Demos alguns golpes por você, lembra? Em nome das Valquírias.

Lucindo se anima um pouco.

– Oficialmente, eu não sei de nada sobre isso. Nenhum de vocês sabe.

– Ela não vai falar – diz Jole com secura. – Nenhum Gearbreaker digno abre a boca.

– Cínico – zomba Rose.

– E se ela não falar? – pergunto. – O que vai acontecer?

– Adivinha – diz Lucindo.

– Execução?

– Awn, você é tão *fofa* – cacareja Rose, beliscando minha bochecha rapidamente. – Não. Já ouviu falar de corrupção?

A palavra raspa minha garganta, fria.

– É claro. Mas é impossível.

– Ah, não é – garante Lucindo. – Só leva um tempinho, sabe, reescrever a mente de uma pessoa. Limpar todas aquelas memórias, colocar umas novas no lugar, e aí... tchã! Você tem um seguidor novinho em folha.

Zênites de merda.

É claro que os governantes de Godolia não podem deixar de revirar uma garota quando ela se recusa a massacrar os amigos.

– Mas o processo inteiro é agonizante pra caralho – acrescenta Jole, tomando um gole da taça. – Foi o que eu ouvi. Só o choque mata a maior parte deles.

Meus dedos congelam sobre a mesa.

– Deles?

– É – diz Lucindo. Dessa vez seu sorriso vai até os olhos. – Geada não é nossa primeira Gearbreaker, sabe.

– Enfim. – Rose suspira, apoiando o queixo nos dedos e olhando para mim. Ela oscila ao fazer isso; Jole estende uma mão para estabilizá-la, no que parece ser um hábito. – Então, Sona, querida. Como está a adaptação?

Levo um momento para absorver a mudança súbita de assunto.

– Adaptação?

– A Rose ficou surtada depois da cirurgia de Modificações – explica Jole.

Sem olhar para o lado, ela dá um soco no ombro dele.

– Não acredito que contei isso para você. Mas é, Sona, é verdade. Quer dizer, os painéis, toda essa coisa de luz enfiada nos olhos, vários Pilotos "surtam" no começo, como Jole explicou de forma tão eloquente. Então sempre estamos aqui se você precisar conversar, tá?

Eu a encaro. Quase quero começar a rir, mas há algo de muito sincero em suas feições, e nas de Jole, e, quando olho para o restante das Valquírias, vejo que todos ficaram em silêncio, concordando com a cabeça.

Um calor inunda meu rosto e não sei o motivo.

– Entendi. – É tudo que consigo dizer. – Obrigada.

Um Piloto chamado Killian fala:

– Você é realmente extraordinária, Sona. Entrar nas Valquírias assim direto, na sua idade?

– Quase todos nós fomos transferidos, promovidos das unidades inferiores – diz Yosh, dando de ombros. – Sou dos Paladinos. Linel e Killian, das Fênix. Vic também. Riley e Wendy, dos Berserkers, e Jole e Rose, dos Fantasmas.

Jole cutuca o cotovelo de Rose com o dele.

– Isso aí. Foi assim que nos conhecemos.

Resisto a um estremecimento diante da menção aos Fantasmas: mechas com o revestimento de metal de um preto absoluto, pernas fortificadas com molas e imbuídas de tecnologia de ponta de absorção de choque para que seus passos sejam completamente silenciosos. Trabalham apenas à noite, quando suas formas se mesclam à paisagem escura, e ficam imóveis até chegar a hora do ataque. Então suas vítimas vão erguer os olhos e realmente acreditar que a noite foi destruída, com fragmentos se movendo como suas próprias entidades. Não perceberão o que está ali até ser tarde demais.

Em Silvertwin, a maioria das pessoas nem sequer teve a chance de perceber o que as estava matando.

É uma memória ruim, uma que eles não sabem que eu possuo, então eu a abafo. Quando levanto a cabeça, um sorriso de fascínio está estampado em meu rosto. Estou impressionada com meus colegas. Não estou aterrorizada pelos meus amigos.

Não tenho medo.

– Então todos vocês pilotaram vários Windups?

Rose revira os olhos.

– Claro. Mas, se eu pudesse ter sido uma Valquíria desde o comecinho, com certeza preferiria isso.

– Você sempre soube que seria uma Piloto? – pergunta Killian. – Ou seus pais te mandaram para cá quando você fez doze anos?

– Ah, não foi assim – digo. – Sou órfã.

– Mandou bem, Killian – murmura Yosh.

Obrigada pela simpatia. Foi porque sua nação massacrou minha família. Dou de ombros.

– Mas deu tudo certo no fim, não foi? Estou aqui, com todos vocês...

Rose coloca a mão sobre a minha, apertando-a ao entrelaçar nossos dedos. Percebo, horrorizada, que, apesar dos pensamentos sombrios em minha cabeça, de repente estou corando por causa de sua atenção.

– É muito fofo da sua parte – diz ela.

– Ah, Sona, você não passa de uma manteiga derretida, né? – provoca Jole.

Com cuidado, afasto nossos dedos.

– Mas é uma pena que eu nunca terei a experiência de pilotar outro Windup.

– E por que você ia querer isso? – provoca Lucindo, entrelaçando as mãos atrás da cabeça. – Não estamos te assustando rápido demais, estamos?

Rose ri.

– Somos a elite, Sona, e estou me divertindo horrores sendo parte disso. Temos o melhor andar, os melhores mechas, o lugar mais privilegiado no Desfile do Dia do Paraíso... – Ela sacode as mangas da jaqueta com um floreio. – As melhores roupas.

– Então você nunca pediria transferência? – pergunta Jole, erguendo uma sobrancelha.

– Ah, por favor – retruca ela. – Pra que outra unidade? Se eles quiserem me transferir, vão ter que arrancar meu cadáver direto da Valquíria.

Murmúrios de concordância soam ao redor da mesa. Jole se recosta em sua cadeira, um sorriso no rosto, e entrelaça os dedos atrás da cabeça.

– E se os boatos forem verdadeiros?

– Jole – murmura Lucindo, balançando a cabeça.

Rose revira os olhos outra vez.

– Ah, por favor. Você acredita em qualquer fofoquinha que passa pela Academia. Elas te dão forças pra viver.

– Que boatos? – pergunto.

– Não é nada – diz Rose rapidamente, depois empurra o ombro de Jole. – Olha só, você a deixou animada!

Jole a ignora, olhando diretamente nos meus olhos por cima da cabeça de Rose.

– Então, Sona, tá rolando um boato sobre um novo modelo de mechas que vai ser introduzido no Programa de Windups. Ainda mais avançado do que as Valquírias, e é provável que alguns dos Pilotos sejam escolhidos a dedo da nossa unidade.

– E daí? – rebate Rose. – Cadê a sua lealdade, Jole?

— Ah, por favor – diz Jole, abrindo um sorriso. – Não me diga que você não trocaria uma espada bonita por um par de asas em um piscar de olhos.

Inclino para a frente.

— Um par do *quê*?

— Viu, é por *isso* que a nova unidade vai ser tão top. Asas, cara. Os Pilotos vão poder *voar*. Arrancar drones, aviões, mísseis e todas as porcarias das outras nações do céu. E o *nome*! Deuses, eles vão se chamar *Arcanjos*. Não é a coisa mais foda que você já ouviu?

O salão irrompe em conversas animadas, todos os Pilotos empolgados com a possibilidade de um novo brinquedo brutal com o qual se divertir.

— Olha só para ela – diz Rose. – Está tremendo de entusiasmo, seu completo idiota. Sona, é só um boato. Não fique tão animada, garota. Você já tem habilidade suficiente para causar destruição de outras formas, não se preocupe com isso.

Eu me preparo antes de ela apertar gentilmente meu ombro, ainda repreendendo Jole. Quero quebrar os dedos dela, um por um.

— De qualquer forma, é só um boato – digo, olhando para Lucindo com um sorriso fácil nos lábios. – Não é verdade. Não vou me preocupar com isso.

Uma pausa.

— Você está quieto demais, Jonathan – repara Jole.

A sala fica em silêncio. O canto da boca de Lucindo se contrai, então ele se recompõe.

— Não posso confirmar nada – diz ele, servindo-se do restante do vinho. Ele toma um gole comedido. Então abre um sorrisinho. – Nem negar, suponho.

Jole fica boquiaberto.

— Puta...

— Merda – exclama Rose.

Arcanjos.

Insatisfeitos apenas com a terra, agora também desejam roubar o céu. Como se o poder de Godolia já não estivesse tão densamente espalhado pelo ar que já me deixa imóvel. Como se eu já não me sentisse apavorada o bastante sempre que ouso olhar na direção do céu.

Sinto um fragmento de pressão nas palmas quando minhas unhas rasgam a pele. Olho para baixo e vejo carmim manchar minhas calças.

Como poderei lutar contra isso?

Como *qualquer pessoa* poderá lutar contra isso?

Percebo que estou olhando para a janela. Lá fora, a escuridão envolve as nuvens e, de repente, penso na Gearbreaker. O brilho hostil de seus olhos cor da meia-noite me fuzilando enquanto ela segura raios nas mãos e solta trovões em seu rugido.

Ela está de pé, em meio a tudo, furiosa e lindamente vingativa, e ela não recua. Ela nem sequer hesita.

Lindos pensamentos.

Tiro as unhas das palmas. Pressiono-as nas calças para conter o sangramento.

Pensamentos lindos e destrutivos.

CAPÍTULO NOVE

ERIS

Acima de mim, as palmas de titânio do Berserker se abriram em um jardim de cem minúsculas válvulas.

AimeusDeusesécomcertezaaquiqueeuvoumorrer...

O ar ganhou vida com o chiado de tiros.

Merda. Mãos sobre a cabeça, balas rasgando a grama ao lado da minha figura achatada. O solo enrugava, se rompia; partículas voavam nos ouvidos e na garganta. *Merda merda merda...*

Conforme costurava entre as pernas do mecha, Jenny, capitã da minha equipe, exibia a expressão que era sua marca registrada: um sorriso cintilante que competia de igual para igual com o brilho do Berserker. Por apenas um único instante, ela parou ao meu lado, apenas por tempo suficiente para me colocar de pé.

– Ninguém na minha equipe morre no chão – vociferou ela, apertando meu braço até eu acenar de forma convincente. – Ótimo. Você vai entrar comigo.

Um grito de alerta soou de um dos membros da equipe, e um tiro guinchou pelo campo quando uma fenda se abriu em uma explosão na canela do Berserker.

Então o mundo era isso: minha irmã, repleta de arrogância, parada com a coluna ereta, um sorriso diabólico equilibrado pela inclinação insolente do queixo, e uma divindade ajoelhada diante dela.

Envolvendo meu braço com seu pulso firme, Jenny avançou. Ela me soltou para pular no pé do Windup e se virou para me ajudar a subir.

Ela passou a mão pela minha testa, ajeitando meus novos óculos de solda.

– Agora você parece uma Gearbreaker – declarou.
– Pareço uma menina de dez anos imunda – respondi, irritada.
– Você já tem dez anos?
– Ai, meus Deuses, tenho. *Morra*.
– Esse é o espírito! – Com os olhos escuros brilhando, ela abriu um sorriso em direção ao céu.

Segui o exemplo dela e descobri que o sol havia desaparecido, substituído por uma cabeça de cromo feiosa que olhava para baixo com olhos carmim.
– É isso mesmo, seu desgraçado! – gritou ela. – Você já era!
– Ele ouviu você, Jen.
– Esse era o objetivo – disse ela.

Então, enquanto o Berserker se inclinava em nossa direção, ela me empurrou para dentro da abertura.

Fui tomada pelo instinto. Agarrei a barra da escada e comecei a subir, um novo tipo de euforia controlando minhas ações. Logo abaixo, dois dedos do mecha que haviam nos seguido para dentro da perna se contorciam, grossos como troncos de árvores.

Jenny cuspiu neles, limpou os lábios com as costas das mãos e acenou para que eu continuasse subindo.

Passei pela coxa do mecha em direção ao quadril. Quando coloquei a cabeça para fora da abertura, a bota de um guarda esmagou meu nariz.

Afrouxei os dedos e me vi em queda livre – completa e previsivelmente devastada pela ideia de que meu cadáver não teria uma única tatuagem para contar história...

Até Jenny agarrar meu pulso.

Seus olhos deixaram os meus para fitar o fuzil do guarda, apontado para nós. Com uma mão na barra da escada e a outra me segurando, ela não tinha como pegar a pistola.

Só que eu, sim. Levantei a mão, roubei a arma de seu cinto e acertei um tiro na clavícula do guarda. O dedo dele esbarrou no gatilho, e a bala cortou o ar, inofensiva, perto do meu pescoço, batendo nos dedos trepidantes do mecha e ricocheteando para fora da abertura.

O guarda balançou lá em cima, equilibrado na borda por um único segundo antes de cair, as mãos roçando meu capuz enquanto desabava.

Ele se esborrachou nos dedos do mecha, que se contorceram e o apertaram antes de se retraírem.

— Seu nariz está quebrado — Jenny me informou quando já estávamos fora da perna, seus olhos pretos dando apenas uma olhada em minha condição antes de vagarem para cima. — Mas foi um bom tiro, garota. Vou pegar minha arma de volta agora.

Sem dizer nada, devolvi a pistola, com medo de começar a chorar se abrisse a boca; depois a observei conforme ela escalava uma das vigas de ferro. A tesoura de poda de bronze apareceu em sua mão, e ela agrupou um feixe de cabos entre as lâminas e habilmente os cortou. O cobre exposto brilhava ao cair.

— Corta como manteiga. — Jenny suspirou, olhando rápido para mim. — Viu só, Eris? Não tem motivo para sentir medo dessas coisas. — Ela gesticulou pelo ar. — Elas são construídas para nos causarem medo, então, quando não sente, é você quem está com a vantagem.

Ela levantou o rosto e levou os óculos à testa para conseguir uma visão melhor. Em seguida, ergueu a pistola e deu um tiro, a bala riscando o ar, e um guarda caiu lá de cima, passando por mim e entrando no fosso da perna.

Jenny continuou o trabalho, os fios faiscando e morrendo ao seu redor, até o zumbido da eletricidade diminuir e as engrenagens desacelerarem antes de pararem por completo. A imobilidade tomou o ar, mas, apesar daquilo, alguma coisa ainda chiava — podia senti-la na ponta dos dedos, a vibração em cada dente. Meu coração nunca havia batido daquele jeito antes.

Eu nunca *tivera* um coração como aquele antes.

Jenny desceu, aterrissando em silêncio como um gato, e me cutucou com o ombro.

— É melhor você não entrar em estado de choque.

Não sabia o que dizer, como expressar em palavras simples quanto meu nariz doía e quanto eu estava cagando de medo e como tudo aquilo fez eu me sentir um pouquinho mais que humana, como eu gostei do som de coisas ruins sendo quebradas por mim e como *isso era tudo*...

Mas o que eu disse, no tom mais estável que consegui, foi:

— O que a gente faz agora?

Jenny sorriu outra vez, olhando para cima, para o silêncio.

— Agora é a vez do Piloto.

Hoje, essa é a história que escolho contar a eles enquanto me atormentam. O primeiro mecha abatido.

Falando com os dentes cerrados, entre os grunhidos, os soluços fugidos, pedaço por pedaço quebrado, trocando nomes verdadeiros por temidos codinomes, dor por algum fragmento brilhante de memória, tudo para mim, mas inútil para eles.

Nem estou mais prestando atenção em vocês, seus putos. Nem mesmo estou aqui.

– Onde é o complexo dos Gearbreakers, Geada?

Hoje, água gelada.

Parece que até os Robôs têm senso de humor.

Eles me puxam do balde de metal, meus braços presos atrás das costas. Estou tremendo tanto que estremecem junto comigo e, quando reparo, sinto uma onda fantástica e imbecil de confiança – ou talvez apenas de desespero – e dou um chute.

Jogando meu peso para a esquerda, solto um braço e imediatamente forço o cotovelo no nariz do guarda. Ele recua – e eu penso, *foi uma boa ideia* – e depois avança – *ah, quer saber, na verdade, talvez não tenha sido...*

O joelho dele me atinge em um ponto ruim e frágil do abdome enquanto a outra guarda me segura com firmeza.

Ela me deixa cair de quatro quando começo a vomitar. Eles me observam botar para fora minha refeição de uma colherada de água e mingau.

Meus Deuses, penso, com um tipo seco e divertido de entusiasmo, *é definitivamente aqui que eu vou morrer.*

– Estou me sentindo melhor agora – digo, passando as costas da mão pelos lábios para limpar a bile. – Podemos continuar.

CAPÍTULO DEZ

SONA

A luz está cinza na manhã seguinte. Cobrindo o olho esquerdo com a mão, caminho pelas galerias silenciosas do andar das Valquírias, perdida – mais uma vez – em sua imensidão. Um corredor serpenteante para os quartos e uma biblioteca a oeste; uma piscina, uma sauna seca e uma a vapor a norte; três salões de convivência espalhados pela área. O cinza é raro aqui em cima, ainda mais alto do que os andares da Academia. As nuvens normalmente não gostam da altura à qual chegamos, e mantêm a distância.

Também há uma linda cozinha, as bancadas repletas de pães e doces. Em algum lugar. *Onde diabos...*

Entro em um corredor e dou de cara com Victoria.

Quase. Ela estende a mão uma fração de segundo antes, impedindo nossas cabeças de colidirem. Seus olhos vão do lado direito do meu rosto para o esquerdo, onde meus dedos seguram o tapa-olho. Eu os abaixo, consciente da mão dela em minha manga.

– Você sabe onde fica a cozinha? – pergunto.

Victoria dá uma risadinha.

– Você está aqui há semanas, docinho.

– Esse seu novo olho está fazendo maravilhas – digo.

Ela deixa a mão cair e a usa para jogar o cabelo claro sobre o ombro enquanto se vira.

– Isso – bufa ela, o canto da boca se contorcendo –, passou perigosamente perto de um elogio.

Eu a sigo por alguns corredores até chegarmos à cozinha. Jole está jogado em uma das banquetas, dormindo como uma pedra, a lateral do rosto apoiada sobre o cotovelo de Rose. Na bancada, ao lado de uma xícara fumegante de chá, a jaqueta de Valquíria dela está virada do avesso, expondo um enorme rasgo no tecido do bolso. Em sua mão está uma agulha com um fio escuro.

– Bom dia – diz ela, sem tirar os olhos da costura. É evidente que nunca costurou nada na vida, a julgar pela forma como o polegar está sangrando devido a múltiplas espetadas. Ela mexe a mão, desajeitada, e a agulha a atinge outra vez. A expressão concentrada em seu rosto nem sequer estremece.

Pego um pão doce, pesado por causa da quantidade de frutas cristalizadas.

– Bom dia.

– Como foi sua missão, Vic? – pergunta Rose.

– Não precisamos conversar – retruca Victoria, enchendo uma caneca de café e saindo.

– Tá bom, tchauzinho – diz Rose enquanto me sento na banqueta vazia a seu lado. – Acho que ela está começando a gostar de você, Sona.

– Não, obrigada – respondo, dando uma mordida no pão.

Posso ver a pupila esquerda de Jole brilhando sob seu tapa-olho cor de cobre, apenas de leve, como se a pele naquela região pudesse corar.

– Acho que ela olha de soslaio pra você desde que chegou, e isso significa alguma coisa – diz Rose. – Vão logo se beijar e fazer as pazes. E depois se beijem de novo.

– Vou comer no meu quarto.

– Que foi, ela não faz o seu tipo? – pergunta Rose. – Talvez ela até sirva como sua guerreira salvadora, depois da missão de hoje!

Arqueio uma sobrancelha e paro na porta, as palavras abafadas por pão e açúcar.

– Ah é? E como é isso exatamente?

– Ela gosta de garotas, talvez de você...

– A coisa da guerreira, Rose.

– Ah. – Ela toma um gole de chá. – Vic foi enviada para limpar Franconia hoje de manhã.

Deixo o pão cair no chão.

Rose não nota. O sangue dela mancha a bancada.

– Como assim, "limpar"? – pergunto, cautelosa.

– Você sabe. – Ela se vira, um sorriso animado iluminando o rosto. O polegar traça uma linha vagarosa debaixo do queixo, de orelha a orelha. – Sem deixar sujeira.

Passávamos os dias debaixo do solo, do nascer ao pôr do sol. Sem nenhum par de mãos sobrando para cuidar daquelas que eram jovens demais para trabalhar, as crianças acompanhavam os pais nas minas. Dia após dia, revirávamos a terra, extraíamos e arrancávamos dela todo o possível até as almas ficarem sujas de carvão, polvilhado sobre as zonas da pele que a falta de luz solar empalidecera.

Exaustos, cobertos de poeira e quase nus, com nada além de ossos e músculos, os habitantes de Silvertwin se arrastavam como fantasmas de suas casas até as minas e de volta, eternamente ligados à terra para cumprir as metas estarrecedoras de Godolia. A luz do sol era vista apenas em finas fatias, no último olhar em direção ao horizonte antes da queda – um brilho cor de calêndula na forma de foice que fazia as sombras jorrarem das folhas angulares dos antigos bordos. Com exceção das auroras e dos crepúsculos efêmeros, Silvertwin via apenas um céu envolto em escuridão.

Godolia sabia disso, porque havia criado aquilo, criado tudo o que nossas vidas seriam. Assim, também souberam quando enviar o Fantasma.

O trem continha carvão, ferro, cobre e zinco suficientes para satisfazer a gula de Godolia durante aquele mês, mas, de manhã, descobrimos que, devido a uma falha, o trem não partira durante a noite. Era um veículo autônomo – os trilhos conectavam cidades vizinhas, pilhando recursos antes de voltarem para Godolia – e ninguém sabia como consertar a tecnologia envolvida.

Ignorantes, não temíamos as potenciais consequências por não termos atingido a meta, pois sabíamos que não era nossa culpa. Seguimos com o trabalho costumeiro, como se Godolia tivesse a reputação de ser generosa e compreensiva. Como se décadas atrás não tivesse forçado aqueles nas Terras Baldias – as pessoas que por acaso viviam dentro dos limites das nações que perderam a Guerra da Primavera – a formarem os vilarejos de suprimentos.

Eles enviaram os Windups ao entardecer, quando os túneis de saída estariam entupidos de corpos exaustos se arrastando até os elevadores.

Pensamos que era um terremoto.

E entramos em pânico.

O frenesi de mil pés conforme as pessoas corriam até a saída. As garras do medo arrancando delas qualquer percepção da garota de nove anos debaixo de seus passos, sufocada nas pegadas.

Em determinado momento, minha rótula sucumbiu ao peso delas e se rompeu. Meus gritos foram ouvidos apenas pela terra, que, em resposta, forçou partículas de sujeira por minha garganta, enfiadas por entre meus dentes.

Ali perto, uma das gaiolas havia se aberto, a grade de arame esmagada como uma casca de ovo. Eu conseguia ver o brilho dos olhos pretos do canário girando nas órbitas, como se ele também tivesse o bom senso de estar assustado. Então, uma bota surgiu e o som de ossos delicados se quebrando ressoou como lenha crepitando numa lareira.

De alguma forma, consegui rolar para o lado, pressionando as costas contra a parede de terra batida.

E então:

– *Bellsona! Bellsona!*

Meu nome, fraturado. Sufocado.

Erguendo os olhos, vi aquela pontinha esplêndida e inalcançável de luz cinza que marcava a saída. Vi uma rachadura aparecer no teto, uma fissura tão grande quanto meu tronco e tão irregular quanto uma lâmina dentada.

Meu nome saltando pelo corredor, arrancado dos lábios de meus pais.

– *Bell...*

O solo cedeu, terra e carvão enterrando meus sentidos, abafando os gritos de todas as pessoas que passavam por mim aos tropeços.

Por alguns minutos atordoados, pensei que, depois de tudo que havíamos tirado da terra, ela finalmente despertara para tomar alguma coisa de volta.

Porém, depois que as lágrimas levaram a sujeira para longe dos meus olhos, quando pisquei e me vi encarando as fissuras no teto da caverna por onde o ar fresco da noite entrava, eu sabia da verdade. Eu o vi se movimentar pelas frestas, sentindo o fôlego congelar no peito. Aquilo não era obra da terra.

Um Paladino, usando seu imenso peso, havia se enraizado sobre o solo esvaziado e simplesmente dado alguns passos. Alguns passos despretensiosos, e todo o meu mundo desabara. A pele de metal reluzia mesmo na ausência do sol, as grevas rangiam conforme o mecha avançava e desaparecia do meu campo de visão.

Mexa-se.

Mais uma vez, o chão estremeceu; de novo, gritos foram arrancados do ar conforme eram enterrados pelo solo negro.

Você precisa se mexer.

Arrastando a perna quebrada, eu me apoiei em um bloco de terra rachada. A adrenalina reduziu minha vida a pequenos movimentos, os pensamentos voltados apenas para a fuga. Espremer-se pelas frestas estreitas. Ignorar os pedaços de pedra fragmentada que rasgam a pele. Ignorar os corpos no chão. Ignorar as unhas quebradas, o gosto de sangue nos lábios, o som de gritos ainda beliscando os ouvidos.

Escale, ordenou o pânico. Meu corpo obedeceu, o medo como um laço ao redor do pescoço, me puxando na direção da superfície. Aquele lugar não seria meu túmulo. Eu me recusava a morrer em minha própria cova.

Eu me ergui sobre a borda e desabei de costas, inspirando o ar puro enquanto o mundo girava. Grama contra os ombros. Éter borrado como algodão sobre minha cabeça. À minha direita, a floresta de bordos, folhas farfalhando alegremente ao vento.

Ah. Meus dedos estremeceram sobre a terra fria. *Estou sonhando.*

De repente me colocaram de pé, a dor da perna lançando pontinhos pretos no firmamento estrelado. Dei um giro e encontrei uma mão ao redor do meu pulso, me puxando em direção à proteção das árvores. Quando desaparecemos dentro da folhagem, a pessoa se virou e levou uma mão à minha bochecha.

— Você se machucou? — perguntou o homem, ofegante, e eu o reconheci vagamente como o criador de canários. Seus olhos claros brilhavam com as lágrimas. — *Bellsona*, você se machucou?

Senti o estômago revirar ao ouvir meu nome. Afastei a mão dele com um tapa, dobrei o corpo e vomitei no chão da floresta.

Estou sonhando, lembrei a mim mesma em seguida, ajeitando a postura; depois, para lembrá-lo também, disse:

— *Ajeossi*. Isso é um sonho.

Ele levou a mão ao meu ombro e me sacudiu até meus dentes baterem.

Recuei, gritando, e ele tapou minha boca com a mão.

Sangue gotejava de minhas unhas rachadas, o joelho dobrado em um ângulo não natural. A dor era uma âncora; solidificava o instante, cauterizava-o em algo real.

Mexi os lábios atrás de seus dedos.

– Onde estão meus pais?

Observei seus olhos vagarem de volta à entrada da mina, procurando uma mentira convincente. A boca da terra tossia nuvens de poeira, e dentro dela se moviam as mais leves sugestões de silhuetas: outros sobreviventes. Ele voltou a olhar para mim, tentando sorrir.

– Vou procurar seus pais – disse, a voz falhando. Ele engoliu em seco e tentou outra vez. – Vou procurar seus pais lá perto da mina. Fique aqui, certo? Não vou demorar.

Sem palavras, observei sua figura cambalear rumo à entrada, dar um único passo para fora da linha das árvores.

Foi então que a noite mudou de pele.

O céu se transformou, e de repente o criador de canários estava voando, agitando as pernas, desamparado, um grito talhando da garganta. Um momento depois, seu corpo se estraçalhou contra o chão. Ele não tinha asas, mas os braços estavam esticados como os membros alados de um canário, o mesmo vermelho escorrendo dos lábios abertos e trêmulos.

A noite deu outro passo, e pelos vãos entre as árvores vi seu braço se esticar através da entrada da mina para arrancar outra figura. Outro grito, outra rodada de ossos se quebrando. Dessa vez a pessoa se contorcia no chão, braços e pernas irrompendo em ângulos errados, mas o mecha foi atencioso, virando-se para terminar seu trabalho.

Achatado como as folhas de bordo, manchado de vermelho. Verguei o corpo, mas, sem nada no estômago, apenas me deixei cair, seca, sobre a terra exuberante.

Então rastejei.

O musgo manchava minha blusa em trapos, meus dedos procuravam às cegas curvas de raízes superficiais para me arrastar mais alguns centímetros para longe dos Windups. Não sabia para onde estava indo.

Depois do que pareceram horas, meus dedos sentiram a terra acabar de repente. Enfiei a mão na queda, depois o antebraço, e senti apenas o ar.

Não sabia se o que me aguardava depois da beirada era um desnível de apenas alguns metros ou um precipício interminável. Usei o que restava de minha força para empurrar o corpo sobre a queda.

Fiquei leve por apenas um quarto de segundo, e depois meu peito colidiu com uma superfície dura e irregular. Não precisei esperar a dor passar para reconhecer meu entorno – crescera com o cheiro, a sensação áspera e seca dos resquícios entre meus dedos. Havia caído em um dos vagões de trem, lotado com nosso carvão.

Algum tempo depois, vozes que não reconhecia me acordaram; eu ainda estava encolhida sobre o carvão, a pele preta como carne queimada. O sol começara a nascer e um céu azul vívido serpenteava entre a folhagem verdejante como um rio de curso sinuoso. Não conseguia me lembrar da última vez que vira um dia de céu limpo.

A visão era excruciante. Dei as costas para seu brilho e fechei os olhos mais uma vez.

Lá embaixo, técnicos de Godolia conversavam sobre fios queimados e placas de circuito baleadas.

Não me mexi e não pedi ajuda. Pó de carvão havia coberto minha garganta e eu não podia falar.

O trem começou a se mover, e durante as próximas horas observei o céu se deslocar, pontilhado por pequenas nuvens inchadas que jamais chegariam aos pés da complexidade do céu noturno. Em dada altura, um Windup apareceu, caminhando ao lado do trem, a pele de aço reluzindo como orvalho fresco. Esperei ele me notar, me pegar, me arremessar na direção do horizonte.

Ele não olhou para baixo uma vez sequer. Depois de um tempo, foi embora, e de repente o céu se tornou nublado, o calor do vapor se agarrando às minhas bochechas. Acima, enormes chaminés subiam rumo aos céus como dedos de mãos em prece. Havíamos chegado a Godolia.

Quando o trem finalmente parou, não esperei que me encontrassem escondida em cima do carvão. Erguendo o corpo e rolando para o lado, errei a escada por completo e caí no chão de cascalho, e fiquei estatelada ali por alguns instantes antes de a terra parar de se inclinar. Da melhor forma que pude, cambaleei com rapidez para a viela mais próxima. Não sei o que teria acontecido se alguém tivesse se dado ao trabalho de olhar na minha direção e me visto suja de carvão e mancando. Talvez teriam perguntado meu nome e, em minha resposta, ouviriam o sotaque das Terras Baldias.

Durante o ano seguinte, vaguei pelo complexo labirinto de Godolia. Suas ruas, embora retorcidas e confusas como as minas de Silvertwin, não continham nem uma migalha da beleza natural da caverna, nem o conforto que eu costumava encontrar enquanto me aninhava em espaços pequenos. A cidade era tão imunda e falsa quanto os Windups – um exterior bonito e reluzente com entranhas grotescas.

Aprendi a ficar longe das partes a leste da cidade, onde se agrupavam os bordéis, e aprendi a dormir sentada, pronta para acordar e fugir em um piscar de olhos. À noite, criminosos com línguas e armas afiadas rondavam as vielas, procurando crianças convenientes para sequestrar e vender ao comprador que fizesse a melhor oferta.

Naturalmente, também precisei aprender a lutar.

Foi especialmente difícil devido à minha perna, que, debaixo de meus curativos malfeitos, não havia se curado direito. Combate corpo a corpo, a forma de defesa mais comum para aqueles que dependem de restos de lixo para sobreviver, não seriam úteis para mim. Eu precisava de uma habilidade que me permitisse manter uma distância segura dos agressores e, como não tinha dinheiro para comprar uma arma de fogo, passei a carregar um bastão de metal, que havia roubado de um canteiro de obras abandonado.

Minha luta não era graciosa, não com minha perna deformada, e não era nobre. Sempre que qualquer barulho me acordava à noite, fosse o som de passos ou algo tão inocente quanto uma risadinha, eu me posicionava na esquina mais próxima e esperava o autor do ruído aparecer. Não hesitava por tempo o bastante para ver se a pessoa pretendia me machucar; não podia arriscar. Se não batesse com força total e quebrasse algo dentro de cada pessoa que ousava me acordar, poderia ter sido capturada e envolta nas falsas sedas de um bordel ao raiar do dia. Minhas únicas vantagens eram a surpresa e o silêncio. Em verdade, eu mal disse uma palavra durante todo aquele terrível ano, e, quando os oficiais da Academia me encontraram, havia quase esquecido como falar qualquer coisa.

No começo, foram gentis.

Até consertaram minha perna, para que eu pudesse aguentar meu peso como deveria. Removeram as cicatrizes que manchavam a ponta dos meus dedos, de quando me ergui para fora da terra.

Eles me queriam saudável.

Útil.

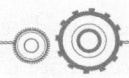

Quando finalmente encontro o quarto dele – este lugar é a porra de um labirinto –, meu pânico está prestes a escapar da coleira.

Talvez perca o controle bem aqui e agora, talvez comece a gritar, até mesmo chorar e soluçar. Anos e anos de cautela, sendo dura feito pedra, desfazendo-se de uma só vez.

O nó dos meus dedos batem rápido demais à porta, pancadas demais na madeira, mas não consigo parar. Enfio a outra mão no bolso, torcendo o tecido que guardo lá para cobrir o olho, enrolando-o ao redor dos dedos até meu coração pulsar debaixo de cada unha.

Vou perder a cabeça. Isso vai me enlouquecer.

– Lucindo – grito, cada letra soando rachada. – Abra a porta. Abra esta maldita porta!

Quando ele abre, entro no quarto, empurrando-o, e traço um pequeno círculo ao redor do cômodo, sem qualquer motivo além da vontade de mexer os pés. Eles querem *correr*.

– Sona, o que... – diz ele, meu nome dividido por uma risada assustada, e sufocado de forma igualmente rápida quando ele dá uma olhada em meu rosto. A ferocidade que o atravessa.

Devo parecer desvairada para ele. Fora de mim. Só que esta é a primeira vez em anos que mostrei meu verdadeiro eu na frente de outras pessoas.

Assustada.

– O que aconteceu em Franconia? – sussurro.

Seu cabelo molhado brilha, água escorrendo pelas têmporas. Ele segura as pontas da toalha que traz ao redor do pescoço enquanto me encara, atônito. Atrás dele, o espelho na porta do banheiro está embaçado pelo vapor.

– A mesma coisa que acontece com todo mundo que ajuda os Gearbreakers – diz ele, dando de ombros. – Em certa altura.

Um banho.

Ele enviou uma Valquíria para dizimar uma cidade, e aí foi *tomar a porra de um banho*.

Dou um passo na direção dele. Minhas unhas abrem novos cortes nas palmas de minhas mãos, fechando-se em punhos. Devia ter deixado a Rompe-Estrelas terminar o trabalho. Devia ter deixado ela me desintegrar.

Victoria provavelmente só precisou de alguns minutos. *Minutos*, para levar meu número de mortos de zero para centenas.

Quantas vidas inocentes Lucindo ceifou?

Quantos ele atribuirá a mim – pequenos presentes, ofertados com um sorriso, um tapinha nas costas, uma garantia de que mais estão por vir?

Dou outro passo. Estou bem debaixo dele, cabeça erguida, coração palpitando na garganta.

Estico o braço na direção de seu pescoço...

E os passo ao redor dele, a bochecha encostada em seu queixo.

– Obrigada – sussurro.

A água em sua mandíbula corre por minha bochecha.

Ele me envolve com os braços.

– Não é nada, Sona. Mesmo.

Nada.

Eu me afasto, enxugo as lágrimas dos olhos com a gola da blusa.

– Me deixe fazer algo em troca, pelas Valquírias – murmuro, a voz densa. – Ajudar, de alguma forma.

Lucindo sorri.

– É mesmo? Como o quê?

Encontro os olhos dele, encaro-os por um momento longo e pesado.

– Me deixe falar com a Gearbreaker.

Sua risada é repentina, e ele dá um passo para trás.

– O quê?

– Posso fazer ela falar. Ceder. – Ele começa a rir outra vez, e coloco a mão em sua manga. – Estou com raiva, Lucindo. Do que eles fazem. Do que pensam que podem fazer, sem consequências. Eles acham que podem roubar e matar, e que não tem importância. E isso me *enoja*. – Minhas unhas se curvam, pregueando o tecido preto. – Vou ser gentil. Veja bem, gentileza... ela espera violência, está preparada para isso, e eu acho... acho que ela não vai esperar alguém como eu. Vou arrancar as informações dela, pedacinho por pedacinho. E vamos usá-las para destruir todos eles.

Lucindo não está mais dando risada, ele sorri. Deixo que o faça, deixo que se deleite na crueldade que ele pensa ser sua. Não há uma única mentira em minha língua. Observo aquelas covinhas afundarem como buracos de bala em cada bochecha.

CAPÍTULO ONZE

ERIS

Infelizmente, em algum momento eu acordo.

Inventário: dor de cabeça enterrada em cada têmpora. Tanto sal nas bochechas que é como se minha pele estivesse prestes a rachar. Um tremor levemente preocupante nos membros que não consigo diagnosticar – fome, sede, ou a perda de sangue, ou... que rufem os tambores... uma empolgante mistura dos três.

Humor: uma merda.

Acho que não posso ser julgada por isso.

Lá em casa, minha equipe tentaria me animar com um jogo que eles chamam carinhosamente de Vamos Deixar A Eris O Mais Brava Possível Mas Não Tão Brava A Ponto De Ela Matar Um De Nós. Isso já incluiu passar cola na minha caneca de café, roubar meus óculos e pedir um pagamento pelo resgate, acionar o alarme de incêndio – e depois gritar e dançar feito idiotas nas almofadas do sofá enquanto os aspersores enxarcavam o carpete – e enviar cartas sentimentais e exageradas para Jenny em meu nome.

Aqueles psicopatas.

Sinto os cantos dos olhos arderem.

Nunca mais vou vê-los, não é?

Aqueles.

Malditos.

Bastardos.

Eu nem os queria, para começo de conversa, não de verdade.

Voxter tirou os olhos da janela do escritório, as íris cinza-ardósia, da mesma cor que as nuvens de tempestade que manchavam o horizonte. Eu estava folheando uma pilha de fichas, dando uma olhada em cada nome em negrito, cada ressalva ridícula e imensa afixada embaixo.

– E então? – disse ele, ríspido.

– *Bom*. Tenho umas opiniões.

– Devo lembrá-la, Shindanai, o Conselho agraciou você com essa oportunidade, levando em consideração a sua idade...

– Ah, eu me sinto agraciada mesmo. – Comecei a juntar algumas das fichas, seis no total, e as coloquei em uma fileira organizada sobre a mesa que nos separava. – Jen falou que eu sou imprevisível? Isso é um pouco hipócrita.

Ele suspirou e sentou, a jaqueta de lona rígida de goma enrugando ao redor dos ombros.

– Sua irmã apoia sua promoção.

– Então isso é... o quê? Um plano para todas as crianças problemáticas dos Gearbreakers morrerem numa explosão ao mesmo tempo?

Ele hesitou. Remexi as fichas, alinhando as bordas com precisão.

– Xander Yoon – li em voz alta. – Onze anos. Só está no ramo há alguns meses, mas seu capitão pediu, bem, não foi isso, na verdade *implorou*, que fosse transferido para outra equipe. Dá pra ver que é uma criança encantadora. Fala apenas em ameaças violentas, isso quando se dá ao trabalho de falar. A equipe vem dormindo com um olho aberto há semanas. Ele vai ser uma ótima adição.

Enfiei o arquivo dele de volta à pilha, fazendo barulho para suprimir a resposta de Voxter, e passei para a ficha seguinte.

– Arsen Theifson – li em voz alta, passando o dedo sobre o nome. – Treze anos, demolidor. Parece ter dificuldade para ouvir, acidentalmente explodiu a coxa de um Windup antes que sua equipe pudesse evacuar a zona da explosão e... *uau*, quase os cegou com os estilhaços. Bônus.

– Eris...

– Juniper Drake – continuei. – Doze anos. Química. Especialista em corrosivos. Uma de suas misturas era tão potente que primeiro queimou na ampola, depois abriu um buraco na caminhonete da equipe enquanto eles estavam em uma missão, é claro. Direto pelos pistões e tubo de combustível. Impressionante.

— Senhorita Shindanai...

— Nova Atlantiades, treze anos. Proficiente em tiros de alta precisão e combate corpo a corpo, como o restante, presumo. Mas ela prefere ficar atrás do volante, aparentemente gosta de correr em círculos ao redor de Windups, até que isso quase jogou um dos membros de sua equipe debaixo dos pés de um mecha. Ela parece *divertida*.

Não precisei erguer os olhos para saber que a boca de Voxter estava retesada. Passei para as últimas duas fichas.

— Milo e Theo Vanguard, catorze e treze anos, irmãos. Atiradores. Theo gosta de atirar primeiro e perguntar depois; ou, pra simplificar, ele adora um gatilho. Às vezes se esquece de acionar a trava de segurança, e às vezes acerta de raspão a orelha do capitão da equipe com um tiro acidental. Fico me perguntando se teria chegado perto se estivesse mirando de verdade. — Dei uma olhada nas fichas de novo. — Não consigo encontrar o que esse tal de Milo fez.

— Nada — respondeu Voxter. — Achamos que seria benéfico ter alguém da sua idade na equipe. Isso e o fato de que ele se recusou a se separar do irmão.

Com cuidado, alinhei todos os papéis novamente em uma pilha perfeita, depois a empurrei pela mesa.

— Ele parece chato. E possessivo.

James Voxter é velho, em teoria, mas, pelo que me lembro, sua aparência era mais ou menos a mesma desde que eu era pequena: a testa severa, a cicatriz ondulada que cobre a bochecha direita, as rugas ao redor dos olhos que com certeza não sairiam mesmo que eu as passasse a ferro.

— Você não acharia isso tão divertido se soubesse com o que estamos lidando hoje em dia, velhote.

Ele ficou em silêncio por um momento, depois murmurou:

— Você soa exatamente igual aos seus pais.

A raiva subiu primeiro, depois a irritação.

— Ah. Isso também funcionou com a Jenny?

— Ela os conheceu por mais tempo do que você. Não precisei me esforçar tanto.

Depois disso me calei, mordendo o lábio, engolindo as palavras. Só que não podia ficar brava com ele por dizer a verdade.

— Eles amavam a luta. Amavam a adrenalina, como a maioria dos lunáticos que está aqui. Eles se cansaram disso. E eles...

– Foram pisoteados, eu sei – falei, ríspida. – Foi uma morte nobre. Uma morte de Gearbreaker.

– É exatamente o que eu quero dizer, Eris. Eles não recuaram. Eles bateram o pé e, em vez de correr, aprenderam a funcionar no caos. A usá-lo a seu favor. Jenny tem a mesma habilidade.

– Coisa de maluco.

Ele se levantou e empurrou a pilha de fichas na minha direção.

– Você tem muito a aprender, e não pode fazer isso sozinha. Não como acha que pode.

– E por que não? – retruquei.

Ele deu batidinhas no papel com um dedo.

– Porque você precisa de mais do que isso para motivar sua luta.

Baixei os olhos. Na margem superior da página, em negrito: **EQUIPE DE GEARBREAKERS DE ERIS SHINDANAI.**

Minha equipe. Minha artilharia de porra-loucas.

– Tá bom – falei, pegando o maço de papéis e apertando-o contra o peito. – Mas não vou gostar deles.

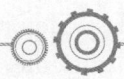

No espelho falso, observo minha língua deslizar entre os dentes. O gosto metálico de sangue espeta o fundo de minha garganta.

Espero que estejam felizes, penso comigo mesma. *Estou fazendo isso por vocês, e nem vou poder me gabar disso.*

Então de repente a porta se abre e uma mão cobre minha boca.

Retraio a língua e mordo o intruso. O sangue dele substitui o meu em minhas papilas gustativas. Ele não me solta.

Olho para cima. Dois olhos me encaram de volta, um vermelho e abrasador, o outro de um tom de avelã profundo. Um cacho castanho se solta de trás de sua orelha conforme o silêncio pulsa.

– Olá – diz ela em um tom baixo. – Você se importaria de soltar minha mão?

Mordo com mais força.

A Robô pisca; depois, sem nenhuma mudança de expressão, puxa a mão.

Cuspo a carne enquanto ela tira uma longa faixa de tecido do bolso e começa a atar a mão. A bandagem imediatamente fica vermelha.

Ela caminha ao redor da sala, dedos tamborilando em cada parede espelhada. O vidro se transforma em um preto opaco. Isso traz um alívio momentâneo – acho que há muito sangue no meu rosto e olhar para mim mesma acelera o coro de "você vai morrer" em minha cabeça –, até eu me dar conta do que aquilo pode significar.

– Isso deixa a sala à prova de som – explica ela. Tirando o olho de Robô e a jaqueta militar de Piloto, ela não se parece com um carrasco. Alta, com cabelo cacheado e castanho-escuro ao redor dos ombros, pele clara com um punhado de sardas na pequena curva infantil do nariz. Ela puxa a atadura quando nota que está pingando, curiosa, depois pisca quando o gesto faz as gotas caírem mais rápido. – Também não há câmeras aqui. Eles gostam que não haja testemunhas. Em alguns casos.

Ela também possui o sotaque típico de Godolia, sedoso demais para o meu gosto – os "s" suaves e sibilantes e os "c" cortados com clareza, sílabas proferidas com cuidado.

Há calos duros e lisos salpicados generosamente ao longo dos dedos. Fixo os olhos em sua jaqueta militar, uma braçadeira escura ficando lentamente mais escura com o vermelho. Nunca pensei que transformariam uma adolescente em integrante das Valquírias. Nunca pensei que alguém da idade dela pudesse ser cruel o suficiente.

– Eu te odeio e vou te matar – digo.

A Robô dá um passo à frente, e eu solto um grunhido grave e ruidoso entre os dentes. Se Godolia pensa que as pessoas das Terras Baldias são animais, então serei um raivoso.

Mas não consigo evitar, e estremeço quando ela chega ao meu lado.

A Robô se debruça sobre mim, a mão enfaixada apoiada na mesa, à esquerda do meu rosto, a outra passando suavemente um dedo pela linha dos meus cabelos. Ela retira os fios incrustados no talho que rasga a minha testa, e mordo o lábio quando eles se soltam, resistindo ao impulso de começar a tremer. *Ela vai me cegar.* A Robô vai me cegar, como fiz com o amigo dela, mas eu vou sentir a dor em sua totalidade. Eu me preparo para a escuridão.

– Isso é de quando você derrubou a Valquíria? – murmura ela. – Foi só isso?

– Não toque em mim – digo, odiando que minhas palavras não passem de um resmungo, odiando minha covardia, meu medo.

Estou de novo achatada contra o solo, estremecendo com a grama enquanto as balas do Berserker abrem buracos na terra, esperando que alguém me coloque de pé. Só que Jenny não está aqui. Vou morrer sozinha.

Ela afasta as mãos do meu rosto, e o calor dos dedos paira sobre meu antebraço esquerdo onde o outro Robô enterrou a ponta de sua faca. É uma bagunça de sangue seco; nem dá para ver o que deveria ser.

– Animais – murmura ela, sobrancelhas grossas franzidas.

– Comedora de fios – digo para o teto. Acabei de acordar e já estou exausta. Em geral, Gearbreakers tendem a não envelhecer, mas agora, sob o brilho da lâmpada, eu me sinto uma anciã. Como se pudesse dormir por um ano inteiro e ainda acordar com dores. Fecho os olhos. – Você pode ir em frente e fazer o que quiser comigo. Não estou a fim de conversar hoje.

– Eu gostaria de fazer você mudar de ideia – diz ela.

Minha mente demora para pensar em uma resposta petulante e violenta. Antes que consiga, já estou divagando.

Então a braçadeira ao redor do meu punho direito se solta.

Abro os olhos enquanto ela estende o braço para desprender a outra garra.

– Meu nome – diz ela, uma nota de entusiasmo acelerando a voz –, é Sona Steelcrest. Eu… eu acredito que possamos ajudar uma à outra.

Eu me sento. Espero os pontos pretos em minha visão se dissiparem. Esfrego as mãos nas bochechas para me recompor. As engrenagens patéticas e desajeitadas nos dois braços me espiam, desenhadas com uma dor pungente. As promessas sombrias que fiz vêm à tona: para cada gota de sangue que tirarem de mim, tirarei mil deles.

– Você é uma idiota, Sona Steelcrest – digo, e a empurro para fora da mesa.

Vamos ao chão em um emaranhado de braços e pernas. Enfio um punho no nariz dela. Ela vira o queixo, meus dedos tocam seu cabelo – *macio* – e depois o chão – *nada macio*. Cerro os dentes com o choque da dor e jogo o peso para a frente, pressionando o braço livre debaixo do queixo dela. Ela abre a boca sem dizer nada, os olhos brilhando sobre meu rosto enquanto espero aqueles pequenos músculos cederem, um por um. Pilotos não podem sufocar, mas ainda podem quebrar.

Ela se contorce e tira uma perna debaixo de mim, acertando o joelho na minha barriga. Ela se afasta enquanto eu recuo, agachada, a coluna encostada na porta.

Originalmente, éramos treinados para derrubar Windups, mas, quando a Academia acordou e os guardas se tornaram um parasita comum, também precisamos aprender a lutar contra humanos. Jenny tinha dezoito anos quando fui designada para a equipe dela, oito anos mais velha que eu, e ainda não pensava duas vezes antes de me derrubar de bunda no chão. Repetidas vezes.

"Você acha que Godolia vai se importar por você ser uma criança?", gritava ela, observando enquanto eu me levantava, depois me empurrando de volta para o chão. "Os Zênites, os mechas, os Robôs... eles vão te destroçar sem perder um minuto de sono por isso. *Levanta.*" Eu me levantava, e ela me derrubava de novo. "Você ataca de novo, e ataca rápido e ataca forte. Você é uma Gearbreaker, Eris, e isso significa que, quando suas costas estiverem contra a parede, você *atravessa a parede.*"

– Geada – sibila a Robô. Ela está com apenas um olho aberto agora. – Por favor, preciso falar com você.

Respiro fundo, cerrando os punhos.

– Então fala.

Avanço. A coluna da Robô colide com a porta. Fico esperando ela abrir os dois olhos com o choque, mas, em vez disso, o esquerdo se fecha ainda mais, formando vincos ao longo da testa. Enterro meu punho nas costelas dela, uma, duas vezes. Na terceira, algo estremece debaixo da pele, a sensação ondulando pelos meus dedos.

Só que seu rosto nem treme, palmas ainda pairando, imóveis e complacentes. *Sinta alguma coisa*, qualquer coisa, *sua Robô maldita!* Acerto um gancho na bochecha, e as pernas dela oscilam e cedem. Ela cambaleia para a porta, e dou uma joelhada em seu abdome antes de torcer o colarinho de sua blusa. Retraio o outro punho até a orelha, golpeando a ponte do nariz, e ouço outro *crack* glorioso.

A Robô fixa seu olhar no meu, a carne da bochecha já escurecendo e inchando, começando a transformar o olho em uma crescente. De repente hesito. Com os dedos ainda enrolados no tecido da blusa, o punho ainda erguido, congelo. Ouço a voz de Jenny em meu ouvido: *agora é a vez do Piloto.*

– Você é espetacular, Geada – grunhe a Robô, finalmente baixando as mãos, que jazem inertes nas laterais do corpo. A atadura se desfaz por completo e forma um montinho no chão. – E... linda. Mesmo em vermelho. Mas prefiro você assim, nessa sombra.

Sinto um arrepio, estreitando os olhos. Seu queixo está erguido; torço o tecido com mais força ao redor do pescoço dela.

– Como você é engraçada. – Dou risada, mas o som é tudo menos leve. Ela balança a cabeça do melhor jeito que consegue.

– E você – diz ela, tracejando meu rosto com o olho –, tem um talho minúsculo de quando destruiu uma *Valquíria*. Você... nós podemos nos ajudar.

Abro a boca, e a mão dela se fecha ao redor do meu antebraço. Ela é mais quente do que eu pensava que uma Piloto podia ser. Como se não houvesse nada frio debaixo da pele.

– Você pode me ajudar a *fugir* – sussurra ela. – Você pode me ajudar a *destruir Godolia*.

Um riso explode de minha garganta.

– E você pode apodrecer, sua...

Ela enterra as unhas nos meus pulsos com uma ferocidade tão repentina que estremeço. Não posso tirar os olhos da nova expressão que apareceu em seu rosto. É uma que reconheço bem, sentida em meus próprios traços incontáveis vezes, selvagem e apavorada. Agora, inexplicavelmente, a Robô é um animal ferido e encurralado em um canto.

– O que fizeram com você, Geada? – murmura ela.

Sua voz está baixa agora, mas cautelosa. Soa estranha aos meus ouvidos. E entendo o motivo: a cadência de Godolia deu lugar a... algo familiar. Algo como lar. Que jogo ela está jogando?

– Há uma raiva em você, Gearbreaker, uma raiva *gloriosa*. Eu a vi ardendo em seu peito quando você matou o mecha, e vejo ela motivando você agora, motivando esse... esse ódio contra mim. Então pergunto: o que fizeram com você? Mataram sua família, como fizeram com a minha? Transformaram você em uma coisa terrível, algo poderoso? Valeu a pena, pelo que tiraram de você?

Como fizeram com a minha? Meu punho vacila, deixo o braço cair na lateral do corpo.

Então... ela *respira*.

Os pensamentos voltam aos trilhos, o caminho rumo à luta, rumo ao meu punho no nariz dela, nos dentes, para sentir outra fratura gloriosa. Ela tem razão – eu sinto raiva, uma raiva tão vívida, o tempo todo, e quer saber? Isso ajuda.

Então ela se aproxima, palavras movendo seus lábios. Elas não fazem sentido até deixarem o ar, o silêncio caindo entre nós. Quando entram na zona da compreensão, entram gritando.

E também são suaves.

— *Como se mata um Deus?*

Eu sempre soube a resposta para essa pergunta. Digo-a em voz alta porque todo mundo também deve saber.

— De dentro para fora.

Ela sorri. Eu me preparo.

Sua mão solta meu punho, pendendo na lateral do corpo. Ela está exposta, um milhão de lugares nos quais posso afundar meu punho, de repente abertos e receptivos.

— Então me quebre — murmura a Robô logo antes de eu me mexer para fazer isso, e o arrepio que suas palavras causam na minha espinha me mantém no lugar. — Se não vai me ajudar a fugir, então me destrua. Pra valer. Eles me deixaram em pedaços só para reagrupá-los por quantas vezes quisessem, e eu *permiti*, porque estava tão cega pelo desejo de vingança, o desejo por poder, que, no final, fui transformada na mesma coisa que me arrancou de casa, para começo de conversa. Eles não me deram poder; me deram a habilidade de me desfazer. Eu... eu nunca quis ser uma traidora. Só queria ser como você, Gearbreaker.

Lágrimas umedecem os cílios de seus dois olhos. Uma grande gota escorre por sua bochecha inchada e cai no chão. Ela rapidamente seca o traço que fica em seu rosto.

— Odeio vermelho, odeio a batida do meu coração e odeio *ser* isso. Uma soldada para eles. Uma Deusa. Preciso roubar de volta as cores de um olho que pinta o mundo violento, recuperar meus pensamentos do zumbido, daquele *maldito* zumbido, porque... porque eu me recuso a acabar desse jeito. — A voz dela é abafada, quase um sussurro, e, embora ela esteja chorando, há uma fúria que impele suas palavras. E ela não tem fim. — Não vou morrer em um Windup. Não vou morrer seguindo as ordens deles, e não vou morrer como protetora deles. Morrerei humana, ou não morrerei mais.

Fico imóvel e em silêncio, a mente hesitando, perplexa com as palavras. Encaro as lágrimas que eu não sabia que ela podia verter; encaro-a, sangrando e inchando e chorando, e, no fundo da minha mente, ouço a voz de Jenny: *é a vez do Piloto é a vez do Piloto é a vez do Piloto*.

– Você precisa de uma saída. Eu preciso de um lugar para onde correr. – Seu olho solitário está fixo em mim, o tom de avelã transformado em um castanho-escuro, como terra revirada, por ela estar com a cabeça abaixada e longe da luz. – Vamos ajudar uma à outra? Ou vamos morrer aqui, apenas mais duas garotas insignificantes das Terras Baldias para somar ao restante?

– Eu *não* sou insignificante!

– Nem eu – dispara ela. – Então vamos *mostrar* isso a eles.

Recuo, erguendo os dedos para passá-los pelo cabelo. Isso é ridículo.

– Você não é das Terras Baldias. Você é só outra criança pobre que sugou o escapamento de Godolia a vida inteira. Me surpreende você não cuspir fumaça cada vez que abre a boca. Isso é... outra tática. Algum outro método de interrogatório, uma história triste para me amolecer...

– É por causa disso? – Ela abre o olho esquerdo, um eclipse vermelho brilhando de volta para mim. Sua mandíbula fica rígida, como se ela estivesse tentando mantê-la firme. – É por isso que você não acredita em mim?

Minha risada é seca.

– Não está ajudando.

Uma pequena linha aparece entre as sobrancelhas da Robô.

– E o que acha da possibilidade de uma alternativa?

Sua voz muda, retornando àquela embalagem perfeita de sotaque de Godolia. É como se o ar da sala fosse substituído, mais pesado agora, preparado para uma tempestade. Meu medo, momentaneamente suspenso pela confusão, volta a surgir. De repente, estou bastante consciente do sangue nas mãos dela, no brilho de sua jaqueta de Valquíria sob a luz.

– Alternativa?

– Eles me enviaram como sua última interrogadora. Se eu falhar, eles vão prosseguir para o processo de corrupção. – Ela vasculha meu rosto quando fica claro que não tenho intenção de responder. – Você tem alguma outra escolha?

Muitas escolhas. Os nós dos dedos estão vermelhos das feridas, mas alguns pedaços de pele permanecem sem manchas. Tanto potencial. Tanta destruição que eu poderia causar, tantas formas de ser feroz. Tantas oportunidades para fazer Jenny ter orgulho de mim.

Eles vão te destroçar sem perder um minuto de sono por isso.

– Você é boa demais para ser verdade – murmuro, e o pensamento me arranha.

Afundo até o chão, os dedos dobrados sobre os ladrilhos sujos – mal me importando com a minha aparência patética. Juniper pintou minhas unhas de preto alguns dias atrás, assim como fez dezenas de vezes antes, e a sensação de sua mão pequena e cheia de cicatrizes segurando minha palma é algo que me assusta agora. Uma memória que não quero porque parece tão cruelmente real e aconchegante e segura, o cheiro de papel velho do salão comunitário misturado com o odor químico de esmalte, os gritos do pessoal brigando no tapete empoeirado...

É tudo uma piada. Uma ilusão. Não vou para casa. Nunca mais vou voltar para casa.

Um par de botas aparece na frente das minhas mãos. Meus olhos percorrem as longas pernas, a jaqueta, o rosto inclinado para baixo na direção do meu. É difícil dizer com o brilho de seu olho, mas os traços parecem ter ficado mais suaves.

– Não sou boa – diz ela.

Eu pisco. Ela tem duas pintas no lado esquerdo do nariz, quatro no direito. Há sal seco sobre elas. Ela é bonita, percebo, o que é um pensamento estranho, porque eu genuinamente não sei dizer se ela está prestes a começar a chorar ou me dar um soco.

E penso comigo mesma: *foda-se*.

– Qual é o seu nome mesmo?

Uma pausa breve e surpresa se segue antes de ela dizer:

– Sona. Prefiro Sona. Acho que não sei o seu.

– Acho que você não vai saber.

Um sorriso aparece nos lábios dela.

– Suponho que não seja relevante. Eu só preciso da Geada, de qualquer forma.

CAPÍTULO DOZE

SONA

Minha mão parece fria. A Gearbreaker deve ter arrancado mais pele do que eu esperava.

Fecho a cela de contenção atrás de mim, já erguendo o braço para impedir a figura furiosa de Lucindo de entrar ali e arrancar a porta das dobradiças. A expressão em seu rosto é bem agradável, notavelmente lívida depois de dar uma olhada em meu rosto inchado. Ele deve se importar comigo, como se importa com todas as suas Valquiriazinhas.

– Ninguém encosta um dedo na minha unidade! – vocifera ele, parando de se debater para me encarar com olhos em chamas.

– Eu admito, talvez ela tenha sido um tantinho hostil.

Ele coloca meu cabelo atrás da orelha e se aproxima para olhar a carne irritada da minha bochecha. Fico perfeitamente imóvel, permitindo que ele cutuque, mantendo as mãos cruzadas com cuidado atrás de mim.

– Oferecemos misericórdia e ela faz isso? – sibila ele. – Onde mais...

– Estou viva, certo? Ela teve a chance de me matar e não o fez. Eu diria que foi um passo na direção certa.

Algo muda em sua expressão, e, por um momento, acredito que o ridículo senso de possessividade que ele tem vencerá, e que está prestes a arrancar meu braço estendido e deixar minha única chance de vingança sangrando sobre o piso frio.

Então seus ombros perdem a rigidez e ele dá um passo para trás. Lucindo coça a nuca, as sobrancelhas franzidas.

– Não gosto disso. Dessas gentilezas. Ela não merece.

Ela não merece nada disso, penso comigo mesma, mas a expressão sombria no rosto dele causa pânico em meu peito. Ele vai me afastar, me impedir de vê-la outra vez. E eu... eu quero vê-la outra vez.

– Amanhã – digo, minha voz milagrosamente firme –, vou fazer algo pior. Algo que a assuste.

Arremato as palavras com um sorriso, e ele sorri de volta, porque me acha perversa e gosta de mim sob essa luz.

– Você confia em mim? – pergunto a ele. Estou genuinamente curiosa. – Consegue confiar que sou capaz de fazer isso?

Ele balança a cabeça, erguendo as mãos em um gesto de derrota.

– Tá bom, tá bom. É claro que confio. Só me preocupo porque esse é o meu trabalho.

Tomo a mão dele, em grande parte para ver qual reação esse gesto provocará.

– Obrigada, Jonathan. Significa muito pra mim.

Ele revira os olhos, talvez tentando disfarçar o novo tom de vermelho que suas bochechas adquiriram.

Meu sorriso aumenta. Nada além de um tolo preenchido com fios.

CAPÍTULO TREZE

SONA

Na manhã seguinte, assim que escureço os espelhos, a mão dela envolve meu pescoço. Ela empurra minhas costas contra o vidro, erguendo o punho para esmagar meu nariz.

Ela hesita, a mão ao lado da mandíbula; encontro seu olhar com meu olho direito, o esquerdo cuidadosamente fechado. Ela tem os olhos mais maravilhosos que já vi – pretos como o ar da noite, emoldurados por cílios volumosos e olheiras pesadas e escuras.

– E aí? – questiona ela depois de alguns segundos de silêncio.

– O quê? – digo, estupidamente.

Ela torce a boca. Os dedos em meu pescoço apertam um pouco.

– Ah. *Ah.* – Inclino o queixo para baixo; ela é uns bons quinze centímetros mais baixa que eu. – Você quer que eu me encolha?

Ela roça o polegar no meu pescoço.

– Você vai?

– Você vai me bater?

– Ainda não decidi.

– Bom, pense no assunto. – Dou mais uma olhada nos círculos que emolduram os olhos dela. – Mas faça isso sentada. Suas pernas estão fracas.

Ela funga e solta minha blusa; o tecido amassado afrouxa na ausência dos dedos dela. Ela senta na mesa, cruzando os braços.

– Surpreendentemente, é difícil dormir por aqui.

Mesmo assim, ela ainda tem aquela mesma energia perigosa vibrando ao seu redor, um brilho no olhar, e aquela carranca adorável cruzando seus lábios, fazendo um movimento estranho percorrer minha caixa torácica.

– Tenho algumas coisas pra você.

– Minhas luvas? – pergunta ela, animada, inclinando-se para a frente.

– Ainda não. – Estendo o trapo úmido que vinha carregando e reviro o bolso em busca do outro item.

Ela encara o trapo.

– Quanta generosidade – diz ela, seca.

Dou de ombros.

– Na verdade, gosto do sangue nas suas bochechas. E da fuligem.

Ela pega o pano e começa a esfregar a mandíbula.

– Então – diz ela –, o que é isso?

Vou até a mesa, a ampola nos dedos. Tiro a rolha de plástico e jogo a cápsula Aranha arredondada sobre a mesa. Ela rola alguns centímetros antes de encontrar meus dedos. Quando a aperto, a Aranha desperta, as pernas compridas se desdobrando a partir do abdome de metal. Pressiono a cabeça a fim de virá-la para cima, as pontas afiadas das pernas saltitando pela superfície lisa.

Geada recua.

– Mas que porra...

– Está tudo bem – digo, permitindo que a Aranha suba na minha mão. – É para levantar o ânimo.

– É por isso que você tá toda alegre e animada hoje? – dispara ela.

– É. Obrigada por notar.

Estendo a mão, pedindo a dela. Ela não se mexe, então encurto a distância entre nós e pego seu pulso, tomando cuidado com a carne arruinada que deforma seu antebraço, e coloco a Aranha ao lado dele. Olhos brilhantes escaneiam as áreas de carne interrompida, ela tece pele nova e pálida sobre as porções destruídas.

Respiro fundo.

– Geada...

– *Quando* eu vou ter minhas luvas de volta, aliás? – A Gearbreaker gira o pulso devagar, passando os olhos sobre a pele nova.

Retiro a Aranha, colocando-a sobre o outro antebraço.

– Quando partirmos.

– Você não pode simplesmente pegá-las no lugar onde eles guardam os pertences dos prisioneiros? Essa jaqueta de Valquíria deve ser um passe livre por aqui.

– E é. Mas não vou devolver as luvas pra você antes da hora.

A Aranha termina seu trabalho e, de forma tímida, a Gearbreaker a pega entre os dedos e a transfere para a bochecha. Ela fecha os olhos enquanto o animal sobe em direção ao talho em sua testa e curva a cabeça sobre a laceração, tecendo um fino fio pálido em cima do corte.

— E por que não?

— Você está praticamente salivando. Você me congelaria assim que pudesse.

A Gearbreaker sorri, uma expressão nervosa e trêmula que parece mais uma careta.

— Você não confia em mim ou coisa do tipo?

— Confio em seu medo.

Ela pausa. A Aranha, não detectando mais pele danificada, fica imóvel no topo de sua cabeça.

— Então acho que você não é tão idiota quanto parece.

Respiro fundo mais uma vez, uma mão envolvendo a lateral do corpo, as costelas se expandindo sob meus dedos.

— Amanhã à noite, contarei aos meus superiores que você não cederá e que eles deverão buscar você para o processo de corrupção.

Seu rosto é inexpressivo, os dedos tateando a pele nova.

— Retiro o que disse.

Esfrego a ponte do nariz.

— Geada...

Ela solta uma risada, saindo da mesa e firmando os pés com força nos ladrilhos. Ela começa a andar de um lado para o outro, errática, murmurando baixinho:

— Eu sabia... tem um parafuso a menos...

Eu me coloco no caminho dela. Ela para de repente, erguendo a cabeça com olhos ardentes.

— Já vi você lutar — digo. — Você é mais do que capaz de fazer isso. Essa ala inteira não tem câmeras justamente para que eles possam atormentar você o quanto quiserem; só há monitoramento no corredor que leva até os elevadores. Esta cela fica no corredor adjacente; quando vierem buscar você, tem até o fim do corredor para subjugá-los.

— E aí?

— Você retira a grade de ventilação da tubulação de ar que fica do lado desta sala. A academia está dois andares abaixo daqui, e é lá que podemos nos encontrar. É onde posso devolver suas luvas. Então, vamos para os elevadores e, de lá, para o hangar dos Windups. – Examino o rosto dela com cuidado. – Saímos no meu mecha. Tenho uma missão programada para esse dia.

– Incrível. E se alguém aparecer, sei lá, em qualquer outro andar?

– Junto com as luvas criogênicas, vou dar a você uma jaqueta de uma das unidades de Windup. Desde que fique em silêncio, ninguém vai perceber.

– E as câmeras?

– Eu vou... colocar um tapa-olho no seu olho esquerdo, e acredito que também seria bom se puxássemos seu colarinho até as orelhas.

– Você tá de brincadeira com a minha cara, Robô – diz ela, incrédula. – Esse é o plano? Me colocar em um casaco e torcer pra ninguém me reconhecer?

– Se você fizer a sua parte e colocar de volta nesta sala os guardas que derrubar, ninguém vai ousar questionar se você está onde não deveria – respondo, sabendo a verdade de minhas palavras. – Fazer tal coisa seria questionar a autoridade da Academia, e ninguém em Godolia ousaria fazer isso.

– Exceto você.

– Exceto *nós*. Apenas lembre-se de que em circunstância *nenhuma* você deve abrir a boca para falar. Seu sotaque vai entregar de onde veio.

– Posso fazer um sotaque de Godolia. – A Gearbreaker bufa.

– Ah é? – pergunto. – Então me mostre.

– A gente com certeza vai morrer e esse plano é arriscado demais – diz ela, a língua passando por cada palavra. – Fantástico, certo, Robô?

– Passável – digo sem rodeios. – No entanto, do jeito que exagera os sons dos "as", você parece a dona de um bordel.

Ela revira os olhos e passa por mim, continuando a andar em círculos pela sala, ansiosa.

– E você parece que está falando com o presidente. Toda formal e articulada.

– Godolia não tem um presidente.

– Os Zênites. Não ligo.

– Meu sotaque de Godolia é perfeito, Gearbreaker.

– Pode até ser perfeito – reflete ela. – Mas ainda parece que você engoliu uma lesma.

Sinto minhas bochechas arderem.

– Esse é um plano de merda – acrescenta ela.

Um instante de silêncio se passa.
– Estou aberta a sugestões – digo, a garganta seca.
– Caralho... você *sabe* que é uma merda!
Eu me viro para encará-la.
– Sei que eles provavelmente vão corromper você dentro de alguns dias, independentemente do que eu disser a eles, e que isso doerá muito mais do que se eles atirarem em você enquanto estiver tentando fugir.
Ela não se impressiona com o rosnado em meu tom e só me encara durante um momento pesado.
– Você sabe que é uma merda.
A Gearbreaker diz isso com tanta ênfase que me faz parar, e, quando faço isso, percebo como tudo isso é engraçado. É claro que não sei o que estou fazendo. É claro que esse plano está em pedaços, mas eu também estou, e talvez seja por isso que ele pareça adequado. Talvez isso só faça de mim duplamente idiota. Minhas mãos pendem impotentes nas laterais do corpo.
– Sei que é uma merda.
Ela franze o nariz. Uma cicatriz fina atravessa sua sobrancelha direita, visível apenas quando está livre das linhas de sua carranca. Por um breve momento, eu a observo surgir, antes do olhar implacável retornar. Ela se vira na direção dos espelhos enegrecidos. Abro meu outro olho para que ela possa vê-lo brilhando em seu reflexo.
Quando me pronuncio, minha voz contém uma pontada de aço frio:
– Depois que eu devolver as suas luvas, Geada, você não vai usá-las contra mim, porque, embora eu esteja sendo diplomática agora, saiba que eu sou mais do que capaz de me garantir numa luta. Mesmo que seja contra alguém como você.
O reflexo dela é como uma silhueta através da fumaça de uma chaminé. Não consigo ver a expressão em seu rosto. Dou um passo à frente.
– Se você desviar do plano, se você me *deixar* aqui... – digo, e faço uma pausa, notando o tremor em minha voz.
Coloco as mãos nos bolsos, torcendo os dedos conforme procuro a atadura inexistente. Eu me forcei a não fazer uma hoje de manhã; sou paranoica demais. A Academia poderia ter removido tais pensamentos com facilidade, arrancado de nossas mentes enquanto dormíamos durante a cirurgia de implantação das Modificações. Porém, não o fizeram. Deixaram nosso medo intacto para que pudéssemos ter medo *deles*.

No entanto, eles subestimaram meu ódio; ou melhor, nem sequer pensaram em considerar sua existência. Onde acreditaram ter incutido terror, na verdade incentivaram o desprezo, alimentando chamas esfomeadas.

Não deixarei que conheçam meu medo, mas vou mostrar-lhes as chamas.

– Se você desviar do plano, eu mesma acionarei o alarme. – Eu me ouço dizer. – Vou deixar que levem você e façam o que bem entenderem. Sairemos daqui juntas, Geada, ou morreremos aqui juntas. A escolha é sua.

Ela se vira, um sorriso frio estampado no rosto.

– Estava começando a pensar que você era alguma falha esquisita no Programa de Windups. Talvez eu esteja certa. Mas, de qualquer forma, você é tão insensível quanto qualquer outro Robô por aí.

Tiro a Aranha do topo de sua cabeça e a esmago entre os dedos.

– Pode contar com isso. – Limpo o fluido na calça. Essa é a parte que eu vinha temendo. – Agora, venha. Eu preciso tentar… assustar você, com um tour pelo hangar dos Windups, então só… só lembre-se de que tudo isso ficará para trás em breve. E…

Paro de repente. Geada ergue uma sobrancelha.

– Desembucha.

– E… tente não pensar o pior de mim. – No bolso, meu indicador se enrola na curva de meu polegar. Há tanto calor em meu rosto que chega a ser um peso tangível. – Pior do que já pensa.

– Eu… ah – diz ela, a surpresa tomando seu rosto, que ela disfarça rapidamente com outro revirar de olhos. – Tenha dó, Falha. E eu lá tenho cara de quem se assusta fácil?

CAPÍTULO CATORZE

ERIS

Na noite antes de eu assumir o controle da minha própria equipe, Jenny se esgueirou para dentro do meu quarto, provavelmente para me matar enquanto eu dormia.

– Anda logo com isso – murmurei, me enfiando debaixo da coberta para escapar da luz do corredor.

Ela agarrou meu ombro e me forçou de costas, seus olhos de meia-noite transformados em crescentes. Ela estava debruçada no meio da cama, o nariz contra o meu nariz, o sorriso largo. Eu me preparei.

Em seguida, Jenny passou uma mão pela minha testa, atipicamente macia.

– Vou arrastar você – disse ela.

Então, estávamos de pé e correndo, ela segurando meu pulso com firmeza, escadaria abaixo e rumo à noite fria. Disparamos na direção das florestas que rodeavam os Ermos, folhas mortas amassando sob nossos pés, a lama gelada se infiltrando entre os dedos dos meus pés descalços.

– Eris – ela falou quando paramos, sem uma fagulha de exaustão na voz depois de nossa corrida. Eu, por outro lado, estava debruçada no chão. – Todas as grandes equipes foram lideradas por Gearbreakers com nomes.

– Ah, vá, Jenny. – Arfei, e ela enfiou a base da mão na minha têmpora. Mas de leve, me fazendo cambalear só meio passo para trás.

– Eu quis dizer codinomes, sua imbecil. – Ela suspirou. – Sabe, Enfia-Gancho, Pandora, Puta Susto, Artemassacre, Rompe-Estrelas, todas aquelas lendas.

Assenti. As histórias daqueles Gearbreakers estavam criptografadas na nossa, suas lendas de bravura e força marteladas em nossas orelhas como um grito de guerra.

– Espera – percebi. – Acho que nunca ouvi falar da Rompe-Estrelas.

Sorrindo, ela levou a mão ao bolso e tirou dele um par de luvas pretas, amarradas com o que parecia um fio laranja. Agilmente ela as calçou.

Jenny se virou na direção da floresta, dobrando os dedos nas laterais do corpo. Os ombros retraídos para encarar a noite, uma postura que parecia exigir uma rodada de aplausos ou uma reverência baixa de derrota.

Um choque estranho tomou conta de mim, um sentimento parecido com um raio feito de agulhas subindo por minha espinha. Conforme o frio escapava das minhas bochechas, eu pensava: *Alguma coisa nova está prestes a acontecer.*

As mãos de Jenny começaram a brilhar. Ela ergueu os ombros com um suspiro, o cabelo preto cintilando à luz do luar.

– Inferno – disse ela, levantando as mãos. – Eu sou esperta pra caralho.

E nada aconteceu. Depois de um instante, Jenny deixou cair as mãos nas laterais do corpo, o sorriso aumentando, e eu pensei, com o entusiasmo indo embora: *Ela só está completamente bêbada, não é?*

Então ela me puxou para o lado.

À nossa frente, a árvore balançou e cedeu, galhos quebrando ao atingir o chão, fumaça escura subindo da fissura. Veias de chama se retorciam pelo tronco, o ar ao redor oscilando como se a madeira tentasse respirar.

Ela se virou para mim, o brilho se esvaindo das mãos, e, depois de vasculhar o bolso de trás, tirou outro par de luvas, dessa vez amarrado com um fio azul. Ela o estendeu em minha direção e senti um arrepio pelo corpo que não tinha nada a ver com a temperatura baixa.

– Ah, não – falei.

Jenny se inclinou para perto, colocando as luvas nas minhas mãos.

– Não esquenta, não esquenta. Fiz as luvas serem ligadas ao nosso DNA. Os séruns nos reconhecem. Não vão nos machucar. Por que fariam isso? Por que *ousariam*? Sou a porra da *Deusa* delas. Eu...

– Você tá bêbada.

– Eu sou jovem e gênia, e a gente vive o apocalipse o tempo todo agora, então você pode calar a boca. – Ela terminou de apertá-las ao redor dos meus pulsos. – Fiz uma coisa extraordinária.

Baixei a cabeça para olhar as luvas; ela colocou o dedo embaixo do meu queixo, fazendo meus olhos encontrarem os dela. O sorriso havia desaparecido, mas seu fantasma ainda se movia atrás das íris.

– Eris, eu fiz você. Desde o que está no seu coração até o que está na sua cabeça, e tudo no meio disso. Eu lamento verdadeira e honestamente pela equipe que vai ficar sob o seu comando.

– Jen...

Ela cutucou meu esterno com a ponta do dedo, me silenciando.

– Eu fiz você – repetiu ela, a voz baixa, o rosnado de um cão caçador. – Fiz você para ser forte e fiz você para ser esperta e fiz você para ser temida. – Ela deslizou as mãos pelos meus ombros e braços, então as palmas por fim embalaram as minhas. – Eu fiz você para que cada Piloto e Zênite e Windup filho da puta que tiver o azar de bater de frente com você precise apenas de uma olhada para sentir o sangue congelando nas veias. Eu fiz essas luvas, Eris. Eu as criei para serem ferramentas, nada mais. Foi *você* que eu criei para ser uma arma. E você sempre será minha maior invenção.

Os braços dela me envolveram, a bochecha repousando no topo da minha cabeça. Meus braços penderam nas laterais do corpo, inertes pelo choque. Ela não me abraçava desde que éramos crianças, talvez nem naquela época. Seu cabelo escuro caiu no meu rosto. Ela cheirava a cinzas, orvalho de musgo e gelo.

– Quero que você tome cuidado lá fora – murmurou ela, seus braços estremecendo ao meu redor, hesitante, incerta sobre aquele gesto de conforto. – Seja destemida e assustadora e ridiculamente inconsequente, como eu sei que você é, mas lembre-se de que você não tem minha permissão para morrer. – Ela colocou as mãos ao redor dos meus ombros, e a senti tirar uma de suas luvas. Passou os dedos nus pelo meu cabelo, tímidos, ternos. – Faça da vida deles um inferno, Eris. Minha irmãzinha. Minha pequena Geada.

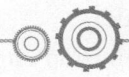

Por que me recordo desse momento doce e sentimental de irmãs? Porque, se esta fuga não me matar, Jenny com certeza vai.

Pelo menos a lembrança fez as faixas ao redor dos meus pulsos, o pequeno grupo de guardas enviado para me escoltar durante o tourzinho de Sona e o exército de mechas no meu caminho parecerem um pouco menos materiais, pouco mais que uma piada. *Você acha que isso me assusta, Falha? Isso é minha vida inteira.*

Com os olhos grandes e delicados voltados para baixo, uma crescente avermelhada ardendo sob uma pálpebra, Sona guiou nosso grupo entre as fileiras dos mechas no hangar dos Windups. Passamos por nuvens de tinta marcando revestimentos novos e cruéis; estruturas sem pele abarrotadas de fios e operários; bordas de botas de aço irregulares pelas últimas missões, com calos dos ossos. A expressão dela permaneceu indiferente, quase entediada, conforme ela repetia variações de "É assim que vamos massacrar sua família inteira" enquanto caminhávamos. Foi quando chegamos diante dos Fantasmas que eu descobri que o que a denuncia não é o rosto. São as mãos.

Ela estava sangrando. As unhas enterradas diretamente na pele das palmas, o vermelho vazando das cutículas. Ela mal olhava, só as enfiava nos bolsos da jaqueta de Valquíria antes de se virar e hesitar, percebendo que eu vira.

São as mãos e os olhos.

Imagine matá-la, implorei para mim mesma. *Imagine os fios saindo para fora dos cortes abertos, porque é assim que isso termina, é assim que isso* precisa *terminar...*

Só que algo nos olhos dela – mesmo naquele fornecido pela Academia – era familiar. Era a mesma expressão que infectou meus traços durante minha primeira missão, embora eu tenha tentado reprimi-la. *Ela está vestindo o meu medo.*

Agora, mesmo trancafiada em segurança na minha cela, não consigo tirar Sona da cabeça.

Passo uma mão pelo cabelo, puxando os nós de forma descuidada. Não sei o que pensar da Robô. Falha. Sona. Pode ser tudo uma mentira complexa – o plano, as lágrimas, a história dela. Nós fugimos e eu a levo diretamente para a porta da frente dos Ermos, e ela chama seus amigos, que matarão todos os meus.

Só que não tenho outra escolha.

Não vou ter outra oportunidade.

Olho para o meu reflexo, estampado em cada espelho sempre que ela não está aqui para escurecê-los. Noto os círculos pretos debaixo dos olhos, tão fundos no meu rosto que é como se tivessem sido esculpidos ali. Ainda há sangue seco preso à linha do couro cabeludo e ao colarinho, e as veias das bochechas brilham roxas através da pele.

Depois do tour, quando ficamos sozinhas na cela novamente, Sona repassou o plano mais uma vez e me deixou para que eu pudesse dormir um pouco. Não é o que faço. Em vez disso, fico andando de um lado para o outro. Mal toco na comida fria que me deram. Penso em minha equipe e em Jenny, a princípio apenas vasculhando memórias, mas em certa altura começando a imaginar o futuro também, depois que eu escapar.

Meus lábios se partem num sorriso. Milo vai perder a cabeça quando me vir, vai me agarrar pelos ombros, se aproximar do meu rosto: *Eles machucaram você?* Vou afastá-lo com um tapinha e passar por ele. *Você realmente achou que eu ia deixar que chegassem perto? Não me insulte.*

Continuo imaginando fantasias ridiculamente simples e sem graça, eventos cotidianos dos quais eu não sabia que sentia falta, observando-os se desenrolarem um atrás do outro pelo piso frio, empoleirada na mesa. Theo e Nova discutindo, tapinhas leves evoluindo rapidamente para verdadeiros socos e membros machucados. Xander e Juniper jogando suas partidas de xadrez brutalmente intensas, Arsen trotando ao redor da sala de reuniões, derrubando móveis e tagarelando bem alto para chamar a atenção dos outros. Milo, calmo durante tudo isso, virando as páginas gastas de um livro em silêncio, erguendo os olhos das palavras de vez em quando para encontrar os meus, um sorriso torto, covinhas nas bochechas.

Sufoco os pensamentos assim que eles surgem. Há neles uma qualidade quase perigosa: confortáveis demais, reais demais, parecidos demais com uma promessa.

Depois de horas de nada – deve estar amanhecendo agora –, volto a me deitar sobre a mesa, joelhos erguidos, e pressiono as mãos contra os olhos até estrelas faiscarem na escuridão. A voz de Jenny começou a ressoar na minha cabeça de novo. O que diabos eu devo fazer se Sona estiver dizendo a verdade? Levá-la até os Ermos, vê-la ser baleada imediatamente assim que eles vislumbrarem seu olho? Mesmo que eu acreditasse de verdade em sua história, será que me colocaria na frente dela para protegê-la?

A essa altura, matá-la seria a coisa mais fácil. Para nós duas.

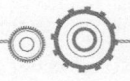

Deuses, ela é silenciosa. Tiro as mãos do rosto e vejo que Falha já trabalha nos espelhos, fechando o olho vermelho assim que termina.

– Tô entediada – digo, sentando ereta. Começo a estalar os dedos na base das mãos. Já devo ter feito isso umas cem vezes hoje, e eles não fazem mais barulho. – Não tem nada pra fazer aqui.

Ela pisca.

— Você está em uma prisão e sua única reclamação é o tédio?

— É claro que não é minha única reclamação. Quer que eu faça uma lista pra você?

— Não particularmente.

Salto da mesa.

— Você pegou minhas luvas?

— Sim.

— E meus óculos?

— Por quê? — pergunta Falha, o tom monótono de sempre. — Você fica ótima sem eles.

— Que belo elogio. Você sempre flerta com as pessoas?

Ela inclina a cabeça de leve, os cachos caindo pelo ombro.

— Estou tentando ser mais verdadeira.

— Você tá de zoeira?

— Não.

Por algum motivo, a resposta me causa um arrepio.

— Por que você tá aqui?

— Este é o momento em que eu percebo que você é uma causa perdida. Depois, vou até o meu capitão para informá-lo sobre isso.

Ao ouvi-la, todas as palavras momentaneamente fogem da minha cabeça em um relâmpago de medo. Meu silêncio permite que ela esclareça:

— Minha missão é daqui algumas horas, e preciso cronometrá-la direito para que possamos nos encontrar. Do contrário, você quase certamente morrerá durante o processo de corrupção.

— Obrigada por isso — falo, débil. — Então não dá pra nós duas simplesmente ficarmos aqui em silêncio?

— Você não aprecia nossas conversas, Geada?

— Tenho certeza de que aprecio quase tanto quanto você.

— Na verdade, eu aprecio muito nossas conversas.

— É por causa da minha personalidade incrível? — Os cantos dos lábios dela se movem. — Eu sabia. Quem diria que uma Robô poderia ser tão perspicaz?

— Não é isso — diz Falha. De repente, ela dá um passo à frente.

Meu sentimento de tranquilidade se parte em fragmentos quando o medo, frio e violento, rouba meu batimento cardíaco seguinte. Ela passa um dedo pelo colarinho da minha blusa, a outra mão pousada atrás de mim na beirada da mesa, e eu penso: *É isso. Sua idiota esperançosa. Uma garota com olhos ingênuos conta uma historinha triste e você se apega a ela. Você merece isso.*

No entanto, tudo que Falha faz é puxar minha blusa alguns centímetros para baixo, revelando minha clavícula e as oitenta e sete engrenagens tatuadas em duas fileiras. Deveriam ser oitenta e nove. Vorazes, seus olhos deslizam sobre as tatuagens.

– É que, toda vez que eu vejo você... – diz Falha, a voz um sussurro suave e perigoso. Suor escorre por minha nuca. Seus traços foram tomados por uma nova expressão, uma sinistramente calma e determinada. Ela toca de leve uma das engrenagens com o polegar, só uma vez, um toque tão rápido quanto meu estremecimento sob ele. – ... eu vejo Godolia ardendo em chamas. Vejo cinzas e restos de metal salpicando a cratera onde ela se assentava. Vejo sua marca horrenda varrida de cada mapa, seu registro apagado da história, sua reputação não apenas arruinada, mas obliterada. E vejo cada Zênite, cada Piloto leal e cada Windup morto junto com ela.

Falha solta minha blusa e coloca o cabelo atrás das orelhas. Seu olho ainda está fixo em mim, o outro inflamando sob o tapa-olho, como se tentasse queimar o obstáculo para enxergar minha expressão de choque.

– Vejo a paz quando vejo você, Geada – diz Sona, abrindo um sorriso bonito.

Consigo dar apenas meio passo para trás antes de a minha coluna encontrar a beirada da mesa. Ainda consigo sentir o toque de Falha na minha clavícula, dançando sobre a engrenagem.

– Vo-você soa... – gaguejo, lutando para encontrar as palavras. *Insana. Sádica. Violenta. Demoníaca.* Passo uma mão nervosa pelo cabelo. – Deuses. Você soa como uma Gearbreaker.

Por um instante, o silêncio pesa entre nós, e eu juro que nossos rostos coram ao mesmo tempo. Eu não devia ter dito isso, mas não posso voltar atrás.

A expressão nos olhos dela – é a mesma que vejo nos traços da minha equipe quando um mecha desaba de joelhos. Uma expressão de fervor de batalha, quando se fica de pé sobre o inimigo derrotado e sente a vividez do pulsar do coração em cada veia, percebendo quanto estava perto da própria morte, mas, de alguma forma, diante de tudo aquilo, ainda assim está *ali*, e significa que *venceu*.

– Você se lembra do plano? – Falha murmura rapidamente, afastando meus pensamentos. Uma de suas mãos está enterrada no bolso da jaqueta; seus dedos se movem sob o tecido.

Aceno com a cabeça.

– Lembro. Tenho até o final deste corredor para apagar os guardas. Depois que eu arrastar todo mundo de volta pra cá, entro pela ventilação, engatinho até chegar numa divisão, vou para a... a...

– Esquerda. – Falha me lembra.

– Certo. Quer dizer, isso, vou para a esquerda – digo. – Direto até chegar ao elevador de serviço. Desço a escada, depois engatinho para dentro da segunda abertura que encontrar. Sigo até chegar à segunda bifurcação no caminho, que deve levar até a academia.

– Terceira bifurcação, Geada.

Balanço a cabeça.

– Certo. Terceira.

Reflito por um momento, depois solto as alças do meu macacão, pegando a parte inferior da blusa entre os dedos e arrancando uma faixa de tecido.

– Primeiro a esquerda – murmuro, segurando o tecido sobre o pulso esquerdo. – Terceira bifurcação.

Dou três nós no pano, depois começo a amarrá-lo ao meu braço. É difícil fazer isso com uma mão, e me atrapalho até os dedos de Falha tomarem meu pulso de repente, terminando o serviço com agilidade. Sem pensar, agarro sua manga antes que ela possa recuar.

– Está muito apertado? – pergunta ela. Sinto a garganta contrair ao ver sua expressão de preocupação. Solto a jaqueta, sacudindo a cabeça outra vez.

– Isso... isso vai funcionar, certo? – pergunto, odiando a fraqueza em minha voz, a necessidade clara e urgente de sua concordância.

Que não vem.

– Não. Provavelmente nós duas vamos morrer.

Solto uma risada seca.

– Belas palavras de motivação, Robô.

– Você preferiria que eu dourasse a pílula? – pergunta ela, suavemente. – Escute, Gearbreaker, ou Geada, seja lá o que você preferir: não mentirei sobre os riscos. Mas não vou fazer uma lista extensa, ou narrar suas crueldades particulares, porque nós duas as conhecemos de forma íntima. Mas você se importa com as consequências tanto quanto se importa com a fuga? Tanto quanto se importa em morrer ainda sendo você mesma? Se nós de fato morrermos, será com nossas armas em punho, usando nossos últimos suspiros para cuspir no nome de Godolia e levar o maior número possível de seus bajuladores conosco. Nossas últimas palavras serão de fúria e ódio e repletas da *rebeldia* que eles acreditam estar extinta. Então pergunto novamente, Geada: você preferiria que eu dourasse a pílula? Ou gostaria mais de ser lembrada de que, não importa o desfecho, nós não vamos morrer subordinadas a eles?

Ah, Deuses, o jeito como ela está me olhando. Escondo o aumento repentino de minha frequência cardíaca colocando as alças do macacão de volta sobre o ombro, levando um momento para tocar o tecido que Sona prendeu ao redor de meu pulso.

— Tenho um presente pra você — diz ela, retirando alguma coisa do cinto e a colocando sobre a mesa.

É uma faca com um cabo ornamentado, o mesmo tipo que os Pilotos usaram para talhar meus braços. Por um momento, o clarão de uma imagem, Sona em uma mesa de jantar, rodeada de Valquírias. Estão todos cortando a comida com os mesmos utensílios, passando o sal uns para os outros...

Então ela ergue ambos os olhos para mim; um carmesim, o outro daquele tom escuro e profundo de avelã. Ambos grandes, na forma de meia-lua, e cílios pretos como petróleo cobrindo cada espaço disponível. A imagem é cuspida para fora da minha cabeça.

— Que foi? — pergunto, ríspida, esperando outro discurso de motivação perverso. — O que é?

— Só... você pode confiar inteiramente em mim, se quiser — murmura ela. — Confie em meu medo assim como eu confio no seu, se for mais fácil.

— Mais fácil pra quê?

— Para sair. Não precisa ser com inimigos por todos os lados. — Outra pausa. Ela balança a cabeça. — E depois disso...

— Qual é, vamos ser amigas?

— Ainda vamos estar vivas — corrige ela, e uma de suas mãos roça o antebraço oposto, onde o painel repousa sob a manga da jaqueta. É um gesto tão sutil que não sei se ela percebe que o está fazendo. — Suponho que cabe a você decidir se eu continuarei assim ou não.

Sei o que ela está insinuando. Ela estará ferida, o corpo real desamparado. Com minhas luvas, serei qualquer coisa, menos isso.

Olho para a faca, o cabo brilhante cheio de luz, a lâmina pairando sobre a superfície da mesa. Vejo nós duas, refletidas parcialmente no metal. Uma imagem incompleta. Ela não mostra os dedos trêmulos de Sona, seu olho modificado, a jaqueta de Valquíria que abraça seus ombros. Mostra apenas isto: uma garota me encarando com cuidado, um fragmento de meu rosto sujo e uma faca na mesa.

— Falha?

— Sim? — pergunta ela sem uma centelha de dúvida ao responder ao apelido ridículo que inventei.

— É Eris — digo, silenciando a voz de Jenny em minha cabeça. Engulo em seco. — Meu nome é Eris.

Uma pausa, e então um sorriso sutil aparece em seus lábios, um que, dessa vez, não faz meu sangue gelar.

— Eris — repete Sona, experimentando meu nome.

Não é suave, da forma como Milo sempre fala, mas ela de fato o pronuncia com cuidado. Como se fazê-lo do jeito errado pudesse cortar sua língua.

Então ela diz:

— Eris, você poderia, por favor, dar um soco bem forte no meu rosto?

CAPÍTULO QUINZE

SONA

09H00

Ela se chama Eris.

Repito o nome sem parar na cabeça, como se estivesse com medo de esquecer a leve rachadura em sua carranca, os olhos que por um breve momento pousaram naquele que eu odeio, mas se mantiveram firmes como se não fosse repulsivo ou artificial.

Não vou contar o nome dela para Lucindo, nem ousarei proferi-lo para qualquer outra pessoa até nos livrarmos desta cidade maldita. Que Godolia a conheça apenas como uma Gearbreaker ou como Geada. Que conheçam apenas a ameaça que a menção carrega, e que demonizem e maldigam os codinomes. O nome Eris, porém, não pertencerá a eles.

Encontro Lucindo na sala comunitária das Valquírias. Ele dá uma olhada em meu rosto e se põe de pé, saltando sobre as costas do sofá para agarrar meu braço conforme passo e me vira para que eu o encare.

– O que... – começa ele.

– Eu fracassei – falo sem rodeios, a voz dura. Meus olhos estão voltados para suas botas. Estou envergonhada. Não estou comemorando por dentro. – A Geada, eu tentei... Ela não vai...

– Sona... – Agora ele segura meu braço livre, apertando-o. *Não me toque, sua praga vil.* – Você fez o melhor que podia.

– Preciso de uma Aranha – murmuro, empurrando-o para o lado. Os corredores extensos são decorados com fotografias e pinturas, flores pressionadas atrás de vidro e espelhos com molduras intrincadas. Tenho um vislumbre do corte na bochecha ao passar por um deles; e também de Lucindo, logo atrás de mim. – Estou bem.

— Ela vai ser corrompida — assegura ele. — Vou pedir que deem início ao processo imediatamente.

— Ela vai morrer.

— Você acha que ela não é forte o suficiente para sobreviver?

Paro de repente e me viro.

— Acredito que ela, mesmo depois de tudo que fez, é só uma menina inconsequente. Ela fala como se estivesse acima de tudo isso, mas é só mais uma garota das Terras Baldias que esqueceu quão pequena ela realmente é. Minha única esperança é que a corrupção coloque um pouco de juízo na cabeça dela antes de sua morte.

De repente, Lucindo sorri.

— Eu estava com um pouco de medo de que você estivesse começando a gostar da Gearbreaker, Sona.

Pelos Deuses. Eu reviraria os olhos se achasse que isso adiantaria. Estamos falando sobre assassinar uma garota, e ainda assim ele encontra uma maneira de flertar comigo. Não me importo o suficiente para dizer a ele que, primeiro, nunca tive interesse em homens, e segundo, estou planejando reduzir sua nação a cinzas. Então, em vez disso, serei cruel e observarei ele arrancar alguma forma de afeto de minha atitude mesmo assim. É uma conduta previsível.

— Gosto tanto dela quanto você gosta de mim — respondo, o bocejo na voz uma simples provocação.

No entanto, Lucindo é um rapaz simples, e suas bochechas ganham um tom mais profundo. Se eu pudesse ver suas cores, acredito que ele seria uma paleta de tons pastéis: pele pálida rosada, olho azul-claro, cabelo leitoso.

— O que quer dizer com isso, exatamente? — É o que ele consegue falar.

— Você poderia não dizer nada, assim eu posso treinar um pouco em paz.

Olho brevemente para seus antebraços, as mangas arregaçadas da jaqueta, os painéis instalados em cada um. Já pensei em arrancar suas chapas de prata antes, apenas como um experimento, um teste, para ver quanto sangue ele perderia. Se ele sobrevivesse a isso, então talvez eu também conseguisse.

— Isso é jeito de falar com o capitão da sua unidade, soldada?

— Hum, me diga, como prefere que eu fale com o senhor, *Capitão*? — digo, a voz baixa enquanto considero tais fantasias. — Se está procurando palavras doces, eu recomendaria o distrito dos bordéis.

— Você me machuca, Sona Steelcrest.

— Nunca encostei um dedo no senhor, e não planejo fazer isso.

Lucindo sorri, erguendo a mão para afagar a parte de trás de sua cabeça, que está inclinada sobre a minha.

– Você vai ficar bem para a sua missão?

– É claro.

– Ótimo – diz ele, depois hesita. De repente, um pavor frio se enrola ao redor de minha coluna. – Eu, hum... tive que designar Victoria para acompanhar você hoje.

Minha máscara não dura.

– O quê? Por quê? Ainda estou fazendo testes; é só outra missão de escolta. Eu não preciso de...

– Gearbreakers foram vistos tarde da noite de ontem na área para onde você vai. – Ele balança a cabeça. – Sona...

– E você sabe como eu segurei a barra antes!

– Eu sei, mas... – Ele se cala, um olhar de culpa serpenteando por seus traços.

– Os Zênites pensam que as palavras da Gearbreaker estão afetando meus pensamentos? Minha lealdade? – questiono, sentindo a mente girar.

– É isso que *você* pensa?

– É claro que não!

– Então tire a Victoria da minha missão!

– Não sou eu quem decide, Sona...

Eu o deixo no corredor, meus pés seguindo para o quarto, mãos encontrando os lençóis. Agarro as bordas esgarçadas, arranco mais um pedaço e o enfio no bolso. Jogo minha bolsa de lona descuidadamente sobre o ombro antes de sair do quarto, de alguma forma chego ao elevador, depois à academia, mal conseguindo manter a calma por tempo suficiente para abrir o zíper da jaqueta de Valquíria. Há suor escorrendo pelo meu pescoço, e o espelho deixa a sala iluminada demais. *Você precisa se recompor e...*

Quando tiro a jaqueta, paro e ergo as mãos na direção da luz.

Estou tremendo?

Passo os dedos sobre os nós da mão oposta.

Como eu poderia não estar tremendo?

Meu coração acelera, assim como o zumbido. Curvo as unhas nas laterais do corpo, procurando uma costura invisível ou uma fenda separando minha pele do fio da Aranha, para rasgar e arrancar. Não há nada ali – sou eu, é tudo eu, zumbindo, reluzindo, fingindo ofegar por ar. Não sou determinada;

não sou algo rígido. Sou uma criança que deve matar hoje, e isso me faz temer por mim mesma.

Estou com tanto, tanto medo, e eles nem sequer me deixam tremer.

– Me dê um Auto – digo entre os dentes, apertando os dedos ao redor de uma espada de treino.

O peso e o cabo e a forma como se acomoda em minha palma são as coisas mais familiares do mundo, como trocar um aperto de mão com um velho amigo. Se eu tivesse velhos amigos.

O espelho que cobre a parede dos fundos se abre ao meio para revelar um corredor estreito. Lá dentro, uma fileira de Autos espirala escuridão adentro. O que está mais à frente ergue a cabeça.

Minha postura é fraca; meu tempo de reação, péssimo. O golpe final é carregado, muita força bruta e pouco controle. Antes que eu chame o próximo Auto, arranco o pedaço do lençol guardado no bolso da jaqueta e o amarro ao redor da cabeça – a tira de tecido é longa o bastante para duas voltas –, dando um nó atrás de minha orelha direita. As cores tocam o mundo outra vez, azul-escuro sobre a plataforma no chão e um tom prateado cruel na lâmina das espadas de treinamento.

O segundo tomba mais rápido; o terceiro, mais fácil.

Quando o quarto ataca, há um movimento na porta que chama a minha atenção. *Não.* Nossas lâminas colidem, e eu perco o equilíbrio e vou ao chão com seu joelho mirando meu peito. O Auto não pode me matar, mas espancar está dentro de seus parâmetros.

Então Rose aparece, empurrando-o com as mãos nuas, zombando com uma risada vibrante:

– É, é, vai se lascar, seu saco velho de parafusos.

Ele acelera e ataca; Rose agacha sob sua lâmina e acerta um chute circular com facilidade na lateral do Auto. Roubando uma espada que ele descartou, ela desenha uma linha rápida e perfeita para separar cabeça e pescoço.

Ela se vira, cachos cobrindo o rosto ao se inclinar sobre mim. Na outra mão, acomodada gentilmente, corre uma Aranha.

– Ouvi dizer que você precisava disto – diz Rose, um sorrindo repuxando os olhos. – Quer uma parceira de treinamento?

CAPÍTULO DEZESSEIS

ERIS

09H45

A faca vai no meu sapato.

Percebo que essa é uma péssima ideia só depois que os guardas chegam e prendem minhas mãos atrás das costas.

– Vocês poderiam fazer do outro jeito? – pergunto, porque a pior coisa que eles poderiam responder é "Vamos te matar", o que já parece estar implícito. Tudo que recebo como resposta é silêncio. – Vocês podiam pelo menos falar alguma coisa. – De repente, a porta se parece muito com um túmulo. O corredor é ridiculamente curto, se me lembro direito. Suor escorre por minha nuca. – Não vou sair até vocês falarem alguma coisa!

Uma guarda com a cabeça raspada me empurra na direção da porta e resmunga:

– Cale a boca.

– Fale outra coisa.

Ela me empurra outra vez, com mais força, e eu perco o equilíbrio, caindo sem jeito sobre o ombro sem nada em que me segurar. Deslizo a bochecha no chão e suspiro contra o piso, porque parece que vai ser esse tipo de dia.

– Levante-se – rosna outro guarda, agarrando as costas de minha blusa e me colocando de joelhos.

Eu me viro para a direita, noto que é ele quem está com as chaves e golpeio sua virilha com a testa.

– Eu também não curti fazer isso – digo quando ele dobra o corpo ao meio, antes que o terceiro guarda acerte minha têmpora com o punho. Minha visão se arrasta (*isso nem mesmo faz sentido, não sei direito*), e ele enrola a mão em meu colarinho e me levanta, me tirando do chão.

— Não – alerta Cabeça Raspada enquanto meus pés raspam o piso. – Ela vai ser corrompida, e vai doer muito mais do que qualquer coisa que você esteja pensando em fazer.

— Você pode tentar – digo, e cuspo na bochecha do Terceiro.

Ele aperta minha blusa momentaneamente, o rosto ficando sombrio, mas então, com uma compostura notável, ele afrouxa os dedos e solta o tecido.

— Sabe, a Rompe-Estrelas tinha uma boca igual a sua – grunhe ele, a mão ao redor de meu braço, me conduzindo na direção da porta. – Também não deu muito certo para ela.

Meu corpo inteiro congela.

— O quê? – murmuro ao entrarmos no corredor.

O Guarda das Chaves passa a mão em meu cabelo e puxa minha cabeça para trás.

— Esmagada e afogada, ela e a equipe inteira.

— Acho que transformar aquela menina em uma Valquíria foi a jogada certa. – Cabeça Raspada ri. – Ouvi dizer que ela tingiu as margens de vermelho.

— Não. – Respiro.

Falha não... ela disse... Sona disse... *não*.

Jenny.

Jenny, *morta*. Não encaixa. Não combina com ela.

Por favor, não.

Estamos a quarenta passos do fim do corredor. Terceiro e Chave seguram meus braços; Cabeça Raspada está um passo à nossa frente.

— Awn, a pequena Gearbreaker está lacrimejando – provoca Terceiro, e eu me viro e cuspo em sua bochecha outra vez.

Ele recua. Ergo a perna e acerto meu calcanhar na lateral do joelho de Chave.

Ele tomba com um grito e solta meu braço, então jogo meu peso para levar o joelho até o seu nariz. Sua cabeça dobra para trás, os membros inertes.

— Levanta, idiota – grita Cabeça Raspada enquanto Terceiro me puxa para trás com um grunhido. Ele abre a boca para falar alguma coisa, e eu cuspo em seu rosto pela terceira vez. É sempre uma ótima jogada.

Ainda me segurando com uma mão, ele me empurra, para que tenha espaço suficiente para me atacar com a outra. Caio no chão – e em cima do guarda que já está lá –, o golpe passa por cima da minha cabeça, os dedos se contorcendo atrás de mim, contra tecido, tecido, cinto, metal; e quando ele finalmente me ergue, as chaves estão na minha mão. A primeira não encaixa – observação:

porta da cela –, e, antes que eu consiga tentar a próxima, os dedos dele estalam contra minha boca. Sinto o momento em que meu lábio é rasgado, e isso deve agir como uma espécie de ressarcimento cármico, porque a chave seguinte se encaixa perfeitamente e as algemas se soltam dos meus pulsos.

Pego-as antes de caírem. Enrosco os dedos na corrente e acerto um soco nas costelas do guarda, depois na barriga, e um gancho direto em sua mandíbula. Ele grunhe, tateando em busca da arma, e, ao mesmo tempo, Cabeça Raspada avança em minha direção, um bastão nas mãos. O objeto está a centímetros do meu pescoço, ouço um zumbido em meu ouvido, sinto o gosto de metal faiscando na minha língua – eletrocutada, sério? –, e enfio o pé para esmagar a mão do Terceiro na parede. A bota de Cabeça Raspada encontra a lateral do meu corpo; caio de joelhos com um grunhido, dobro três dedos ao redor da curva de uma algema e lanço a outra na testa do Terceiro. Revirando os olhos, ele cambaleia e então fica imóvel contra a parede.

Cabeça Raspada se joga sobre mim, o joelho prendendo meu ombro no chão, o cassetete girando para colidir com o topo da minha cabeça. Eu recuo, então ele apenas roça minha têmpora, a dor atando o ponto de contato a uma rede violenta e cortante, e... percebo que não enxergo.

Meus olhos estão fechados com força. Não consigo me mexer, os dedos das mãos retesados contra o meu corpo, os dos pés rígidos nos sapatos. O pânico me agarra, me sufoca. *É isso. Eu fracassei, vou mo...*

– Desgraçada – murmura Cabeça Raspada, cutucando a lateral do meu corpo com o polegar. Um leve arrastar de pés, e mãos deslizam para baixo dos meus braços, erguendo meu peso morto do chão.

Ela acha que estou inconsciente.

Ela está me arrastando. Meus calcanhares raspam o chão, emitindo um ruído de borracha nos ladrilhos. São quantos passos até o final do corredor mesmo? Já andamos quantos metros?

Mexa-se, droga.

Só que não sinto nada em mim a não ser as lágrimas em minhas bochechas.

Minha irmã está morta.

Ela está morta, e Sona a matou. Sona, que espera por mim dois andares abaixo, que tomou meu pulso como se significasse algo para ela, como se eu pudesse significar algo para ela.

Ela precisa pagar por isso.

Meus dedos se contorcem nas laterais do corpo.

Ela vai pagar por isso.

Giro o corpo, as mãos da guarda escorregando de mim, rolo uma vez, ficando de barriga para baixo, e depois me levanto.

A faca na mão.

A boca de Cabeça Raspada forma um pequeno "O", e a lâmina encontra a carne.

Por alguns poucos centímetros, a faca entra fácil pela carne, mas então atinge algo mais duro. Eu a puxo até que saia, e a guarda cai no chão.

Ainda um pouco entorpecida e bastante desorientada, arrasto os guardas um a um de volta para a cela e tranco a porta. Em seguida, me viro. O corredor está coberto de sangue. Espalhado pelos ladrilhos. Manchando de leve as paredes, generosamente em minhas mãos, a maçaneta tingida de vermelho. De qualquer jeito, esfrego-a com a manga. Não posso fazer muita coisa sobre o estado de todo o resto, mas isso não é novidade.

Arranco a grade da ventilação e me enfio lá dentro, engatinho até a primeira bifurcação. O tecido ao redor de meu pulso esquerdo; viro à esquerda. O elevador de serviço se abre, sombrio, uma queda de um milhão de andares, ou de apenas cerca de cem, mas meu corpo não vai perceber diferença se eu cair. Agarro a escada, desço por uma abertura, entro na seguinte. Engatinho. Três nós; terceira bifurcação.

O suor faz minha blusa grudar às costas. Minhas mãos tateiam o metal, manchas vermelhas em contornos fantasmagóricos. Adiante, o som da colisão rápida de espadas faz os canais de ventilação estremecerem.

Vai acontecer quando eu estiver fora desta maldita cidade, em segurança, antes que ela possa relaxar e perceber o que está acontecendo. Outra engrenagem para mim; um Piloto a menos para matar o restante da minha família. Todo mundo sai ganhando.

Chego ao final da tubulação de ventilação e espio um espaço repleto de partes mecânicas de corpo. Sona percorre a sala em um círculo lento, espada em mãos, cachos escuros presos para trás, um tecido envolvendo a cabeça.

Sigo os movimentos limpos e treinados da lâmina de Sona até perceber que há mais alguém na sala.

Como se o pânico pudesse falar, como se minhas mãos não estivessem cobrindo minha boca, a outra Piloto se vira.

E me olha direto no olho.

CAPÍTULO DEZESSETE

SONA

10H00

— Ouvi falar que você usa um tapa-olho — diz Rose enquanto pega uma espada de treinamento. A Aranha chia contra a minha bochecha, colocada lá por ela. — Vic estava reclamando disso, mas, bem, é obviamente um sistema que funciona para você.

— Eu... — *Preciso que você vá embora. Por favor, pelo amor dos Deuses, vá.* — Eu costumo treinar sozinha.

De forma inconsciente, meu olho vaga na direção da pequena grade parafusada no canto da sala. Eris deve estar nos tubos de ventilação agora, a caminho daqui. Ela espera me encontrar sozinha. Será que fugirá se avistar duas Pilotos em vez de uma?

A menos que já tenha fugido, apesar de estar sem as luvas, ou seguido um caminho errado e dado de cara com mil outros Pilotos. A menos que ela já esteja morta, e esse plano todo estivesse condenado ao fracasso desde o início, e tenha sido infantil e ignorante acreditar que eu *algum dia escaparia daqui.*

— Qual é a graça nisso? — pergunta Rose, chutando membros decepados de Autos para assumir sua postura.

— Rose. — Eu me esforço, arrancando a Aranha do rosto. Os nós de meus dedos estão brancos ao redor do cabo da espada. — Eu preferiria ficar sozinha.

— Fiquei sabendo que Vic vai acompanhar você na missão. É um golpe baixo, mesmo, mas nenhuma das Valquírias pensa aquilo de você. Pensa que aquela Gearbreaker entrou na sua cabeça, quero dizer. Eu com certeza não penso, só acho que... acho que você é basicamente a pessoa mais adorável do mundo, Sona. — Ela faz uma pausa para sorrir para mim, ajustando o ângulo da espada minuciosamente na mão. — Bom, talvez Vic pense algo pior, mas isso é só ela tentando lidar com os sentimentos complicados que tem por você. Você vai ter que perdoar isso da parte dela.

— Victoria... — Paro de repente, sacudo a cabeça. Não posso falar sobre isso agora; ela só precisa *ir embora*. Preciso ser rude, até mesmo cruel, fazer com que saia mais rápido. Não importa; não a verei nunca mais mesmo.

No entanto, ela é *Rose*. A doce, alegre e atenciosa Rose.

E ela já está atacando.

Tudo que consigo fazer é erguer a espada a tempo. A lâmina colide contra a dela, e então estamos nariz com nariz. Consigo contar as sardas em suas bochechas. Ela ainda está sorrindo.

— Ah, você é *boa* — cantarola ela conforme percorremos a sala, passando por cima de partes de Autos quebradas, os sapatos absorvendo o óleo lubrificante derramado.

Ela tagarela enquanto luta, cantarola durante os intervalos entre as palavras, passos ágeis e golpes experientes; da nossa unidade, só perde em habilidade para Lucindo. Rose leva a espada ao meu pescoço três vezes, sempre soltando uma gargalhada antes de se afastar para retomar sua posição. Ela não quer me machucar. Ela quer ensinar.

Sentindo um nó se formando na garganta, eu me forço a encarar seu rosto quando recomeçamos. Não o olho direito, de um castanho quente e profundo, mas o esquerdo, de um vermelho flamejante. Odeio aquela cor. Odeio Godolia. Odeio os Pilotos, todos aqueles que alegremente costuraram a pele com fios pela chance de se tornarem marionetes da Academia. Odeio Rose.

Preciso odiar.

Ataco. Rose evita meu golpe com um sorriso e diz:

— Ah, eu queria te perguntar...

Ela paralisa.

Parece acontecer lentamente, a cabeça se virando para cima, um intervalo suficiente para o horror preencher todo o espaço vazio e se enraizar.

— Eu acho... — murmura ela. Seu olhar está voltado para a grade. — Acho que vi alguém na saída de ar.

— Você está tentando me distrair — digo de forma tranquila, gelo nas veias, permitindo que meus olhos parem na grade por um momento.

Eris não está lá, mas talvez tenha estado, só por um instante antes de ver uma pessoa desconhecida e se esconder de vista. Só que nada escapa da vista de Rose.

– Não! – insiste ela, dando um passo à frente. – Eu vi alguém; me dá um segundo...

Observo-a chegar à parede, erguendo-se na pontas dos pés, apenas alta o bastante para olhar através da borda da grade. Um pequeno ruído de espanto sai de seus lábios.

– É a Gearbreaker! Sona, chame...

Rose se vira para me encarar outra vez, e eu passo a espada por seu pescoço.

A pele se rasga com facilidade, o gesto fluido demais, silencioso demais. Ela ergue as mãos para apertar a ferida; sangue escorre por entre os dedos ágeis e flui em grandes gotas por suas mangas. Ela cambaleia para a frente, e posso ver claramente seus lábios se movendo para formar meu nome, um tom que estaria encharcado de choque se o sangue não estivesse ali para silenciá-lo.

Não me mexo, achando que ela tombará antes de conseguir me alcançar, ou que eu também quebrarei se tentar correr; seja o que for, de repente ela está perto demais, e impotente demais, e sua teimosia e força ficam incompreensíveis conforme ela solta o pescoço para agarrar o colarinho da minha camisa, e é tudo *demais*. Consigo sentir seu calor se derramando contra mim à medida que ela me puxa para mais perto a fim de se manter de pé, e, sem pensar, empurro-a para trás com toda a força que consigo reunir.

Rose se debate no chão, o sangue jorrando do pescoço, o vermelho espalhando-se sob seu corpo como as asas de um canário. De alguma forma, seus lábios ainda se movem, meu nome ainda os atravessam. *Me ajude, Sona. Por quê, Sona?*

– Só morra logo – digo com suavidade. Um desejo, uma súplica.

Então, como se estivesse simplesmente aguardando minha permissão, a poça vermelha para de aumentar. Seu olho pisca, o brilho perdendo a força até se tornar quase incolor. Ainda assim, seu olhar se mantém preso a mim.

– Pode sair, Geada – digo. Há um tremor evidente em minha voz. Patético, cheio de empatia. – Não temos tempo a perder.

Nada acontece a princípio, e, por um momento, temo que ela tenha fugido. Então uma mão surge da escuridão, apertando as barras da grade. Ela dobra os braços ao redor da cabeça, rolando ao aterrissar, ficando de pé diante de mim no segundo seguinte.

Ela tira o cabelo do rosto com uma mão manchada de sangue. Há um corte no lábio, e suas bochechas estão coradas.

– Quem...

Balanço a cabeça. Não importa, porque não pode importar.

Da bolsa de lona, retiro uma jaqueta de Berserker roubada, os pertences de Eris estão embrulhados nela. Eu a estendo em oferta.

– Você está tremendo – diz ela.

– Não estou – respondo, empurrando a jaqueta na cara dela. Encolho as mãos, encaro cada dedo. De alguma forma, inacreditavelmente, ela tem razão. Minhas mãos estão trêmulas. – Isso... isso não deveria acontecer mais.

Eris veste a jaqueta. A peça fica larga nela, mas servirá mesmo assim. Ela puxa os óculos de solda para o topo da cabeça, deixando-os assentados na linha do cabelo, e depois calça as luvas. Um suspiro deixa seus lábios assim que ela as ajeita – uma expressão de quase êxtase, de finalmente estar de volta aos braços reconfortantes da familiaridade.

Deixo minha espada cair no chão.

– Eu disse – fala Eris, e algo que não consigo detectar passa pelo rosto dela. – Você é uma falha.

CAPÍTULO DEZOITO

ERIS

10H25

Acho que Sona não percebeu que ficou retraída quando eu atingi o chão. Acho que ela não tem consciência da expressão em seu rosto neste instante, do tremor em seus lábios, da leve ruptura na postura calculada. A frente de sua camisa está ensopada, o tecido verde tingido de um preto impressionante, o sangue mostrando sua cor verdadeira apenas no pulso direito e nos dedos, além de na lâmina prateada. Seus cachos se avolumam ao redor da faixa de tecido enrolada no cabelo, os baby hairs grudados na fina camada de suor em sua testa.

De repente me dou conta de quão jovem ela é, de quão jovem nós duas somos. Apenas duas garotas, completamente apavoradas, com as mãos manchadas de vermelho antes do meio-dia.

– Foi seu primeiro assassinato? – pergunto, ajeitando as luvas (*ah, minhas maravilhosas luvas*) ao redor dos pulsos e puxando os óculos de armação de couro macia. A jaqueta de Berserker é algo lamentável, mas é o melhor disfarce, já que se trata da unidade de Windup mais comum.

Espero ela mentir. Assentir com a cabeça, dizer com facilidade: "Eu nunca matei antes e é por isso que você pode confiar em mim". Mas, em vez disso, ela ergue os olhos para os meus, e não há triunfo ali, nenhuma dureza, apenas uma expressão tão firme e triste e crua que faz alguma coisa dentro de mim revirar.

– Não – diz Sona. – Já matei muitas pessoas.

– Ah – digo, porque não há nenhum outro jeito possível de continuar a conversa.

Ela não se move por alguns segundos, encarando a Piloto morta. Então, em um único movimento fluido, ela puxa a camisa ensanguentada pela cabeça. Eu a encaro, depois percebo que isso é o oposto do que eu deveria fazer, e desvio os olhos conforme ela passa a língua pelos dedos, usando a saliva para esfregar os pontos vermelhos espalhados pela clavícula. Assim que fica limpa, ela fecha a jaqueta de Valquíria até o pescoço.

– Precisamos ir – diz ela, largando a camisa no chão. – Deixei o tapa-olho no seu bolso.

– Isso não vai dar certo – falo enquanto cubro o olho com a peça. Tiro os fios de cabelo que grudam na cola.

Calmamente, Sona desfaz a atadura ao redor da cabeça, amassando-a em uma bola antes de guardá-la.

– Como você disse antes – responde ela, virando-se na direção da porta. – Venha.

Fecho as mãos em punhos, sentindo como as veias das luvas criogênicas se retesam na superfície, e as enterro bem fundo nos bolsos. De alguma forma, ao esconder seu poder, sinto um pouco do meu desconforto se dissipar.

Sigo Sona para fora da sala de treinamento e pelo corredor, depois espero enquanto ela pressiona o botão do elevador. Sua expressão é tão determinada que me pergunto se uma das Modificações incluía revestir sua estrutura facial com aço.

Quando as portas se abrem, ela nem sequer pisca antes de cruzar a soleira, como se também não tivesse sentido uma onda de pânico ao ver os outros cinco Pilotos dentro do elevador.

– Você não vem? – pergunta Sona. – Tem espaço o bastante.

Ela se mistura *tão perfeitamente* com eles. Ah, *rá*, e eu sei o motivo – sou uma completa *idiota* –, talvez seja porque ela *é* um deles. Talvez isso ajude, bons Deuses, o que infernos estou *fazendo aqui*...

Para onde mais eu poderia ir?

Então, cedo demais, estou parada ao lado dela, e cedo demais as portas do elevador se fecham, o clique silencioso como o último prego no caixão. Ah, Deuses, estou *respirando*. A jaqueta larga pode ser suficiente para ocultar o sobe e desce do meu peito, mas os outros devem conseguir ouvir as palpitações rápidas de meu coração. A voz de Jenny ressoa em meus ouvidos: *É a vez do Piloto é a vez do Piloto é a vez...*

Sona desliza a mão pelo meu antebraço, um gesto tão sutil e rápido que quase não percebo. Mesmo com a jaqueta posso sentir seu calor, o propósito por trás daquele ato. É uma confirmação, um conforto que não poderia vir de alguém como ela. Ainda assim, encontro a capacidade de respirar fundo e devagar.

Você ainda precisa matá-la.

O elevador para, abrindo as portas para o que parece ser um refeitório. Longas fileiras de mesas estão espalhadas ao longo de uma parede com janelas, a luz cinzenta iluminando o espaço cheio de atividade. Para todo lado há jaquetas de Windups, Pilotos com olhos brilhantes, enrugados pelo riso. Mãos ao redor de pedaços de pão, painéis revestindo os antebraços. Alguém na mesa mais próxima de nós abre um sorriso por trás da caneca. De repente sinto o aroma de café e torrada com canela, surpreendentemente suave em comparação ao cheiro de alvejante do elevador.

Todos desembarcam, exceto nós. Mesmo no espaço vazio, continuamos em silêncio, como se as palavras fossem romper a fina aura de pura sorte ao nosso redor.

Quando o elevador para outra vez, ela sai a passos rápidos. Reprimo a necessidade de estremecer conforme a sigo silenciosamente pelo hangar dos Windups. É praticamente o inferno de um Gearbreaker. O número absurdo de Windups brilhantes e reluzentes – com sua vastidão de pele sem arranhões ou sulcos e olhos que eu sinto flamejantes sobre minha cabeça – faz um pensamento sombrio começar a latejar, o mesmo que se esconde dentro de toda pessoa que chama os Ermos de lar: não importa quantos mechas derrubemos, não importa quantas tatuagens gravemos em nossa pele, sempre existirão mais Windups.

Trinta passos à minha frente, ela para na base de uma das Valquírias. A Valquíria *dela*. Sona se inclina na direção da lateral de sua bota dourada, oferecendo o olho esquerdo como chave. Quando a porta se abre, ela se vira para me encarar e ergue a mão em um gesto. Então ela congela, e seus olhos se voltam para a esquerda.

Capto a mensagem imediatamente. Viro para a direita, me enfiando entre dois outros mechas, e olho para trás por cima do ombro. A Piloto que se aproxima está a poucos passos de distância de onde estou, o cabelo dourado claro balançando a cada passo firme que dá. Ela marcha direto até Sona, que abre a boca em uma saudação antes de a Piloto a empurrar contra o mecha.

Com o coração saltando no peito, nivelo os passos e me aproximo o máximo que ouso. Apertando a jaqueta de Berserker com mais força ao redor do corpo, paro atrás do tornozelo da Valquíria que está ao lado de Sona.

– ... sangue *por todo lado* – sibila a Piloto, enfiando um dedo no peito de Falha. Falha a encara, o rosto impassível, exceto pelo brilho perverso nos olhos. – Onde está a Gearbreaker, Bellsona?

Maçãs do rosto altas, altura estatuesca, pele de porcelana, uma íris cor de jade mais brilhante que os carvalhos dos Ermos no auge do verão. Eu me esforço para lembrar o nome da Piloto. *Victoria*.

Arranquei seu olho, e agora ela está novinha em folha e pronta para cortar a cabeça de Sona.

Merda.

– E por que eu saberia disso? – murmura Sona, os olhos fixos na mão de Victoria, que segura sua manga.

– Você agarrou a oportunidade de interrogar a Geada, e agora ela deixa um rastro de sangue bem na hora da sua missão? Acho que não. – Um riso frio torce suas palavras, e a certeza que há nelas me faz gelar. É, ela entendeu. Cem por cento. – Você está *fingindo*, queridinha. Está fingindo desde que a Academia cuspiu você nesta unidade, coroada na porra do seu pedestal. Você hesita, e eu vejo isso. Você nem deve ter matado a Rompe- -Estrelas. Não tem coragem.

Uma nova expressão toma o rosto de Sona, uma que senti cem vezes em meus próprios traços apenas hoje: a necessidade urgente de bater em algo. Fico esperando ela se dissipar num segundo, aquele controle incrível reduzindo-a a poeira. Em vez disso, Sona se expande. Endireita a coluna e agarra o braço de Victoria, puxando-o, diminuindo a distância entre elas.

– E *você* é uma invejosa – debocha Falha na cara de Victoria, um sorriso cruel enrugando o olho esquerdo. – É tão patético de ver, e tão irritante. Eu não beijo o chão em que você pisa, então devo querer destruir você e tudo em que acredita, é isso? Não se engane, Victoria. Eu sou uma Piloto e tanto, e uma espadachim incrível, e poderia fazer tanta coisa com você. Mas não faço. Não me curvo, nem me ajoelho, nem estremeço, e você odeia isso, mas deveria se consolar. Eu não odeio você. Eu nem sequer penso em você.

Victoria, devo dar o braço a torcer, encara esse discurso absolutamente arrasador com um olhar fulminante.

– Você não estremece com medo de mim, ótimo. Você não liga para mim, melhor ainda. Mas quando eles enchem você de elogios, quando vibram com as suas histórias, quando puxam você para perto... é aí que você murcha, queridinha. A única razão pela qual não se encolhe diante de mim é porque eu sou a única aqui que não te adora.

— E por acaso eu tenho cara de quem se encolhe? — vocifera Falha.

É nesse momento que as duas percebem como estão próximas.

Falha pisca. Quando Vitória leva a boca até a sua, ela pisca outra vez.

Então ela fecha os olhos, os cílios longos e escuros espanando suas bochechas. Na lateral do corpo, ela move a mão na direção da porta.

Logo antes de eu me agachar para dentro do Windup, Victoria leva a mão até a bochecha de Sona.

Subo, as palpitações do meu coração tentando me impulsionar dos degraus da escada.

Você nem deve ter matado a Rompe-Estrelas.

Será que é verdade?

Será que posso correr esse risco?

É estranho estar sozinha na cabeça do mecha. No passado, sempre que tinha a oportunidade, a sala já havia sucumbido a... bem, a mim, pedaços lascados, estilhaçados ou congelados. E, no meio de tudo, o Piloto, ensanguentado e machucado, ainda se debatendo no corpo falso ou já inerte e emaranhado em seus fios.

Falha emerge da escada alguns minutos depois, e não consigo me conter:

— Demorou, hein?

Ela coloca o cabelo atrás das orelhas ao passar por mim.

— Foi você quem deixou uma bagunça no corredor de detenção.

— Você me deu a faca — retruco, arrancando o tapa-olho e largando-o no chão. — O que você achou que eu faria com ela?

Falha adentra a área circular do Piloto, o brilho do vidro azul que cerca o lugar projetando na testa da garota a sombra dos cílios.

— Victoria vai me acompanhar na missão.

Tiro as mãos dos bolsos.

— Infernos. O que você...

— O que preciso. — Sua voz é dura. — Farei o que for preciso.

Ela pressiona o polegar no antebraço, e o painel se projeta, revelando um buraco metálico e liso onde deveria haver sangue e ossos e veias. Quando fixo os olhos naquela imagem, sinto Sona encarando minha expressão antes de se virar.

Um por um, ela conecta os cabos no lugar, um pequeno solavanco sacudindo seus ombros a cada novo acréscimo. Os fios escorrem por seus braços, curvando-se no ar antes de seguirem para cima, na direção do mecanismo conector, que eu sei que se move e gira com os movimentos dos Pilotos, para que os fios não se entrelacem entre si, ou com ela, enquanto está lutando.

Sona hesita no último cabo, rolando-o de leve entre os dedos.

– Assim que sairmos das fronteiras da cidade – diz ela –, você vai descer e derrubar os guardas. Eles devem chegar dentro de alguns minutos. Três deles. Como vai chegar por cima, não vão suspeitar de você.

Faço que sim com a cabeça. Imaginei que seria o caso.

Sona passa o polegar sobre o nó do cabo, encarando-o.

– Você se importaria de tomar cuidado? Vou conseguir sentir tudo a partir de agora.

– Por que… – Paro de falar, insegura. A voz dela é como gelo fino, mas não contém raiva alguma. É mais vergonha. – Por que a Academia faz os Pilotos sentirem dor enquanto estão conectados?

É uma pergunta ridícula. Godolia é cruel só por ser cruel.

Sona dá de ombros.

– Fique à vontade para supor. Para nos manter motivados, talvez. Uma demonstração da superioridade tecnológica de Godolia.

– E no que você acredita?

Ela sorri ironicamente. É uma máscara; estou começando a ver que a maioria de seus sorrisos é.

– É só uma grande piada para eles – murmura ela, ainda encarando o cabo desconectado. – Acabar com a nossa dor, nos encher de fios, dizer para celebrarmos nossa evolução. Devolver nossa habilidade de sentir dor sempre que experimentamos uma fração do poder verdadeiro. Fazer com que, mesmo quando somos semelhantes a divindades, ainda tenhamos fraquezas que possam ser exploradas. Os Zênites mantêm todos os Pilotos vagando por aí como galinhas de granja, pensando que, só porque podemos andar, ainda estamos vivos, quando na verdade cortaram nossa cabeça há muito tempo.

– Como assim?

Ela bate o plugue do cabo na borda da chapa de prata.

– Eles gostam que tenhamos medo.

Sorrio.

– O que é a vida sem um pouco de medo?

– Eu só... – A voz dela falha. É tão abrupto que o sorriso escapa de meus lábios, mas Falha não vê, virando as costas para mim, estrelas prateadas espalhadas pela jaqueta. A cabeça erguida, mas os ombros rígidos, aguardando o golpe. – Só quero poder respirar.

Seus cachos são incendiados pela luz que atravessa os olhos da Valquíria, raios fluorescentes tingidos de vermelho. É quando seu olhar se inclina por cima do ombro que percebo o silêncio. Não na sala, mas na minha cabeça. Meus pensamentos desaceleram e jazem imóveis, com exceção de um:

Não quero matar você.

CAPÍTULO DEZENOVE

SONA

Victoria está firme ao meu lado, ombro a ombro de aço percorrendo o caminho congelado que se estende sob nossas grevas. O vento corta a neve em folhas gélidas e, através dele, o vermelho do olho de Victoria queima atrás do visor.

Abaixo da curva da colina estende-se o Lago Winterward. Cem metros a norte de Godolia, a linha pontiaguda dos Picos Iolita ergue-se atrás da floresta e do amontoado de luzes e casas de madeira que adornam a margem do lago – um testemunho da confiança da cidade de que a superfície da água permanecerá congelada para sempre, como tem sido há décadas. A aerobarca também pode ser vista daqui: um veículo grande e perfeitamente quadrado que carrega pilhas enormes de caixotes de ferro. Mesmo assim, é provável que cada um dos caixotes esteja cheio a ponto de explodir, carregados de lenha, cestas de frutas, grandes placas de açúcar e blocos sólidos de gelo que serão derretidos e transformados em água limpa e filtrada, uma raridade em Godolia.

– Droga – murmura Victoria, o sistema de comunicação plantando sua voz bem em meu ouvido, como se ela estivesse a centímetros de distância. – Por que está demorando tanto?

Qualquer um que estivesse olhando acreditaria que somos duplicatas exatas uma da outra, cinquenta e cinco metros de mecha, máquinas de matar idênticas. A diferença é que, dentro da minha caixa torácica, meu coração palpita como uma coruja engaiolada. Devem conseguir ouvir as batidas até lá na Academia.

– Você pode só aproveitar a paisagem – digo, sentindo meus lábios verdadeiros se mexerem.

É uma sensação estranha, o som de minha voz ressoando dentro de minha própria cabeça, o rolar das palavras conforme deslizam pela língua, mas, ao mesmo tempo, sei que a boca da Valquíria não foi projetada para ser funcional. Dois corpos, dois conjuntos que contradizem um ao outro em cada pedaço e canto, exceto pela mente que os conecta.

Porém, isso também parece estar dividido.

Este não é o meu corpo. Estas não são minhas mãos, ausentes de cicatrizes, aço que se dobra com um mero pensamento. Minha pele não ignora o frio; minha cabeça não beija o céu.

No entanto, a sensação é de que isso acontece.

E ela é *boa*.

– Finalmente – fala Victoria, ríspida.

A aerobarca começou a brilhar debaixo de seu casco, a tecnologia despertando para erguê-la sobre o gelo. Apesar do peso descomunal, ela decola rápido, planando suavemente cerca de três metros acima do gelo conforme atravessa Winterward. Espero que Eris não esteja com dificuldade para se equilibrar em uma das vigas de suporte enquanto Victoria e eu nos viramos, descendo a encosta na direção do estreito canal onde a barca nos encontrará.

– Semana que vem é aniversário do Jole.

– É mesmo?

– Rose vai pedir sua ajuda para fazer um daqueles bolos elaborados ridículos. Eu disse não, porque não quero, e ela disse que, em vez disso, ia pedir para você, que é *amável* e *legal*. Palavras dela.

Meu coração sobe pela garganta. Meu silêncio me denuncia.

– Que foi, queridinha, não vai responder?

Os engasgos gorgolejantes de Rose tentando dizer suas últimas palavras. O som abafado de seu corpo encontrando a plataforma.

– Eu...

Sinto algo prender em meu tornozelo, e a terra tocada pelo gelo sobe para me encontrar.

Por instinto, protejo a cabeça, a espada tocando o chão por meio instante quando rolo, e no seguinte giro a perna em um arco, desenhando um semicírculo na neve para me levantar, voltada para o caminho pelo qual descemos. Dentro de minha cabeça, o joelho direito do meu corpo de verdade está pressionado contra o piso de vidro frio, a perna esquerda ainda apontada para fora por causa do giro, as pontas dos dedos de uma mão apoiadas no chão para me equilibrar enquanto a outra busca o cabo da espada.

Sobre o caminho, uma linha contínua de grossos cabos de aço se estende seis metros acima do chão, pontas presas a dois troncos de madeira que jazem lado a lado na clareira.

O vento geme contra a concha de metal, pequenos fragmentos de gelo cobrindo a grade do visor. Eu os removo. Meu estômago estremece. *Deuses, Eris, por favor esteja se agarrando a alguma coisa.*

— Armadilha — grunhe Victoria. Ela se levanta, a espada já em mãos, escura e afiada em contraste com a neve macia que cai ao nosso redor. Atrás do visor, seus olhos têm um brilho perverso. — Gearbreakers.

Ela vira a cabeça para a direita; no momento seguinte, uma rajada de tiros é disparada da linha das árvores, a paz da paisagem coberta de neve rasgada em pedaços pelo assobio das balas. Victoria já jogou o braço sobre os olhos, os tiros ricocheteando na direção do chão. O caminho congelado se fragmenta em um céu de pequenas estrelas pontiagudas.

Sem hesitar, Victoria assume uma postura de luta e corta o ar com a espada.

Por alguns instantes, a neve retoma o silêncio de Winterward, interrompido apenas pelo grunhido baixo de Victoria. Então as árvores emitem um suspiro suave, quase um bocejo, antes de sucumbirem. Elas tombam para o lado, deixando para trás cerca de três metros de tronco; a neve que as cobria mergulha a floresta em uma nuvem densa e reduz o impacto.

Os gritos de espanto dos Gearbreakers erguem-se de dentro do véu.

— Encontrei vocês — cantarola Victoria.

O tom demonstra vividamente sua expressão — dentes expostos em um sorriso astuto e afiado, olhos incandescentes, sobrancelhas loiras arqueadas pelo entusiasmo. Ela tateia as folhagens sobre o chão, vasculhando a nuvem. Depois de uma pausa, ela recua, e os gritos ressoam, mais altos do que a voz dela em minha cabeça, mais altos do que meus batimentos cardíacos. Uma caminhonete está pressionada entre os dedos dela, a motorista no banco da frente, outros cinco Gearbreakers na caçamba, rostos erguidos na direção do dela.

Eles pararam de gritar.

O som é substituído pelo uivo de Victoria, tão agudo e penetrante que parece algo sendo espetado na curva do meu crânio. Sua espada cai no monte de neve que ladeia o caminho, a mão direita voando para o ombro, os dedos apertados na espaldeira perfurada.

— O que é isso? — pergunta ela no meu ouvido. — O que...

Ela grita outra vez, caindo com um joelho no chão. O metal borbulha entre seus dedos. Ela retrai a mão; uma fina camada de lama preta está grudada à sua palma.

Na caçamba da caminhonete, uma Gearbreaker se levanta. Um sorriso surge em seu rosto, radiante como a neve ao nosso redor. As veias de suas mãos estão acesas.

Victoria inclina a palma da mão esquerda para o lado. Uma queda de trinta metros. Não vejo os Gearbreakers atingirem o chão; não posso, porque Victoria está se levantando, o olhar direcionado a mim. Mesmo agora, desse jeito, a visão da Valquíria faz o pânico percorrer meu corpo.

A voz dela ressoa com um riso seco e insatisfeito.

— Você não matou a Rompe-Estrelas.

Movimento surge na lateral do caminho. O carro atingiu o monte e ficou coberto de neve polvilhada. De dentro, um brilho faísca e cresce.

— Você também não.

Victoria vai atrás dos Gearbreakers, e eu vou atrás dela.

Diferentemente de Rose, ela não aceita o golpe em silêncio. Quando minha espada entra na lateral de seu corpo, o grito que solta é tão alto em minha cabeça que chega a ser um peso físico e dolorido. Enfio a espada mais fundo conforme nós duas tombamos no caminho, a pele de metal se enrugando em fendas irregulares.

Só que não importa quão penetrantes sejam seus gritos, a dor sozinha não é capaz de matá-la. Estendo o braço na direção do visor atrás do qual se esconde a pequena Piloto.

Victoria ergue o joelho e me dá um chute no abdome, me empurrando para trás. Eu me levanto com dificuldade, ouvindo seu rosnado afiado e animalesco outra vez; ergo a cabeça e a vejo tirando a espada das costelas.

— O que diabos você fez? — ruge ela, apertando a espada com força na mão. Lanço um olhar rápido para o monte de neve onde jaz a espada dela, mas ela percebe e obstrui o caminho. — Ah, você deixou aquela Geada revirar sua cabeça. Você é fraca, eu sabia, e você... você... você vai *queimar* por isso, Bellsona!

Cerro as mãos nas laterais do corpo.

– Melhor do que morrer por *eles*.

Eu me viro quando ela dá o golpe, e a ponta da espada corta uma linha limpa e superficial em minhas escápulas. Uma dor lancinante irrompe – dor doce, *real* –, e agacho para desviar do ataque seguinte, depois corro para o monte de neve. Ela gira rapidamente para me seguir, mas sua espada já está na minha mão, e o golpe seguinte encontra o meu, provocando um guincho de metal contra metal conforme nossas lâminas travam um impasse. Nossos rostos estão tão próximos que, mesmo que nossos comunicadores não estivessem conectados, eu ainda conseguiria ouvir suas ameaças dissonantes.

– Você não consegue me vencer – sibila ela, a lâmina se aproximando.

O gelo ignora minha súplica por tração.

– Já venci antes.

Ela solta um riso.

– Eu estava pegando leve com você.

Quase debocho; misericórdia não faz parte da natureza dela.

– Por quê?

– Por que *será*, Sona?

Sinto que estou escorregando ao mesmo tempo que ouço a nota de mágoa em sua voz, tão destoante vinda de alguém como ela. Afasto os pensamentos e jogo o peso para a frente, golpeando a testa dela com a minha. Conforme ela cambaleia para trás, estendo o braço e enfio os dedos entre as barras do visor. Jogo-o para o lado e me viro para rasgar seu peito. Ela desvia do golpe, curvando-se para trás, depois retorna com o dobro da força. Desvio. O metal range outra vez.

– Eles nunca vão aceitar você do jeito que é – diz Victoria, fervilhando de raiva. Ela gira e me arremessa na direção do canal congelado. Ergo minha espada ao me virar, bloqueando o golpe seguinte. Ele me força a recuar mais um passo, e o gelo escorregadio ameaça me tirar o equilíbrio. – Você nunca vai ser um deles.

Ela simula um ataque e, quando me movo para bloqueá-lo, a espada rasga minha coxa, destruindo a armadura parafusada sobre ela. Caio sobre um joelho e mal consigo obstruir o ataque seguinte. A espada dela desliza para perto da minha, os cabos se encontrando.

– Você poderia ter sido tão grande – dispara ela, olhos tão próximos que seu brilho faz lágrimas surgirem nos meus. – Uma lenda. Uma divindade. Você poderia ter tido uma família.

Desvio o olhar e me levanto, acertando um chute em sua pélvis e acabando com o impasse.

Eu *tinha* uma família.

Não encontrarei outra.

Os golpes dela se tornam erráticos e pesados, um após o outro, tão implacáveis que não consigo encaixar um ataque entre os bloqueios. Ela me força a recuar encosta abaixo, as investidas me mantendo ocupada para que eu não perceba que chegamos ao canal, até que minha bota pisa em sua margem lisa e congelada.

Escorrego. Levo uma mão para trás a fim de me segurar e levanto a outra, devagar demais para desviar do golpe seguinte. A lâmina dela corta meu pulso, e minha espada tilinta sobre o gelo, minha mão amputada segurando o cabo.

A dor não é real, não é real; um grito atravessa minha garganta. Victoria ergue a espada na altura do meu pescoço. Ela se aproxima, assomando-se sobre minha figura ajoelhada, a mão que sobrou presa atrás de mim. Imagino que a expressão orgulhosa da Valquíria combina perfeitamente com a dela, até mesmo a sombra de um sorriso.

– Faça como quiser, Bellsona – diz ela, virando a cabeça para o lado. – Dane-se Godolia, a Academia, seja lá quem ou o que for. Mas essas Modificações que foram tão minuciosamente entrelaçadas dentro de você, essas são eternas. Você sempre será uma Piloto, e, mesmo na morte, Godolia ainda residirá dentro de você. Você nunca deixará de pertencer a eles.

Posso ouvir seu sorriso tanto quanto posso ouvir sua verdade, e o horror da ideia força as palavras para fora de meus lábios.

– Saia da minha cabeça! – grito, com mais fúria e mágoa verdadeiras do que jamais pensei que mostraria a outro Piloto. – *Saia da minha cabeça!*

– *En garde*, Bellsona – cantarola Victoria.

Com a lâmina ainda pressionada sob meu queixo, ela leva a mão ao meu visor, arrancando-o com facilidade, depois enfia o dedo em meu olho. Sinto o sussurro do vidro estilhaçado sobre minhas bochechas reais.

Isso não dói.

Todo o resto, sim.

Victoria afunda os dedos, que se contorcem contra a borda de minha cavidade ocular, tanto física quanto mentalmente dentro de minha cabeça. O riso irregular é uma corda ao redor de minha garganta.

Dou meu último suspiro.

Gelo rodopia em meu peito.

Victoria grita, retraindo a mão, e através do olho que ela não arrancou vejo que gelo brotou sobre seus dedos. Cresce como uma videira, fios gélidos cobrindo suas luvas, depois o pulso. Em choque, ela flexiona a palma, e uma rachadura profunda a quebra. Ela grita outra vez.

– O que é isso? – urra, cambaleando para trás, a espada caindo de meu pescoço. Recuo aos tropeços assim que a ameaça desaparece, e meu corpo real colide com algo sólido.

– Divindades – resmunga Eris. – Não dá pra deixar vocês sozinhas nem por um minuto.

CAPÍTULO VINTE

ERIS

Os guardas claramente nunca haviam estado na maravilhosa e assustadora roda de hamster que é um mecha que resolve fazer piruetas. Mas não tenho tempo para admirar todos os seus pedacinhos quebrados e esparramados que pintam o interior da Valquíria, porque, em algum lugar acima de mim, Falha está gritando.

Enquanto subo, a única coisa em que consigo pensar é *estou com medo estou com medo estou com medo*.

– Saia da minha cabeça! – grita Falha. Ela está sangrando. Está implorando. No oco da cabeça, não é apenas um grito; ele se fragmenta e ecoa e forma algo pior. – *Saia da minha cabeça!*

O mecha está se curvando, o chão se inclinando sob nossos pés. Há dedos de metal maiores que meu corpo se contorcendo dentro da sala. Não me importo com nada disso; não *posso* me importar. Falha está de joelhos, sangue escorre por suas bochechas, saído de uma dúzia de lugares. Lágrimas jorram em grandes gotas, tingidas de carmesim ao chegarem à mandíbula. Há vidro em seus cachos.

Outro grito lancinante. O tipo que vai viver no fundo de minha mente até o dia que eu morrer.

Comprimo meu poder nas mãos e o libero. Assim que os fios de gelo começam a trançar o metal, a mão da Valquíria de Victoria se retrai, permitindo que uma pura luz branca penetre o ambiente.

Falha se põe de pé, cambaleando para trás. Desativo as luvas, pousando as mãos em seus ombros. Segurando-a.

– Divindades – resmungo. – Não dá pra deixar vocês sozinhas nem por um minuto.

Ela está tremendo sob minhas mãos, e não é de frio. O vento gélido sibila da janela fragmentada.

– Perdi minha espada. – É o que ela consegue dizer.

Quase reviro os olhos.

– Então fique parada. Deixa eu tentar uma coisa.

Eu a solto e saio da plataforma de vidro, polegares nos gatilhos das luvas. O sérum ganha vida, luz azul subindo por meus braços.

A espada da outra Valquíria permanece presa em um punho firme, apesar da mão esquerda destroçada. Um sorriso contorce meus lábios. Ela pensa que pode me vencer. Que pode *nos* vencer.

Junto os punhos, o sérum borbulhando entre as fendas dos dedos.

A Valquíria se move, um pé riscando um arco sobre o gelo, erguendo a espada para um golpe pesado direcionado para baixo, e o sérum dispara de minhas mãos. Ele explode do olho quebrado, rasgando o ar congelante, e encontra um lar na curva do ombro do mecha.

O gelo corta o metal em estrelas pontiagudas. A Valquíria solta a espada, que tilinta contra o gelo. O mecha vacila.

Quando respiro, o gelo desabrocha de mim. *Acabou? Sobrevivi mesmo a isso?*

Então, à minha esquerda, ouço algo como um grunhido. O vento se intensifica.

Olho bem a tempo de ver Falha partir em disparada, o chão de vidro girando sob seus passos rápidos. O impulso repentino quase me derruba de joelhos. Em meio segundo estamos ao lado da outra Valquíria, e Falha baixa a cabeça, fazendo o chão se inclinar sob meus pés. Ela fecha a mão. Lá fora, a palma revestida de metal de sua Valquíria se estende na direção do outro mecha, agarrando sua nuca.

Outro grunhido feroz escapa de seus lábios. Falha dobra o braço para a frente, forçando a cabeça do Windup diretamente contra o gelo, que se parte.

Os braços enormes espasmam desajeitadamente sobre o chão, produzindo raspas de gelo que o vento carrega com voracidade. Falha não cede. A mão não treme.

Pilotos não podem se afogar, mas ainda podem congelar.

O mecha para de se debater.

Meu coração, não.

Falha se põe de pé e depois se endireita, perfeitamente imóvel, os ombros recuados, uma mão erguida de leve na lateral do corpo. Lágrimas enchem seus olhos, mas pouca coisa além disso. Observo-a respirar fundo.

Silêncio outra vez.

Não fui feita para o silêncio. Não fui feita para ser gentil. Não posso ser. Estendo o braço na direção dela. Minhas mãos estão em chamas.

Agora é a vez do Piloto.

Ela desliza as mãos ao redor dos meus ombros e me puxa para si.

Ela não consegue me ver. Como...

– Obrigada – murmura Falha, as palavras densas com as lágrimas.

Fico paralisada. Minhas mãos pairam a centímetros de sua pele; ela deve ser capaz de sentir o gelo estalando por elas. Ela me envolve num abraço apertado, o queixo no topo de minha cabeça. Ela é quente. Apesar dos parafusos e fios em suas veias. Apesar dos flocos de neve. Quando ela respira, as costelas se movem contra as minhas.

– Obrigada, Eris.

Deixo as mãos caírem nas laterais do corpo.

Ela estremece. Então grita novamente.

– Minha perna... – começa ela, e seu joelho fraqueja. Sem pensar, desativo as luvas e a seguro por baixo dos braços, um mole outra vez, o outro procurando às cegas os cabos corretos. Ela os enrola todos em um punho cerrado e puxa com força, o corpo sacudindo num solavanco contra o meu. Outro grito ressoa, e sinto o peito apertar.

– Eris... os cabos da esquerda... por favor – implora ela.

Assinto com a cabeça em um gesto que ela não pode ver, passando a mão por seu antebraço e envolvendo os cabos com os dedos. Puxo-os com força, libertando-os; o desespero não deixa espaço para a gentileza.

Ergo a cabeça e vejo o brilho vazio que evapora de seus olhos, inchados de lágrimas e com os riscos vermelhos das veias que rastejam sobre o branco reluzente da esclera.

– Você está bem? – murmura ela.

– Merda, fiz isso direito? – falo ao mesmo tempo, soltando os cabos.

E é então que cai a ficha. Estamos fora. Estamos *seguras*. Começo a rir de repente, e ela me encara como se eu tivesse enlouquecido, e talvez eu mereça, depois de toda essa merda. Sorrio, a felicidade dispersando qualquer partícula de bom senso que me resta, e pressiono minhas palmas contra as bochechas dela, coradas de um rosa extraordinário debaixo do sangue.

– Você é louca – concluo, balançando a cabeça vigorosamente. – Sem dúvida uma Falha.

Há um momento em que penso sentir um pouco de calor faiscar sob meu toque, antes de ela empurrar minhas mãos para longe.

– É melhor a gente sair antes que o Windup tombe.

– Tombe?

Ela se vira e aponta rigidamente para fora do olho quebrado.

– Por acaso você a conhece?

Debaixo de nós, onde o gelo adorna a linha das árvores, um grupo de pessoas caminha em nossa direção. São lideradas por uma garota com cabelo escuro como a noite, um brilho laranja ondulante irrompendo de seus dedos. Um sorriso feroz surge em seus lábios, brilhante e vívido em contraste com a ambiguidade dos olhos, escondidos atrás do vidro preto dos óculos de solda. É claro, não estou perto o bastante para enxergar esse detalhe, mas não preciso. Reconheceria sua presença perturbadora em qualquer lugar.

Ela está viva.

É claro que está.

– Ah, merda – murmuro. – Eu tô muito ferrada.

Quando finalmente saímos do Windup, estamos ambas cobertas por uma camada brilhante de suor. Os cachos de Falha estão colados nas bochechas, e a vejo mover os dedos para abrir a jaqueta, tremendo por um momento antes de voltarem para as laterais do corpo. Sua blusa está lá em Godolia, ainda encharcada com o sangue daquela outra Piloto.

Ela para de repente e olha para trás. A cerca de dez metros, o dourado da greva direita de sua Valquíria está escorrendo em grandes gotas, vazando da cratera de borda derretida logo abaixo do joelho. Não me surpreende ela ter cedido. O sérum de Jenny deve se esgotar logo, mas não antes de o Windup inteiro tombar sob a postura enfraquecida. Precisamos deixar o gelo antes que a força do colapso nos mande para debaixo d'água.

– Você tá bem? – pergunto, observando enquanto Falha baixa os olhos para as palmas das mãos, onde bolhas de um vermelho raivoso brotaram sobre os calos. Minhas luvas me protegeram do calor ardente que o sérum de Jenny injetou em toda a estrutura, mas Falha se agarrou às barras da escada sem proteção.

Ela dá de ombros.

– Não é como se doesse.

Ela amarra o tecido ao redor do olho novamente.

Enxergo com clareza o momento em que Jenny me reconhece. Ela abre a boca de leve, e seus passos cessam. Sua equipe – as pessoas com quem cresci, que eu reconheceria só pela voz – segue seu exemplo.

– Eris? – diz Nolan, espantado, o cano da arma apontando para o gelo quando ele para, os olhos azuis arregalados. – A gente achou que você tinha morrido!

– Sabia. – Gwen balança a cabeça e se vira na direção de Zamaya, saltitando. As duas armas nos coldres de cintura sacodem com ela. – Seung, pode ir passando o meu docinho.

Seung tira do bolso uma bala de caramelo enrolada em papel e a deposita na mão de Gwen. É claro que fizeram uma aposta. Não há motivo para deixarem de apostar só porque eu poderia estar morta.

Meu olhar se fixa cuidadosamente em Jenny, nos ombros rígidos que estão basicamente gritando sua intenção seguinte, nos olhos escuros que sei que estão se movendo atrás dos óculos, de mim e para a Piloto à minha esquerda e de volta para mim, sem parar.

Meus pés se movem por instinto. Eu me coloco entre Jenny e Falha e, no momento em que o faço, sinto os pelos na nuca arrepiarem. Como acontece antes de uma tempestade. Antes de uma batalha.

– Oi, Jen – digo, tentando dar um sorriso. Ela o arranca de meu rosto com uma carranca repentina.

Durante uma derrubada, Jenny mantém o sorriso, mesmo quando – não, *principalmente* quando – está se sentindo especialmente homicida. Então não é de surpreender que, quando ela faz uma careta, sinto o coração acelerar.

– Saia de perto da Robô, Eris – diz ela entre os dentes.

– Jen, vou explicar tudo pra você, *prometo*. Ela não foi só minha forma de escapar; eu também fui a dela. Ela não é como os outros Pilotos. Ela é das Terras Baldias. Ela é igual a nós.

Por um momento, penso que minhas palavras a convencem. Jenny ergue o braço e tira os óculos.

— Ah, Eris — ela diz suavemente. As veias nas luvas ganham vida com o sérum de magma. — O que diabos fizeram com você?

— Jenny...

Eu mal registro o momento em que ela corre, e, quando o faço, ela já me derrubou sobre o gelo e está com a mão erguida na direção da cabeça de Falha. Passo uma perna por seus tornozelos, fazendo-a cambalear para trás, mas ela mal toca o chão antes de se pôr de pé outra vez, me cercando. Agarro seus pulsos com ambas as mãos, puxando-a para perto, forçando-a a encontrar meus olhos. Meus dedos tocam suas palmas acesas, mas não me machucam, assim como meu sérum não pode machucá-la. Ela projetou nossas luvas para nos reconhecerem, porque ela é inteligente pra caramba. O que significa que ela com certeza é criativa o suficiente para descobrir outros jeitos de me machucar.

— Eu sei, eu *sei* que parece loucura, mas só me escuta!

Seus olhos cintilam como fogo negro, a cabeça voltando-se para Falha, que recuou alguns passos, hesitante.

— Você colocou a cabeça dela no liquidificador, não foi? — cospe Jenny. As mãos se soltam e ela me empurra de volta para o gelo. — Você vai me agradecer depois, Eris.

— Eu não fui corrompida! — grito, levantando desajeitada, entrando na frente dela outra vez.

— Vamos consertar você — grunhe Jenny. Por um momento de choque, juro que ouço um soluço em sua voz. Ela volta a atenção para além do meu ombro. — Peguem-na.

Dois pares de mãos agarram meus braços, me puxando para trás. Uma coisa me ocorre, e baixo os olhos para a superfície reflexiva do gelo. Nolan está à minha direita, e eu primeiro enfio meu pé no dele. Depois que ele grita e me solta, dou um giro, acertando as costelas de Seung com o cotovelo.

— Jenny, só me deixa...

— Pare. — A voz é determinada, mas baixa. É Zamaya, braço direito de Jenny. Expert em demolições.

Eu me viro e a encontro a cinco metros de distância, arco armado com uma flecha de ponta de aço — o tipo especial e explosivo que Jenny fez só para ela. Zamaya engole em seco. Ela tem duas tatuagens de engrenagem nas bochechas que desaparecem nas covinhas quando ela sorri. Só que ela não está sorrindo agora.

– Eris, meu amor... por favor.

Nolan e Seung agarram meus braços de novo, me prendendo com força. Zamaya muda a mira, passando por mim e por Jenny e fixando-se em Falha.

Seu olho descoberto salta da ponta da flecha e aterrissa em mim.

– Não devo me mover, correto?

– Correto, Robô – responde Jenny. Ela dá um passo à frente e agarra meus dois pulsos, segurando-os perto do rosto. Seus olhos estão estreitos, o polegar roçando meu antebraço. – Essa não é a sua pele.

Pisco. Ela está tocando a área que foi curada pela Aranha, depois que Wendy e Linel fizeram a festinha deles.

– Não tem como você perceber isso.

– Eles curaram você? – murmura ela. – Eles curaram você. Pra você poder, o quê, se infiltrar nos Ermos? Nos derrubar por dentro? Godolia ama a ironia poética, hein?

Cada parte minha se encolhe com a ideia, e abro a boca para dizer isso a ela, mas então vejo as lágrimas em seus olhos, brilhantes sobre cada íris escura, e as palavras entalam na minha garganta.

– Olha pra mim. – Viro as mãos de modo que apertem as dela e a puxo para perto. – Jenny, olha pra mim, eu não fui corrompida!

– Então por que eles curariam você? – grita ela. – Por que eles deixariam você sair?

– Eles não fizeram nada disso. Eles... eles me *machucaram*, Jen. – Minha voz falha, o que eu não esperava, e, pior, agora meu lábio inferior está tremendo. Odeio parecer fraca na frente dela. – Eles... eles fizeram muita coisa, tá? Mas ela me curou. Nós escapamos juntas. *Ela* me salvou.

Jenny rosna e afasta as mãos, ríspida, virando-se para Falha. As luvas, cerradas nas laterais de seu corpo, brilham em tons de laranja.

– *Nós* vamos te salvar – sussurra ela. – Vamos desfazer o que eles fizeram.

Jenny começa a andar na direção de Falha, que, apesar da calma perturbadora, dá um passo para trás. Sentindo o pânico aumentar, olho de Nolan para Seung.

– Me soltem!

Seung balança a cabeça.

— Não queremos te machucar, Eris. Só estamos tentando te tirar do caminho de Jenny.

Eles não querem me machucar. Olho para trás e vejo Zamaya, o arco ainda em riste, e Gwen, a atiradora de elite da equipe, com a pistola na mão e o dedo sobre o gatilho. Algumas das pessoas mais destemidas que conheço, e estão com mãos trêmulas.

Elas jamais me machucariam.

Eu me debato; quando me apertam, grito. Jenny vira para trás nessa hora, bem a tempo de ver Nolan e Seung hesitarem, afrouxando as mãos. O aviso sai de sua boca apenas quando me liberto, e depois que ativo as luvas criogênicas.

Jenny encontra meus olhos com uma tristeza surpreendente que não vejo há muito, muito tempo.

— Se quiser matá-la — respiro fundo, firmando o olhar —, vai ter que passar por mim.

— Você acha que eu não vou? — pergunta ela, baixinho.

— Não vai.

Ela ergue o punho. Uma única lágrima escorre por sua bochecha.

— Então você tem empatia demais para este tipo de trabalho, Eris. — Ela engole em seco. — Mas você era boa. Uma boa soldada. Uma boa Gearbreaker. Nolan, Seung, para trás.

Acho que é quando eles se afastam que percebo quanto isso tudo é real, quanto eu devo parecer completamente perdida, quanto de fato *estou* lutando por uma *Piloto*, que me encara, os olhos agora arregalados, cuja boca está se abrindo, lábios rasgados se mexendo. Ela está dizendo... o que ela está dizendo?

O silvo de uma flecha.

Ela acerta o gelo entre mim e Jenny, e o mundo se dissolve em um clarão ofuscante. Perco o equilíbrio, pele raspando o chão frio, roupas rasgando contra o gelo. Caio de lado, o ar arrancado de meus pulmões.

Do outro lado da fumaça, minha irmã fica de pé e estende um dedo na direção de Zamaya — que, parecendo entediada como de costume, prepara outra flecha.

— Você passou dos limites, Z — vocifera Jenny.

— Estou sendo legal, querida — responde ela, dando de ombros. — Essa flecha foi um alerta. Já aguentamos demais suas briguinhas. Só mate a Robô e acabe logo com isso.

A névoa se dissipa. A explosão lançou Jenny para trás, na direção de Sona, e estou longe demais para fazer qualquer coisa, longe demais para impedir o punho de Jen de colidir com as maçãs do rosto de Falha.

Jenny chuta Falha, que cai de costas, e assume uma postura larga, punhos cerrados acima da cabeça, as veias preparadas para explodir.

– Últimas palavras, Robô? – debocha Jenny.

Sona ergue a cabeça, cachos espalhados debaixo de si como um travesseiro.

– Vá em frente – diz ela, movendo o queixo para a frente. Seu rosto está suavizado, completamente esvaziado de medo ou hesitação. Os dedos jazem relaxados sobre o gelo.

Jenny afia o olhar.

– O que você disse?

– Não posso culpar você pela desconfiança. E há muito tempo descobri que não me importo com a forma como vou morrer, desde que não seja em um Windup e eu esteja bem longe dos limites de Godolia. Disse para ir em frente, Gearbreaker.

Então Sona inclina a cabeça na minha direção, olhando para mim com um único olho inocente. Um pequeno sorriso surge em seus lábios.

– Obrigada, Eris – diz ela. – Por tudo.

– Não... – sussurro, depois minha voz salta para um grito. – Jenny, não!

Jenny encara Sona, e, na rigidez de seus ombros e nas rugas de sua carranca, vejo cada partícula de ódio incorporada, tudo que nos ensinaram desde o nascimento borbulhando sob a superfície. Ela tem uma voz diferente na cabeça, pertencente a quem quer que tenha lhe dito primeiro aquelas palavras: *agora é a vez do Piloto*. Sua bochecha afunda quando ela morde o interior da boca.

– Você salvou a minha irmã? – pergunta Jenny. Acho que nunca tinha ouvido a voz dela reduzida a um sussurro.

– Nós salvamos uma à outra.

– Você não serve Godolia?

– Todo mundo serve Godolia, de um jeito ou de outro – diz Sona. Então ela ergue a mão até a bandagem, puxando-a para cima. O brilho vermelho de seu olho vacila no lugar conforme ela pisca na luz repentina. – E, por causa disso – continua ela –, sempre servirei sua imagem, sempre reforçarei o medo que ela provoca. A Academia garantiu isso. E esse é o motivo pelo qual implorei a Eris que me ajudasse a escapar.

Ela sorri, feliz. Os cantos da boca de Jenny estremecem, os punhos ainda suspensos no ar. Fico perplexa ao ver o jogo virar assim de repente: Jen se esforçando para manter a expressão impassível, e Sona mostrando os dentes.

– Pretendo fazê-los pagar por isso. *Vou* fazê-los pagar por isso. – Ela ri, alegre como sinos de vento. Sinto a estranha necessidade de fugir. – Quer dizer, se você decidir que não vai me matar.

Jenny diz:

– Me convença.

Sona fica em silêncio por um momento. Os cantos de sua boca se transformam em algo menos arrogante, um pouco mais acanhado.

– Então... Espero que tenha me perdoado por isso, mas eu joguei você em um rio.

CAPÍTULO VINTE E UM

SONA

Jenny é parecida com Eris, até mesmo a forma como caminha, de um jeito quase arrogante, pisando com orgulho enquanto avança, como se toda Winterward estivesse sob seu domínio. A diferença é que, quando ela olha para mim, a obsidiana em seus olhos permanece dura. Ela me empurra na direção da caminhonete, onde o motorista está sentado no banco da frente, rígido.

– Você perdeu o juízo, Jenny? – murmura ele, sem convicção, parecendo saber que seus esforços não serão levados a sério.

– E você ama isso – responde Jenny, me empurrando para um canto da caçamba. Eris senta ao meu lado imediatamente, estalando os dedos. Jenny se acomoda no lado oposto, de frente para a irmã. – Se alguém tiver alguma coisa a dizer, fale logo para eu ignorar direito.

– Ela foi corrompida, Jen – sibila um Gearbreaker conforme a caminhonete entra em movimento. Ele arrasta os dedos enluvados pelo rosto marrom-claro, da maçã do rosto à mandíbula, os belos olhos pretos baixos em uma tristeza morbidamente dramática. – Que pena.

Eris lança um olhar venenoso para ele.

– Corrompida ou não, Seung, ainda posso chutar sua boca até não sobrar nenhum dente.

– Ela ainda soa como a Eris – comenta outro garoto. – Também uma pena.

As provocações parecem mais por hábito do que por humor. Dedos pairam de modo silencioso, mas nada sutil, sobre as armas.

– Confio minha vida a todos vocês – diz Eris, ríspida, erguendo a voz sobre o uivar do vento. – O mínimo que vocês podem fazer é confiar no que eu estou dizendo.

Uma Gearbreaker com um vibrante cabelo violeta e tatuagens nas bochechas cor de cobre – a arqueira – solta uma risada. O som é tudo, menos leve.

– Amor, suas palavras podem não passar de um roteiro programado.

– Vou chutar sua...

– Parem – ordena Jenny, e a caminhonete fica em silêncio. O vento até parece diminuir. Ela tira os óculos, olhando brevemente para o próprio reflexo. Então, sem erguer os olhos, diz: – Você. Você disse que é das Terras Baldias. De onde?

– Silvertwin. Foi...

– Ninguém sobreviveu ao Massacre de Silvertwin – diz Jenny, seca, e hesito por um momento. Faz muito tempo que não ouço o nome de minha cidade natal saindo da boca de outra pessoa.

Balanço a cabeça.

– Eles... eles mandaram um Paladino primeiro, para esmagar os túneis. Eu consegui escapar, e... um Fantasma estava lá para dizimar o restante.

– Então como é que você está viva? – indaga Jenny. – Como você chegou a Godolia?

– Um amigo da família me encontrou – respondo. – Foi buscar ajuda. Foi capturado. Foi jogado lá de cima.

Dentro do bolso, minha mão se retorce ao redor da atadura, desenrolando a faixa, enrolando-a mais uma vez. Várias e várias vezes, cada vez mais rápido conforme meu coração acelera. Engulo em seco.

– Rastejei até o trem de carga e caí no vagão que carregava nossa cota de carvão. Fiquei lá deitada até o comboio chegar a Godolia, rastejei para fora, vaguei pela cidade até os serviços da Academia me encontrarem. Eles me colocaram no Programa de Windups. Eles me deram comida, abrigo, roupas. Um Windup. Este olho, estes fios, est...

Não percebo quanto minha voz está estridente até Eris me cutucar com o joelho. Quando me viro para ela, seus olhos se voltam para as mãos. Os óculos dela racharam em algum momento do dia, meu reflexo fragmentado no visor. Minhas bochechas estão manchadas de sangue dos cortes dos quais já me esqueci.

– Eles salvaram minha vida – murmuro. – E também a roubaram de mim. De todos que eu amava.

O vento ganha força outra vez. Um dos garotos começa a bater palmas lentamente, a pele pálida agora rosada por causa do frio, mas as bochechas coradas não contribuem em nada para diluir a crueldade que curva seus lábios. Em um momento de clareza completa, sei que ele está imaginando como seria me reduzir a uma massa amorfa ensanguentada, a ser depositada no monte de neve brilhante.

– Ela também conhece poesia? – indaga ele, seco, mas os aplausos param abruptamente quando Jenny ergue uma mão.

– Por que eles enviaram os Windups? – pergunta ela, a voz baixa. – Você disse que caiu no vagão de carvão. Se Silvertwin havia atingido a cota, por que o massacre?

– Atingimos a cota – digo, odiando como meu tom parece tenso. Depois de todos esses anos. Sinto o polegar ficar roxo dentro da atadura. – Havia algo errado com a tecnologia do trem. Ninguém sabia como consertar. O carvão foi marcado como se não tivesse saído da cidade. Então enviaram os Windups.

Para meu horror, uma lágrima quente escorre por minha bochecha. Eu a enxugo com pressa.

– Não foi nossa *culpa* – sussurro.

– Nolan – diz Jenny, ríspida. – Se aplaudir de novo, eu mato você.

– Quê? Pelo amor, Jenny, ela está...

– Está dizendo a verdade – declara Jenny, seca.

Ao meu lado, Eris se mexe de leve.

– Está?

– Pensei que você acreditasse em mim, Geada – comento baixinho.

– Eu... eu acredito – responde ela. – Só não achava que Jen acreditaria. Não tão fácil. Ela é difícil de convencer.

– Eu estava *lá* – diz Jenny. – No dia seguinte, quando ouvimos o que havia acontecido. Não encontramos nenhum sobrevivente. – Ela levanta dois dedos. – Pegadas de um Fantasma e um Paladino. O túnel de mineração, destruído. Mas encontramos os registros de suprimentos, e todas as cotas daquele mês haviam sido atingidas. Não sabíamos por que os Windups tinham sido enviados.

Encontro os olhos dela.

– Não havia motivo.

– Ah, *tenha dó* – retruca outra Gearbreaker. Ela salta do assento, uma mão pressionada na borda da caminhonete conforme se inclina sobre Eris, a outra agarrando meu pulso. – *Olha pra essa coisa.* Olho fechado como se não amasse isso, chorando como se pudesse sentir remorso, como se pudesse sentir *qualquer coisa*. Quer dizer, não dá pra acreditar...

Jenny esmurra o esterno da Gearbreaker, fazendo-a cair para trás. Nolan a segura antes que ela fique pendurada na lateral do carro.

— Gwen, você ainda estava aprendendo a armar uma pistola quando eu fui para Silvertwin. Aquelas pessoas nas minas foram tão esmagadas que não podíamos separá-las umas das outras. O sangue...

— Jenny — diz Eris, ríspida, o ombro contra o meu deixando-a dolorosamente consciente do meu estremecimento repentino. Como se as palavras de Jenny não fossem algo que eu já não soubesse.

Jenny balança a cabeça, depois aponta para mim. Fito o chão enquanto os olhos de todos seguem o gesto.

— Vocês acham que alguém leal a Godolia, mesmo um espião, admitiria que sua preciosa nação pode ter errado?

— Sim — todos na caminhonete respondem em uníssono.

Jenny se irrita.

— Incrível como vocês acreditam que isto aqui é uma democracia. E que qualquer um de vocês é bem-vindo para me confrontar sobre isso a qualquer momento.

— Então você acredita nela assim, sem mais nem menos — murmura Eris.

— Só um pouquinho — graceja Jenny, esfregando as mãos no casaco. Seu sorriso voltando. — Acredito em dívidas, Eris. Ela te salvou. Agora ela é problema seu.

Eris fica em silêncio por um momento. Faço minha expressão ficar vazia como a neve, para esconder como a hesitação dela me incomoda.

— Me ajude a explicar para o Voxter — declara Eris.

— Por um preço.

— E qual seria?

— Eu fico com ela — diz Jenny, acenando com a cabeça para mim. — Todas as perguntas que eu puder fazer. Todos os experimentos.

A carranca de Eris retorna, a cicatriz delicada desaparecendo.

— Ela não é uma propriedade que eu possa te dar.

— Acho que seria interessante — continua Jenny sem hesitação. — Todos os Pilotos que capturamos ficam com aquele papinho de "Vocês não podem fazer nada comigo, não sinto dor" e "Nunca vou falar". Podemos deixar que passem fome, calor ou frio extremo... tudo isso leva muito tempo para fazer alguém ceder e, quando isso acontece, ainda não são tão confiáveis quanto eu gostaria, e eu tenho *tantas* perguntas sobre a tecnologia deles, sobre as Modificações da Academia. Mas se ela não for uma prisioneira...

– Ela não é uma cobaia – retruca Eris.

– O que você gostaria de saber? – pergunto, falando ao mesmo tempo.

O sorriso de Jenny se alarga.

– Gostaria de dar uma olhada nesse olho, pra começar – diz ela.

Assinto com um gesto de cabeça e faço menção de pegá-lo, mas Eris afasta minha mão com um tapinha.

– Deuses, Sona, aqui não!

– Ah – digo, retraindo.

– E se ela *for* uma espiã? – pergunta Gwen, cautelosa, como se temesse que Jenny a acertasse de novo. Pela expressão no rosto de Jenny, ela está considerando seriamente essa possibilidade.

– Aí eu acabo com ela – responde Jenny com tranquilidade, fixando os olhos nos meus para deixar a ameaça clara. Mal presto atenção nela, sentindo Eris enrijecer outra vez, apressando-se para ser minha protetora pela bilionésima vez hoje. O frio racha um pouco quando penso nisso, substituído por um tipo diferente de arrepio. – E vai ser devagar. A dor não é um fator, é claro, mas ainda posso cortar os braços e as pernas dela e soltá-la como uma pedra para descansar no fundo do lago, junto com todos os outros Pilotos desagradáveis.

– Isso é justo – respondo, igualmente tranquila, e com sinceridade.

– Então você não confia nela – grunhe Eris. – Você só quer usá-la para os seus experimentozinhos.

– Minha querida irmã – ronrona Jenny. – Nem todo mundo pode ficar de pernas bambas sempre que vê uma garota com cachos bonitos e um sotaque doce.

– Eu derrubei duas Valquírias e uma Fênix em apenas alguns dias – retruca ela. – Eu não chamaria isso de ter pernas bambas.

– E ainda assim você não conseguiu escapar de Godolia sozinha – rebate Jenny, ríspida.

O rosto de Eris fica corado.

– Você quer falar sobre empatia? – diz ela, inclinando-se para se aproximar da carranca da irmã. – Tá bom, então vamos lá. *Nenhuma* equipe de Gearbreakers recebe a tarefa de derrubar uma Valquíria. Mesmo assim, aqui está você, em Winterward, quando eu aposto que nem havia uma missão hoje. Você sabia que eu tinha sido capturada por uma Valquíria, então obrigou sua equipe a vir até aqui, tudo pra que pudesse descontar sua raiva em algo que machucou sua *querida irmã*. Fico comovida, Jen.

– Sua...

– O problema é que você foi desleixada. Eles enviaram duas Valquírias e, a julgar pelo talho na testa de Luca, a outra chegou *muito* perto de esmagar todos vocês. Até que Sona fez a gentileza de intervir e ajudar vocês, seus palhaços.

A fúria de Jenny faísca, brilhante contra o gelo.

– Pare o carro.

A ordem é acatada; então ela se levanta, uma mão ao redor das alças do macacão de Eris, erguendo-a e empurrando-a para trás sobre a beirada da caçamba com facilidade, como uma gata que carrega o filhote. Eris solta um gritinho, Jenny sorri e diz:

– Tá, pode seguir.

– Me põe no chão! – berra Eris, agarrando-se às mãos de Jenny conforme a caminhonete ganha velocidade. Seu cabelo escorre pelo lado direito da cabeça em um feixe preto, os gritos são um misto de terror e alegria. – Ai, meus Deuses, por favor, me põe no chão!

– É tão bom ter você de volta, sua merdinha! – Jenny grita para ela. Seus olhos se voltam para mim, e, de alguma forma inexplicável, neste momento eu sei: ela é a maior ameaça viva a Godolia. – Mesmo com uma cadelinha te seguindo pra todo canto.

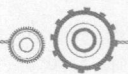

Eles me vendam quando saímos de Winterward. Por um tempo, há apenas vento e areia batendo em minhas bochechas, abafando a conversa sussurrada dos outros. O ar está frio, mas o sol brilha com força; um pequeno furo deixa a luz atravessar a venda.

A certa altura, ergo o rosto para aquecer a pele e, quando minha bochecha encontra a curva do ombro de Eris, descubro que Jenny não a derrubou da caminhonete. Eu me endireito com um pedido de desculpas atrapalhado. Sei que é Eris porque ela não me empurra para longe; ela se aproxima, os lábios roçando minha orelha para que eu possa ouvi-la apesar do vento.

– Estamos lascadas quando chegarmos em casa – diz ela.

Depois de algumas horas, paramos e alguém tira a venda. Mantenho os dois olhos fechados enquanto cubro a Modificação cuidadosamente com o tecido; quando olho, Luca está desligando o motor, uma mão para fora da janela para dar tapinhas na lateral da caminhonete. O gelo que havia se agarrado ao metal derreteu faz tempo, e os dedos voltam manchados de lama.

– Foi bom conhecer vocês todos – diz ele, olhando em minha direção. – Porque estamos prestes a ser crucificados.

– Se nenhum de vocês conseguir se libertar depois de ser preso em uma estaca de madeira, então eu terei fracassado como capitã – vocifera Jenny, saltando da caminhonete graciosamente. – Então vem, Robô. Temos alguns dragões pra matar antes de podermos descansar.

Minhas botas pousam num caminho de concreto desgastado, Eris logo atrás. Seus olhos estão colados à minha bochecha enquanto ergo o olhar, onde uma vívida gama de laranjas e amarelos divide o céu acinzentado em faixas irregulares. Inspiro, sentindo o cheiro da chuva, da terra exuberante e do ar puro, diferente do fedor envenenado de esgoto e sufocado de fumaça que se agarrou à minha pele nos últimos oito anos.

O lugar está repleto de uma multidão cheia de tatuagens, que fica perfeitamente imóvel ao me ver. Os Gearbreakers não têm medo de mim, não nesta forma. E não desperdiçam ar em sussurros – deixam que suas ameaças ressoem alto, palavras violentas arremessadas de todos os lados.

Não me importo. Não consigo parar de encarar essas malditas árvores.

– Ah, calem a boca, vocês! – Jenny grita de volta, a voz mal superando a deles. – Vão fazer alguma coisa útil e acordem o Voxter, seja lá em que sarjeta ele esteja dormindo.

As ameaças continuam, e eu fixo os olhos no céu outra vez. Em Godolia, as cores não marcam a mudança de estação, a cidade é tão nublada e manchada com fumaça que mesmo a mísera quantidade de neve ganha a aparência de cinza das fábricas antes que possa atingir o chão.

– Chamamos este lugar de Ermos – Eris murmura ao meu lado. – Está estranhamente cheio de idiotas hoje.

Passo a mão pela casca de uma árvore, as pontas dos dedos roçando o musgo frio.

– Há três horas, você ia me matar.

– Ah – ela diz baixinho. – Não tinha certeza de que você tinha ouvido aquilo.

– Você mudou de ideia.

– Mudei.

– E vai mudar de novo?

– Você vai só ficar sentada da próxima vez que a Jenny me pendurar pela lateral de um carro?

– Jenny e Eris Shindanai! – ressoa uma voz. E o pátio rapidamente fica em silêncio. – Onde infernos vocês duas estavam?

– Em Winterward – diz Jenny.

– Na Academia – diz Eris.

Um homem emerge da multidão, a carranca estampada em seus lábios enrugando por completo a grande cicatriz descolorida na bochecha direita. Ele para de súbito em frente à caminhonete, apoiando o peso sobre a bengala de castão prateado que tem na mão.

– Winterward? A Academia? – diz ele com certa dificuldade, incrédulo, arregalando os olhos cinzentos para as irmãs, cujas expressões convencidas não são nada sutis. Ele volta os olhos para mim, para a minha jaqueta, e fica boquiaberto. – Uma Valquíria.

Não percebo que a bengala está a caminho de minha têmpora até Eris segurá-la no meio do ar. Enquanto isso, Jenny caminha furtivamente para o meu lado e joga uma mão pesada sobre meus ombros. Não é bem o toque físico que me faz pular, mas o fato de que ela não o está usando para me derrubar. Porém, o que me assusta de verdade é perceber, ao erguer os olhos, que Jenny se parece um pouco com a minha mãe, com olhos escuros perigosos e delicados e cabelo preto e liso, embora Umma sempre o prendesse para trás em duas tranças idênticas e tivesse sardas nas bochechas, ao passo que Jenny tem apenas uma pinta ao lado da boca. Herdei meus cachos e minha altura de meu pai, além do senso de humor que minha mãe sempre interpretou como "mórbido", apoiando o pequeno queixo na mão para que não a víssemos sorrir.

– Deixa eu explicar, Vox – insiste Eris.

– Vocês conhecem as ordens – retruca ele, ríspido. – Qualquer Piloto de Windup de classe Fantasma ou superior é leal demais a Godolia para ser interrogado. *Matar imediatamente.*

– Ah, vai por mim, velhote, você não vai querer que essa menina saia daqui. – Jenny ronrona em meu ouvido, apertando meu ombro de leve.

Ela é uma garota alta e esbelta, os olhos baixando de seu ponto de vantagem para devorar minha Modificação enfaixada. Seus dedos estremecem, como se ela estivesse se contendo para não a arrancar de meu crânio neste mesmo instante, embora eu prefira mil vezes fazer isso eu mesma.

Jenny sai andando a passos rápidos, deslizando a mão por minha manga e me puxando. Ela segue na direção de Voxter e, em vez de desviar, empurra-o para fora de seu caminho. Viro a cabeça para trás e vejo Eris soltar a bengala dele para nos seguir, e ele acaba sendo o último na fila.

Jenny chega a um dos prédios mais altos situados em uma grande clareira semicircular contornada por carvalhos, abre a porta com um chute e marcha para dentro. Em silêncio, ela me puxa por dois lances de escada e um longo corredor. Diante de um par de enormes portas de madeira, ela para imediatamente e me força a sentar em um banco. Ela aponta para o lugar ao meu lado quando Eris nos alcança.

— Senta — ordena Jenny. Para a minha surpresa, Eris obedece.

Voxter aparece no fim do corredor um minuto depois, o rosto um pouco mais pálido do que da última vez. Jenny faz um gesto exagerado na direção das portas para apressá-lo, impaciente.

— Você corrompeu minhas meninas, não foi, Robô? — resmunga Voxter.

Jenny simplesmente revira os olhos e o empurra para dentro da sala.

— "Suas meninas". Você está ficando senil, velhote — rosna ela, girando para apontar um dedo para Eris. — Não esqueça, temos um acordo.

— Se você o convencer — diz Eris.

— Hum. Ainda não gosto de ouvir minha atitude saindo da sua boca. Vê se para com isso até eu terminar aqui.

A porta se fecha com força atrás deles. De repente, tudo fica silencioso. Eris tira os óculos do pescoço e roça os dedos cuidadosamente sobre o vidro quebrado.

— Sinto muito. — Eu me ouço dizer. Minha voz ecoa pelo corredor e retorna. — Quando eu estava lutando com a Victoria... devia ter tomado mais cuidado. Acho que quase matei você.

Eris balança a cabeça, um gesto sutil. Por alguma razão, não consigo me forçar a olhá-la diretamente no rosto, então encaro seu reflexo, todo fragmentado e distorcido no vidro.

— "Quase morrer" meio que é o meu trabalho — diz ela baixinho, e depois solta os óculos sobre o colo. Ergo os olhos e vejo que ela está me observando, um pouco machucada, a cicatriz na testa brilhando. – O que você fez foi me salvar. Salvou Jenny também, embora ela prefira se jogar de um penhasco a admitir isso.

– Você nunca me contou que é irmã da Rompe-Estrelas.

– É claro que não. Sempre que eu pronuncio esse nome, o ego dela infla exponencialmente, mesmo que ela não esteja ouvindo.

O silêncio ressoa. Ajusto o tecido sobre o olho.

– Precisamos arranjar um sistema melhor pra você, Falha – diz ela.

– Talvez eu não fique viva o suficiente para desenvolver um, Gearbreaker.

– Por que você tem que falar esse tipo de merda?

– Como assim? – pergunto, indiferente, apertando o nó.

– Tipo anunciar que tem vontade de morrer.

Ergo um ombro.

– Gosto de causar uma impressão.

– As coisas que você diz – murmura ela, retirando as luvas. Ela as dobra com cuidado e depois as prende com o elástico dos óculos, guardando o pequeno pacote na jaqueta.

– Você vai guardar isso? – pergunto, fitando o pedaço da insígnia de Berserker em seu ombro.

Ela faz que não com a cabeça.

– É grande demais pra mim. Vou dá-la para o Milo; ele vai adorar.

– Quem é Milo?

Noto seu sorriso antes que ela possa disfarçá-lo, e é diferente de qualquer outra microexpressão que já a vi tentar esconder. É quase envergonhado, culposamente indulgente, a mesma expressão que aparecia no rosto de Jole sempre que fazia Rose rir, ou quando ela o agraciava com um olhar de soslaio presunçoso.

Mas tudo que Eris diz é:

– Você vai conhecê-lo.

– Vou?

– E o restante da minha equipe. Xander, June, Nova, Theo, Arsen.

– E depois?

– Como assim, "e depois"?

– Quer dizer... – Eu me calo, sem saber como minhas palavras soarão se o que eu vinha imaginando não passar de uma fantasia esperançosa e cheia de ganância. – Eu... eu fico feliz de ajudar Jenny com o que ela precisar. Perguntas, experimentos, qualquer coisa. E não é como se eu não fosse grata por tudo que você tem feito por mim, Eris, por qualquer partícula de confiança com a qual decidiu me agraciar, mas...

– Falha, não é como se...

– Eu machuquei pessoas, Eris. Já fui responsável por *muitas mortes*, e não... não lido bem com isso. – Meus dedos estremecem em meu colo. – Eu quero ser uma Gearbreaker. Quero muito. Só que sinto essa... essa... essa coisa terrível dentro de mim. Uma que fui forçada a alimentar porque precisava desse tipo de controle, dessa *raiva*, para me entorpecer. Não sei se algum dia vou ser capaz de não precisar dela, de não a desejar. Eu só... tenho muito medo de nunca ser uma boa pessoa.

Ela desliza uma mão sobre a minha e a segura. Aperta com força, o esmalte preto e lascado espalhado pelas unhas.

– Você não precisa ser boa. Só precisa ser melhor do que o mal que já fez.

Um instante de silêncio. Tenho plena consciência de que estou prestes a chorar pela centésima vez hoje.

– E se eu não conseguir? – sussurro.

– Aí vai ser uma droga. E deve ser uma droga pra um monte de gente também. – De repente ela se põe de pé, uma mão no quadril, a outra empurrando meu ombro contra o encosto do banco. Ergo a cabeça para ela, assustada. – Mas e se você *conseguir*?

Um fogo escuro faísca em seus olhos, a mesma chama que, aposto, poderia eliminar o arranha-céu mais alto de Godolia do horizonte.

– Você vai mudar de ideia? – pergunto outra vez.

Sua mão deixa meu ombro para pairar à minha frente. A cabeça ainda está inclinada sobre a minha. Levo um momento para baixar os olhos e fitar sua palma.

– Vamos fazer assim – diz ela. – Eu não te mato, e você se junta à minha equipe. Fechado?

Hesito.

– É um aperto de mão, Falha, e não uma bomba.

Aperto a lateral da bochecha entre os dentes por um tempo.

– Eu pareço um Robô, Eris.

– E você grunhe quando luta, e luta como se seu oponente já estivesse de joelhos. Minha equipe inteira está cheia de gente igual a você. Porras-loucas e desmiolados e aberrações. Falhas. E falhas tendem a ser imprevisíveis. O que significa que ninguém pode prever nossos ataques.

Ela se aproxima e, claro, é aí que as lágrimas escapam de meus olhos. No entanto, não há um grama de zombaria em seu rosto; ela apenas continua numa voz firme.

— Ei. Não vou dizer que podemos reduzir Godolia a cinzas. Nem que você não vai ser esmagada até a morte na sua primeira missão. Não vou prometer vingança; não posso. Mas *posso* prometer que cada derrubada será mais uma pedra no sapato deles, e que nos deixará com mais vida nos pulmões e mais fogo na respiração do que deveria ser humanamente possível. E aí, o que me diz? Quer ser um incômodo comigo?

Consigo mover a cabeça de leve, e, de repente, Eris dá um sorriso radiante que poderia acabar com a mais cruel das tempestades.

Por sorte, antes que eu possa abrir a boca e dizer mais alguma coisa imbecil e sem sentido, as portas se escancaram com força e Jenny irrompe, um sorriso brilhante comprimindo os traços e as palavras saindo de sua boca como disparos de Berserker. Antes que as portas se fechem, vislumbro Voxter com os cotovelos plantados sobre uma mesa de carvalho, esfregando as têmporas em pequenos círculos. É uma visão um pouco estranha, porque eu tinha certeza de que *ele* era o chefe dos Gearbreakers.

— Tudo certo! — gorjeia Jenny, enfiando um papel com um selo dourado nas mãos de Eris. — Esta carta fala em prol da nossa Robô aqui e será afixada ao redor do campus dos Gearbreakers até o fim desta hora. Então, essa é a minha parte do acordo. Agora...

— Agora não — diz Eris, de forma abrupta. Ela amassa a carta e a enfia no bolso. — Falha e eu tivemos um dia muito longo. E não tomo banho faz quase uma semana.

— A gente tinha um acordo.

— E ainda temos. Vou levá-la para o seu laboratório amanhã.

— Não fuja de...

A fúria de Jenny é interrompida quando Eris se vira e joga os braços ao redor dos ombros da irmã. O abraço dura o mesmo tempo que o bater de asas de um beija-flor. Eris passa as mãos pela jaqueta e as força para dentro dos bolsos.

— Obrigada, Jenny — diz Eris rapidamente. — Por ir me salvar.

Pela primeira vez, os olhos de Jenny não se estreitam quando Eris fala. Porém, ela torce o lábio em uma carranca pouco convincente, voltando-se para as portas e abrindo-as com as duas mãos. Voxter ainda está na mesma posição de derrota.

— Amanhã cedinho, vocês duas — ordena Jenny enquanto as portas se fecham atrás dela.

A luz da tarde, suavizada até a última gota, faz o ar silencioso parecer tão tangível quanto tecido. Eris se vira e me oferece a mão novamente. Dessa vez eu a aceito.

Ela estava errada. Isso é como uma bomba, como algo perigoso. Só que também é Eris. Ela nunca vai parecer algo diferente.

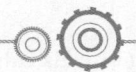

Atravessamos o pátio e, embora os Gearbreakers voltem a me encarar, dessa vez nenhum deles grita ameaças. Parecem querer fazê-lo quando conseguem um vislumbre de mim, mas aí notam a expressão no rosto de Eris — um olhar que poderia sufocar um furacão. Os passos dela abrem um caminho, e qualquer um que estiver no meio dele imediatamente se move aos tropeços para não ser pisoteado. A julgar pela dureza em seus olhos, ela nem sequer registraria se eles fossem esmagados por suas botas.

Entramos em outro prédio e subimos uma escadaria coberta de poeira. No quinto andar, Eris escolhe uma porta e a abre com um chute.

Um carpete cinza, desalinhado e amassado por incontáveis passos, cobre o longo corredor. As paredes, revestidas com um papel de parede azul-claro, contêm uma série de fotografias e desenhos: a foto de um menino de cabelos cacheados abraçando violentamente um outro de sardas, um punhado de bonecos-palito mal desenhados gritando obscenidades, uma foto de duas garotas cochilando abraçadas em um sofá, um simples rascunho do perfil carrancudo de Eris debruçada sobre um livro.

Eris arranca as botas e as joga de qualquer jeito no canto, onde aterrissam suavemente sobre a pilha já acumulada no local. Começo a seguir seu exemplo. Ela não espera eu desamarrar os cadarços antes de sair outra vez, praticamente correndo até a última porta à direita. Antes de atravessar o batente, seus passos desaceleram e ela hesita, a mão na parede.

Paro de repente atrás dela, observando um suspiro silencioso erguer seus ombros. Do outro lado da porta, vozes jorram pelo corredor, afiadas e retumbantes.

– Você está bem? – sussurro, ao que ela responde com um aceno de cabeça febril.

– Só mal posso esperar para ver a cara deles – murmura ela.

Eris balança a cabeça com firmeza, fortalecendo sua determinação, e passa as mãos pela frente da jaqueta. Um sorriso pequeno e alegre se enraíza em seus lábios – felicidade que dessa vez ela não consegue reprimir antes de seus olhos cintilarem. Ela faz a curva, mas fico parada sob o batente, reparando em como ela cerra os dedos agitados em um punho firme atrás das costas.

Então ela começa a gritar:

– *O que diabos eu falei pra vocês sobre sujar a mesa com cera de vela, seus imbecis?!*

A sala fica em completo silêncio. Seis cabeças se viram na direção dela, todas piscando devagar, bocas se abrindo e se fechando como a de um peixinho dourado.

Uma garota baixinha com cabelo loiro platinado, empoleirada na borda da mesa de madeira escura, cai e se estatela com força no chão. Ela grunhe e depois ergue a cabeça, os olhos assustadoramente verdes arregalados, uma marca vermelha considerável brotando na testa.

– Puta merda – murmura ela. – A sessão mediúnica da Juniper funcionou!

– Você acha que meu fantasma simplesmente viria quando fosse chamado, como um cachorro? – zomba Eris, cruzando os braços. – Estou ofendida.

Todos ficam em silêncio. Eris passa a mão pelo cabelo, os olhos percorrendo a equipe.

Numa cadeira acima da garota que caiu está um garoto sentado sobre os calcanhares, as sobrancelhas erguidas escondidas atrás de uma cortina de franja pálida, uma porção de sardas espalhadas pelo nariz e pelas bochechas. Sobre um enorme sofá posicionado de maneira descuidada na diagonal da parede dos fundos, uma garota com cabelo verde vibrante de repente passa a prestar atenção à cena, sacudindo o garoto que estava deitado em seu colo, algo parecido com fuligem manchando a pele escura das bochechas. O garoto se apoia nos antebraços e nos encara com os olhos pretos arregalados. Acima deles, sentado de pernas cruzadas no encosto do sofá, um garoto de traços delicados está boquiaberto, a pele drasticamente pálida em comparação com os cachos escuros.

Fica claro que os olhos de Eris se demoram um pouco mais no garoto sentado sozinho no sofá de dois lugares. O cabelo claro está penteado para trás, revelando as linhas gêmeas de tatuagens de engrenagem que surgem do colarinho e sobem pela mandíbula. Um livro puído repousa nas mãos cobertas de cicatrizes enquanto ele a encara de volta com olhos de um azul tão vívido que quase parecem artificiais. Eris se força a desviar o olhar.

– Eu falei... – murmura ela. – Falei pra não derrubar a cera das ve...

Ele se levanta, derrubando o livro no chão com um ruído abafado. Em seguida, a envolve com os braços, tão apertado que força algo semelhante a um soluço a escapar dos lábios de Eris e lágrimas brotarem em seus olhos.

– Sai de cima de mim – grunhe Eris, sem muita firmeza, enquanto o abraça de volta. – Preciso de um banho... sai de cima de mim.

O restante da equipe abandona suas posições, atravessando a sala tão silenciosamente quanto fantasmas, envolvendo Eris com seus abraços até ela não ser nada além de um pequeno pontinho de tinta no centro do grupo. Fico parada no batente, observando as lágrimas que escorrem quentes, ouvindo os soluços entrecortados e os sussurros frenéticos, todos com olhos arregalados, como se acreditassem que o fato de piscar faria Eris desaparecer mais uma vez.

Espero até um deles notar minha presença e, quando a garota loira o faz, o choro se extingue, como se uma torneira tivesse sido fechada. Ela se separa do grupo e dispara até a lareira, um espeto de ferro se materializando em sua mão. Então ela ataca.

Dou um passo para o lado e ela cruza a porta, imediatamente colidindo com a parede oposta. Ela oscila para trás, uma das bochechas peroladas com uma marca vermelha.

– Nova! – grita Eris, afastando os braços da equipe com tapinhas e correndo na minha direção antes que a garota se livre de seu estupor.

– Puta merda, é uma Piloto? – grita o garoto sardento, acabando com o que restava da atmosfera pacífica. Eris coloca os braços no caminho, dando um passo para trás.

– Uma Valquíria – sussurra o garoto que presumo ser Milo, passando os olhos por minha jaqueta. – Eris...

– Calem a boca por um maldito segundo – vocifera ela, e eles obedecem. Ela vasculha o bolso por um instante e depois joga uma carta para eles. – Leiam isso. Todos vocês.

De uma só vez, o grupo se lança sobre a carta, que passa de mão em mão em um frenesi, dedos arrancando o selo e jogando-o para o lado. Discussões de um segundo estouram e morrem, até que resolvem se reunir ao redor do papel num semicírculo, metade no corredor, metade na sala, cabeças encostadas umas nas outras enquanto Milo abre a carta no meio do grupo. Eles leem o texto uma vez, depois sacodem a cabeça e o leem de novo. E de novo.

– Aquele selo era do Voxter, não era? – murmura Nova, ajoelhando-se e tateando o chão à procura da cera descartada. Ela a encontra e imediatamente a joga para cima, direto nas mãos do garoto de sardas.

– Sem chance – sussurra ele, passando o polegar sobre o símbolo.

A garota de cabelo verde me fita, os olhos castanho-escuros fixos em mim.

– Eu acredito – diz ela, a voz calma. – Ela não passa aquela vibe particularmente maligna, né?

– O quê? Só por que ela ainda não começou a nos massacrar? – diz o garoto ao lado dela em um tom arrastado, como se ainda estivesse com sono.

A garota lança um olhar longo e severo para ele, e tenho a sensação estranha de que ele quer se encolher, ou até mesmo ficar de joelhos e começar a balbuciar pedidos de desculpa.

– Não acredito – murmura Milo, dirigindo os olhos para Eris. – Essa coisa te ajudou a sair.

– *Ela* ajudou – corrige Eris.

– Uma Valquíria que não é leal a Godolia?

– Leal a reduzir aquela cidade inteira a cinzas.

– Você está debochando de mim – digo suavemente.

– E eu te disse que não estou, Falha.

– Ah, não – resmunga o garoto de sardas. – Ela deu um nome pra coisa.

Eris franze o cenho e aponta para o fundo da sala, rígida.

– Pra dentro, todo mundo, *agora* – ordena ela, ríspida, e todos obedecem, correndo para seus lugares como ratinhos do campo, com exceção de Milo. Ele me encara fixamente por alguns segundos antes de atender ao comando.

Eris gesticula para que eu entre, depois começa a andar de um lado para o outro, torcendo as mãos. Todos nós a observamos em silêncio. Ela para algumas vezes, franzindo ainda mais o cenho, e depois continua a marcha. É só quando Milo pigarreia que ela para de vez, girando e esmurrando as palmas sobre a mesa.

– Escutem – grita ela. – Em apenas alguns dias, eu derrubei três Windups, escapei de Godolia e entrei para a história como a única Gearbreaker a sair da prisão da Academia. Estou *cansada*. Não quero explicar a situação pela bilionésima vez hoje. Vocês leram a carta. Cada palavra dela é verdadeira. E se vocês não confiam no Voxter, confiem em mim. E, se não confiam em mim, então vou presumir que querem sair desta equipe. *Minha equipe*, devo acrescentar.

Ela aponta para mim, e de repente fico dolorosamente consciente de minha jaqueta, do rosto estraçalhado e da atadura imunda e esgarçada que esconde o olho que ainda brilha apesar da contenção.

– Equipe, conheçam Sona Steelcrest, nossa mais nova integrante. Se eu pude confiar minha vida a ela num lugar como Godolia, vocês com certeza devem confiar nela em solo Gearbreaker. E isso é uma ordem.

CAPÍTULO VINTE E DOIS

ERIS

— Você acha que pode simplesmente marchar de volta pra cá, apontando armas, Robô a tiracolo, e começar a gritar ordens de novo?

Abro um dos olhos para espiar Nova, empoleirada de forma precária na borda como sempre, uma mão fazendo círculos na água da banheira. Juniper está sentada ao lado dela, os jeans arregaçados até a panturrilha, pés submersos.

— Eu posso – digo, seca. – E vocês não vão me dar privacidade?

— Eu tenho perguntas – bufa Nova, e depois passa o polegar pelo ombro. No canto, Sona está debruçada sobre um pequeno bloco de porcelana, nosso projeto de pia, arrastando um trapo umedecido pelos cortes no rosto. – E não venha com essa história de querer "privacidade" quando você marchou pra cá com *isso* a tiracolo.

— Não seja grossa, Nova – repreende Juniper, mexendo os dedos dos pés. Ela lança um sorriso preguiçoso para Falha, que o nota por um momento antes de desviar os olhos. – O nome dela é Sona.

— Não sei por que você aceitou isso tão bem, June.

— Outro dia mesmo você tinha concordado com a minha sessão mediúnica, caso Eris tivesse morrido.

— Bom, fantasmas existem, *dã*, e não tô falando de mim.

— Bom, Novs, então pense nisso – diz Juniper de forma doce. – Nenhum Gearbreaker jamais conseguiu escapar da prisão da Academia. Na verdade, presume-se que todos sofreram mortes muito lentas, meticulosas e inimaginavelmente dolorosas. Para escapar dessa prisão seria preciso basicamente um milagre, e acredito ser um milagre uma Robô ter qualquer tipo de sentimento ou remorso, que é o caso de Sona.

Nova abre a boca, fecha, depois a abre de novo, cruzando os braços.

– E ela está sentada aqui com a gente porque...?

– Eris temia pela minha vida – diz Sona, indiferente, as primeiras palavras que ela fala desde que nos amontoamos aqui.

Enrijeço.

– Eu não...

– Os outros não gostaram de eu ter entrado para a equipe – continua ela de forma tranquila, colocando um cacho atrás da orelha para poder limpar o sangue na mandíbula. – Não... acredito que era só Milo, e o garoto que tem alguns dos traços dele. São irmãos? Porém, o restante... Xander e Arsen, é isso? Eles pareciam mais abertos à ideia de eu estar aqui.

Sona passa o trapo debaixo da torneira, e a água fica vermelha ao atingir suas mãos. Ela vira a cabeça para limpar o outro lado do rosto.

– Vocês duas também parecem legais – murmura ela. – Nova e Juniper. Gosto desses nomes.

– Eu não temo pela sua vida – digo em voz alta para me distrair do rosto corado de Juniper e do deboche de Nova.

– E eu aqui, enamorada da sua perspicácia – responde Sona, abaixando o trapo.

– Ai – diz Nova.

– Falha – resmungo, chutando a mão de Nova e fazendo-a puxá-la pra fora da água. – Sou sua capitã. Acho que mereço um pouco mais de respeito.

Uma sombra de sorriso travesso, que desaparece tão rápido quanto surgiu.

– É difícil levar sua voz autoritária a sério quando você está sentada abaixo de mim – comenta Sona, roçando o dedo mindinho ao longo da linha do cabelo. – Nua, devo acrescentar.

– Ai de novo – sussurra Juniper, enquanto Nova solta uma gargalhada.

Pulo para fora da banheira e enrolo uma toalha debaixo dos braços, quase escorregando no piso molhado. Sona me observa com firmeza, os olhos fixos nos meus até eu alcançá-la, e depois os direciona para o espelho.

– Não precisa se preocupar – diz ela, o rosto estoico. – Não há motivo para sentir vergonha, pelo que vi.

Sinto o rosto esquentar, e não por causa do vapor do banho.

– Você vai gritar comigo por ser observadora? – pergunta Sona de maneira inocente, o sorriso serpenteando por seus lábios outra vez. – Foi você que me arrastou para cá, afinal. Em nome de minha segurança.

– Não foi pra sua segurança! – minto.
– Ah. Então foi só para se exibir. Fico lisonjeada, Geada.

Meu grito preparado fica preso na garganta quando Sona desenrola a atadura da cabeça, revelando o olho fechado com um perfeito círculo vermelho queimando debaixo da pálpebra. Atrás de mim, os risos de Juniper e Nova cessam.

– Não posso julgá-los – diz Sona suavemente, dobrando o tecido com cuidado no colo. – Theo e... Milo. Esse é o nome dele, certo? Fico surpresa de não ter levado um tiro na hora em que entrei nos Ermos. Que Jenny e Voxter não tenham decidido me matar. Que... que você não tenha feito o mesmo quando fiquei cega e indefesa na Valquíria. Apesar de todas as outras vozes na sua cabeça dizendo para fazer o contrário.

Ao ouvir suas palavras, de repente consigo decifrar a expressão em seu rosto: é a mesma que eu costumava exibir nos meus primeiros anos como Gearbreaker, quando o pavor da batalha ainda não havia se tornado familiar. É a expressão que se exibe entre golpes, nos espaços entre as lutas. E agora Sona está sentada, limpando o rosto ensanguentado de forma graciosa, e esperando pelo ponto inevitável em que seu trabalho será desfeito. Seja pelas centenas de Gearbreakers que a encararam com desgosto, seja por Theo, ou Milo...

Ou por mim.

Ela continua antes que meu silêncio possa se enraizar por completo.

– Fico surpresa por ter conseguido ver as árvores do outono mais uma vez, ou sentir uma brisa que não vinha da rajada de vapor de uma fábrica. E fico surpresa de ainda estar sentada, limpando meu sangue em um banheiro que cheira a chá de jasmim, com três Gearbreakers que ainda não enterraram as adagas em minhas costas.

– Nem *todos* nós carregamos adagas – diz Juniper, olhando acusadoramente para Nova.

– Porque, *olhe para mim*, Eris – murmura Sona. Ela ergue um dedo para puxar a pálpebra esquerda, e, por um momento, eu o vejo outra vez: o desejo de cavar, de arrancar pelas raízes. – Quanta sorte me resta aqui? Por quanto tempo mais devo esperar que as pessoas sejam tolerantes comigo, tendo a aparência que tenho, sendo aquilo que a Academia me fez ser? Dias? Horas?

– Você acha mesmo que vão te matar? – pergunto para Sona gentilmente.

Como se não tivesse visto as centelhas gêmeas nos olhos de Milo e Theo quando saí do salão comunitário, como se eles não tivessem feito minha mão agarrar a de Sona quando passei. Como se os dois garotos não carregassem pistolas nos cintos e a confiança que têm em mim não pudesse ser superada pelo medo que têm de Godolia e da crueldade de seus Pilotos.

Como se ela não estivesse certa. Como se eu não temesse por sua vida, por causa das pessoas pelas quais eu sem dúvida daria a minha. E sim, esse pensamento meio que dói um pouco.

– Eles podem tentar – responde Sona, aço nas palavras. Ela fecha o olho outra vez, abrindo a torneira para encharcar a bandagem. – Mas vou ficar aqui enquanto você quiser, Eris.

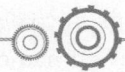

Quando mando Milo ceder seu quarto para Sona, ele lança um olhar carregado com um brilho cruel de tamanha hostilidade para ela que meu coração salta para a garganta.

Contexto: eu estava bem relaxada depois do banho, começando a me recuperar dos comentários astutos de Sona, das risadinhas de Nova e Juniper e, infernos, vamos jogar aí também o fato de que senti que o estresse e o horror dos últimos dias estavam começado a se dissipar. De repente, Milo está parado na minha frente, a respiração distorcida em um grunhido, rasgando em pedacinhos a frágil ilusão de paz.

E eu fico furiosa.

Rosno para o restante da minha equipe ir para seus quartos. Sona é a primeira a obedecer.

Então grito com Milo, e ele grita de volta, e gritamos de uma ponta para a outra do corredor e repetimos o processo. Eu grito sobre confiança, e ele grita sobre lealdade, até lágrimas quentes transbordarem dos meus olhos, escorrendo em dois rios que combinam perfeitamente com os dele. Entramos no meu quarto, e ele bate a porta com tanta força que faz o chão vibrar; estremeço, e ele repara, e de repente há silêncio.

Eu sento na beirada da cama, e ele se acomoda ao meu lado. Começo a mexer nos fios esgarçados da minha colcha. Alguém, provavelmente ele, lavou meus lençóis enquanto eu estava fora.

O silêncio pulsa como um coração, e explode quando a mão dele sobe para enxugar as lágrimas dos meus olhos.

– Eles machucaram você? – pergunta ele, a voz áspera.

Eles me machucaram, penso comigo mesma, mas não quero falar porque não quero que a gritaria recomece. As últimas horas têm sido cheias de raiva e violência e barulho. Só que não posso descansar, não agora, não quando ainda consigo sentir a ameaça à vida de Sona no tom de voz de Milo. Estou sob ataque, tudo por causa de uma pessoa que conheci há poucos dias, alguém que eu tinha certeza de que daria o próximo golpe. Uma garota com ódio enredado nos traços, uma fúria familiar – *minha* fúria – encapsulada em uma forma que me apavora.

Em uma forma que me salvou.

Milo ergue meu queixo com um único dedo, depois leva os lábios até os meus. Ele se move devagar agora. Eu não consigo. Deslizo uma mão sob sua camisa. Estou mole demais. Fraca demais. Beijo seu pescoço. Carente demais de conforto. Ele pressiona a palma da mão em minhas costas. Desesperada demais para remover o medo da pele, para expelir cada fantasia horrível sobre como teriam me feito em pedacinhos. Para esquecer como fizeram exatamente isso.

Quando os dedos de Milo passam por meu cabelo, quando ele me segura e murmura "Você está em casa. Está tudo bem agora", eu permito.

Estou cansada demais para discordar.

CAPÍTULO VINTE E TRÊS

ERIS

Déjà vu.

Nova está do lado de fora da minha porta outra vez, gritando que o dia começou há eras. Abro os olhos para a luz do amanhecer coberta de poeira e para as rachaduras no teto. Os dedos dos pés, a respiração e o calor de Milo contra meu corpo debaixo das cobertas, a mão segurando meu pulso quando começo a me afastar.

— Ainda estamos brigados — lembro.

Ele pisca algumas vezes, tentando me fazer entrar em foco.

— Estamos?

— Depende. O que você acha da Robô?

— Acho que Godolia a fez revirar tanto a sua cabeça que você não sabe o que é em cima e o que é embaixo.

Reflito por um momento, depois giro a perna, chutando-o para o chão. Todo o ar sai de seus pulmões quando ele aterrissa com um baque satisfatório. Agarro a jaqueta de Berserker descartada no chão e a coloco ao redor dele.

— Trouxe isso pra você.

— Isso é uma piada, né?

— A piada é você ainda estar aqui. Pode sair.

Ele resmunga uma vibrante série de obscenidades ao se levantar, pisando duro até a porta e abrindo-a com um empurrão. Sona está parada no corredor, o cabelo horrivelmente bagunçado, cachos armados ao redor das orelhas e da atadura. Milo fica tão chocado com sua presença que para de repente.

— Bela jaqueta — diz Sona, acenando para o pacote nas mãos dele.

Milo enrijece os ombros e, de repente, está perto demais dela. Dobro os dedos no colchão enquanto os observo, pronta para saltar a qualquer momento. Sona, pequena como todo mundo em comparação a ele, ergue os olhos e o encara com calma.

— Dá pra sentir o seu cheiro de cobre — grunhe ele.

— Milo! — repreendo-o.

— E você tem o cheiro da Eris — responde Sona, desviando os olhos dele e dirigindo-os para dentro do meu quarto, encontrando os meus. — É para encontrarmos Jenny, certo?

— Certo — digo.

Milo empurra Sona e atravessa o corredor, o carpete incapaz de absorver seus passos pesados.

— Maravilha — diz ela, seca. — Você pode me emprestar uma camiseta?

Conduzo Sona pelos dez lances de escadas que levam ao laboratório de Jen. O espaço está como sempre: uma bagunça total e absoluta. Enormes carretéis de plástico com fios coloridos, maços volumosos de espuma de isolamento roída por traças e caixas de papelão cheias de tranqueiras diversas estão empilhados sobre as duas mesas de vidro ao longo da parede esquerda.

O rosto de Jenny está enterrado entre dois dos carretéis, vasculhando as ferramentas que eu sei que estão penduradas em parafusos atrás das coisas. Quando ela se endireita, um fio de cobre está emaranhado em seu cabelo, e ela usa a broca na mão para arrancá-lo com um gesto suave.

Ela sorri, saltando da pequena banqueta que balança ferozmente sob seu peso.

— Aí estão vocês! — Seu foco se fixa atrás de mim. — E você trouxe o orfanato inteiro porque...?

Eu me viro e vejo que minha equipe se esgueirou silenciosamente atrás de nós, Nova fazendo uma saudação rápida ao fechar a porta de vidro imunda com o cotovelo.

— Não temos mais nada para fazer — diz Arsen.

— Mas vamos ter uma missão em algum momento no futuro, eu acho — comenta Nova. — Então precisamos ver se vai sobrar Robô o bastante para se juntar a nós.

Jenny marcha pela sala e descarta uma pilha de tecidos que cobria uma cadeira de madeira, dando tapinhas entusiasmados no assento.

– De quantos braços e pernas você precisa? – pergunta Jenny enquanto Sona senta.

– Posso abrir mão de alguns – responde Sona.

– Sem chance – digo, balançando a cabeça, ignorando as risadinhas de minha equipe. Tirando Milo, é claro, que posso sentir atrás de mim como uma sombra. – Só perguntas.

– Você quer meu olho, certo? – diz Sona, puxando a atadura da cabeça.

– É, quero mesmo – sussurra Jenny.

Observo, sem palavras, enquanto Jenny vai até a mesa e pega um par de luvas cirúrgicas de uma das caixas abarrotadas, enquanto Sona guarda o tecido no bolso cuidadosamente.

– Isso tá mesmo acontecendo? – pergunta Theo, o nojo claro na voz. As botas de todos arranham o piso, querendo recuar, mas um interesse mórbido mantém seus olhos fixos. Bando de merdinhas.

– Falha, espera – digo, dando um passo à frente. – Você não precisa...

Então seus dois olhos encontram os meus, o esquerdo inflamado como um corte infectado, o vermelho latejando, pulsando. O brilho dos Windups e a artificialidade de Godolia empacotados caprichosamente em uma única cavidade. Diante da visão, só por um momento, hesito entre as palavras. Tento recompor os pensamentos para continuar antes que ela possa notar, mas aquela expressão já surgiu em seu rosto, entremeada com porções iguais de vergonha e tristeza. Ela volta a olhar para Jenny.

– Vá em frente – diz para minha irmã.

Então, para minha surpresa, Jenny hesita. Ela estreita os olhos.

– Fácil demais... – murmura ela, imóvel. Ela deixa a mão cair sobre o quadril e se aproxima de Sona. – Qual é o seu joguinho, Robô?

Sona sorri, um sorriso bonito como sempre, mas o que faz meu sangue congelar é a forma como os dedos começam a subir até o olho.

– Um jogo fácil, aparentemente – responde ela.

Então, há um *pop* escorregadio.

Atrás de mim, Nova e Theo abafam um grito, e acho que Xander para de respirar por completo. Eu me vejo dando um passo para trás, e o peito de Milo encontra minhas escápulas, impossivelmente imóvel apesar da cena à nossa frente.

Sona ignora nosso choque, delicadamente – *de forma relaxada* – enrolando ao redor do dedo indicador o cobre que sai de sua cavidade ocular.

Ela estende a mão, e há outro *pop*, dessa vez acompanhado pelo chiado raivoso de um fio sendo rompido.

— Fácil demais — murmura ela, depois pega o pulso de Jenny. — E vermelho demais, e cruel demais, e... — Gentilmente, ela deposita o olho, agora apagado, na palma enluvada de Jen. — É frágil. Eu não fecharia a mão com muita força. Infelizmente, essa é a única Modificação que é mais simples de remover. As outras estão um pouco mais intrincadas.

Sona arregaça as mangas da camiseta, revelando os dois sulcos retangulares entalhados nos antebraços. Ela passa um polegar por um deles, depois o pressiona. O painel se abre, revelando a chapa de prata lá dentro.

— Este fio aqui alimenta minha artéria radial — explica Sona, estremecendo ao passar um dedo por uma corda que se abriga confortavelmente debaixo das aberturas dos cabos. — Daqui, se divide em filamentos microscópicos que se enrolam ao lado dos meus nervos. Sabia que o corpo humano tem aproximadamente setenta e quatro quilômetros de nervos? Se contar os que eles acrescentaram, o número dobra para cento e quarenta e oito quilômetros. Cento e quarenta e oito quilômetros! Toda essa tecnologia, essas adoráveis Modificações, um verdadeiro testemunho de como Godolia supera todos os outros em genialidade e inteligência, e a Academia graciosamente os confiou a mim. Tudo para que eu pudesse ter a habilidade de sentir dor enquanto cometesse assassinato e seja lá o que mais eles queriam que eu fizesse. Não foi muita gentileza da parte deles?

Seu único olho varre a sala, nos desafiando a corrigi-la.

— Sabia que os olhos são conectados? — Sona recolhe o braço, delicadamente afastando o cabelo da nuca. — Na base do cérebro. A cavidade é só um receptáculo que o alimenta. Dentro de um Windup, consigo enxergar com os dois olhos usando a Modificação de visão, porque não é um enfeite superficial. — Ela repousa os dedos de leve sobre a pele exposta. — Ele vai até o fundo.

Ninguém sabe direito como reagir àquilo, à voz suave e distante que rasteja para fora do sorriso sombrio em seus lábios, e logo o único ruído na sala é o começo lento das gargalhadas de Jenny.

— Eris te chama de Falha, não? É um apelido adequado — diz ela, rindo e balançando a cabeça.

Jenny caminha até a bancada circular de pedra situada no centro da sala, um espaço consideravelmente menos bagunçado que as mesas de vidro. Líquidos coloridos estão dispostos em fileiras espaçadas de forma organizada, suspensos em suportes de plástico, etiquetas de fita ondulada exibem a caligrafia de Jenny em caneta permanente azul. Béqueres empilhados por tamanho descansam em uma caixa de madeira no meio, também marcados com os garranchos de Jenny, provavelmente quando ela não tinha papel em mãos. Grandes frascos de vidro alimentam tubos em espiral, anotações enfiadas debaixo deles com textos do tipo *Você não consegue ler isso porque não é um gênio*.

Jenny se acomoda confortavelmente numa banqueta à frente da pequena pia de metal. Já a vi ficar sentada nesse mesmo lugar por horas a fio, as noites se transformando em dias e vice-versa, fabricando suas poções e invenções e qualquer outra coisa que ela acreditasse que fosse aterrorizar Godolia.

Jenny pega um pequeno pote limpo e gentilmente deposita o olho lá dentro; depois, com menos delicadeza, despeja uma ampola de líquido azul no recipiente. Ela fecha o frasco com uma tampa de borracha.

— É mesmo um apelido adequado, Falha — murmura Jenny, erguendo o olho encapsulado contra a luz. O fluido azul lança um matiz ondulante sobre o piso. — Porque você definitivamente tem um parafuso a menos.

— Por acaso você tem um trapo? — pergunta Sona, imperturbável.

Jenny passa um debaixo da torneira e o joga por cima do ombro, junto com um curativo cirúrgico e um tubo de pomada retirados de uma das gavetas.

— Coloca isso — ordena ela, mas, quando Sona faz menção de obedecer, Jenny de repente avança e segura seu queixo. Ela ergue o rosto de Sona, inclinando-o de um lado para o outro, examinando a cavidade agora vazia.

Um zumbido deixa seus lábios.

— Curioso — murmura ela. — Placas de titânio... não... teria que ser algo mais leve... lítio, talvez? Mas isso poderia causar anormalidades no músculo extraocular... o que me leva a perguntar... quão fundo se enraíza? Ou então não é lítio, talvez seja...

— Jen — alerto.

— Você está ficando vermelha — observa Jenny, aproximando-se até as duas estarem nariz a nariz. — Por que você está ficando vermelha, Falha?

— Você é muito bonita — responde Sona sem hesitar.

Reviro os olhos, e ela parece notar, porque ergue um canto da boca.

— Ah, eu sei. — Ela retrai a mão, voltando a erguer o jarro contra a luz. — Fora, todos vocês — rosna Jenny. — Preciso de um tempo sozinha. E eu daria uma passadinha na Sucata, se fosse vocês. Vejam se conseguem encontrar um olho de vidro jogado por lá, ou um implante orbital, ou um tapa-olho adequado. Talvez até uma arma que ela possa gostar de usar.

— Você não precisa de mim para mais nada? — pergunta Sona.

Jenny ainda está focada no olho, aquele que não habita mais o crânio de Sona.

— Isto aqui vai me manter ocupada por um bom tempo — ronrona ela.

Sona salta do assento.

— Obrigada, *Unnie*.

Jenny tira os olhos da Modificação para me lançar um sorriso absolutamente convencido — apesar da vontade de Papai, parei de chamar minha irmã de *Unnie* quando ela se afeiçoou a me chamar de *merdinha* — antes de dizer:

— Cala a boca e sai daqui.

Mas dá para ver que ela gostou, e acho que Sona também percebeu, caminhando até nós com passos leves. Os olhares desconfiados de minha equipe passam por cima do meu ombro e pousam no tapa-olho e no sangue debaixo das unhas dela.

— Tudo bem, Sona? — pergunta Arsen com uma voz trêmula.

— Tudo maravilhoso — diz ela, roçando os dedos na barra da camiseta, inocente. Minha camiseta. Não vou pedi-la de volta.

— Isso foi foda — murmura Theo conforme Sona começa a subir a escada.

Estou vagamente consciente de Jenny ainda cantarolando ao fundo, alegre, e do agitar do frasco em sua mão.

Nova coloca a cabeça para fora da porta para observar Sona.

— Caramba, por que ela tem que ser tão *linda*? — murmura ela, olhando para trás. — Alguém mais percebeu que ela tem uns monólogos de supervilã?

— Ela arrancou o próprio olho — diz Arsen, impressionado, estalando os lábios para imitar o som. — Isso merece algum grau de respeito, né?

— Não é como se ela tivesse sentido alguma coisa — resmunga Milo.

— E se você estivesse chapado de analgésicos, faria a mesma coisa numa boa? — pergunta Juniper em um tom agradável, a mão entre os ombros de Xander, massageando-o. O moleque ainda parece um pouco pálido. — Vamos, Eris?

Assinto, passando a mão pelo cabelo, tentando escutar o restante dos passos de Sona. Ela sorriu para mim ao passar, uma nova cor nas bochechas, e a memória faiscou de novo: *odeio vermelho e odeio a batida do meu coração e odeio ser isso*.

Se não acreditei na série de declarações naquele dia, agora com certeza acredito.

CAPÍTULO VINTE E QUATRO

SONA

Eles tagarelam como papagaios em volta de Eris, e ela rosna para a equipe como se fosse arrancar suas asas. Eles não parecem se importar. Milo me fuzila com o olhar sempre que tenta roubar um vislumbre meu. Eu não me importo muito. A perna de Eris está encostada na minha.

Olho pela borda da caçamba da caminhonete e observo o chão perder as sombras conforme deixamos as árvores dos Ermos para trás. Quando o solo começa a ondular com grandes buracos e a caminhonete passa a chacoalhar sobre fragmentos pontiagudos de concreto explodido, desvio o olhar. Não preciso ver a paisagem danificada para saber como ela é ou avistar as pegadas para saber que estiveram aqui. O fedor de seu metal sempre vai envenenar o ar.

No entanto, o riso da equipe o abafam um pouco, junto com a cantoria horrorosa quando tentam acompanhar a música que Nova está ouvindo em um volume estrondoso. Ela parece passar intencionalmente em cima dos buracos, só pela fração de segundo que nos lançam no ar.

– Gosto da sua música – comento com sinceridade. Faz muito tempo que não ouço música.

– Finalmente alguém com *bom gosto* – grita ela para se sobrepor ao vento. – É minha playlist de matar Robôs.

– Novs – sibila Juniper, parando de repente quando começo a rir.

– Então são suas músicas de guerra – digo, sentindo a batida subir pela coluna.

Nova pisca para mim no retrovisor, um olhar brilhante como esmeraldas, o cabelo quase pálido feito neve fresca. Ela abre um sorriso largo.

– É isso mesmo, porra – gorjeia ela, assentindo de forma decidida.

Fito os traços de Eris pelo que deve ser a centésima vez desde que arranquei o olho. Pele clara como porcelana incrustada com duas lascas brilhantes de obsidiana, a natureza incauta do cabelo, preto como as penas de um corvo. Ela é um buraco negro no centro do mundo ao meio-dia, um ato de rebeldia sem nem precisar tentar. As tatuagens em sua clavícula reluzem com o beijo do sol descoberto.

– Só mais um pouquinho – diz ela, me arrancando de meu estupor.

– Estamos indo para a Sucata, certo? Como Jenny disse?

– Isso. É o que parece – responde ela, dando de ombros. – Eles precisaram colocar todos os detritos e peças quebradas em algum lugar, depois de toda a luta.

– E você acha mesmo que vamos simplesmente encontrar um olho de vidro jogado por lá?

– Ah, Falha. – Eris suspira. – Tenha um pouco de fé.

– É a Sucata – diz Arsen, melancólico.

– Dá pra achar qualquer coisa se você procurar direito – acrescenta Juniper. – Um olho não seria a coisa mais estranha que já encontramos.

Ouço a Sucata antes de vê-la. O vento brinca alegremente entre suas bordas irregulares, correndo em meio às pilhas gigantescas de objetos descoordenados. Esperava que fosse todo cinzento, itens há muito esquecidos e desbotados pelos elementos. No entanto, quando saio do carro, meus pés tocam um solo exuberante, a sombra fria das folhagens balançando sobre meus sapatos.

– Não estava esperando uma floresta – murmuro.

O fascínio enraíza meus pés, e só me mexo quando alguém passa por mim gentilmente ao descer da caminhonete. Peço desculpas; então baixo a cabeça e me deparo com seus olhos já fixos em mim. A jaqueta dele pende do corpo, ombros e clavícula feito um cabide. A única resposta é um pequeno aceno com o queixo.

– Nada de escalar. Exceto Xander – diz Eris, apontando com a cabeça para o garoto que mais se assemelha a uma sombra. – Não preciso de nada desmoronando com o peso de vocês e de alguém sendo soterrado. Não tenho interesse em carregar algo tão pesado quanto um cadáver de volta para a caminhonete.

– Sempre com os discursos motivacionais – cantarola Nova, já perto de uma das pilhas, a mão enterrada na generosa cobertura de musgo que envolveu uma lava-louças enferrujada.

Eris revira os olhos e começa a caminhar, curvando os dedos sobre o ombro, fazendo um gesto para que eu a siga.

Caminhamos e vasculhamos sem conversar, Eris fazendo barulho, recusando-se a deixar que sua presença tenha qualquer grau de sutileza. Em certos momentos, ela escala cerca de seis metros numa das pilhas, ignorando o próprio conselho, arrancando musgo e videiras e descartando qualquer coisa desinteressante que encontra.

É só quando ela desaparece do meu campo de visão – escalando o pico de um monte e descendo pelo outro lado, atrás de alguma coisa que chamou sua atenção – que finalmente me pronuncio, mas minhas palavras não são para ela:

– Você está de olho em mim ou nela? – questiono, me inclinando para espiar uma fenda considerável em um caixote coberto de tinta. Vejo apenas escuridão. – Ou isso é uma escolha ruim de palavras?

– Você é engraçada – responde Milo, surgindo da sombra de uma árvore próxima.

Passo os dedos ao redor da tampa do caixote e puxo. As dobradiças se quebram de imediato, revelando nada além de um pente de prata com metade dos dentes quebrados e um colar incrustado com pedras azuis empoeiradas. Enrolo-o no dedo e o levo até a luz.

– Enfim alguém notou.

– Não pense que você pode simplesmente entrar nos Ermos e se tornar uma de nós, Robô. E também não pense que está enganando o restante da equipe. Eles confiam na Eris, não em você.

– Mas, se eles confiam na Eris, confiam na palavra dela, certo? Mas você não, a julgar pela forma como aperta as mãos.

– É claro que eu confio na Eris – dispara ele com rispidez. – Só não confio na voz que você colocou na cabeça dela enquanto estava em Godolia. Tô sacando qual é a sua.

Toco o curativo cirúrgico com cautela, tentando não imaginar o ruído oco que soaria se eu o tocasse com um pouco mais de força.

– Você acha que estou trabalhando para Godolia, liderando uma legião de Windups direto para os Ermos – digo. Não é preciso usar a entonação de pergunta.

– Sei que está.

– Estranho. Talvez eu tenha me cegado mais do que imaginava.

Solto o colar. Não passa de bijuteria barata.

– Milo, olhei para cima hoje de manhã e vi carvalhos rasgando o céu. Acordei e vi o lindo cabelo verde de Juniper, a coleção particularmente errática de sardas de Theo e, é claro, os olhos de Eris. As coisas parecem mais vibrantes aqui, mais vivas. Gosto bastante disso.

– O que você está querendo dizer com isso? – pergunta Milo, ríspido.

Ele volta os olhos para a pilha de lixo que se assoma sobre nós dois, os ouvidos atentos para o retorno de Eris. Reposiciono a tampa quebrada com delicadeza sobre o caixote. Ele é o único da equipe, incluindo Eris, que me encara no olho toda vez. É um gesto que significa "Não tenho medo de você", e é uma mentira.

– Bem, se o que você fala fosse verdade, que sou leal a Godolia... – digo, sendo a primeira a interromper o contato visual; ele parece precisar de vitórias pequenas e triviais. – Então eu não teria visto árvores alaranjadas, ou cabelos tingidos de verde, ou olhos de carvão. E isso presumindo que eu teria acordado, porque Godolia teria feito dos Ermos um inferno durante a noite e observado com tédio completo enquanto queimávamos em nossas camas.

Não posso deixar de sorrir ao ver sua expressão horrorizada, que só faz seu desgosto latejar com um pouco mais de intensidade. Tenho a sensação leve e cansada de que não estou ajudando a minha causa.

– Ei! – grita Eris lá de cima. – Vocês dois estão se comportando aí embaixo?

Ela salta por um caminho de margens precárias e poleiros questionáveis até seus pés atingirem a terra sólida e segura. Abre a boca para fazer outro comentário astuto, mas então vira a cabeça para o lado.

Milo e eu também ouvimos o som; então todos corremos.

A brisa tranquila foi estilhaçada por um grito lancinante.

Milo estende um braço no caminho de nós duas logo antes de chegarmos à clareira onde o carro está estacionando, nos mandando recuar. Agachamos atrás de uma pilha de lixo onde Xander, Juniper e Arsen já estão escondidos, ombros subindo e descendo.

– Nós o vimos chegando – sussurra Arsen, agitado. – June gritou em alerta, mas eles não conseguiram se afastar do carro.

Nova e Theo estão deitados de barriga para baixo sob a caminhonete, as palmas apertadas contra a boca. Acima deles, o Windup atravessa o campo de forma relaxada, dobrando o pescoço sobre as pilhas e procurando por um momento antes de se mover para o monte seguinte. Quando se endireita, as curvas de sua cota de malha roçam na folhagem de outono.

– Um Argos – murmuro.

Durante a Guerra da Primavera, eles eram usados apenas como batedores. No entanto, eram o modelo de Windup mais veloz em circulação antes da criação das Valquírias, característica atribuída às curvas aerodinâmicas da armadura. As lâminas afixadas nos braços eram capazes de cortar o mais grosso dos troncos de árvore com a mesma facilidade que uma navalha corta as asas de uma mariposa.

E pele e osso com a mesma destreza, sem dúvida.

– O que diabos ele está fazendo no meio da floresta? – sussurra Juniper.

– Fazendo um piquenique, óbvio – retruca Arsen.

– Querido, cala a boca. – Ela dobra os dedos na grama. – Droga. Está muito perto dos Ermos, Eris.

– Milo – sibila Eris, os olhos firmemente fixos no mecha conforme ele vaga, à procura. – Cadê a jaqueta de Berserker?

– Você achou mesmo que eu ia usar aquela coisa? – vocifera ele, mas o tom desaparece quando ele nota quanto ela empalideceu.

– Eu esperava que sim – responde ela. As mãos nuas estão sobre o colo, entrelaçadas para não tremerem. – Porque acho que deixei as luvas no bolso.

Milo solta um palavrão baixinho, depois questiona os outros três Gearbreakers, ríspido.

– Rápido. O que vocês trouxeram?

Xander joga uma caixa de fósforos no chão entre nós, balançando a cabeça solenemente. Arsen tira do bolso duas pequenas granadas, um cubo de massa de vidraceiro e um punhado de minúsculas esferas farpadas, além de um sinalizador guardado na bota. Juniper tira o colar, puxando-o de baixo do colarinho da blusa e revelando uma única ampola de plástico que pende na ponta. Ela deposita a ampola no chão com delicadeza, murmurando alguma coisa.

– Graças aos Deuses – diz Milo, e Juniper suspira.

– Em linguagem leiga, é ácido. Com meu toque pessoal. Fiz na banheira.

– Ah, não – sibila Eris.

– É meu bebê. Deve queimar o casco do Argos se conseguirmos um tiro limpo.

– Tem quantidade suficiente? – pergunto, cética.

Juniper pega a ampola outra vez, erguendo-a até a altura dos olhos, e a observa com uma expressão sonhadora.

– Se espalharmos por igual em um único ponto, deve funcionar.

Arsen passa uma mão pelos cachos.

– E como diabos a gente...

Ele é interrompido pelos palavrões estridentes de Nova. Todos nos endireitamos em um pulo conforme o Argos vira a caminhonete de lado, sem nenhum esforço, com a ponta da bota preta de metal. Theo fica de pé no instante seguinte, puxando Nova, embora ela pareça mais preocupada em fazer gestos obscenos para o Windup do que com a própria segurança. Eles escapam por pouco do passo seguinte do mecha, cuja força os derruba no chão.

– Uma isca! – grita Eris, curvando-se e colocando as esferas farpadas na palma. – Milo, dê cobertura para June e Arsen. Xander e Falha, vocês vêm comigo.

Sigo o exemplo dos Gearbreakers e obedeço às ordens de Eris sem questionar. Ela corre até a pilha de lixo, abrindo a mão no ar para arremessar as esferas na direção do Windup. Elas explodem com *pings* distintos no meio das pernas do mecha; de uma só vez, a clareira fica dourada, faíscas brilhantes atravessando o ar. O clarão dura apenas cinco segundos, mas cria uma nuvem que faz o Argos hesitar e dá a Nova e Theo tempo para nos alcançar. Eris agarra os braços dos dois antes que eles possam voltar para a floresta.

– Aonde vocês pensam que estão indo? – grita ela. – Somos a distração!

– Ah, merda, isca – resmunga Theo, dando meia-volta.

– Bom – diz Nova entre os dentes, também se virando de volta para o mecha. – Acho que é uma boa coisa me chamarem de Nova das Quatro Facas. – Ela reflete por um momento, depois tateia os antebraços. – É uma boa coisa me chamarem de Nova das Duas Facas – decide ela.

– Eris – digo, a voz firme, observando a nuvem se dissipar e os olhos carmesim ficarem à vista outra vez. – Posso fazer uma pergunta?

– Pode falar, Falha.

– O que é uma isca?

– A gente finge que é... facilmente pisoteável.

– Nós *somos* facilmente pisoteáveis.

– Seu senso de humor mórbido nunca deixa de me impressionar. Olha, a gente só vai distrair o Argos para que June e Arsen possam entrar com a solução.

– Pulem! – grita Nova logo antes de o Argos se ajoelhar e girar o braço sobre a grama num arco, a mão achatada sobre o chão.

Todos saltamos para um monte de lixo situado na linha de árvores, e a lâmina passa a meros centímetros de nossos pés, cortando a pilha e nos jogando no chão. Milagrosamente, nenhum de nós acaba soterrado sob uma montanha de aço enferrujado.

O braço do mecha para de repente e começa a girar em nossa direção.

– Está voltando! – alerta Theo.

– Alpinistas! – rosna Eris, e facas se materializam nas mãos de Nova.

Ela arremessa uma, que é agarrada por Xander. O braço do mecha se aproxima, mas dessa vez Nova e Xander saltam, conseguindo apenas o tempo mínimo no ar para impedir que seus tornozelos sejam decepados. Os dois aterrissam na mão do Windup e enfiam as pontas das facas entre as juntas do punho com a destreza de profissionais.

O mecha se empertiga em uma velocidade que deveria lançá-los diretamente para o chão, mas eles seguram firme. O Argos ergue o braço até a altura dos olhos, fitando os dois Gearbreakers. Ele mal consegue um vislumbre, pois, no instante seguinte, Nova e Xander escalaram sua lâmina e pularam para o ombro, logo encontrando um novo espaço na junta. Sinto um arrepio na espinha.

– Como você sabia que ele olharia? – sussurro, observando enquanto o Windup gira a cabeça, procurando. – Ele poderia facilmente só ter deixado o braço na lateral do corpo.

Eris abre um sorriso.

– Uma coisa que se aprende como Gearbreaker, Falha, é que a arrogância corre pelos Pilotos tanto quanto os fios. Eles não conseguem deixar de dar uma olhada. Querem se lembrar de como são gigantes em comparação a nós.

– Eu sou igual?

– Eu não disse que você luta como se o seu oponente já estivesse de joelhos?

Xander e Nova saltam do ombro do Argos e se agarram à ponta de sua cota de malha, os grandes elos fornecendo apoios mais do que amplos para as mãos e os pés. Ao mesmo tempo, Milo, Arsen e Juniper saem de trás de outra pilha de lixo, correndo para a clareira. Arsen está com uma granada na mão, a base arredondada entrelaçada com a corrente prateada que carrega a ampola de Juniper. O cubo de massa de vidraceiro se projeta de um espaço entre as correntes.

– Não vai dar certo – grunhe Theo.

– Faça o seu trabalho – repreende Eris. – Mantenha-o de costas!

– Passo! – grito, e nos dispersamos.

Theo é o mais próximo do impacto; a força o arremessa para a pilha de lixo desmoronada. Ele surge com um corte feio na clavícula e uma garrafa quebrada nas mãos, que logo explode na coxa do Windup. Theo imediatamente volta a mergulhar a mão na pilha à procura de outra coisa para arremessar.

Nova e Xander se infiltraram debaixo da cota de malha, pressionando-se contra a saliência dos olhos do Argos. Desvio do passo seguinte, saltando para uma pilha e seguindo o exemplo de Theo e Eris, meus gritos igualando-se aos deles em volume, mantendo o Argos focado em nós. Conforme estendo o braço à procura de mais artilharia, minha mão encontra algo familiar, meus dedos envolvendo o cabo automaticamente.

Puxo a espada para a luz, abrindo a boca de leve.

– Será que é hora pra isso, Falha? – grita Eris à minha esquerda.

– É *tão linda*, Eris.

– Meus Deuses. – Ela olha para mim, e suas palavras seguintes são atravessadas por uma risada. – Meus *Deuses*, você tinha que ver a sua cara.

Prendo a espada ao cinto enquanto Arsen e Juniper saem de seus lugares. Arsen joga a granada para Juniper; veloz como uma raposa, ela dispara atrás do Windup e salta para afixar a granada no tornozelo do mecha. Conforme ela se afasta correndo, uma nova joia toma o lugar do colar que ela cedeu: o pequeno pino prateado da granada agora envolve seu dedo indicador direito.

Nós nos abrigamos. A explosão que se segue faz meu peito estremecer e os dentes baterem contra a língua. Quase esqueço onde estou: este é um tipo diferente de euforia, diferente do que eu sentia nas brigas nas ruas, ou nos treinos, ou na primeira vez que fui ferida.

– Theo, Falha, nossa vez! – grita Eris ao saltar para fora da pilha e correr na direção da clareira.

O Argos desabou sobre um dos joelhos, o tornozelo aberto na base com um buraco considerável corroendo o calcanhar.

Sigo Eris conforme ela sobe pela panturrilha e dispara rumo à abertura. O cabelo flui atrás dela ao entrar, e, quando me infiltro no mecha, ela já chegou ao joelho, onde a escada se estende para cima.

Quando chego ao quadril, descubro que ela já se precipitou outra vez, segurando-se numa viga de suporte próxima e subindo na direção da turbina da perna. Aqui, com o perigo tão iminente quanto a adrenalina é recente e com centenas de engrenagens girando em suas cavidades como que implorando para serem colhidas, Eris está em sua zona de conforto.

Há um sorriso em seu rosto, arrogante e perverso, e tão vibrante que não vejo a sombra que emerge da escuridão.

Tudo acontece muito rápido. A primeira bala erra o alvo, ricocheteando no vazio do Windup, e a segunda se enterra na carne do ombro dela. Ela grita, um calafrio explodindo em espinhos que percorrem minha coluna e atingem o chão.

Estou na frente dela antes que o pensamento possa se formar por completo, a respiração quente, fúria borbulhando sob minha carranca. O guarda não tem chance de reajustar a mira. A espada se liberta do meu cinto, rasgando seus dedos e pintando o ar de vermelho, derrubando a arma de suas mãos. Pressiono a lâmina contra seu queixo, forçando-o a me encarar.

— Há quantos de vocês? — murmuro, quase sussurrando.

— Dois! — diz ele de imediato, olhos arregalados, com muito medo de mim. Com Eris sangrando a meus pés, não consigo me importar. — Dois, contando comigo!

Agradeço com um aceno de cabeça. Depois, viro a espada de lado, passo seu gume pelo pescoço do homem e me agacho ao lado de Eris conforme o corpo do guarda tomba no chão, passando minha mão atrás das costas dela.

— Belo truque de espada, Falha — grunhe ela enquanto a faço sentar. Seu braço esquerdo está inerte sobre o colo.

— Ah, Eris. — Suspiro, ajudando-a a ficar de pé. Há um leve tremor quando ela se levanta, uma palpitação de dor, mas desaparece tão rápido que não sei bem se não foi produto da minha imaginação. — Será que é nosso destino só ficar salvando uma à outra?

— Parece que sim — diz ela entre os dentes. — Cadê o Theo?

Eu me viro e percebo que Theo não está logo atrás de mim, como eu pensava, e de repente sinto os pelos na nuca arrepiarem.

— Cuidado! — chama ele de cima.

Eris puxa minha manga com delicadeza, me conduzindo um passo à direita.

A velocidade da queda do guarda faz seu uniforme se transformar em um borrão cinzento, um grito serpenteando ao redor dos membros que se debatem. No instante seguinte, ouvimos o som nauseante do abraço da gravidade.

Ergo a cabeça e vejo Theo me encarando; ele sorri agachado em uma viga de suporte bem acima de nós. Deve ter passado por nós assim que o outro guarda entregou seu companheiro.

– Agora o Piloto? – pergunta ele.

Eris assente.

– Isso, nós vamos até você.

– Não – digo, ríspida. – Theo, tire a Eris daqui. Vou derrubar o Piloto.

Eris bufa, mas ainda vejo dor em seu rosto, os espasmos. Meu estômago está apertado demais, e minha pele, quente demais, e, de alguma forma, inconcebível e impossível, um tremor se instalou em minhas mãos.

– Eris – digo antes que ela possa se opor. – Por favor. Me deixe fazer isso.

Ela cerra os dentes outra vez.

– *Eu* sou a capitã da equipe, Falha.

– E eu respeito sua autoridade como tal.

Eris revira os olhos.

– Theo, desce esse traseiro daí e me ajuda. – Ela volta a olhar para mim, uma carranca ainda costurada no rosto. – Tá esperando o quê? Um beijo de despedida?

– Isso é uma oferta?

– Até parece. – Ela pausa por um instante e depois diz: – Vá com cuidado.

Quando localizo a escada, eles já desapareceram dentro da coxa. O Windup começou a tremer outra vez, mergulhando a espada entre as árvores e a frágil grama à procura de um pouco de carne de Gearbreaker. Não obterá sucesso. Não quando a equipe se move como um organismo único, não quando suas habilidades são tão entrelaçadas e a confiança entre os integrantes é tão forte que perguntas e hesitações não têm chance de se formarem.

Eu me arrasto silenciosamente até a cabeça do Argos, observando o Piloto guinar à minha frente. Seus olhos estão arregalados, mas não me veem quando passo por ele, logo além do contorno da base de vidro. Espero por um momento de imobilidade, uma breve pausa nas ações, e então avanço. Minha espada corta todos os cabos de uma só vez, em um único arco.

O Piloto pisca, boquiaberto.

Não há uma força maior nos meus movimentos. Não há honra. O primeiro golpe teria sido suficiente – atravessando o abdome, um leve giro. Quando ele tomba, vejo minhas mãos soltarem a espada. Vejo minha bota esmagar a ferida. Vejo o vidro encontrar meus joelhos, meus dedos se fecharem ao redor de seu ombro, roçando suas maçãs do rosto. Ele não é capaz de senti-los. Eu não sou capaz de senti-los. O vazio não tem fim.

– Valquíria – diz ele, engasgando-se, sangue nos lábios, sangue na manga de minha jaqueta.

Ele tem cachos e sardas como Rose. Um olho que apodrece assim como os dela apodreceram.

– Sim – sussurro. – A esperança brilhante de Godolia. A maior conquista da Academia.

Fico esperando sua expressão se arregalar em choque, mas algo em minhas palavras o faz sorrir. O sangue contorna cada dente de porcelana; posso contá-los quando ele ri.

– Você tá fodida – diz ele, a voz rouca. – Completamente fodida.

Ele pisca de leve. Seu sorriso é relaxado. Uma pontada de desconforto, frígido e repentino, percorre meu corpo.

Minha mente acelera. O que um Argos está fazendo na floresta? Qual seria sua missão aqui?

Eles me vendaram, mas imagino que seguimos para o sul – além das copas das árvores está a fileira nua de montanhas cobertas de neve, os Picos Iolita. Qual cidade fica próxima dos contrafortes ao sul? As Cidades de Minério se agrupam no interior das montanhas, mas...

O Ponto Iolita.

Por onde as Cidades de Minério enviam suprimentos dos Picos pelas Terras Baldias em direção a Godolia, uma boca larga cortada diretamente na encosta. Porém, partes de Windups manufaturadas lá geralmente não são escoltadas até o trem de suprimentos atravessar a linha das árvores; é muito complicado fazer um mecha de escolta se mover pela floresta.

Isto é... a menos que a carga tenha sido considerada importante o bastante.

– Eles os estão construindo? – sussurro, e o sacudo, porque seus olhos estão se fechando, e preciso que ele fale mais alguma coisa. – Eles estão construindo os Arcanjos?

Ele parece sonolento, já frio sob meu toque, o sorriso colado no rosto pelo pânico gritante que permeia meu tom. Está se divertindo em seus momentos finais.

– Você e seus Gearbreakers imundos – murmura ele, eufórico. – Todos vocês vão queimar.

O corpo dele fica mole. Eu levanto, recuando, cada nervo gelado.

Eris e a equipe me esperam do lado de fora. Com exceção de Eris, todos parecem intactos. Até felizes, a febre da luta ainda vibrante nas bochechas. Quando Eris olha para mim, está sorrindo.

Sua expressão congela quando balanço a cabeça. O simples movimento faz o mundo virar um borrão. Sinto uma tontura.

Não consigo olhá-la de frente, então baixo o rosto. Ainda quente, o sangue do Piloto mancha minha bota em um tom de vermelho profundo e belo. Eu seria capaz de começar a rir e simplesmente nunca parar.

– Tem uma coisa que vocês todos precisam saber.

CAPÍTULO VINTE E CINCO

ERIS

Normalmente fico superempolgada sempre que o Conselho dos Gearbreakers se reúne. Cada capitão de equipe ocupa um de seus assentos – exceto por mim, mas isso vai mudar quando eu fizer dezoito anos –, e Voxter fica no comando. Reunidos ao redor de uma mesa semicircular no pátio, eles discutem questões importantes relativas à vida e ao bem-estar dos Gearbreakers como uma unidade coletiva e inteiramente funcional.

Brincadeira. São todos uns completos esquentadinhos.

Em toda reunião, Jenny ameaça estrangular nada menos que cinco pessoas diferentes, e sempre consegue colocar as mãos em pelo menos uma. A veia na testa de Voxter salta um pouco mais a cada vez que alguém fala, e ele fica rouco de tanto gritar ao final. Dependendo da situação, os outros capitães se juntam à competição de gritos ou simplesmente tentam sobreviver a ela.

Minha equipe ama esse acontecimento. Tiramos o dia para aproveitá-lo, uma toalha de piquenique estendida sobre a grama para olhar entre as pernas das outras equipes de pé ao redor, dois sacos de pipoca – um feito por Nova (queimado) e outro por Theo (comível) –, e Xander leva sua pequena lousa para que possa exibir um placar de pontuação quando necessário (os insultos contra Voxter, as ameaças de Jenny, brigas verbais, brigas físicas).

Dessa vez, porém, não é tão divertido.

Observamos conforme Sona se aproxima da mesa semicircular, a luz quebrada pela folhagem suave sobre seus cachos, a linha dos ombros perfeitamente reta, e a ouvimos falar sobre os Arcanjos novamente. Já ouvimos uma vez na Sucata. Mesmo ela tendo mantido a postura tipicamente contida, ainda me senti um pouco enjoada ao final. Agora, com todos os olhos sobre ela e sua voz tremendo um pouquinho, eu me sinto totalmente sem saída.

Quando ela termina, há um silêncio. Não me lembro da última vez que uma reunião do Conselho ficou em silêncio. Ele se arrasta por dez segundos, vinte, e depois explode. As pessoas começam a gritar, não de medo ou pânico, mas com Sona – a Piloto, a inimiga sadista –, enquanto ela enxuga as lágrimas de frustração que brotaram durante seu discurso.

Ela engole em seco, depois ergue a cabeça. Parece tão furiosa quanto o restante do Conselho.

– Eles vão pedir a cabeça dela, Eris – murmura Arsen, parado ao meu lado.

– Ótimo – resmunga Milo.

Eu me viro para ele, estreitando os olhos em uma ameaça.

– Você é mesmo tão burro assim, de pensar que isso foi obra dela? Não, sério, Milo, quero saber. Quando foi exatamente que Sona planejou isso? Durante o tempo livre que ela teve entre me tirar da Academia com vida e lidar com esse seu comportamento de merda?

Ele abre a boca para falar alguma coisa, mas Theo põe a mão sobre seu braço.

– Vai embora, Milo.

Ele é esperto o suficiente para ouvir o alerta do irmão, lançando um olhar incrédulo na minha direção antes de se virar e desaparecer na multidão, praticamente soltando vapor. Bufo e tiro o cabelo dos olhos, voltando a olhar para Sona. Outra miniguerra estourou entre os capitães.

– A Robô acha...

– Será que podemos acreditar nela...

– Cuidado – intervém Jenny com um sorriso perverso. – Se insultarem a Robô, estarão insultando o meu julgamento.

– Porque o seu julgamento nunca é enviesado – resmunga Voxter, tomando um gole de sua garrafa térmica. Tenho certeza de que o conteúdo não consiste apenas de café.

– Festa das tatuagens hoje à noite – digo para a equipe.

– Você acha que é uma boa ideia? – pergunta Arsen, cético.

Sona deve sentir que a estou encarando, porque seu olho se volta para mim. De repente, fico consciente da dor enfadonha no ombro, aninhado entre duas camadas de suturas, pomada e ataduras. Xander tirou a bala de mim depois da batalha na Sucata – o moleque leva jeito para esse tipo de coisa –, e agora só consigo pensar na memória da carranca no rosto de Sona ao deslizar a espada pelo pescoço do guarda.

Ela já me salvou duas vezes. Estou ficando para trás.

– E champanhe – acrescento. – Vai ter champanhe também.

Eu ainda não tinha visto a lousa de Xander, na qual ele rabisca por um segundo antes de erguê-la para lermos: *10/10*.

– Não pra você – digo, ríspida, e ele começa a escrever alguma coisa obscena até que June gentilmente tira o giz de seus dedos magros.

Theo coça a nuca.

– A equipe de Junha está com a chave da adega de licor.

– Então vai lá roubar. A gente já fez isso antes. – Pisco, um pensamento inesperado se formando, me fazendo balançar a cabeça. – Vão, vocês todos – sibilo, fazendo um gesto vago, depois abro caminho em meio à multidão aos empurrões.

Hesito na beirada. Não podemos entrar no semicírculo a menos que o Conselho nos dê permissão.

– Jenny...

Ela não olha para mim. Está de pé, os gritos acompanhados por uma variedade de movimentos de mão, igualmente expressivos e ofensivos.

– Ei, titica na cabeça, pare de falar comigo desse jeito ou eu vou...

– Senhorita Shindanai...

– Enfia seu julgamento no rabo, Vox.

– Jen, oi! – tento outra vez, mais alto.

Ela me ignora; todos me ignoram, exceto Sona, a cabeça ainda virada na minha direção, então atravesso a linha invisível idiota que não devemos cruzar e paro ao lado dela.

Um fio brilhante de lágrimas se agarra à sua bochecha direita, a atadura debaixo da sobrancelha esquerda escurecendo no canto. Ergo a mão e, sem pensar, enxugo a trilha com o polegar, um gesto rápido por seu rosto. O pátio fica em silêncio mais uma vez; o Conselho finalmente está prestando atenção.

Seco as mãos na frente da camisa, depois digo bem alto, com muito mais confiança do que realmente possuo:

– A gente deveria simplesmente destruir as peças.

Murmúrios baixos borbulham pelo pátio.

Voxter pigarreia.

– Impensável.

– Já sabotamos eles antes – insisto. – Cada uma das nossas engrenagens prova isso. Esse caso não é diferente. Destruímos as peças e...

– E depois, Shindanai? Quanto tempo vai levar até eles construírem outros?

Minhas bochechas queimam.

– E o que mais a gente pode fazer, Vox? Ficar sentados sem fazer nada? Isso... Isso vai nos dar tempo para bolar um plano, pelo menos!

– Sim – diz Sona. – Antes de lançarem um novo modelo de Windups, é preciso mostrar um protótipo para os Zênites. Eles o revelam no fim do ano, no Dia do Paraíso. É o protocolo. A tradição. É algo sagrado. Aquele Argos estava viajando para o Ponto a fim de escolher as peças do protótipo. Elas poderiam partir hoje à noite e chegar à cidade ao amanhecer.

Um dos capitães se inclina para a frente.

– Nenhum Gearbreaker estava com a Robô quando o Piloto supostamente mencionou essa ameaça, certo? Isso tudo pode ser só uma armadilha elaborada para nos levar direto a um massacre.

Rangendo os dentes, agarro o pulso de Sona, puxando-o para cima. Sua mão ainda está ensanguentada; ela nem teve tempo de lavá-la.

– Isso aqui é sangue de Piloto, de um Piloto que *ela* matou, de uma derrubada que *ela* ajudou a realizar – rosno. – Sona é uma Gearbreaker e é leal às Terras Baldias. Se Godolia tivesse a intenção de usá-la para nos encontrar e nos massacrar, já teria feito isso a essa altura.

– Não é bem o que eles querem ouvir, Geada – sussurra Sona baixinho.

Eu lanço um sorriso torto na direção dela.

– Tenho certeza de que também não era o que Milo queria ouvir.

Ela retrai a mão, parecendo envergonhada.

– Ah. Você ouviu nossa conversa hoje?

– Ouvi. Só não consigo dizer aquilo de forma tão eloquente quanto você.

Jenny sorri para mim. Em todos os lados, as pessoas voltaram a discutir.

– Vox diz não, querida irmã.

Faço uma careta.

– Diz pra ele enfiar...

– Qual é a alternativa, Vox? – pergunta Jenny em vez disso, a voz afiada perfurando o bate-boca. – Eles constroem o Arcanjo. Os Zênites aprovam o projeto. Fazem milhões deles, aí os Windups, agora pesados demais para serem transportados em barcos e aviões, podem ultrapassar as fronteiras do continente e cruzar oceanos. Se Godolia ainda não conquistou o mundo todo até agora, os Arcanjos podem garantir esse futuro.

Vox massageia as têmporas com mãos envelhecidas e calejadas.

– Shindanai, você negociou pela vida desta Robô, mesmo que não seja humana, e pediu que residisse em nosso santuário. Já concedi isso e não vou conceder mais nada. Não vou investir uma única vida Gearbreaker em uma potencial missão suicida com base apenas na palavra da Robô. Está decidido. O Conselho está suspenso.

– Não teve votação – disparo. – Que tipo de governo é esse?

Ele me encara com um olhar firme ao levantar. Oscila um pouco ao se endireitar, e o líquido na garrafa térmica se agita em sua mão, que aperta o objeto.

– O governo que eu criei, menininha.

A raiva sobe quente e veloz por minha garganta e, ao meu lado, Sona se endireita. Dessa vez, quando ela fala, sua voz é tudo, menos trêmula.

– Sua falta de autopreservação é impressionante.

Voxter fica furioso. Contenho o riso.

– Isso é uma ameaça, Robô?

– Estou fazendo a gentileza de fornecer uma, por consideração a Eris. – Falha me olha de soslaio. – Do contrário, você jamais a veria vindo.

Voxter fica boquiaberto e vira a cabeça na direção de Jenny, que mal contém o riso. A nosso redor, os Ermos se dissolveram num conjunto murmurado de risadas entretidas, até alguns toques de aprovação. Se existe uma coisa na qual podemos concordar, é que irritar Vox é um ótimo entretenimento.

– ... soa como um Gearbreaker, pelo menos.

– Bem, se Jenny garante que ela está do nosso lado...

– Ouvi dizer que ela arrancou o próprio olho hoje de manhã...

– ... única sobrevivente do Massacre de Silvertwin, se é que isso é possível...

– Estou rescindindo o acordo, Shindanai – declara Vox para Jenny, furioso, e depois ergue a cabeça, varrendo a multidão com o olhar da cor de nuvens de tempestade. – Pegue a Robô. Quero ela no fundo do lago até o cair da noite.

O sorriso de Jenny imediatamente se alarga. Em uma voz composta na mesma medida de espinhos e pétalas de rosa, ela diz:

– Ah, sim, claro, vai lá e joga ela no lago, toda desmembrada e tudo mais. Depois passa no meu laboratório, onde você vai ficar no lugar dela, e vou te despedaçar até encontrar algo que seja minimamente tão interessante quanto ela.

Cutuco Sona, apontando com o queixo para um espaço na multidão. Atravessamos o pátio – por sorte, ninguém lança nada na direção dela, exceto alguns olhares feios – e entramos no prédio do dormitório. Ela para depois do primeiro lance de escadas.

– Que foi? – pergunto, me virando para trás.

Ela me encara, jogando o peso do corpo de um pé para outro.

– Você acredita em mim, certo, Eris?

Por que não acreditaria? É a primeira coisa que me vem à mente, mas a pergunta tem um milhão de respostas diferentes. Respostas plausíveis e lógicas com as quais luto toda vez que olho para ela. Mordo os lábios ao pensar nisso.

– Sobre o Arcanjo?

Ela solta um riso seco.

– Claro. Sobre o Arcanjo.

– É, eu acredito em você. – Agora sou eu que jogo meu peso de um pé para o outro. Estou dois degraus acima dela, quase chegando à sua altura. – Sinto muito por eles não acreditarem. Mas acho que não daria pra você resgatar *todos* eles da Academia.

– Sim. Isso teria facilitado.

– Para conseguirem confiar em você?

– Para me enxergarem. – Ela ergue os dedos, roçando a borda da atadura no olho. – Para além disso. Para além de tudo.

Eu me recosto no corrimão de metal.

– Por que se importa se eles enxergam você ou não?

– Porque ninguém nunca *me* enxerga! – exclama Sona, e sua voz fraqueja. O choque se espalha por seu rosto; acho que ela não esperava aquilo. As bochechas coram e ela sacode a cabeça. – Desculpe, esqu...

Um passo, dois, patamar. Perdi a vantagem do terreno elevado. Ergo a cabeça para olhá-la.

– Não, nada de "esquece". Não engula as suas palavras. Põe pra fora, Falha.

– Eu fiz isso comigo mesma, Eris – murmura Sona. – É minha culpa eles me enxergarem como enxergam, então será minha culpa caso não façam nada a respeito do Arcanjo. Eu pensava que, se me tornasse uma Piloto, poderia fazer o que vocês fazem, poderia derrubá-los por dentro. – Ela ri outra vez, um riso sem divertimento, sacudindo a cabeça. – Eu era a única coisa que possuía, e abri mão disso.

Faço uma careta, encarando-a de cima a baixo.

– Você parece estar aqui inteira para mim. Bem onde deveria estar.

Sona não responde, nem abre um sorriso, como eu esperava que fizesse. Em seu silêncio, o ar parece subitamente imóvel. De uma janela que dá para o pátio, jorra a luz preguiçosa do fim de tarde, as folhas das árvores balançando contra o vidro. Inquieta, passo a mão em um fio solto no bolso frontal de meu macacão.

– Não é essa a sensação, Sona? – pergunto baixinho, puxando o fio solto.

– Não sei – diz ela. Seu olho, antes fixo na parede, volta-se para mim, a luz cruzando sua bochecha para pintar de dourado a íris avelã. Meus dedos ficam imóveis e um pouco gelados; talvez seja porque todo o calor vai para o meu rosto. – Mas eu me sinto melhor.

– Ótimo... é, tá, ótimo – digo, rígida, aparentemente sem palavras melhores. Eu me forço a passar a palma pela coxa; já implorei vezes demais para Arsen costurar meus bolsos.

– O que nós vamos fazer a respeito do Arcanjo, Eris? – murmura Sona conforme voltamos a subir a escada.

– Não vamos ficar parados, isso é certo. Aposto que Jenny já está bolando alguma coisa.

Ouvimos um barulho de passos vindos de cima. O grito familiar de alegria de Nova perfura o ar. Um segundo depois, ela passa correndo, um borrão loiro deslizando pelo corrimão de aço, Theo e Arsen vêm logo atrás dela. Perseguindo os três está um grupo de garotos da equipe de Junha.

– Devolve! – grita um deles antes de a porta se fechar com força.

Juniper e Xander estão esperando na entrada dos nossos quartos. Xander ergue a chave da adega de licor e a entrega para mim com um pequeno sorriso.

– Isca? – supõe Sona.

– Ela aprende rápido – comenta Juniper, abrindo a porta.

CAPÍTULO VINTE E SEIS

SONA

— É pra ser uma festa, Falha — comenta Nova.

— Eu entendi.

— Que tal se divertir um pouco então?

Ela está empoleirada no braço do sofá, as pernas dobradas contra o peito, espiando enquanto limpo minha nova espada. Meus pés estão descalços sobre o piso de madeira do salão comunitário, aquecidos pelo calor da lareira ao meu lado. O sangue seco que cobria minhas mãos já foi limpo, e agora as palmas estão sem manchas e macias.

Estou tranquila, digo a mim mesma.

Como se não ouvisse a voz daquele Piloto atrás de cada comentário, cada riso.

Foco na espada em minhas mãos, a realidade de seu peso, a segurança impregnada em seu metal. Minúsculas folhas de louro adornam a empunhadura. Esfrego um trapo com óleo pela lâmina, observando o reflexo de Nova emergir debaixo da gordura.

— Por que acha que não estou me divertindo?

A espada só precisa ser amolada, mas, fora isso, está em condição impecável. Outra impossibilidade, do tipo que parece abundante nos últimos tempos. É uma arma igualmente indulgente e ridícula em grau de beleza.

Por falar em beleza...

Eris está deitada sobre a mesa do salão comunitário, pernas penduradas na lateral, a cabeça virada para o lado, lendo um livro desgastado. Juniper está debruçada em cima dela, o cabelo verde cobrindo o rosto conforme ela trabalha sob a música que jorra da caixa de som na parede, a agulha solitária entrando e saindo com uma facilidade que só se consegue com a prática.

– Pra mim são quatro – Eris lembra Juniper, usando o polegar para virar uma página. Seus olhos pousam em mim por um momento, e volto a focar na espada. – Uma Fênix, um Argos e *duas* Valquírias.

– Não vai deixar isso subir a sua cabeça ou coisa do tipo – diz Theo, roçando um dedo na tatuagem nova.

– Cala a boca. Eu mereço.

As mangas de Theo estão arregaçadas, as engrenagens completamente à vista, curvando-se em espirais ao longo dos dois pulsos. Ele foi o primeiro. Xander foi o segundo, aumentando a fileira reta que desce por sua coluna. Depois Nova, cujas tatuagens enfeitam as escápulas à leve semelhança de asas. Depois dela, Arsen, que acrescentou sua nova engrenagem à coleção nas costas da mão direita, e então Juniper, que acrescentou as dela à mão esquerda. Então Milo, depois Eris. Eu me sentei no sofá, limpando a espada.

Os olhos dela pousam em mim. O restante faz o mesmo.

Dobro o trapo com cuidado no colo.

– Pois não?

Eris espanta Juniper para longe e senta, revelando as quatro novas tatuagens ao longo da clavícula, negras como a noite, envoltas por pele avermelhada. Ela dobra uma página do livro e o coloca com tudo sobre a mesa.

– Sua vez, Falha.

– Nem fodendo – diz Milo de imediato.

– Ela participou da derrubada tanto quanto o restante de nós – argumenta Arsen.

Nova tira o pirulito de caramelo da boca e acena para ele.

– É uma festa de Tatuagem, Milo. As pessoas. Fazem. Tatuagens.

– *Gearbreakers* fazem tatuagem – retruca ele, levantando-se do assento.

Eris continua de pernas cruzadas, observando a cena com o que seria percebido como desinteresse se não fosse pelos punhos cerrados no colo.

– Posso estar cega – reflete ela –, mas poderia jurar que Sona foi a última a sair do Argos depois que ele desabou. Refresque a minha memória, não estamos contando um Windup tombado e um Piloto assassinado como uma derrubada?

– E as pessoas que fazem os Windups tombarem e matam Pilotos são Gearbreakers, não são? – acrescenta Juniper.

Milo olha para todos eles, incrédulo.

– Então a coisa enganou todos vocês, simples assim? Ela veio de Godolia, recém-saída da Academia, com uma história absurda e inacreditável, e... vocês não tão vendo ela sentada bem ali? Pelo amor dos Deuses, a coisa está afiando uma *espada*. Abram os olhos! Vocês vão mesmo simplesmente esperar até ela nos matar um por um enquanto dormimos? Depois daquela historinha que ela tentou hoje com o Arcanjo, querendo nos levar para um massacre? Será que eu sou mesmo o único que enxerga o que tá rolando aqui? Nova? Xander?

Nova volta a enfiar o pirulito na boca e cruza os braços. Xander olha para a janela.

– Milo... – diz Theo num tom de alerta, levantando do assento. – Você não a viu hoje. O guarda morreu em um segundo. Ela nem piscou.

– Você também? – rosna Milo.

Ele avança na direção de Theo, os braços estendidos como que para estrangulá-lo. Muda de ideia no meio do caminho e, em vez disso, vira na minha direção, me empurrando para o encosto estofado do sofá.

– *Olhem pra esta coisa!* – grita ele. Sinto o calor de sua pele, a fúria zumbindo em minhas orelhas. – Sem medo, sem emoção, e ainda está se infiltrando na cabeça de todo mundo. Qual é o problema de vocês?

– Neste momento específico, medo seria energia desperdiçada, Milo – digo calmamente, lançando um olhar significativo para minhas mãos ocupadas. – Se vai me matar, recomendaria fazer isso quando eu estiver indefesa.

– Inferno duplo, Sona – murmura Nova. – Você tá tentando provocá-lo?

– Ele já parece ter sido provocado.

– Pilotos como essa coisa matam nosso povo há décadas! Vocês todos se esqueceram disso?

Eris salta para longe da mesa.

– E você esqueceu que eu sou capitã da sua equipe? – vocifera ela. Ao ouvir o tom afiado, todos os outros, exceto Milo, ficam imóveis. – Que nossa confiança uns nos outros é implícita, que se eu pulasse de um penhasco vocês também pulariam, porque minhas ações diriam a vocês que há uma rede nos esperando lá embaixo? Eu depositei minha confiança em uma pessoa que fomos criados para odiar e matar, e fiz isso por *você*. Arrisquei *tudo* pra voltar pra você, Milo! Arrisquei minha vida, porque sabia, eu *sabia*, que você faria a mesma coisa por mim. Mas se você não consegue nem confiar na minha palavra, talvez eu tenha me enganado esse tempo todo.

– Eris – sibila Milo, me soltando. Ele repousa a mão sobre o pulso de Eris e o aperta. Coletivamente, a sala inteira respira fundo, e uma chama sombria centelha quente nos olhos dela. – *Essa coisa não é humana.*

– *Ela* – grunhe Eris, soltando-se. – Sim, *ela* é uma Robô. Sim, *ela* é uma Piloto. E eu tô pouco me fodendo pra isso. Sabe por quê? Porque ela é uma Gearbreaker dos pés à cabeça, e qualquer outro Gearbreaker digno das tatuagens que ostenta valorizaria esse fato acima de qualquer coisa que esteja debaixo da pele dela ou qualquer que seja a cor dos seus olhos, ou, infernos, quantos ela ainda tem.

Eris o empurra, enfiando um dedo em seu esterno antes que ele possa se endireitar.

– E se você *não reconhece* isso – rosna ela –, então não quero você na minha equipe.

– Você tá mesmo escolhendo ela em vez de mim? – grita Milo.

– Não. Tô escolhendo a vida dela em vez do seu medo. – Eris aponta para a porta. – Vai esfriar a cabeça. Não quero mais ver você esta noite. Procure outro lugar pra dormir.

– Inacreditável – murmura ele. Por um instante, acho que ele vai erguer o punho. Porém, em vez disso, ele volta os olhos para mim. – Vaca infestada de fios.

– Eris é melhor com apelidos – digo.

Os passos de Milo ecoam pelo corredor, terminando abruptamente depois que a porta da escadaria bate com força. Eris continua de costas para nós.

Então, depois que o silêncio deixa de ser uma coisa nova e se transforma numa coisa fria, ela diz:

– Aumenta essa música, June.

Juniper leva dois dedos à testa e depois os abaixa.

– Sim, senhora.

– Onde você quer fazer, Sona? – pergunta Eris, sem fôlego, virando-se para mim.

— Fazer o quê? – pergunto, confusa, enquanto ela pega um par de luvas descartáveis de uma caixa sobre a mesa e as calça com um floreio.

— Uma Valquíria e um Argos! – grita ela, e não consigo deixar de sorrir ao ouvir isso, porque, embora ela esteja sofrendo, ainda consigo ver quanto ela ama esta parte, a parte boa, porque ela se inclina sobre mim com a cicatriz na testa visível e iluminada pelo brilho da lareira.

A música retumba pelas caixas de som e a sala volta à vida. Nova salta do lugar para tirar Theo de seu estupor, girando-o pelo tapete empoeirado até ele começar a dançar por conta própria. Arsen passa para Xander uma caneca lascada cheia de champanhe e faz um brinde, enquanto June ri e planta um beijo nas bochechas dos dois.

— Onde? – repete Eris, ainda perto de mim, e fico bastante ciente de que é por isso que me esqueci de responder.

Arregaço as mangas.

— Aqui – sussurro, pressionando o painel em meu antebraço direito. – Quero elas aqui.

Eris encara o local.

— Você só quer mandar a Academia para aquele lugar, hein, Falha?

Minhas bochechas coram.

— Isso é infantil?

O sorriso. O arrepio que vem logo depois dele. Eris coloca a mão sob o meu braço e o repousa gentilmente no sofá.

— Então que bom que somos crianças, não é?

Quando ela curva a cabeça perto da minha para borrifar o antisséptico, sinto seu aroma: chá quente e caramelo e champanhe doce que é passado de mão em mão. Nada parecido com Godolia e tudo que eu não sabia que gostava. Com o macacão roçando suavemente sobre o tapete, Eris se ajoelha à minha frente, uma agulha esterilizada equilibrada nos dedos.

— Pronta?

— Pronta.

Pronta.

Não sinto nada. Observo a tinta desabrochar sobre a minha pele, guiada por sua mão cuidadosa, observo a pequena ruga que se forma entre suas sobrancelhas conforme ela se concentra, e os outros dançando ao nosso redor, e a noite debruçada na janela, e, por favor, lembre-se deste momento assim, bem assim. A parte boa.

Essa parte é tão boa.

O livro que Eris estava lendo jaz abandonado, as páginas viradas para baixo, a lombada confortavelmente rachada. Uma fita contorna a borda da capa.

Olho para ela.

– Você colou uma capa diferente no livro?

Juniper saltita até nós, braços levantados.

– Eris gosta de fingir que eu sou a única que lê livros de romance.

– Pode rir – diz Eris, corando. – Mas o futuro da sua pele está em minhas mãos.

Estico o pescoço para espiar o livro outra vez.

– Romântico.

– Perigoso.

– Dramático.

– Falha.

– Geada.

– Pronto – diz Eris, retraindo a agulha. – O que achou?

Duas engrenagens. Diminutas e perfeitas... e algo mais. Bandeiras que marcam terra reconquistada. Pele que se tornou um pouco menos deles e um pouco mais minha.

– Acho que você insulta melhor do que desenha – minto.

Espero ela bufar, soltar meu braço em um ímpeto. Em vez disso ela me aperta e chega mais perto.

– E você é melhor como Gearbreaker do que como Piloto – diz Eris baixinho. – E estou falando sério.

Algo estranho. Um sentimento impossível, sem fôlego. Recolho o braço antes de perder a cabeça. Antes de o desejo de chegar mais perto se intensificar.

– Eu sou uma excelente Piloto.

– Eu sei – diz ela.

Já faz tempo que aprendi a ter cuidado com coisas bonitas.

Mas isso. Eu não estava esperando por isso.

Estou acordada quando ele entra. Não me assusto. Este quarto é dele, afinal de contas. Não questiono nada. Sei o que ele veio fazer aqui.

A única luz é uma pequena fatia da lua que vaza por um espaço nas cortinas. Ela brilha em uma fenda no lado direito do rosto, acendendo seus olhos pálidos e estreitos sob a testa franzida, o movimento do cabelo claro, os dentes à mostra e a pistola preta empunhada com firmeza. Está apontada para mim. Tiro as cobertas e sento ereta, a coluna encostada na cabeceira de madeira da cama. Não vou morrer deitada.

— Eles vão te ouvir depois do primeiro disparo — digo. — Melhor não desperdiçar.

— Eu não erro — responde Milo, seco.

A arma permanece apontada. Levo os joelhos ao peito.

— Eris não vai...

— Você não tem o direito de dizer o nome dela! — sibila Milo. De repente, ele avança. A arma encosta na minha têmpora, e aperto o colchão com uma mão para não tombar de lado. — Ela pode achar que você é o bichinho dela, ou seja lá que merda ela esteja pensando, mas não vou deixar que ela se machuque de novo!

— Ela não se machucou. *Eu* garanti isso.

— Mas todas as outras vezes, Robô — diz ele. — Anos e anos antes de você aparecer. Ossos quebrados e lábios rasgados e hematomas que nunca desaparecem, apenas são substituídos. É tudo por culpa sua, e da Academia, e de Godolia.

— Você só quer protegê-la.

— De pragas como você.

Faço uma pausa.

— Ah. Mas não é só isso. *Você* queria protegê-la.

— Tá com fios nos ouvidos, Robô? — grunhe ele.

Balanço a cabeça da melhor forma que consigo.

— Não. Você não me odeia só pelo que eu sou. É por causa do que eu fiz, por *ela*. *Você* queria ter sido o responsável por salvá-la de Godolia. *Você* queria ter sido o herói, para ela ser grata a você. E é aí que mora o seu egoísmo. Seu temperamento possessivo.

A forma como a arma dele pressiona minha têmpora com mais força me diz tudo que preciso saber. Quero sorrir, mostrar minha esperteza com essa observação. No entanto, para minha surpresa, minha voz sai carregada de raiva.

– Você acredita que eu roubei essa oportunidade de você. Que roubei *ela* de você. Mas Eris não é um objeto que pode ser passado de mão em mão, Milo. Ela não é algo a ser disputado. Ela é *alguém* por quem lutar.

Milo sorri.

– Não finja que se importa com ela. Eu sei que você não é capaz de sentir. Dá pena. Isso pode ser um golpe de misericórdia, se você quiser.

– Isso faria você se sentir melhor? Se eu agisse como se não soubesse que suas ações são motivadas por nada além de puro medo?

– E *amor*, Robô. Você jamais entenderia.

– Espere mais um pouco – digo, as palavras meio um rosnado, meio um riso incrédulo. – Estou começando a entender.

CAPÍTULO VINTE E SETE

ERIS

— *Eris!*

Acordo sabendo que não devia ter ido dormir. Devia ter ficado acordada, atenta aos passos dele sobre o carpete, o grunhido baixo, o estalar de uma arma. Alguma coisa, qualquer coisa.

Porém eu dormi usando minhas luvas.

Elas estão erguidas antes mesmo de eu chutar a porta, fazendo a luz do corredor se espalhar pelos traços assustados de Milo e pela expressão tensa de Sona. Só capto fragmentos da cena – uma mão segurando a pistola na têmpora dela, a outra cobrindo a boca para silenciar o grito – antes de avançar na direção dele.

Dou um soco no rosto de Milo, que cai sobre a cama. No instante em que ele afrouxa as mãos, Sona agarra o cano da arma e aperta os dedos ao redor do pulso dele, virando a arma para cima. Ela dispara, o pó do gesso explodindo do teto. Agarro o colarinho da camiseta de Milo e o arranco do colchão, jogando-o aos meus pés.

— Seu idiota – sibilo. – Em que planeta você acha que a gente está, pra atacar uma integrante da sua equipe? Outra Gearbreaker?

— Ela não é...

Torço mais o colarinho, forçando-o para mais perto. A luva de minha mão livre ganha vida.

— Veja bem o que você vai falar, Milo.

— Você vai mesmo fazer isso? – grunhe ele. – Depois de tudo que passamos juntos?

Solto um riso seco.

– Como eu já disse umas mil vezes, se o que passamos significasse alguma bosta, você confiaria em mim.

– Eu confio em você – afirma ele. – Confio minha vida e todo o resto a você. Mas você foi corrompida, Eris, você é...

– A garota que está prestes a quebrar o seu nariz.

– Eris, por favor – suplica ele. – Só quero proteger você.

– O fato de achar que eu preciso de proteção só mostra o quanto você tá fora da linha – digo.

Paro para respirar fundo, trêmula. Estou plenamente consciente do calor atrás dos meus olhos e do tremor na minha voz. Odeio isso. Odeio não conseguir odiá-lo.

– Cai fora – digo, a voz tão estrangulada que as palavras parecem ter sido arrancadas de minha garganta por alicates. – Você está suspenso. Dá o fora do meu andar.

– Eris...

– Você me ouviu! – digo, a voz saltando para um grito. Eu o puxo para que fique de pé e o empurro porta afora. Suas costas colidem com a parede oposta. – Sai daqui enquanto estou sendo legal.

A escadaria sopra um ar frio no corredor conforme ele sai, e sinto meus braços arrepiarem. Por alguns instantes, tudo fica sinistramente silencioso.

Com habilidade, Sona desmontou a arma e está colocando as peças cuidadosamente sobre o colchão. Sua boca é uma linha apertada. Talvez a noite tenha roubado parte de sua cautela.

– Seu cabelo está uma bagunça – diz ela, colocando o pente da arma em cima da cama.

Não dá para evitar. Começo a rir.

Arsen e Juniper colocaram a cabeça para fora dos quartos. Nova e Theo, ainda vadiando no salão comunitário nesse horário absurdo, se apertam sob o batente. Eles viram tudo, mas sabiam que era melhor ficar fora do meu caminho.

– A Sona tá viva? – pergunta Nova.

Volto a olhar na direção de Falha.

– Bom, fala aí.

Ela passa o dedo pela colcha.

– Não estou muito a fim de dormir agora.

Suspiro e gesticulo para ela. Ela me segue sem falar mais nada e nos juntamos a Theo e a Nova no salão comunitário. Arsen e Juniper aparecem logo depois, Juniper parando por um momento para colocar uma manta esgarçada sobre a figura inconsciente de Xander, esparramada nas almofadas do sofá. É menos provável que ele tenha ficado dormindo durante o tiro do que ter ouvido, percebido que não podia se importar menos e voltado a dormir na hora. Todos nos sentamos em silêncio.

Theo é o primeiro a falar.

– Desculpa, Sona.

– Isso é patético – diz Nova. Theo, em vez de retrucar, coloca a cabeça nas mãos. O grunhido de Nova fica imediatamente mais suave, e ela o cutuca com o ombro. – Não é culpa sua, sabe.

– Ele só tá… acho que ele se vê em você. Vê a gente em você.

– É mesmo? – murmura Sona.

– Nem todos nós nascemos Gearbreakers – intervém Nova, dando a ele um momento para se recompor. Ela desenha pelo carpete com a ponta de um dedo, levantando uma linha de poeira das fibras. Seus olhos cor de jade se erguem, sua expressão muito diferente da Nova a que estamos acostumados. – Theo, Milo e… eu não somos daqui. Dos Ermos.

– Somos como você – continua Theo, sem erguer o olhar dos pés. – Nossas cidades foram destruídas por Windups por não atingirem as metas, ou por rebeliões, ou… Deuses! – Ele joga as mãos para o alto. – Sei lá, pode escolher. Mas tivemos sorte o bastante para sermos encontrados pelos Gearbreakers. Já você acabou em Godolia… acho que Milo pensa que você escolheu ir pra lá.

Ele finalmente ergue o olhar, que pousa em mim, hesitante.

– Não é fácil pra nenhum de nós, Eris. Ter a Ro… ter a Sona aqui. Mas eu… eu não vou tentar matá-la nem nada! A não ser que você mande.

A não ser que você mande. Lanço outro olhar rápido para Sona, que recuperou a expressão estoica. Ela está sentada de pernas cruzadas perto da lareira, as mãos dobradas perfeitamente no colo, a luz suave da brasa tingindo seus cachos. Ela sustenta meu olhar, e, de repente, sei que ela sabe que estou fingindo. Fingindo que não é difícil para mim também, que toda vez que olho para ela não há aquele mesmo choque, aquela mesma centelha de raiva ou medo que dura um milissegundo. Como se os pensamentos ainda não rondassem minha mente, que qualquer noite dessas vou acordar e vê-la debruçada sobre mim, sorrindo enquanto mantém a espada pressionada contra minha garganta.

– Milo se importa com você de um jeito diferente dos outros – diz ela. – Ele te ama de um jeito um pouco diferente do que o restante, não é? E esse tipo de amor... pode levar qualquer um a fazer coisas ridículas.

Ela pausa.

– Não que me matar seja um conceito ridículo.

Nova bufa e se inclina para a frente.

– Você tem uns problemas, não tem, Falha?

O sorriso de Sona é quase melancólico.

– Problemas seríssimos.

Mordo o polegar, refletindo, e em seguida me levanto.

– Certo. Para a cama, todos vocês. Theo, você pode carregar o Xander de volta para o quarto dele?

– Pode deixar – murmura Theo, pegando o moleque nos braços com facilidade.

Eu o paro antes que ele possa chegar ao corredor, coloco sua franja de lado e dou um beijo em sua testa.

– Milo vai mudar de ideia – digo. – Logo, logo todos vamos estar juntos de novo.

– Boa noite, Eris – diz Theo, com uma expressão de quem quer falar mais. Nova fecha a porta ao sair.

Eu me viro e cruzo os braços, observando enquanto Sona me ignora, a cabeça inclinada na direção do fogo conforme mexe na brasa minguante com o atiçador de ferro. Há um pequeno círculo em sua têmpora direita, marca do cano da arma de Milo.

– Como você aprendeu a lutar? – pergunto. – Você começou antes da Academia? Lá em Silvertwin?

Ela balança a cabeça, e, por um momento, tenho a impressão de que as juntas de seus dedos empalidecem quando ela aperta o atiçador.

– Depois de Silvertwin e antes da Academia, nas ruas de Godolia. Foi por necessidade. E você?

– Porque Jenny queria sempre acabar comigo. Pra alimentar o ego dela.

– Ah é?

Há uma pausa. Ela para de mexer nas brasas e olha para mim por cima do ombro, esperando a outra parte da história que, de alguma forma desconcertante, ela sabe que existe. Giro o pescoço e suspiro, subitamente exausta, entorpecida nos lugares onde a raiva já se dissipou. Eu me sento no braço de um sofá próximo e esfrego as têmporas.

— Meu pai. — É o que me ouço dizer. — Somos uma família de Gearbreakers, sabe. Nascemos para ser guerreiros. Ele me ensinou a atirar quando eu tinha sete anos, algumas técnicas básicas de luta corpo a corpo pouco tempo depois. Aparentemente, eu era um verdadeiro terror após minhas primeiras aulas, arranjando briga com tudo que se movia, pensando que podia conquistar o mundo porque sabia dar um gancho de esquerda. Quebrei o nariz de algumas outras crianças. Tive o meu quebrado pelo menos uma vez, por falar nisso.

— Mas ele continuou te ensinando?

— Sim. Quer dizer, acho que ele pensava que em algum momento eu cansaria de procurar briga. Além do mais, ele sabia que eu teria que lidar com robôs gigantes em algum momento no futuro, então precisava estar preparada pra isso também.

Ela sorri de leve.

— Aquelas pobres crianças.

Dou de ombros.

— Exatamente. Aí, sabe, ele morreu, e eu continuei procurando brigas. Acho que, por sorte, naquela altura eu já conseguia vencer todo mundo, já que não havia ninguém para me tirar delas. Os Deuses sabem que Jen gostava mais de ficar sentada assistindo do que qualquer outra coisa. Ela dizia que era bom pra mim.

Coço a nuca conforme o silêncio aumenta. Nós duas sabemos que estamos evitando a outra parte do assunto. As pegadas dele marcam as fibras do tapete. As impressões digitais estão na estante vergada e mancham quase todas as páginas que o móvel abriga.

— Milo vai mudar de ideia — repito.

— Eu sou... — murmura Sona, e uma das lenhas estala e cospe laranja, faíscas que lembram vaga-lumes sobre as roupas dela. Ela repousa o espalhador com calma e tira as faíscas com as mãos. Então se vira, encarando com o único olho ingênuo. — Eu causo mais problemas do que valho.

— Prefiro correr na direção dos problemas — digo, o tom de voz baixo por alguma razão.

— E por que isso, Eris?

– Porque significa que algo interessante está fadado a acontecer.

Sona se levanta, espanando fuligem das calças.

– Você tem problemas.

– Olha só quem fala.

Ela fica lá parada por um momento, as costas iluminadas pelo brilho da lareira, os ombros retraídos naquela postura ridícula e perfeita. Então começam a tremer.

Eu me mexo, e ela me dá as costas, mas meus braços a envolvem e fecham sobre sua barriga. Minha bochecha repousa de leve contra suas costas; posso sentir quando ela respira.

– Acho que chorei todos os dias desde que conheci você – murmura Sona.

– Eu causo esse efeito nas pessoas.

– Eu nem sequer entendo o motivo.

– Eu meio que sou uma escrota, pra ser sincera.

Ela se afasta e se vira para me encarar, parecendo quase furiosa.

– Você é uma rebelião disfarçada de gente, Eris – diz ela, afobada.

– Ah – é tudo que consigo me forçar a dizer.

Gosto muito do que ela diz. Gosto de como escolhe as palavras e de como ela as articula, mesmo que eu não entenda por que ela está brava agora. Só que entendo, com uma urgência raivosa e desesperada, que quero que ela diga mais.

– E você... você é ridícula, e caótica, e arrogante, e uma dor de cabeça, e... e... – Ela ergue as mãos, impotente. Então começa a rir. – Você vai me matar qualquer dia desses, Eris Shindanai. Nunca tive tanta certeza de algo.

Eu só a encaro. O fogo crepita baixinho na lareira. Eu bebi alguma coisa hoje? Por que sinto a cabeça leve, como se estivesse tonta, alegre como se fosse uma idiota? Por que decido perguntar se ela quer dançar, e depois prendo a respiração durante o silêncio que se segue antes da resposta? Por que tenho uma certeza violenta de que um *não* acabaria por me matar?

Ela responde, e não é com um não.

A primeira música é uma boa. Assim como a seguinte, e a outra depois dela. Começamos no chão e acabamos em cima da mesa, pulsos colidindo com quadris e laterais e costelas. Ela nunca tinha dançado antes, e dá para ver: ela parece ridícula e é tão, tão bom, porque eu também pareço ridícula.

Ela está sorrindo, e não sei que horas são. Ela é só uma criança, mas nunca pôde ser, e eu sei como isso pode mexer com uma pessoa.

Inclino a cabeça para trás conforme a sala se enche de notas longas e hipnóticas.

– Eu amo essa música.

– É mais calma do que eu imaginava ser o seu gosto.

– Ela acelera...

Ela desliza para fora da mesa e estende a mão.

– Acho que eu gostaria de dançar.

Olho para a palma de sua mão e todos os calos que a marcam.

– Já estamos dançando.

Ela revira o olho.

– Nossos gestos atrapalhados não combinam com essa música.

– Achei que a gente estava bem.

– Você estava. Por favor, me mostre como fazer isso.

Com o coração na garganta, eu me junto a ela no carpete e a seguro pelos pulsos. Coloco as palmas dela sobre meu quadril e entrelaço minhas mãos atrás de seu pescoço, mergulhando os dedos naqueles cachos.

– E agora? – pergunta ela.

– Como assim, "e agora"?

– É só balançarmos?

– Acho que sim.

– Você balança com Milo?

– Milo não gosta de dançar. – Faço uma pausa. – Pode parar de sorrir. Você sabe o que...

Antes que eu possa recuar, ela tira as mãos de minha cintura, deslizando uma delas para cima e segurando meu pulso. Gentilmente, ela levanta o braço, então meus pés giram sobre o carpete empoeirado. Enquanto me equilibro, ela entrelaça os dedos atrás do meu pescoço, me puxando para mais perto.

– Você acabou de me girar? – Estou embasbacada, e ela parece um pouco satisfeita demais consigo mesma.

– Gosto mais dessa posição – murmura ela, os olhos baixos. – Tudo bem?

– Tudo. É só que... você parece cansada.

– Eu estou.

– Eu também.

Mesmo assim não vamos dormir. Não nos afastamos. E eu sei que ela gosta de garotas, e sei já faz um tempo que eu também gosto, mas, agora, não é algo desse tipo. Só estamos próximas. Só estamos nos apoiando uma na outra.

– Você tinha razão – diz ela depois de um tempo. – A música acelera mesmo.

– O que diabos vocês duas estão fazendo?

Quase grito e pulo para trás. Sona cruza as mãos na frente do corpo, virando o olho na direção da porta.

– Boa noite, Jenny.

– Já passou bastante da meia-noite, Robô. Bom dia.

Jenny está encostada na porta, as luvas apagadas segurando o batente como se estivesse se equilibrando. Os óculos estão levantados, dando uma visão mais clara de seus olhos escuros e das olheiras ainda mais escuras que os envolvem. Seu peito arfa, dando a ilusão de que as tatuagens na clavícula estão tentando saltar para fora.

Cruzo os braços enquanto o calor inunda meu rosto.

– Engraçado, não me lembro de ter convidado você para vir até o meu andar.

– E eu não me lembro de você ter dado um pé na bunda do Milo – responde Jenny sem hesitar, lançando um olhar afiado para Sona. – Problemas no paraíso?

– O que você quer, Jen? – pergunto, ríspida, e depois suspiro. Já sei o que é. – Estamos indo?

– Ora, sim. Estamos, sim – confirma ela com um sorriso gigante. – Vai acordar a molecada e encontre minha equipe lá fora. E fala pra sua motorista ficar quieta pelo menos dessa vez. O grito daquela garota poderia tirar Voxter de qualquer ressaca. Espero todo mundo lá fora em dez minutos. Estamos de partida para o Ponto.

Com isso, Jenny se vira e marcha para fora da sala.

– Ela parece animada de um jeito desconcertante – murmura Sona, depois olha para mim e suspira. – *Você* parece animada de um jeito desconcertante.

De repente, tomo consciência do sorriso que se abriu em meus lábios.

– O que você sabe sobre o Ponto Iolita, Falha?

Os Picos Iolita são a cadeia de montanhas que se erguem ao longo da maior parte do continente. Situadas em seu centro morto estão as Cidades dos Minérios – uma faixa de cidades de recursos de ponta das quais Godolia recebe as principais remessas de metal precioso. É também de onde a Academia recebe a maior parte dos materiais para Windups: cada peça, como membros e dedos, é fabricada nos Picos e depois enviada para a Academia a fim de compor um mecha completo.

Falha não diz nada disso, embora eu tenha certeza de que ela sabe da verdade tão bem quanto eu. Em vez disso, ela me olha fixamente e aponta a única coisa com a qual eu realmente me importo.

– Há uma bela de uma luta nos esperando lá.

CAPÍTULO VINTE E OITO

SONA

É madrugada quando chegamos ao Ponto. O ar está frio e parado, o céu cinzento e escuro se estende sobre nossas cabeças; a luz das estrelas ainda iluminando tudo ao redor.

Enquanto esperamos os mechas emergirem do solo, Jenny decide que quer olhar debaixo de minha pele.

— Isto é seu? — pergunta ela, dando batidinhas no painel onde repousam minhas novas engrenagens.

Resisto à vontade de me afastar.

— Essa é a minha pele, se é o que você quer saber.

Ela emite um zumbido, depois desliza a mão por meu punho, os dedos cutucando a curva de ossos em meu antebraço.

Jenny ri de leve.

— Arruma essa cara, Eris, só tô examinando a mercadoria.

— Só tá *o quê*? — pergunta ela, ríspida.

— Tô brincando. — Jenny suspira, virando minha palma sobre a dela, beliscando a base de cada um dos meus dedos. — Você com certeza não herdou senso de humor.

— Ah, tá bom — retruca Eris. — O que o Papai veria de engraçado nisso?

— Não Appa. — Os dedos dela sobem pelo meu braço e passam por minha clavícula; ergo o queixo na direção do céu noturno. O laranja e vermelho das folhas das árvores são como hematomas contra a escuridão. Jenny abaixa a voz a um murmúrio. — Mamãe sempre ria de tudo.

Aguardamos nas sombras de uma floresta densa na fronteira do Ponto. Ou melhor, acima da fronteira. Um gigantesco complexo subterrâneo se estende abaixo de nós, ligado a um túnel expresso que atravessa os Picos e se conecta a cada uma das Cidades dos Minérios. Cerca de quinze metros à nossa esquerda, a terra se abre em uma saída para a floresta e as Terras Baldias mais além.

– É, bom, ela tinha um senso de humor mórbido.

– Na verdade, não tinha, não. – O toque de Jenny sobe até o meu pescoço, pressionando de leve minha pulsação. – Ela ria dos absurdos. Tudo é absurdo, então ela ria de tudo. Sua frequência cardíaca está bem alta, Falha.

Ela consegue me sentir engolir em seco.

– Essa conversa parece bem pessoal. Eu devia...

– Acho que Papai teria gostado dela – interrompe Jenny.

Seu dedo está sob meu queixo, inclinando minha cabeça de um lado para o outro. Não há nada da avidez que havia ontem em seu laboratório, como se agora ela só estivesse fazendo isso para manter as mãos ocupadas.

Fico paralisada, as bochechas ardendo. Eris permanece em silêncio por um momento, depois diz:

– Por que acha isso?

– Porque ela salvou você. Porque ele confiava nas pessoas, igual a você. E Mamãe... – Jenny finalmente me solta e dá um passo para trás. Ela me analisa uma vez, da cabeça aos pés, e cruza os braços. Seu sorriso é cansado. – Mamãe teria feito picadinho dela.

Eris estremece. Permaneço imóvel, a vontade de me encolher se transformando na vontade de correr.

– Ou teria tentado. Eu acho. – Jenny hesita. Não imaginava que ela tinha a capacidade de hesitar. Ela suspira outra vez, colocando uma mecha de cabelo atrás da orelha. Tem tantas tatuagens de engrenagens que vão além da clavícula, escorrendo para dentro da blusa. – Acho que eu a teria impedido.

A careta de Eris desaparece por um segundo, depois se aprofunda.

– Você não ia querer perder uma boa cobaia, afinal.

Jenny emite um ruído de deboche; os belos traços ficam mais nítidos.

– Eu não ia querer perder uma *arma*. Mas acho que, se estivessem aqui, eles não teriam que lidar com Falha, de qualquer forma.

– O que você tá querendo dizer?

– Se eles não tivessem sido mortos, você nunca teria sido capturada.

O temperamento de Eris explode, e ela avança.

– O quê, por que eu teria treinado mais? Isso é uma bobagem comple...

– Porque, se houvesse outra pessoa além de mim à sua espera em casa, talvez você tivesse pensado duas vezes antes de bancar a mártir.

Eris para. Ela passa uma mão nervosa pelo cabelo e balança a cabeça.

– Ah, Jen. Não diga isso. Eu só tava tentando...

– Ganhar tempo para a sua equipe dar no pé? Foi isso que Mamãe e Papai fizeram também, não lembra? Não foi certo, Eris. Não foi certo você ir lá sozinha, quando eu queria ficar e lutar, e...

Jenny para abruptamente, as bochechas corando.

– Droga – murmura ela. – Eu quis dizer quando "sua equipe" queria ficar e lutar. Você sabe que é isso que eu quis dizer.

Eris a encara.

– Hum, é, Jen. Eu sei.

Jenny bufa e coloca os óculos de solda no lugar, dando meia-volta.

– Vou fazer uma varredura do perímetro. Vê se faz algo de útil e checa a estrada.

Eris fica em silêncio, a carranca fixa, conforme vagamos pela floresta até o local onde a estrada que vem do Ponto encontra as árvores. Tateio meu antebraço onde Jenny o cutucou, tentando sentir o que ela estava procurando. *Mamãe teria feito picadinho dela.* Abro a boca, mas então a fecho. Quando a abro outra vez, ainda sem saber o que dizer, Eris fala:

– Meus pais morreram numa missão. Jenny estava com eles. – Ela mantém os olhos fixos à frente. – Caso você precise de contexto.

Levo a mão à clavícula.

– Não sabia que você tinha acabado na Academia para salvar sua equipe. Você foi muito corajosa, Eris.

– Eu fui lenta – murmura ela. – Estava tentando apagar os guardas primeiro, nem notei que o Piloto tinha se virado. Mas vou aceitar o "corajosa", valeu.

– Tenho certeza de que Jenny também pensa isso.

– Ela sempre ficou ressentida com eles, eu acho. Com nossos pais, quero dizer. Por terem mandado ela correr. E fica ressentida consigo mesma por ter obedecido.

Ela desacelera os passos – o trajeto para fora da floresta se estende diante de nós, pontuado com manchas escuras de terra revirada. Enterrada debaixo dela está uma coleção de explosivos e interruptores magnéticos, para impedir o avanço da barca que carrega as peças dos Arcanjos. Arsen e Juniper nos lançam um aceno de seu posto perto da estrada, os rostos manchados de terra.

— Eles devem estar putos comigo — murmura Eris, acenando de volta. — Acho que é diferente para eles, para Jenny. Eles que foram deixados para trás. — Ela baixa a mão, cerrando os dedos com força. — Só quero mantê-los vivos, sabe? Às vezes é só nisso que consigo pensar, então não penso no que vem depois.

Você também foi deixada para trás, quero dizer, mas não digo nada, engolindo minhas palavras como ela me disse para não fazer, porque confortar as pessoas é novidade para mim. Todo o meu corpo é coberto de espinhos. Talvez fosse isso que Jenny procurava. Agora, de repente, há pessoas ao meu redor que não quero machucar, e não sei como suavizar minhas pontas, como dizer as coisas certas, como confortar a garota que me deu pessoas vivas por quem lutar.

— Não sou a minha mãe, só pra você saber — continua Eris, interrompendo meus pensamentos. Ela desenha uma linha na terra com a bota.

Sorrio um pouco ao ouvir isso.

— Não sou nada parecida com meus pais. Eles teriam muito orgulho das Modificações. — Toco minhas engrenagens tatuadas. — E chocados pelo que eu fiz com elas. Com o que tenho feito no geral.

— Isso não pode ser verdade.

— Mas é.

— Tenho certeza...

— Você não entende — disparo, a voz ríspida, embora ela não mereça isso. Porém, Eris não responde à minha explosão de raiva, apenas espera em silêncio enquanto fecho os olhos para conter o sentimento que nem sequer é fúria, não de verdade. É vergonha. — Meus pais eram Adoradores de Mechas, Eris. Eles... nós venerávamos Godolia por ter trazido os Deuses para o mundo físico.

Uma pausa. Posso sentir o calor crescendo em minhas bochechas, mas Eris não exibe a expressão que eu estava esperando quando olho para ela de novo, a cabeça inclinada na direção da minha conforme fala baixinho.

— Eu sei, Sona. Quer dizer, eu imaginei. A maioria dos vilarejos perto das montanhas do norte tem muitos Adoradores de Mechas. — Ela escolhe as palavras seguintes com muito cuidado. — Será que eles gostariam que você os vingasse?

— Não é só por eles. Estou fazendo isso por mim. — Pisco, surpresa comigo mesma, mas Eris observa imóvel enquanto os pensamentos borbulham sem parar. – Minha mãe e meu pai me ensinaram que Godolia é boa. Que Godolia é um lugar misericordioso. Eles podem ter morrido pensando dessa forma, e isso... isso não é certo. Vou vingá-los, uma vingança que eles podem não querer, mas merecem de qualquer forma, mas vou me vingar por mim mesma também. Porque eu reverenciava os mesmos Deuses que os massacraram. Porque vivi a primeira parte de minha vida maravilhada, e agora enfurecida, e durante todo esse tempo Godolia tem me controlado. Isso também não é certo.

– Você está lutando para ter controle da própria vida. – A carranca natural de Eris se desfaz um pouco quando assinto, e ela tamborila os dedos sobre as próprias tatuagens. – Você está no lugar certo, Falha; com o tipo errado de pessoas e o tipo certo de intenções. Você está num bom caminho.

– Os explosivos já estão prontos? – grita Jenny, surgindo da floresta com o restante da equipe logo atrás. – Ótimo. Venham, crianças.

Arsen e Juniper trotam até nós, seguidos de Zamaya e Seung, os outros especialistas em demolição e corrosivos. Jenny senta sobre uma porção de musgo da floresta e cruza as pernas, erguendo o queixo como se fosse uma rainha dos bosques.

– Se algum de vocês danificar as peças do Arcanjo – diz ela –, vou deixá-lo tão derretido quanto os mechas.

Um silêncio chocado paira denso no ar. Jenny o interpreta como um sinal para continuar.

– Temos dois objetivos: o primeiro é derrubar as escoltas de Windup. O segundo é proteger Gwen.

– Eu? – grita Gwen. – Por que eu? Não, espera, não quero saber, só me deixa morrer...

– Porque você vai subir na barca, encontrar o computador de bordo, desativar o rastreador e reprogramar a rota.

Na primeira menção ao seu nome, Gwen ficou com as bochechas coradas, mas agora todo o seu rosto está branco como um lençol. Ela ergue as mãos para puxar as pontas do cabelo loiro e curto.

– Meus Deuses. Reprogramar a rota para...

– Casa – diz Jenny, modesta, divertindo-se com nossa confusão. – Você o vira na direção dos Ermos.

– Puta merda – murmura Nolan, mordendo a unha do polegar. – O que você tá planejando?

– Vocês vão saber quando for a hora.

– Não – dispara Eris. Jenny volta os olhos para ela, nada impressionada. – Achei que estivéssemos aqui para destruir as peças.

– Eu nunca disse isso.

– Pra que você vai usar as peças então?

Jenny sorri devagar.

– Você falou sobre ganhar tempo com o seu plano. Eu não faço coisas para ganhar tempo. Faço coisas para entrar pra história.

– E como você vai fazer isso hoje?

– Ah, qual é, cadê o seu apreço por uma surpresa dramática?

Eris grunhe.

– Ele não existe quando se trata de enfiar minha equipe numa luta cujo propósito eu desconheço.

Jenny se ergue, espanando a sujeira das calças.

– Na verdade, não preciso da sua equipe. Podemos fazer isso sozinhos.

– Então por que você...

– Que tipo de irmã eu seria se deixasse você perder uma briga?

– Uma irmã lúcida!

– Dá pra imaginar? – resmunga Zamaya.

– Ótimo. Então fique de fora dessa, se é o que você quer – provoca Jenny, inclinando a cabeça na direção da estrada. – Vamos mostrar pra vocês como é que se faz.

Não sabia o que tinha chamado a atenção dela até sentir os passos e ver as folhas acima de nós tremerem. Então, pela boca do túnel, vemos os olhos – três pares de eclipses vermelhos muito acima da terra. Sinto os pelos da minha nuca se arrepiarem, a estática antes da luta, e sei que a luta também é nossa por causa da expressão feroz já fixa no semblante de Eris. Jenny pode ser arrogante, mas ela não é nada ignorante.

– Até parece – dispara Eris. As luvas criogênicas ganham vida, e ela põe os óculos de volta no lugar. – Mas você deve uma explicação a todos nós.

Jenny simplesmente toca a testa com os dedos, como se inclinasse um chapéu, e passa o olhar por sua equipe. Diante das ordens inaudíveis, eles se afastam do grupo sem uma palavra, assumindo suas posições nas sombras.

Três Windups no total. Deveriam ser quatro, mas um dos Pilotos jaz morto a trinta metros na direção oposta. Ainda carrego seu sangue em minha manga.

Três Windups no total. Inclino a cabeça, franzindo o cenho enquanto escuto. Dois pares de passos.

Eris fica rígida ao meu lado no exato momento em que o mecha entra em nosso campo de visão, ou quase, a pele de metal negro praticamente sem contorno contra a noite, um Argos de cada lado. O olhar carmesim é o único ponto de cor que ele exibe.

– O Fantasma é nosso – diz Eris baixinho, soando perigosa.

De seu lugar na escuridão, Jenny se curva. Quando levanta, encontra meu olhar, um sorriso perverso e afiado aberto diante do absurdo. Então ela também se vai, desaparecendo em meio às árvores.

– Certo! – diz Eris, e a equipe passa a prestar atenção. – Aqui vai o plano...

A estática irrompe em raios, fluindo em minha respiração. O Fantasma se aproxima, os passos silenciosos, mas de alguma forma ouço seu tique-taque, como se o zumbido das engrenagens pudesse atravessar camadas e camadas de ferro, como o pulsar de um coração. Como um convite para arrancá-lo.

Eu vejo você, penso comigo mesma. *Hoje à noite, você também me verá.*

– *Abaixa!* – berra Nova.

Theo e eu nos erguemos cuidadosamente quando a guarda oscila na beirada da plataforma, ela e a faca em seu pescoço engolidas pela escuridão lá embaixo. Não a tínhamos escutado se aproximar até a arma estalar em suas mãos e Nova se atirar de uma viga de suporte acima.

– De onde diabos você saiu? – grita Theo, embasbacado diante da garota.

Nova faz uma careta, os ombros se movendo com o esforço. Ela se vira e marcha na direção da plataforma que sustenta o mecanismo do quadril.

– Não gostei do seu tom. Cadê o "Obrigado, Novs, oh, muito obrigado por salvar nossos pobres traseiros" que eu mereço?

– Obrigada, Nova – ofereço conforme seguimos, enxugando o suor da testa com a manga, esquecendo que o tecido está manchado de sangue. Dois guardas já caíram.

– Era só isso que eu queria ouvir – diz Nova, alegre.

Em seguida, ela enterra outra faca na parede de engrenagens que alimenta o mecanismo do quadril do Fantasma.

O movimento desacelera por um instante, mas a lâmina se achata e quebra, e Nova berra quando o cabo se solta e cai ao nosso lado.

Ela se endireita rapidamente e olha para nós, enrugando o nariz.

– Valeu a tentativa?

Theo suspira.

– Cadê o Xander?

– E a Eris? – acrescento.

– Xander está em algum lugar por aqui – responde Nova. – Achei que a capitã estivesse com você.

– Ela ainda deve estar lá fora. – Estreito os olhos na direção da perna por onde entramos depois que os explosivos de Juniper e Arsen abriram um buraco no tornozelo. No momento em que o Fantasma cambaleou e caiu de quatro, abrimos caminho em meio à fumaça e à poeira, entrando antes que ele pudesse se levantar outra vez. – Eu poderia jurar que Eris estava bem atrás de mim...

– Eu tô – diz ela, logo atrás.

Eu me viro e vejo que ela está agarrada aos parafusos de uma viga de suporte vertical, a respiração ofegante. Seus óculos refletem a escuridão ao nosso redor, cavidades cheias de vazio.

– Eu me distraí. Tem...

O assobio inconfundível de balas rasga o ar, e instintivamente eu me encolho e abaixo a cabeça. Porém, depois que uma sequência distinta de disparos guincha sem ricochetear, percebo que a rajada não vem de dentro.

– Berserkers – resmunga Nova. – Quantos são?

– O suficiente para precisarmos de todo mundo trabalhando. E os deuses sabem quantos mais estão vindo do túnel. – Eris bufa. Percebo que o brilho no topo de seus óculos não é suor, mas sangue. O talho ao longo da linha do cabelo reabriu. – Quantos guardas você derrubou?

– Dois – responde Theo, lançando um olhar acanhado para Nova. – Deve haver...

Um tiro zumbe e ecoa, vibrante, dessa vez vindo de dentro. Viramos a cabeça para cima, prontos para escalar, mas tudo que vemos é uma fina sombra sair da escuridão. Ela se prende a uma cortina de fios e desliza para baixo, aterrissando perfeitamente em uma viga de suporte a três metros de distância.

Xander apoia um pé de cabra no ombro, a extremidade escorregadia e brilhante, e ergue um único dedo. O do meio.

– Então devem ser todos eles – conclui Eris. Ela aponta para baixo. – Theo, Nova e Xander, vocês vêm comigo. Está um caos lá fora. – Ela abre um sorriso, que logo desaparece, e seu olhar na minha direção é solene. – Faça o que precisa fazer aqui, Falha.

Minha garganta seca. Eles já estão em movimento, Theo e Nova saltando para uma plataforma mais baixa, Xander desaparecendo por completo. Eris coloca as mãos na viga de suporte, mas, antes que ela também possa ir embora, pouso uma mão em seu ombro com uma onda de pânico.

Eris ergue a cabeça conforme o silêncio se adensa.

– Falha? Eu meio que preciso ir embora.

– Eu... – começo, a voz oscilando. – Eu não consigo.

Ela puxa os óculos para cima, o cenho franzido.

– O quê?

Engulo em seco.

– Por favor, não me obrigue a fazer isso.

– Mas você já fez isso antes. E com facilidade. – Ela tira uma mão da viga e segura meu pulso, apertando-o de leve. Há preocupação em seus traços, e a culpa a pressiona com força. – Eu achei... achei que você soubesse que isso fazia parte do trabalho.

Arregalo o olho e me afasto de seu toque, recuando o máximo que a plataforma permite.

– Você nunca disse isso! Eu... eu não posso fazer aquilo de novo.

– Por que não?

Por que não? Por que eu nunca mais quero estar conectada, possuir um corpo maior do que o meu? Por que alguém perderia essa oportunidade? Mas tudo que digo, em um suspiro frustrado, é:

– Pra começar, eu não conseguiria enxergar!

Eris pisca, surpresa, depois solta a viga e aterrissa com força na plataforma. Apesar de tentar me conter, hesito quando ela se aproxima, mas Eris passa por mim, e as sombras recuam conforme suas luvas acendem.

Ela pressiona a mão sobre as engrenagens do mecanismo do quadril. Onde a faca de Nova falhou, o gelo se enraíza e assola. Eris esmurra o gelo com o punho, e o metal se parte com uma reclamação afiada e estridente. Ao nosso redor, o Windup estremece conforme o Fantasma hesita em seu passo seguinte.

– Deuses, Sona. – Eris suspira, virando-se e passando a mão pelo cabelo. – Eu não estava mandando você se conectar com o mecha. Eu queria que você se certificasse de que o Piloto está apagado.

– Ah. – Toco a espada, aninhada na lateral do meu corpo, encontrando o conforto impregnado ao metal. É apenas uma sensação gelada, o choque do pânico que se esvai de minhas veias. – Ah, Deuses, é claro que era isso.

E agora o calor inunda minhas bochechas, a base de minha garganta. Desvio o olhar, localizando a escada que leva até o pescoço.

– Vá, Geada. – É tudo que consigo dizer, saindo da plataforma e de vista, meu coração um canhão que acompanha os passos cambaleantes do mecha.

CAPÍTULO VINTE E NOVE

ERIS

Abro os olhos quando meu corpo atinge o chão, cada nervo faiscando de energia, a adrenalina sugando minha respiração. Levanto em um pulo, punhos cerrados, virando a cabeça à procura da luta.

Theo grita e cai com as mãos no chão. Arsen continua de pé, mas dá um passo para trás, rindo, palmas erguidas em defesa.

– Opa, capitã. A gente só queria dizer que estamos quase em casa.

Ah. Claro. Suspiro e passo a mão pelo cabelo, então estremeço. Ao longo do talho na linha do cabelo está uma fileira de pontos, costurados pelas mãos cuidadosas de Xander, e a área toda queima com a pomada.

Nós sobrevivemos, mas todas as partes do meu corpo estão tensas, encolhidas e prontas para explodir. Prontas para disparar.

– Pesadelo? – pergunta uma voz vinda de cima.

Ergo o olhar, e vejo Sona sentada no lado oposto do caixote, as pernas penduradas, a espada equilibrada sobre os joelhos. Ela está empoleirada sobre uma pilha de peças de metal, cada uma com um metro e oitenta de comprimento, esculpidas em pontas afiadas nas extremidades.

As penas do Arcanjo. Ou pelo menos algumas delas. Jenny pensou que seria mais tranquilo viajar nos caixotes da barca em vez de carregá-los até as caminhonetes, mas, a julgar pelo aperto que sinto no estômago, não sei bem se é esse o caso.

Sona escorrega para longe das penas, aterrissando com leveza, e senta ao meu lado. Com minha visão periférica, vejo que ela arregaça a manga da jaqueta, tocando suas tatuagens.

– Você vai ganhar outras agora.

Sona não responde. Quando olho para ela, há um sorriso enorme erguendo suas bochechas. Nunca a vi sorrir desse jeito antes. Não é apenas ela exibindo os dentes, e não há nada de timidez ou sarcasmo ali – apenas um tipo puro e brilhante de felicidade.

Mas o sorriso se esvai abruptamente quando ela me pega encarando-a, e ela dobra o braço contra o peito.

– Por que tatuagens, Eris? Por que não simplesmente manter um registro em uma folha de papel em algum lugar?

Sorrio.

– Você pode fazer isso em vez das tatuagens, se preferir.

– Não foi isso que eu disse.

Ergo o braço e coloco a palma sobre minhas próprias engrenagens.

– As pessoas nas Terras Baldias ou veneram ou temem Godolia. Vivem suas vidas ou fascinadas ou apavoradas. Gearbreakers se recusam a fazer qualquer uma das duas coisas. – Na curva da clavícula, meu coração palpita, *vivo, vivo, vivo*, apesar de cada gota de tinta gritando que eu não deveria estar viva agora. – Nos lugares em que Godolia quer que todos estejam sempre com medo, marcamos nossa força. Na pele que eles pensam possuir, marcamos nossa liberdade. Eles verão que nossa rebeldia é infinita.

Sona suspira e repousa a bochecha sobre a mão. Seu sussurro baixo é para si mesma, mas ainda assim o ouço.

– Vou ganhar outras agora.

Uma alegria lenta e agridoce enche meu peito.

Pouco tempo depois, a barca desacelera e minha equipe deixa seus lugares e abre a porta do nosso contêiner. Diante de nós está a entrada dos Ermos, e na beirada do deque da barca está a equipe de Jenny – Jenny na frente, as mãos no quadril, tudo em sua postura me dizendo que há um sorriso em seus lábios.

– Estou sendo boazinha – diz ela ao operador do portão. – Ou você me deixa entrar, ou vou fazer um escândalo. – Ela joga o cabelo por cima do ombro. – Eu sempre faço.

– Voxter disse que você está suspensa! – o operador grita de volta. Lá dentro, uma multidão de Gearbreakers se reuniu, os rostos tão próximos do portão eletrizado quanto possível, sussurros estalados e afiados. – Que *todos* vocês estão suspensos.

– Legal. – Jen boceja. – Preciso dormir um pouco, de qualquer forma. Deixa a gente passar.

Depois de mais algumas rodadas de gritaria, um grunhido relutante e exausto ressoa lá de baixo. Os portões se destravam e se abrem. Minha equipe sai do contêiner conforme a barca percorre os Ermos, chegando a um ponto final no pátio, onde desliga com um chiado e desce suavemente até o chão. Gearbreakers se aglomeram lá embaixo, agitados com a expectativa.

Nova fica tensa ao avistar uma figura rígida abrindo caminho em meio à multidão.

– Eita.

– A gente passou dos limites, não foi? – murmura Arsen.

– O que em nome dos milhões de Deuses é isso? – vocifera Voxter, a bengala raspando o caminho de concreto. Gwen aperta um botão, baixando a rampa da barca. Voxter sobe por ela, apoiado na bengala. – Jenny Shindanai!

– Sim, querido? – arrulha Jenny conforme Voxter se aproxima. As mãos cobertas pelas luvas pendem nas laterais do corpo, relaxadas.

Voxter passa os olhos pelo deque, parando em um dos contêineres abertos, o maço de penas de aço reluzindo na luz da tarde.

– Isso é... Vocês trouxeram... – Ele se endireita, se recompõe, depois começa a gritar outra vez. – *Acabou* para você, Shindanai! Você desobedeceu ao Conselho, trouxe peças de um Arcanjo para cá, colocando todos nós em perigo. Você está banida, com efeito imediato.

– Rá. Não, obrigada.

A veia de Voxter pulsa em sua têmpora.

– *Não, obrigada*? Quem você pensa que é?

– A pessoa que vai pôr um fim a tudo isso, Vox – responde Jen, erguendo a voz com orgulho. Os sussurros da multidão se extinguem como a chama de uma vela. – Godolia sempre nos procura no chão, nunca pensaram em olhar para cima.

Ninguém se mexe por uns bons dez segundos, deixando as palavras dela ressoarem. Então Voxter dá um passo à frente e acerta a ponta da bengala no ombro de Sona. Ela cai de joelhos, apoiando as mãos no chão, e desaba de vez quando a bota dele a atinge na bochecha.

– Que ilusões você espalhou aqui, Robô? – vocifera ele.

Eu grito e avanço na direção dele, mas Jenny me segura com força. Fico esperando que ela me aperte firme, mas, em vez disso, ela me força para fora do caminho, agarrando a bengala de Voxter. Jenny a levanta, acertando a ponta no queixo dele e joga-a no deque enquanto ele cambaleia para trás, resmungando palavrões violentamente. Tudo dura menos tempo do que meu piscar de olhos.

– Precisamos dela – diz Jenny simplesmente. – Agora, como eu estava dizendo... Como todos sabem, posso desmontar um Windup de olhos fechados. Então posso muito bem fazer o contrário e reconstruir um.

Fico boquiaberta. Do chão, Sona ergue a cabeça, os olhos arregalados. Ela deve ouvir a mesma coisa – a voz de Jenny, casual e modesta, *eu não ia querer perder uma arma*.

Minhas palavras saem quase estridentes:

– Você quer *construir* aquela coisa?

Murmúrios de espanto explodem pelo pátio, durando apenas alguns segundos até Vox chutar a lateral de metal da barca, mas meu olhar está fixo em Sona, no novo estremecimento em seus ombros. *Por favor, não me faça fazer isso.*

– Você quer usar um Windup para derrubar outros Windups? – grunhe ele, sangue pontuando seus lábios ao agarrar a bengala. – Não seja ridícula.

Jenny ri.

– Por favor. Pense grande. Por que destruir uns poucos mechas irritantes quando podemos acabar com todos eles de uma vez só?

– Você quer atacar a Academia – arfa Sona, pondo-se de pé, trêmula. – Usar o Arcanjo para levar o fogo dos infernos às ruas de Godolia.

– Fogo dos infernos é a artilharia dos Deuses – responde Jenny, afastando todas as ideias primitivas de Deuses com um movimento descuidado dos dedos. – Estou falando daqueles gloriosos mísseis. Estou falando de usar a própria coisa que Godolia chama de proteção para destruí-la.

– Não vai funcionar – diz Sona. – Se quiser acabar com as chances de conseguirem se recuperar, você também precisaria matar os Zênites. E mesmo assim... embora eles sejam os mestres dos fantoches, seus subordinados podem facilmente substituí-los. Há pessoas preparadas desde o nascimento para serem Zênites, dezenas delas, uma fileira infinita. Não é possível garantir que todas estarão na Academia quando você atacar.

– O mesmo vale para os mechas – fala Voxter, ácido. – O único dia em que um número significativo deles estaria reunido na Academia seria...

Um instante de silêncio. Jenny aguarda, parecendo convencida, tamborilando os dedos no quadril.

– Puta merda – digo.

– Você quer atacar o Desfile do Dia do Paraíso – completa Sona.

– Ah, finalmente eles entenderam. – Jen suspira. – O Desfile do Dia do Paraíso, quando os Zênites, seus subordinados e todos os alunos e Pilotos estarão reunidos em um só lugar para a comemoração. As ruas ao redor da Academia serão esvaziadas e mechas de todas as unidades ficarão ombro a ombro para assistir à festa extravagante dos Zênites, que acontece naquele pátio dourado ridículo. Desconectados, é claro, servindo apenas como decoração para os superiores da Academia enquanto comem seus doces e celebram o ano novo, além de um belo lembrete da força infinita de Godolia para todos os cidadãos comuns que perambulam por ali. Vão servir como um alvo perfeito.

Mais um instante de silêncio.

E então Voxter começa a rir.

– Você nunca conseguiria colocar aquela coisa no ar – diz ele.

– Vai vendo – diz Jen, sustentando o olhar dele, sem titubear. – Temos partes de mecha mais do que suficientes.

– O final do ano é daqui um mês e meio, menina.

Ela dá de ombros.

– Então vou perder algumas noites de sono. Com a ajuda de todos, vamos dar conta. E todo mundo *vai* ajudar, porque nenhum Gearbreaker perderia uma oportunidade dessas. Nenhum Gearbreaker de verdade, pelo menos.

– Eu não aprovo isso – rosna Voxter. – E eu tenho a palavra final aqui, caso você tenha se esquecido.

– Acho que sabemos qual é a sua posição, então – comenta Jenny.

– Você está destruindo tudo que os Gearbreakers defendem – insiste Voxter. – Nosso *propósito* é destruir Windups com nada além dos talentos com os quais nascemos, para mostrar ao povo das Terras Baldias que os humanos ainda têm poder neste mundo infestado de Deuses. Usar um Windup para servir nossa causa *invalida* nossa causa. Eu deveria saber disso melhor do que qualquer um. Eu sou...

– O criador – termina Jenny com um tom entediado. – O grande líder dos Gearbreakers, fugindo com o rabo entre as pernas quando é preciso quebrar umas engrenagens. Quanto ao seu suposto "propósito"... – diz ela, levantando uma mão e dobrando os dedos no ar. As lanternas cintilam sobre o brilho laranja de suas luvas, refletindo em seus dentes expostos. – Ser humano é extremamente superestimado.

Vox passa os olhos pela multidão reunida ali, e constata que cada par de olhos está repousado em Jen em vez de nele. O criador. O grande líder dos Gearbreakers. Ele engole em seco, o olhar firme.

— Você não vai construir o Arcanjo. Isso é uma ordem direta, Jenny Shindanai.

O sorriso dela é voraz.

— Ah, Vox. Você sempre sabe o que dizer para me motivar.

Os dedos de Voxter se apertam perigosamente sobre o castão prateado da bengala. Os olhos de Jen pairam sobre eles, embranquecidos, antes de se voltarem para o rosto, o desafio embutido em sua expressão entretida.

Ninguém se move para combater a posição.

Jen cruza os braços, rindo um pouco.

— Então tá bom. Temos nossa engenheira. Temos nossas peças.

Eu sei o que vem depois. O olho de Falha se volta para mim.

Por favor.

Jenny baixa os olhos, focando em Sona.

— Agora — diz Jenny —, só precisamos de um Piloto.

Não posso fazer isso.

Ergo as mãos na direção dos caixotes. O brilho das luvas criogênicas é forte contra a luz suave de outono. Mal percebo o que estou fazendo; só sei que minha garganta está apertada. Sona faz parte da minha equipe, e eu protejo os meus.

Ainda assim, eu hesito.

Porque de repente, ao olhar para ela, vejo Godolia ser consumida em chamas. Uma cratera onde costumava ser a cidade. Uma marca de queimadura em cada mapa onde sua mancha costumava macular o papel.

Porque ela poderia acabar com isso.

— Espere!

Para minha surpresa, o grito não vem de Jenny, mas de Vox. O castão da bengala prende meu pulso, puxando. Minha equipe grita e se atropela para fora do caminho, e eu desativo as luvas e o empurro para trás.

— Viu só, Vox? — cantarola Jenny. — Você já está mudando de ideia.

Ele cospe no chão, passando uma mão sobre a jaqueta de lona.

— Só não quero uma bagunça bem no meio do complexo.

Eu me viro para Jenny.

— Ela não veio aqui para fazer isso!

– Ela veio aqui para uma vingança – responde Jenny, sem hesitar. – Vou dar a ela a melhor chance que qualquer Gearbreaker já teve para fazer justamente isso.

– Você não pode forçar e...

– Eris. – A voz de Sona me silencia. Algo na forma como ela diz meu nome me avisa que ela notou minha hesitação. Minhas bochechas ardem quando me viro para ela, mas seu olhar está voltado para Jenny em vez disso. – Você acredita que isso vai funcionar?

– Vai – responde Jen. – Vou até projetar um míssil com sérum de magma para garantir. Tenho uma reputação a manter, afinal. Então, o que me diz, Falha?

Como resposta, Sona assente uma vez e sorri. Não com alegria pura ou vibrante, mas com algo semelhante à exaustão, ou resignação, eu acho; talvez ela nunca tenha experimentado a diferença entre as duas coisas, e meu coração se aperta.

Mas não digo nada.

Isso não é uma hesitação.

Isso é um silêncio, porque essas imagens não param de piscar atrás dos meus olhos, e não posso deixar de me deleitar com elas. Toda aquela gloriosa destruição na ponta de seus dedos.

CAPÍTULO TRINTA

SONA

Durante as semanas que se seguem, falo apenas quando falam comigo, e só dou respostas monossilábicas, o olho fixo na parede. Eris me pergunta se estou bem. Sorrio. Alivio sua consciência.

Espero em minha própria cova, e deixo o frio se espalhar.

Não param de me perguntar se estou bem. Uma dúzia de vezes. Cinquenta. Noventa e oito. Noventa e nove. Eris fica com a centésima. Estou tão cheia de mentiras e tão doente com as falsas respostas que sinto que meus fios vão se romper caso eu profira mais uma.

Em vez de responder à pergunta, digo que preciso me limpar. Eu me tranco no banheiro e esfrego a pele com um pedacinho de sabão que cheira a jasmim, me enxaguo e entro na banheira. Mergulho a cabeça debaixo d'água e escuto o zumbido que murmura sob minha pele, tão nítido dessa forma. Escuto meu medo e meu egoísmo se contraindo em uma batalha interminável por dominância. Não há necessidade. Ambos me controlam igualmente.

Os gritos de Nova e Juniper me assustam; olho para elas, ainda debaixo d'água.

– Puta merda – diz Nova quando levanto o tronco. – A gente achou que você tinha morrido.

– Há quanto tempo você tá aí embaixo? – pergunta Juniper.

Eu me ajeito, tirando as mãos da água agora gelada para inspecioná-las. A pele está enrugada como folhas mortas.

– Um bom tempo.

Elas me encaram, e quero começar a gritar com elas. Não que elas mereçam tal coisa.

– Seu olho está sangrando – avisa Juniper. – Seu, hã... o que não existe?

– Está bem – respondo, resistindo à vontade de arrancar o tapa-olho.

Jenny instalou um implante orbital faz um tempo, mas, sem uma prótese disponível, metade de meu olhar permaneceu vazio, sem uma pupila. Isso ainda me marcava, então eu o escondi. Um tapa-olho é mais ambíguo. Eu poderia dizer que fui ferida em uma derrubada. Ou salvando um dos integrantes de minha equipe. Cuspindo na cara de Godolia. A lista continua.

Não que alguém tenha sido tolo o bastante para perguntar. Com ou sem tapa-olho, olhar vazio ou brilhante, todos sabem que sou apenas um dos produtos da Academia. A cobertura é mais para mim do que para qualquer outra pessoa.

– Hã... você não vai sair? – pergunta Nova.

– Não.

Outra hora se passa. Logo alguém vai aparecer e perguntar de novo se estou bem. Vou mentir outra vez. E outra, e outra e mais outra.

Ser uma Piloto roubou coisas de mim. Carne, ar, dor. Porém, toda vez que me conecto, também recebo algo de volta. Um poder que goteja devagar, mas me enche rapidamente. Não o possuo, porque ninguém deveria ser capaz de possui-lo, mas eu o desejo mesmo assim. Desejo o poder como Eris deseja a adrenalina e, assim que o último cabo se conecta, a fome retorna, de uma só vez, um oceano de vício e, sob sua superfície, não me importo de não poder respirar.

Estou apavorada. Com medo do que eu poderia ser, do que poderia ter sido se tivesse jurado lealdade a entidades diferentes desde o começo.

E quando aquele maldito olho for colocado de volta, olharei no espelho e verei tudo encharcado em vermelho, e o lembrete de Victoria gritará debaixo de cada falsa respiração: *você nunca não será deles você nunca não será deles você nunca...*

Saio da banheira, me enrolo na toalha às pressas e paro de súbito em frente ao espelho. *Olhe para si mesma, sua covarde.* O cabelo castanho colado à minha testa e um único olho da mesma cor. Uma atadura rosa-pálido. Engrenagens ao longo de meu antebraço – *minhas* engrenagens, e não deles. Victoria está apodrecendo no inferno duplo neste exato momento, e ainda deixo a voz dela açoitar minha mente? Ainda estou permitindo que as mãos de Godolia agarrem meu pescoço?

Mais uma vez. Dobro os dedos na borda da pia de porcelana. Mais uma maldita vez, e Godolia estará bem onde Victoria está.

Respiro fundo. Posso fazer isso.

– Ei, Falha! – grita Eris do corredor. – Tudo bem aí?

Abro a porta e ela recua, assustada com meu sorriso.

– Acho que eu disse que estava tudo bem, Geada.

Eris ergue as mãos e sai andando pelo corredor.

– Eu só estava tentando ser legal.

– Eris sendo legal – debocha Theo na porta de seu quarto, balançando a cabeça. – Falha, acho que você é uma má influência pra ela.

– Vocês todos são péssimas influências pra mim – retruca ela. – Eu teria milhares de tatuagens a essa altura se vocês não me atrapalhassem tanto.

– É, mas aí você ia se gabar para quem? – pergunta Arsen.

Juniper surge com Xander a tiracolo, vindos do salão comunitário. Ela coloca a mão no quadril e se endireita, orgulhosa.

– A Geada vai entrar para a história, tô te falando! – grita Juniper, orgulhosa, fixando uma carranca típica de Eris no rosto e jogando uma mecha de cabelo verde sobre o ombro. Xander faz uma saudação rígida e começa a aplaudir. – Pera aí, mocinho, eu não mereço seu aplauso!

– Não! – intervém Nova, saltitando vinda do quarto, desviando da tentativa de Eris de agarrá-la. – Eu, a Geada, mereço muito mais! Montanhas de pedras preciosas e pirulitos de caramelo e...

– O que você merece é um braço quebrado! – retruca Eris.

– Nem fodendo. – Todos com exceção de Xander intervêm em uníssono. Ela me olha com um desespero tenso, e contenho o riso.

– Quer ajudar, Falha?

– Nem ferrando – respondo, só para receber aquele delicioso olhar gélido. Depois: – Acredito que são imitações apropriadas.

– A parede vai exibir a imitação da cara deles se continuarem falando comigo desse jeito. – Eris bufa outra vez e se dirige à escadaria. – É bom todo mundo estar na caminhonete em dez minutos, ou então vou arranjar outra equipe!

– Como se qualquer outra pessoa aguentasse ela – murmura Theo quando Eris já está longe, embora sua voz tenha um tom afetuoso.

O pátio está em polvorosa, com seis outras equipes além da nossa carregando seus veículos, alvoroçados sob os gritos implacáveis de Jenny. Ela está em cima da capota da caminhonete de sua equipe, prendendo o cabelo com as mãos enluvadas, olhos enterrados sob os óculos de solda. Ainda assim, continuo sentindo a intensidade de seu olhar. Ela acena com animação.

– Ei, Robô! – chama ela. Olho para o chão e entro na caminhonete. – Sei que você tá me ouvindo!

Respiro fundo.

– Bom dia, Jenny.

Ela salta da capota e abre caminho em meio à multidão, vindo repousar os cotovelos na borda imunda da caçamba. Por um instante, ela fica lá parada, observando. Não sei em quem seus olhos estão fixos.

– Precisa de alguma coisa? – pergunta Eris.

– Um presente – diz Jenny de repente, saltando para trás para vasculhar o bolso. Ela pega alguma coisa e a lança pelo ar, e meus dedos deslizam sobre o tecido. – Esse pedaço de pano é horrível. Pode me agradecer depois.

Nova explode em gargalhadas quando Jenny se vira para ir embora. Viro o tecido nas mãos, notando o gracioso bordado sobre o material curvo: finas listras de fio dourado entrelaçadas para formar o desenho simples de uma engrenagem.

– Você vai parecer uma pirata! – exclama Nova, subindo no banco do motorista.

Tiro a atadura com delicadeza e seguro o tapa-olhos antes que a cavidade vazia possa sentir um gostinho da luz. Viro a cabeça para longe da vista de Eris.

– Você se importa de amarrar? – pergunto. Há uma breve hesitação antes de seus dedos tomarem as tiras, apertando o nó com agilidade. – E então, como estou?

– Jen não é do tipo que dá presentes – murmura ela baixinho.

Eu me viro e seguro uma de suas mãos antes que ela possa retraí-la, girando as veias azuis de suas luvas para vê-las melhor.

– Onde mesmo você arranjou isso?

– Roubando túmulos – responde ela de imediato.

– De quem?

– Quê?

– O túmulo de quem?

– Seu, se você não soltar minha mão.

– Você roubou meu futuro túmulo?

Ela fica corada. O tom vibrante flutua em suas bochechas como tinta na água.

– E faria isso de novo.

— Nossa, estou muito lisonjeada. — Seguro seu queixo e o puxo gentilmente para baixo.

— O que você tá fazendo? — dispara ela, afastando minha mão com um tapinha.

— Você não me respondeu — falo, fitando meu próprio reflexo nas lentes de seus óculos.

— Não imaginava que você era vaidosa, Falha — diz Arsen.

— Pelo contrário — digo, tateando o tapa-olho. — Acredito que sou a mais preocupada com a minha imagem dentre todos vocês.

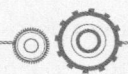

Durante o trajeto até a Sucata, parece que os Gearbreakers estão tentando fazer com que sua presença seja ouvida lá em Godolia. As equipes berram de uma caminhonete para a outra em uma tentativa de superar as rajadas de vento. Quando chegamos ao Argos morto, o metal reluzindo alegremente sobre um leito de grama achatada, o barulho se intensifica.

Diante das ordens de Jenny, eles se põem a trabalhar, despindo a pele do Argos e colhendo entranhas de fios e engrenagens e placas — qualquer coisa que possa ser útil para a construção do Arcanjo —, e empilhando tudo nas caminhonetes. Arsen e Theo se esforçam para erguer a cota de malha do Argos, permitindo que o restante de nós entre. Eris pressiona a luva na pupila esquerda, o gelo irradiando de sua palma. O azul cintila em seus olhos, a luz sem esperança e vazia contra a escuridão que se agita ali dentro. Ela dá um chute no vidro, que se quebra com a mesma facilidade com que se arranca um dente-de-leão da terra.

Eris recua e coloca a mão sobre a boca e o nariz. O restante segue seu exemplo. Penso em imitá-los, mas, em vez disso, escolho simplesmente não respirar. Não faz sentido o fingimento agora, não quando eles estão prestes a ver o que há aqui dentro.

— Este lugar tem cheiro de morte — diz Juniper, como quem sente vontade de vomitar.

A cabeça do Argos está inclinada de leve para a esquerda, o que deixou o cadáver do Piloto perto da abertura da escada. Ele jaz deitado de lado, os painéis de ambos os braços abertos para revelar o brilho cruel das chapas prateadas, os cabos cortados repousando lá dentro, entrelaçados como vermes. A ausência de luz pintou o sangue na frente de sua camisa de um preto que lembra um vazio.

Porém, por um momento, não há nada disso.

Tudo que vejo ao olhar para o Piloto é a forma de sua boca quando arranco o grito chocado de seus lábios, e tudo que sinto é a doce faísca do poder conforme o medo afoga seus movimentos, deixando-o paralisado.

Então só me sinto enjoada.

– Falha – murmura Eris, segurando meu ombro. Eu não a ouvi entrar. – Tire essa expressão de vergonha da cara. Não vivemos o bastante pra sentir isso.

Theo assobia baixinho atrás de nós e eu me viro.

– Cara, queria que o Milo pudesse ver isso.

– Ele está em algum lugar por aí – resmunga Eris, amarga. – Jenny precisava de todas as forças que conseguisse hoje. Se quiser, pode arrastá-lo pra cá, mas só depois que tivermos terminado. Quero dar o fora deste lugar fedorento assim que possível.

Reflito sobre as reações deles em silêncio enquanto começamos nosso trabalho: levantando a plataforma de vidro e arrancando o pistão que permite o movimento fluido dos passos de um Piloto. Arrepios percorrem minha espinha durante o trabalho – os olhos vazios do cadáver colados à minha nuca. Espero que Milo jamais o veja; ele já acredita que sou destrutiva. Talvez seja o único pensamento verdadeiro que tem sobre mim.

Lanço um olhar para Eris, um vislumbre de uma fração de segundo da pequena linha entre suas sobrancelhas, a leve fenda ao longo do pescoço enquanto ela faz força para puxar um parafuso. *Tire essa expressão de vergonha da cara.*

Só que minha vergonha não é uma coisa assim tão superficial.

E ela ainda pode olhar para mim daquele jeito. Olhar para mim com tanto... cuidado, e não consigo compreender isso, não consigo me prender a isso, porque não importa que a fúria e a matança sejam tão *fáceis* no momento. Fico gélida junto dos cadáveres.

Assim que removemos os parafusos, Xander se abaixa na abertura e passa uma corda resistente ao redor do mecanismo, amarrando um nó firme na base. Juntos, tiramos o pistão do espaço, arrastando-o para fora através do olho quebrado e da borda da abertura, onde ele balança por um momento antes de desabar na terra lá embaixo.

— Tomara que aquilo não fosse importante – sussurra Juniper, o olhar voltado para a clareira, esperando Jenny se materializar e começar a berrar conosco.

Nenhum som do tipo surge, mas há gritos repentinos:

— Berserkers!

— Se abaixem! – grita Eris na hora, e sinto a grama pinicar minhas bochechas.

O ar ganha vida com o assobio das balas, levantando nuvens escuras de poeira que mancham nosso campo de visão. Uma série distinta de *pings* tilinta na cota de malha, fazendo-a ondular violentamente. Solto a corda e coloco os braços sobre a cabeça.

— Quantos? – grita Arsen.

Juniper se move o mais perto da névoa que consegue.

— Três – informa ela. – Dois no caminho da entrada, um perto das árvores.

— Você tá vendo a Jen? – pergunta Eris.

— No meio da clareira. Em cima do quadril do Argos.

Ela revira os olhos.

— É claro.

Dobro os dedos na grama, me preparando.

— Qual deles vamos atacar?

Eris cerra os dentes, levantando a mão na direção da cota de malha, a luva preparada.

— O que estiver prestes a pisar na gente.

Um ar frio roça minha pele conforme entramos na clareira, e minha respiração seguinte sai em forma de nuvem quando Eris dispara contra o Berserker mais próximo. As placas do peito largo estão abertas, revelando uma dúzia de canos moldados na forma de torre de artilharia giratória, e o tiro acerta o espaço entre os dois canhões mais à esquerda. O mecha cambaleia para trás, uma névoa branca cobrindo a clareira; quando ela se dissipa, o Berserker está com uma fenda aberta ao longo da perna. Observo um punhado de Gearbreakers correr até ele quando alguma coisa me atinge. Meu ombro acerta o chão, e uma luva de veias azuis aparece em minha frente, a centímetros de meu nariz.

— O que diabos você tá olhando? – grita Eris, saltando para longe de mim. Para além dela, vejo uma cratera de tamanho considerável onde eu estava parada.

— Belo tiro — murmuro, um tanto atônita, e bastante consciente de que ela acabou de salvar minha vida, e que eu gostei disso. — O seu, quero dizer, não o do mecha. Não acertou o alvo, mas dá para ver que…

— Que tal se levantar? — diz ela, ríspida.

Eu obedeço. E então agarro a alça de seu macacão e nos forço de volta para o chão quando outra rajada de tiros rasga o ar sobre nós. Rastejamos na direção de uma das caminhonetes e pressionamos as costas contra o metal imundo. As janelas estão estilhaçadas, todos os pneus furados.

— Ah, que ótimo — murmura Eris, apoiada em minhas costas para olhar pelo retrovisor lateral.

— Você não está se divertindo?

— Você tá?

— Muito, na verdade. Parece que os outros Gearbreakers também estão.

— Idiotas e cuzões, todos eles.

O chão estremece, e uma rodada de vivas varre a Sucata, só por um momento superando o som dos disparos.

— Isso! — exclama Eris, os olhos ainda colados no retrovisor. — Um já foi. Você acha que consegue chegar até as árvores?

— Se você quiser.

— Eu gostaria muito disso, Falha. Vai ajudar o pessoal, e vou pra lá assim que tiver terminado esse outro aqui. — Uma pausa. — Não morra.

— Não está nos meus planos.

— Quer dizer… — Ela passa a mão pelo cabelo. — Se você morrer agora, vai ser culpa minha. Infernos, se você morrer em qualquer parte do plano da Jenny, vai ser minha culpa.

Eu pisco.

— Por que você acha isso?

— Porque você é problema meu.

— Obrigada.

— Não! Quer dizer… — Ela respira fundo, os olhos grudados no chão. — Você faz parte da minha equipe, Falha. Você vai se conectar de novo, e isso deve ser algo horrível. Eu… eu vou deixar isso acontecer e é sacanagem e é egoísta, e eu deveria ter destruído os contêineres quando tive a chance, mas hesitei e…

— Vou ter o que eu queria, Eris. — Balanço a cabeça. — Não pude escolher no que me transformaram, mas *posso* escolher o que vou fazer em seguida.

– Ainda assim é sacanagem.

– É. E não é nenhuma novidade.

A cicatriz em sua sobrancelha se enruga, e logo desaparece. Eris ajusta os óculos de solda no lugar.

– Tá bom, então. Me faça um favor e escolha não morrer.

Então ela desaparece, saltando sobre a caçamba da caminhonete e passando para o outro lado. Eu saio dali assim que a terra à minha frente se assenta – significando que o Berserker prosseguiu para outro alvo – e corro até as árvores. O caos espalhou o lixo para fora de suas pilhas e polvilhou as partículas pela floresta, criando obstáculos inconvenientes e esconderijos convenientes, quando vejo o Berserker começar a mudar de direção. Procuro abrigo três vezes, e na terceira acabo ombro a ombro com dois Gearbreakers que reconheço: Xander e Milo, que me olha de um jeito muito menos receptivo que o amigo.

– Bom dia – falo para ele conforme as balas ricocheteiam no objeto enferrujado que serve como nosso escudo.

– Robô – diz ele, seco, dentes cerrados.

Ele segura uma pistola nas mãos. Eu seguro minha espada. Porém, nossos olhos não estão fixos um no outro. Em vez disso, estão fixos em Xander, que segura o antebraço. Vermelho brota debaixo de seus dedos.

– Xander – começo, estendendo o braço na direção dele.

Milo afasta minha mão com um tapa.

– Não toque nele!

– O que você acha que eu vou fazer? Matá-lo?

– Aposto que você já fez pior.

– Muito pior. Mas nunca com alguém da minha própria equipe – digo, escolhendo as palavras específicas que vão fazer a veia em seu pescoço saltar um pouco mais.

– Sua equipe...!

Então, para meu espanto, Xander *grunhe*. Ele arranca um pedaço da camisa com os dentes e o amarra sobre a ferida – um arranhão, agora que consigo ver com clareza. Em seguida, seus olhos pretos se voltam para nós, os lábios finos e afiados torcidos numa carranca.

– Se vocês dois não pararem de picuinha – murmura Xander em uma voz muito mais áspera do que eu havia imaginado –, o Berserker não vai ter chance de acabar com vocês. Porque eu mesmo vou fazer isso.

Começo a gargalhar.

– Não sabia que você conseguia falar – digo.

– Quando ele está machucado, ou com raiva – fala Milo. – E mesmo assim são só ameaças.

– Porque na maior parte do tempo ninguém vale a minha saliva – diz Xander, ríspido, chacoalhando o braço com um sorriso doentio. – Odeio *pra caralho* levar tiros. Vamos matar essa coisa ou não?

O sol desaparece. Todos olhamos para cima e vemos que foi substituído por dois eclipses carmesins, e o fedor de fumaça nos envolve conforme o Windup se curva, a fileira de canos em seu peito parecendo doze buracos negros perfeitos.

– Espalhem-se! – grita Milo.

Conseguimos percorrer alguns metros antes de os canhões estarem prontos, mas mesmo assim a rajada emitida por eles nos arremessa pelos ares. De alguma forma, consigo cair de pé, com tempo apenas de me endireitar e observar conforme o Berserker muda de posição para se virar em minha direção. Por um momento ele para, encarando, e a voz de Eris ecoa em minha memória: *eles não conseguem deixar de dar uma olhada. Querem se lembrar de como são gigantes em comparação a nós.*

Então, ótimo. Aperto a espada até meus dedos ficarem brancos. *Olhe à vontade.*

– O que diabos você tá fazendo, Robô? – grita Milo à minha direita.

Tirando Xander da mira, mas você pode me agradecer também.

Levanto a espada. *En garde, Berserker.* Uma unidade comum e dispendiosa, e o epítome da gula de Godolia, carregada de balas. Não importa. Jamais chegariam aos pés da graciosidade fria de uma Valquíria.

Uma explosão de calor de repente percorre minha pele, um brilho de suor aparecendo na testa. O Berserker cambaleia para trás, cruzando o braço sobre o peito para segurar o ombro. Já vi isso acontecer antes – a armadura de metal borbulhando debaixo da mão, virando líquido diante de meus olhos, um ataque sem uma fonte visível. O Windup tomba sobre um joelho. Debaixo dele, a grama irrompe em chamas.

Eu me viro e vejo Jenny em uma postura firme no topo do joelho do Argos, um sorriso tão brilhante que atravessa a fumaça. Ela inclina o queixo de leve.

– Você tá roubando minha cena, Falha – diz ela. – Encarando um mecha desse jeito. Melhor ir andando antes que ele se levante. E tome cuidado com os pedaços derretidos.

Olho para Milo.

– Uma ajudinha, talvez?

Não espero uma resposta. Começo a correr, sabendo – torcendo para – que as palavras afiadas de Xander tenham tido resultado. Podemos brigar o quanto quisermos assim que voltarmos para a segurança dos Ermos.

No momento em que alcanço a base do joelho do Windup, Milo aparece com as mãos baixas e os dedos entrelaçados. Apoio o pé em suas mãos, e ele me lança para cima, na direção do buraco que devora a coxa do mecha. Agarro um degrau da escada, antes que a gravidade tenha a chance de me engolir, e começo a subir.

Não dou aos guardas a chance de erguer as armas. Dar-lhes um lampejo de esperança seria cruel. Esses são assassinatos rápidos e misericordiosos, digo a mim mesma.

Engulo em seco. Engulo mais uma vez, ignorando o frio que rasga meu peito.

E por fim a Piloto, a pobre e miserável criatura, sem saber que a morte paira sobre ela mesmo quando paro bem em frente aos seus olhos abertos e cegos. Espero uma hesitação em seus passos, depois corto os cabos com um único movimento da lâmina. O Windup estremece debaixo de mim conforme a conexão entre mente e corpo é arrancada da existência, mas permanece de pé.

Deslizo a palma contra a bochecha da Piloto conforme o foco retorna a seu olhar, vejo o medo dentro deles dançar, alegre e selvagem. Alivio-a do horror e permito que descanse. O corpo cai aos meus pés, e me curvo para fechar seu olho. O olho *dela*, não o deles.

Tão fácil. Penso como se fizesse uma prece. Penso como se implorasse. *Isso é tão fácil.*

CAPÍTULO TRINTA E UM

SONA

Meus pés atingem a grama chamuscada, e minha têmpora encontra o cano da pistola de Milo. Lanço um olhar de soslaio para ele e encontro uma carranca esculpida em seu rosto.

– Você deve ter muito medo da Eris – digo –, pela forma como hesita. Você poderia ter puxado o gatilho eras atrás e acabado logo com isso.

– Como eles sabiam? – grunhe ele.

– Isso já está começando a perder a graça, Milo.

– Vanguard! O que infernos você está fazendo? – rosna uma voz familiar.

Naquele instante, uma luva com veias laranjas agarra a pistola. O calor toma conta da lateral do meu rosto enquanto recuo, e Milo grita, cambaleando para trás. Jenny está com os óculos ao redor do pescoço, o que deixa o veneno em seu olhar em evidência. Ela desativa as luvas de magma por um breve momento antes de enfiar o dedo no esterno de Milo.

– *A gente precisa dela*, imbecil!

Ela derruba a arma no chão. A marca de sua mão está estampada no cano; o sérum de magma derretendo a estrutura e transformando a pistola em nada além de outro item sem utilidade na Sucata.

– Como eles sabiam, Jenny? – grita Milo. – Primeiro um Argos, depois *três* Berserkers! A trinta quilômetros dos Ermos!

Ele quer chamar atenção, jogar os Gearbreakers contra mim. Não estou preocupada. Jenny me quer viva, e, por mais que eles possam querer acabar com minha vida, nenhum deles vai desafiá-la. E, mesmo que o fizessem, ela os derrubaria com um sorriso e um soco perfeito. O mesmo vale para Eris, menos o sorriso. A forma como ela está marchando até nós agora – a respiração quente apesar dos dois Windups congelados que deixou para atrás – me faz sentir um pouco de pena de Milo.

Eris para de repente assim que nos alcança, encarando a pistola derretida.

– Fico surpresa por a sua cabeça não estar assim a esta altura – dispara ela para Milo –, com todo esse ar quente acumulado aí dentro.

– A gente tá tão perto dos Ermos, Eris! Estão procurando *essa coisa*, como você não *enxerga* isso?

– E como você não enxerga o trabalho que ela tem feito? A forma como ela age? O fato de ela ainda não ter nos massacrado enquanto dormimos? Você sabe que está...

– Será que dá pra vocês dois calarem a boca? – intervém Jenny. – Deuses, quanta briguinha! Se cavar uma cova não desse tanto trabalho, eu estrangularia vocês todos. Eles devem ter enviado mechas para vigiar a floresta inteira, à procura das peças do Arcanjo, à procura de nós, grande coisa, qual é a novidade, agora calem a boca.

Jenny se vira para ir embora, depois pensa duas vezes, colocando uma mão no ombro de Milo. Ela está na mesma altura que ele, mas ele recua quando ela se inclina e se impõe, magnífica.

– Não vou contar para Vox sobre essa sua ondinha homicida, mas escuta só, moleque, eu preciso da Robô. E, se você a matar, seja lá de qual jeito idiota vindo de alguém que obviamente está tentando compensar por qualquer coisa que tenha acontecido e que irritou você no dia, esse fato ainda não vai mudar. E isso significa que, depois que eu quebrar a sua cara, vou pegar as partes dela e implantá-las no *seu* corpo. Porque, no final do dia, eu só preciso de um Piloto, e não me importa quem seja. Sinta-se livre para levar essa ameaça muito a sério. Por acaso, sou muito inteligente.

Eu me viro para Eris conforme Jenny marcha para longe.

– Como foi sua luta, Geada?

– Ainda queria estar nela.

Ela cruza os braços e começa a rir baixinho da expressão no rosto de Milo, que ficou visivelmente vários tons mais pálido. Ela balança uma mão na frente dos olhos dele, e ele pisca com força.

– Acabou sua suspensão – declara Eris, balançando a cabeça –, agora que estou bem segura de que Falha está a salvo de você.

– Você acha que eu tenho medo da Jenny?

– Descobri que você é mais covarde do que eu pensava.

— E você é pateticamente ingênua – grunhe ele, cheio de veneno, e de repente sua mão está ao redor do pulso dela. Por um momento, o lampejo de uma imagem: minha espada encontrando um lar no pescoço dele, um grito sufocado gotejando dos lábios. – *Acorda*, Eris! O que eles fizeram com você? O que eles roubaram? Sua visão, seu instinto? Seu ódio? E com o que substituíram? Confiança e *fraqueza*. É como se eu não te conhecesse mais. Tenho pena de você.

Por um instante, uma expressão de mágoa extrema aparece no rosto de Eris. Oscila ali por meio instante, por tempo suficiente para fazer a fúria palpitar dentro do meu peito. Minha mão aperta a espada, mas então vejo uma nova expressão irromper em seus olhos, um olhar mais frio do que qualquer aço que eu algum dia poderia empunhar. Milo a solta. Agora o riso que escapa dos lábios dela é semelhante a um trovão, o rugido de uma tempestade.

— Talvez você tenha razão. Talvez eu seja fraca. Fui descuidada. Fui capturada. Mas também *escapei*. E deixei um rastro de corpos e o nome Geada marcado tanto na história dos Gearbreakers quanto nos pesadelos da Academia. *Eu fiz isso*. Então pode ficar com pena de mim, Milo, mas não se esqueça de que o medo é um desperdício de tempo. Um desperdício de ar. Não tenho medo da morte e não tenho medo de Godolia, e eu com certeza não tenho medo do que você pensa sobre mim.

Eris se vira para ir embora, erguendo levemente o queixo para indicar que devo segui-la. Ela choca seu ombro com firmeza contra o de Milo ao passar por ele.

— Você sabe do que eu sou capaz. E eu sei que você se força a sentir pena de mim porque tem medo de me perder. Você está certo. A gente já era. E pode aproveitar para arranjar outra equipe também. Não quero ter covardes na minha.

— Eris – sussurro conforme nos afastamos, deixando Milo perdido perto das árvores. Para minha surpresa, seu lábio inferior treme, só um breve momento antes de seus dentes se enterrarem nele para impedir. – Você está...?

— Não me deixe dar meia-volta, Sona.

— Não vou.

— E, se eu fizer isso, me dê um tapa. Com força.

Dou risada.

— Acho que não consigo fazer isso.

— É uma ordem de sua comandante.

— Você não é tão assustadora quanto a sua irmã. As ameaças dela são um pouco mais efetivas.

— E eu não sei? — resmunga Eris.

Ela balança a cabeça, a carranca fixa em seu lugar de sempre, mas acredito ver os cantos de sua boca se curvarem. Só de leve.

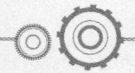

— Falha. Sona, ei...

Acordo com frio e com gosto de terra na boca. Com a mão em meu ombro, Eris suspira e volta a sentar sobre os calcanhares.

Engulo saliva para molhar a garganta seca.

— Eu estava...

— Terceira vez esta semana — diz ela. — Tem alguma coisa incomodando você?

Tudo... tudo. Ou havia, um instante atrás. Porém, agora o andar está silencioso e ouço grilos do lado de fora da janela de Eris. A escuridão nos envolve como finos lençóis de seda. Eris está usando uma camiseta grande e parece um pouco irritada. Meu coração está desacelerando. Não lembro do meu sonho.

— Eu disse que posso dormir no quarto do Milo sem problema nenhum — respondo, inclinando a cabeça na direção dela. Meus dedos encontram o tapa-olho debaixo de meu travesseiro e o colocam sobre minha cabeça.

— Não é o quarto do Milo, não mais — retruca ela, franzindo o cenho.

— Então deixe eu ficar com ele.

Uma breve pausa.

— Dá um tempo pra ele esfriar.

— Para o caso de ele voltar? Já faz uma semana desde que ele partiu. — Silêncio. Puxo as pernas para cima e massageio a bochecha, pensativa. — E, se ele vier atrás de briga, posso lidar com ele.

— Talvez isso seja um conceito bizarro pra você, Falha, mas eu prefiro ter vocês *dois* vivos.

— O salão comunitário também serve.

— Aquele lugar é imundo — diz Eris, ríspida.

— O seu chão também — falo, soltando as mechas de cabelo presas debaixo da tira do tapa-olho.

– Já disse que tem espaço suficiente pra nós duas na cama!
– É uma invasão.
– Você já invadiu a minha vida, Falha. E a arruinou. O jeito é me jogar de cabeça.
– Eu arruinei mesmo a sua vida?
– Completamente. Principalmente meu sono.
Suspiro e sento na cama, afastando o cobertor.
– Vou ficar no salão comunitário, então.
– Nem ferrando. – Ela bufa, cruzando os braços. – Quero você aqui.
Paro de me mexer. Seus olhos estão fechados, mas consigo perceber que os ouvidos estão atentos à minha ameaça de sair do quarto. Por um momento, considero ficar de pé e caminhar até a porta, só para ver o que ela faria.
– E por que você me quer aqui? – pergunto em vez disso.
Ela abre a boca uma vez, e logo a fecha. Repete o mesmo movimento. Tenho um vislumbre da cicatriz em sua testa antes de ela balançar a cabeça rapidamente.
– Tô cansada – anuncia ela, e a espero ficar de pé.
Em vez disso, ela puxa a minha coberta e se enfia embaixo dela, deitando-se sobre o fino colchonete no chão.
– Levante – digo.
– Não – responde ela. – Tô enraizada. Fique com a cama.
Suspiro outra vez e me levanto, passando por cima de sua figura relaxada e me deitando sobre os lençóis da cama, retorcidos pelo sono irregular de Eris. Parece que ela também luta nos sonhos.
Durante talvez meia hora, tudo é silencioso, mas o descanso não vem. Fico olhando para cima e tento localizar o teto. A noite o roubou de cima das nossas cabeças.
Rastejo até a beirada do colchão, espiando por baixo da cama. Eris está de costas para mim, mas ainda vejo a forma como a coberta se enruga ao redor de seus punhos cerrados.
– Pare de me olhar, Falha – diz.
– Você parece prestes a socar alguma coisa.
– Sim. Você. Me deixe dormir.
– Você não consegue me socar dessa distância.
A coberta se agita, e de repente ela está de joelhos, o nariz a centímetros do meu. Com minha visão periférica, vejo que ela está com o punho erguido.

Volto a me sentar sobre os calcanhares e espero. Ela deixa a mão cair e sobe na cama, atrapalhada, desabando sobre os lençóis amontoados, jogando os braços sobre a cabeça.

– Vá dormir.

Antes que eu tenha tempo de pensar demais, ocupo o espaço ao lado dela, me deitando de lado.

– Você teria sido uma boa Valquíria, Eris.

Ela bufa e também se vira de lado, olhando para mim. A camiseta se dobra sobre sua figura, delineando a curva delicada do quadril.

– Boa? Eu poderia ser a melhor da sua unidade, fácil, fácil.

– *Eu* era quase a melhor da minha unidade. Você acha que seria melhor do que eu?

– Qual é a desse "seria"? Posso ser melhor do que você agora.

– No que exatamente, Geada? Velocidade?

– Com certeza.

– Luta de espadas?

– Se eu me dedicar a isso.

– Escapar de Godolia?

Uma hesitação.

– Eu poderia ter feito isso sozinha.

– Acha mesmo?

– Poderia – diz ela, depois balança a cabeça. – Não, isso não é verdade. Mas já pensei sobre isso, e você poderia. Bem fácil. Saído direto de lá com seu Windup, saltado para onde quer que quisesse. Então por que você não fez isso, Falha? Por que ficou lá?

Sorrio de leve.

– Eu precisava de um lugar para onde ir. De alguém.

– Então você tá dizendo que precisava de mim?

Ela está me provocando, eu sei, mas só olho para ela e digo:

– Sem dúvidas, Eris.

Ela revira os olhos.

– Você quer que sua existência inteira seja uma pedra no sapato dos Zênites, não quer, Falha?

– Ou um prego.

– Você só quer dizer para eles irem se ferrar.

– E então ferrar com eles.

– E cuspir no seu túmulo.

– Eris, se o plano funcionar, não vai sobrar nada no que cuspir.

– Isso é macabro – reflete ela, abrindo um sorriso largo. – Bem, dançar nos túmulos, então.

– Acho que talvez eu precise de mais aulas – digo.

Ela ri, deitando-se de costas.

– Podemos dar um jeito nisso. – Encaro seu perfil por cinco minutos silenciosos antes de me forçar a imitá-la. Ela passa a mão pelo cabelo. – Então é com isso que você sempre sonha? A morte de Godolia e qualquer outra merda destrutiva sobre a qual você sempre fala de um jeito tão eloquente?

– Nós duas sabemos que eu não acordaria gritando se sonhasse com a destruição de Godolia.

Ela fica paralisada ao meu lado, sem mexer no cabelo. Sinto seu sorriso se dissipar, seu calor drenado do ar, os olhos em minha têmpora quando ela inclina a cabeça na minha direção. Procuro o teto outra vez.

– Então me fale sobre isso – diz ela.

– Sobre o quê?

– Silvertwin, Sona – responde Eris, a voz agora um sussurro. Ela se vira de lado mais uma vez e, antes que eu possa virar a cabeça, ela enrola um cacho meu no dedo e puxa com força, me obrigando a olhar em sua direção. – Pode falar comigo.

– Você conhece a história, Eris – digo, seca, resistindo à vontade de desviar o olhar, de fugir.

– Não conheço a sua. – Seus dedos ainda estão em meu cabelo, os olhos distantes dos meus, baixos, observando o próprio gesto de lentamente enrolar o cacho em volta da unha. – Pode contar.

– Agora não importa – digo, embora importe, muito mais do que eu quero que importe. – Não sou a mesma pessoa.

– E não é *por isso* que importa?

Quando não respondo, ela puxa meu cabelo outra vez. Deixo que faça isso, depois olho para ela, inexpressiva.

– Isso doeu.

– Engraçado.

– Pelo menos não tiraram meu senso de humor.

Seu olhar fica imediatamente sombrio.

– Foi isso que você quis dizer? Quando falou que é diferente agora?

– Você achava que eu não era humana quando nos conhecemos.

– Não faça isso, Sona – dispara ela, apoiando-se no antebraço. Deixo seu olhar entrelaçar gelo por mim conforme ela inclina a cabeça sobre a minha.

– Você achava.

– E pode me culpar por isso?

Olho além da concha de sua orelha, na direção do negrume do teto. Meu sorriso é relaxado e seco.

– É exatamente essa a questão. Não posso.

– E o que eu penso de você agora, então? Já que você sabe de tudo.

– Você pensa a mesma coisa. Mas está tentando não pensar, Eris, e eu... eu nunca achei que alguém algum dia tentaria fazer isso por mim – respondo, ignorando o calor que sobe por minha garganta. O volume de minha voz aumentando. – Mas suas tentativas têm defeitos. Você está tentando ignorar todos esses *pedaços* de mim. Pedaços que Godolia colocou lá, mas que ainda são parte de *mim* agora, e eu só... não paro de pensar neles. Tento pegá-los, separá-los. Estão literalmente tão entrelaçados a mim que removê-los me mataria. Quando acordei depois da cirurgia de Modificações, tentei me convencer de que não era o que sou. Olhei no espelho, cobri meu olho e disse a mim mesma várias e várias vezes que era humana. Faço a mesma coisa agora. É loucura, e você me fazer sentir que *sou mesmo*... apenas alimenta essa loucura. Eu... eu não quero que você também se envolva na minha ilusão, Eris. Não é justo com você.

Eris abre a boca e a fecha com a mesma rapidez. Então puxa meu cabelo outra vez, com muito mais força, levando minha cabeça diretamente para baixo da dela. Ela me encara com uma expressão severa.

– Você é uma hipócrita do cacete – dispara ela, mostrando os dentes. – Não é justo *comigo*? Como infernos você sabe o que é justo comigo? O que é bom pra mim?

– O que eles fizeram com você na Academia? – sussurro.

É cruel, e eu sei disso, mas a pergunta a pega de surpresa como eu preciso que aconteça. Ela tira a mão de meu cabelo e senta, se afastando de mim, a linha da escápula aparecendo de leve sob a camiseta.

O arrependimento me agarra conforme o silêncio aumenta, e abro a boca para dizer alguma coisa – não sei exatamente o quê – quando seus dedos encontram a barra da blusa e a levantam.

O tecido fica preso nos dedos, o terreno raso de suas costelas branco mesmo sob a luz fraca. Brevemente, eu me lembro de como ela encostou o lado direito do corpo no revestimento da banheira, fora da vista do restante de nós. Não dei muita importância ao gesto na hora.

A pele não é perfeitamente branca. Ela puxa a borda do curativo, só um pouquinho, a pequena abertura da primeira ferida de perfuração envolta por um hematoma amarelado.

— Eris — sussurro.

— Eles sabiam o que estavam fazendo. Foram muito bons, pra ser sincera — diz ela numa voz rouca e horrível. A mão que não está erguendo a camiseta envolve o abdome. — Muito espertos, sabe? Elas só doem quando entram, mas esse não era o objetivo. A pequena floresta de agulhas que brota da lateral do seu corpo durante horas é o objetivo. Você passa o tempo todo tensa porque não sabe o que vai acontecer se você se mexer. Talvez elas atinjam algo importante. Talvez raspem em alguma coisa. E talvez não façam absolutamente nada, e isso é uma merda. Eles sabem como deixar você à beira da loucura. Mas tem um lado bom, né? Acupuntura de graça.

— Eris — falo outra vez, porque ela está tão longe, porque não sei o que mais dizer.

— Mas eu *venci*, não foi? — diz ela, mas não para mim. — Eu escapei. Eu venci.

Seus dedos roçam de leve o curativo e se demoram ali; então ela fica tão perfeitamente imóvel que me assusta. Porém, meu medo desaparece em um instante, estilhaçado pela fúria fácil e simples. *Isso* eu posso compreender. Que eles me machucaram e eu vou destruí-los por isso. Que eles a machucaram e eu vou matá-los por isso.

— Você sente que venceu? — pergunto.

Silêncio. Ela balança a cabeça.

— Tudo bem. Vamos continuar.

A camiseta dela volta para o lugar. Eris se vira para mim com uma expressão tão inesperada e furiosa que eu pisco, surpresa, e ela estende o braço para pegar o meu, pressionando o polegar sobre minhas engrenagens. Ela está de joelhos, debruçada sobre mim, meu pulso em suas mãos.

— *Nunca* ouse me dizer o que eu vejo em você — vocifera ela. — Porque eu vejo tudo, Falha. Os painéis e o brilho e a ausência de dor, e continuo olhando, porque essa fúria e esse senso de humor terrível e a forma como você encara as coisas, como se genuinamente acreditasse que elas serão roubadas no próximo piscar de olhos... isso tudo vai tão *além* do que aquilo em que transformaram você. Como pode não ver? Não estou ignorando as peças que eles colocaram dentro de você, Bellsona; só não consigo focar nelas quando você está ali também. – Ela curva a cabeça sobre a minha, um ceifador removendo a alma de sua concha mortal, e tudo que consigo pensar é "vá em frente". – Até parece que eu não vejo você.

Tomo muito cuidado ao piscar depois de cada traço: os lábios teimosos, a testa franzida e aqueles olhos, Deuses, aqueles malditos olhos. Às vezes a escuridão neles é infinita demais. Há muito potencial para me afogar dentro de um único olhar. *Bellsona*. E espero pelo recuo, pelo saltar do coração como um choque elétrico, o avanço da súplica desesperada e familiar. *Fale qualquer outra coisa.*

Fale de novo.

Ela solta minha mão e se deita ao meu lado.

– Eu me sinto velha – sussurra ela, um braço cobrindo os olhos. – Acho que eu não deveria me sentir assim.

– Era para sermos crianças – digo.

Ela emite um ruído de deboche, mostrando os dentes.

– Deuses, Sona. Que piada. A porra desse mundo inteiro.

– Então o que você quer fazer a respeito?

– Não sei.

– Dormir até esquecer?

– Esquecer o quê?

– A guerra. A era.

– Ótima ideia, Falha – sussurra Eris. – Simplesmente ótima.

Porém ela não dorme. Nem eu. Ficamos acordadas até as novas horas do dia, e sussurro sobre bordos e auroras efêmeras e crepúsculos delicados e canários com asas bem abertas. Ao final de tudo, tanto minhas palavras quanto minhas lágrimas se esgotaram por completo, e derramei tanto do passado sobre os lençóis entre nós que não tenho forças para fechar meu olho; em vez disso, permaneço imóvel, observando o perfil dela.

Então, pela primeira vez desde que comecei a história, Eris se mexe. Ela roça a mão na minha, nossos dedos se entrelaçando, palmas se unindo. Ela não fala. Não há mais nada a dizer.

CAPÍTULO TRINTA E DOIS

ERIS

A neve no chão parece nunca derreter de verdade. O fogo é alimentado constantemente, e, à noite, brigamos pelo pedacinho do paraíso que é a extensão do tapete ao lado da lareira. Às vezes os quartos ficam frios demais e todos nós nos amontoamos no salão comunitário, ombro a ombro, cobertores um por cima do outro. Lanço às chamas o visco que June esconde ao redor do apartamento, como é nossa tradição.

Enquanto isso, a construção do Arcanjo deixa Jenny mais feroz do que de costume.

Conforme ela perambula pelos Ermos – seja na direção do rio, onde repousa a cabeça do Arcanjo, ou na direção dos portões, onde os pés descansam no leve barranco que serpenteia pelo lado leste da floresta –, pessoas que não saem do caminho são atropeladas. Ela mal dorme, e as olheiras debaixo dos olhos ficam mais profundas a cada vez que o sol levanta e se depara com ela ainda zanzando por aí, gritando sem parar com ninguém além dela mesma.

Sei imediatamente o que está acontecendo quando Xander irrompe no salão comunitário certa manhã, fecha a porta com força e enfia uma cadeira debaixo da maçaneta. Se você está fugindo de alguém com tamanho pavor no rosto, está fugindo de Jenny.

Ele se vira e move os lábios, sem emitir nenhum som de fato, mas formando duas palavras bastante claras: *me esconda*.

Juniper e Theo imediatamente saltam do sofá e empurram a estante para trás, fazendo seu conteúdo expelir poeira e conduzindo Xander para dentro do esconderijo atrás dela. Arsen sobe no topo da estante depois que eles a arrastam de volta no lugar, deitado com os pés pendurados pela beirada, os olhos pretos fechados.

Um segundo depois, Jenny abre a porta com um chute, lançando a cadeira até metade da sala. Nova habilmente abandona sua posição no sofá para evitar que as pernas sejam esmagadas pela mobília.

– Oi, Jen! – diz ela, alegre, saltando para a cadeira maltratada, agachando-se ordeiramente. Ela repousa os cotovelos nos joelhos e entrelaça os dedos, abrindo um sorriso preguiçoso. – O que a traz até nossa humilde residência nesta bela manhã?

– Cadê ele? – grunhe Jenny.

– Ele quem? – pergunta Falha do sofá, de um jeito tão casual que vejo Nova morder o interior da bochecha para não rir.

Jenny bufa e prende o cabelo em um rabo de cavalo alto, deixando os pés de galinha visíveis.

– Vocês sabem muito bem de quem eu tô falando. Cadê o pirralho?

– Será que você poderia parar de gritar? – pede Juniper de forma dócil, fazendo um leve gesto na direção de Arsen. – Ele tá dormindo.

A visão de Jen se volta para a estante, e Juniper engole em seco.

Theo grunhe.

– Muito sutil, June.

Os olhos de Arsen se abrem quando ele ouve os passos firmes de Jenny, e ele salta para fora da estante apenas meio segundo antes de ela a empurrar para o lado, revelando o esconderijo. Xander grita e tenta passar por debaixo do braço dela, mas Jenny estica a perna e o faz se esparramar no tapete. A poeira toma o ar mais uma vez enquanto Jen se abaixa e pressiona a palma com força no ombro dele.

– Jenny – digo, a voz firme, escolhendo as palavras com cuidado. – Cai fora daqui.

Jenny se assoma sobre Xander, abrindo a mão livre.

– Me dá – grunhe ela. – Não vou pedir de novo, palito de dente.

O silêncio se instaura enquanto todos esperamos; então Xander lentamente põe a mão no bolso e tira de lá algo que Jenny agarra com avidez. Ela se põe de pé e começa a andar por meu salão comunitário, mantendo o item apertado na mão.

– Eu saio do meu laboratório por cinco minutos e quando volto vejo que alguém mudou as coisas de lugar. Uma coisa, uma coisa *crucial* simplesmente desaparece. Eu me viro e vejo o mudo correndo escada acima.

– Ele não é mudo – dispara Juniper, e Jenny solta um riso seco. Ela se detém para olhar para Xander, ainda no chão.

– Então vamos ouvir a explicação, boca de motor – diz ela, abrindo os dedos para que todos vejam. – Por que infernos você pegaria *isto*?

Em sua palma está uma pequena jarra de líquido azul. Um único olho com um fio de cobre repousa dentro dela, a pupila opaca flutuando na superfície.

É sutil, mas, pela minha visão periférica, vejo Sona se mexer, encolhendo-se o máximo que consegue sem de fato sair do lugar. Quando consigo olhá-la diretamente, ela já voltou a limpar sua espada. Deuses, ela ama mesmo aquela coisa.

– Havia um motivo específico para você querer isso, Xander? – pergunta Falha, calma. Ela vira o olho na direção do que está na jarra.

Não espero que ele responda com nada além de um olhar gélido. Mas, para minha surpresa, os olhos do moleque brilham com as lágrimas.

– Você não o quer – sussurra Xander. – Você o odeia. Você quer que ele seja destruído.

– E você pensou em fazer isso por mim?

Xander engole em seco e assente. Sona passa a língua pelos lábios e se levanta, colocando o trapo sujo de óleo cuidadosamente sobre a mesa.

– Por que você faria isso por mim? – murmura ela.

– Você tem noção de que poderia ter arruinado tudo? – vocifera Jenny. – Você tem noção de como eu ia te esganar se…

Com um aceno de mão, Xander gesticula para ela parar; depois sorri, de um jeito meio doentio e imbecil que diz, na caradura, "*eu literalmente não poderia me importar menos*".

Jenny solta um suspiro breve e incrédulo. Com a jarra ainda na mão, ela aponta diretamente para Sona.

– Sua missão-teste é esta semana. E, se eu pegar qualquer um de vocês, ratos, em qualquer lugar perto do meu laboratório antes disso, vou garantir que o Conselho receba uma doação de órgãos considerável antes do fim do dia.

Todos ficam em silêncio enquanto ela vai embora, escutando os passos que se esvaem e a batida da porta da escadaria como um sinal de segurança. Nova começa a rir.

– Você é doido, Xander – exclama ela. – Você quer morrer ou coisa parecida?

Xander a ignora, levantando-se e arrumando a gola da camisa, amassada pelo pulso firme de Jenny. Ele pousa os olhos na espada firmemente empunhada por Sona, a mão decidida encaixada na intricada guarda prateada. O olhar é rápido, mas, mesmo assim, sei o que ele vê. É a mesma imagem que vem pulsando dentro da minha cabeça há semanas, ardendo como um corte recente cada vez que olho na direção de Sona: a figura brilhando nas sombras de outono da floresta, a espada firme no punho cerrado e um olhar inabalável voltado para o Berserker. Vi a cena por apenas uma fração de segundo antes de outro Windup exigir minha atenção, mas eu a vi. Uma luta que ela não teria como vencer, e mesmo assim sua postura gritava o contrário.

Xander também a viu. Assim como eu havia feito contra a Valquíria, Sona se impôs com confiança não porque achava que sairia da batalha com vida. Ela o fez porque as armas agora estavam voltadas para ela, e não para sua equipe. *Nossa* equipe.

Sona salvou a vida de Xander, e agora ele está tentando retribuir o favor. Ele invadiu o laboratório de Jenny e roubou o olho de Falha, determinado a salvá-la.

De se conectar?

Não. Um nó se forma na base de minha garganta.

– Você não quer de fato matar todas aquelas pessoas, quer? – pergunta Xander, a voz áspera.

A expressão no rosto dela. A expressão no rosto dela poderia me despedaçar se estivesse voltada para mim, mas não está; Xander está firme diante dela, porque ele teve a ousadia de fazer o que eu deveria ter feito, o que não posso fazer. O cabelo de Sona se amontoa nos ombros, bagunçado. Acho que é isso que me impede de ver a pausa em sua respiração, mas eu sei que a verdade está em suas mãos, e eu sei que, quando elas se dobram como agora, ela está se preparando.

Um massacre. É isso que estou colocando nos ombros dela; é assim que vamos acabar com isso. Por que como poderia o fim da guerra não ser tão bárbaro quanto o restante dela? Por que deveríamos esperar que houvesse qualquer outro jeito?

Antes mesmo de eu registrar que ela colocou a espada no cinto, Sona dá um passo à frente e envolve o corpo esguio de Xander com os braços.

O abraço é rápido, e Xander pisca surpreso enquanto ela se endireita e coloca a mão de leve no ombro dele.

– Obrigada – diz ela, o sorriso e a voz suaves. – Foi muita gentileza sua pensar em mim.

Xander baixa os olhos, erguendo a mão até a dela. A princípio, penso que ele vai dar um tapinha para afastar o gesto de Sona, mas em vez disso ele dobra os dedos ao redor do punho da garota e vira a palma da mão dela para o teto. As engrenagens na pele dela ficam à mostra, uma quantidade pequena ainda, mas desabrochando gradualmente. Ele bate o dedo de leve no painel do antebraço, em cima da primeira tatuagem, aquela que eu mesma desenhei.

Mais alguns dias se passam antes de Jenny tentar matar um de nós outra vez. Uma missão no meio do dia deixa todos agitados com uma energia incessante, mas como sou velha e estou morta de cansaço, fico grata por encontrar o salão comunitário vazio depois do banho, com exceção de Sona, confortavelmente sentada de pernas cruzadas no sofá. Ela está com um de meus livros nas mãos, as bochechas coradas.

– Ai, Deuses – digo.

Seu olhar recai sobre mim e ela o sustenta enquanto vira a página.

– Isso é obsceno – diz ela, a voz calma.

– Não é, *não*.

Ela passa o dedo pela página.

– *Ela a encarava intensamente, e era insensata por isso, porque sabia que aquele era o momento da virada, o divisor de águas...*

Ela pula para trás do sofá quando tento pegar o livro, subindo no parapeito da janela, a figura alta encostada no vidro. Ela não parou de ler. Ajoelhada nas almofadas abaixo, preciso inclinar a cabeça para trás para vê-la direito.

– Apodreça, Falha!

– *Ela sabia que seu universo se retesava ao redor daquela garota, que certa hora desabaria ao redor daquela garota, daquela força...* – Sona faz uma pausa. Ela aponta na direção da janela com o queixo, depois diz: – Peito.

– Quê?

– O peito do mecha.

Subo no encosto do sofá e olho para fora, onde o pátio central dos Ermos foi tomado pelo Arcanjo. Os caixotes do Ponto continham apenas os detalhes decisivos: um peitoral de prata, grevas, protetores de braço e um conjunto igualmente interessante e apavorante de mãos, cada dedo terminando em uma garra curva. Uma auréola de metal negro circunda o topo de sua cabeça. Metade do campus poderia acampar confortavelmente sobre seus ombros.

A coisa é pavorosa. Qualquer elegância contida nas peças do Arcanjo é extensamente ofuscada pelas partes remendadas por Jenny – as coxas do Berserker e a maior parte do tronco do Argos, sem mencionar os pedaços aleatórios das entranhas. Não importa. A coisa só precisa voar.

No esterno do Arcanjo, Theo está sentado nos ombros de Arsen; Nova, nos de Juniper. Xander vai arbitrar a luta. Ele arranjou um apito em algum lugar, e seu som parece riscar o vidro.

– Eles já *eram* – sibilo.

– Jenny – observa Sona.

Minha irmã apareceu no quadril do mecha com uma expressão que faria afronta aos portões dos infernos.

O efeito é imediato. Meus amigos caem um de cima do outro e correm em direções diferentes. Algo brilha na mão de Arsen, e de repente uma névoa está saindo em tentáculos do mecha.

– Vai – digo, e nos afastamos da janela. Eu a conduzo pelo corredor e pela porta da frente, virando a trava três segundos antes de cinco pares de mãos começarem a bater contra ela.

Rindo, nos sentamos de costas para a madeira, os calcanhares raspando o carpete enlameado (nós precisamos mesmo fazer uma faxina) enquanto eles gritam do outro lado.

– Eris, *por favor* – implora Theo.

– Falha! Falha, deixe a gente entrar! – grita Nova.

– Eu decidi explodir a porta.

– Arsen, *nem pense* – disparo.

– Segure isso, June. Obrigado.

Uma coisa dura acerta a porta. Sona, imperturbável ao meu lado, pega meu livro debaixo do braço e continua de onde parou.

– É melhor vocês saírem de perto – ameaça ele.

– Você vai nos espalhar nesse carpete – diz Sona.

Uma rodada de gritos. Depois a voz irritante de Jenny, a meros passos de distância.

– Aí estão vocês, seus *merdinhas*, eu tô prestes a...

– Fujam! – grita Juniper.

A urgência de pés apavorados nos degraus, o grunhido de Jenny se dissipando, e depois silêncio.

Os lábios de Sona se abrem de leve conforme ela lê. Um polegar repousa delicadamente em uma dobra no pé da página, que usei para marcar onde parei na última vez que li o livro.

– *Por que está me encarando?* – pergunta ela, e sinto as bochechas esquentarem antes de perceber que ela voltou a ler em voz alta. – *Porque não consigo parar. Porque só deve haver você e todo o resto, e mesmo assim é só isso. Você é tudo. Mas não digo nada disso...*

Coloco as mãos na nuca e a cabeça entre as pernas.

– A porta pode explodir e nós vamos junto. Essa não é a última coisa que eu quero ouvir.

– Não é? – Ela olha para mim. – Estas páginas estão surradas, Eris.

– Não é como se a gente tivesse a extensa coleção de livros que a Academia tem.

Não há uma única porta fechada neste corredor. Vejo o canto da colcha rosa de Nova, a coleção de ninhos de passarinho de June empilhada na cômoda, peças de xadrez espalhadas no chão do quarto de Xander. O canto solto de um pôster que mostra espécies de fungos acima da cama de Theo; as paredes de Arsen, marcadas com desenhos feitos a carvão. Uma pilha de livros se equilibra na beirada da minha cômoda. Não há nada no quarto de Sona, que antes era de Milo, com exceção de algumas roupas – que já foram minhas e agora são dela – no cabideiro na parede e uma cama bem-arrumada; ela não dorme lá desde que Milo tentou matá-la. Da primeira vez.

Uma luz cinzenta jorra da janela na extremidade oposta do corredor, empalidecendo o papel de parede azul. Os dedos dos pés de Sona estão mergulhados nos raios e os meus, nas sombras, dobrados ao lado da canela dela. June insistiu para pintar as unhas dela ontem; Falha queria pintá-las de preto, como as minhas.

– Você tá preocupada com a missão de teste amanhã? – pergunto.

Estou bastante consciente de que ela parou de ler, o olho ainda fixo na página.

Depois de um instante, Sona fala baixinho:

— Estou.

— Por quê? — pergunto, e imediatamente me sinto uma escrota.

Ela dobra os longos dedos sobre o livro. Ela encosta a cabeça na madeira, fechando o olho.

— Eu me sinto... grande, quando faço isso — murmura ela, um tom tão baixo que quase não ouço, mesmo a centímetros de distância. — Tão grande que minha cabeça é capaz de apagar o azul do céu.

— E isso é apavorante?

— E é glorioso, Eris. Por favor... — Ela para, a voz fraquejando. Eu percebo por que suas palavras saem em um murmúrio. Ela sente vergonha. — Por favor, não pense o pior de mim.

Quando olho para ela por tempo o suficiente, como estou fazendo agora, vejo uma rachadura dividindo seus traços resignados. E através dela, há o lampejo de uma expressão que me faz gelar. É a necessidade repentina e desesperada de abrir os painéis, de cavar e arrancar e destruir.

Por um breve momento, imagino qual seria a sensação da pele dela em minha boca se eu a beijasse do pulso ao cotovelo, o desejo violento, porque ela parece tão triste e eu odeio isso, e sinto tanta coisa e odeio isso também. Estamos em guerra e pessoas morrem e eu *me importo*, e isso vai doer.

Engulo em seco.

— Só vou pensar o pior de você se não devolver meu livro.

Os ombros dela parecem relaxar um pouco. Ela nunca deixou de usar sua jaqueta de Valquíria, mas a peça parece mais um deboche do que qualquer outra coisa, as mangas arregaçadas para que as engrenagens fiquem à vista. Ela abre o olho e baixa-o de volta para a página.

— Vale a pena.

Ela repousa a cabeça em meu ombro e puxa as pernas para si. Perto de nós, na parede, está um dos rabiscos de Nova, um boneco de palito ao lado da frase QUEM FALA O QUE QUER OUVE O QUE NÃO QUER escrita em letras de forma. Ver aquilo só aumenta o ridículo da situação. Eu não deveria estar me sentindo tão bem assim. Fui feita para ser uma guerreira com um coração de pedra. Fui feita para perder pessoas porque isso é uma coisa que acontece. Mal dizia a Milo que o amava, e, depois de tudo, parece ter sido a coisa certa a fazer. Eu devia me afastar de Sona antes que eu me esqueça disso, antes que eu me esqueça do estado deste mundo só porque a pele dela está encostada na minha.

– Você vai ficar bem? – É o que digo em vez disso.

Sona balança a cabeça.

– Não sei. – Ela vira a página. – Mas me sinto bem agora.

Ah, entendi o que está acontecendo comigo, penso, os cachos dela contra minha mandíbula. *Ah, tá. Ah, merda.*

CAPÍTULO TRINTA E TRÊS

ERIS

Com as mãos agora vazias, Jenny se afasta de Sona. Falha já recolocou o tapa-olho. Uma das mesas de vidro foi esvaziada para que ela se deitasse, o conteúdo espalhado caoticamente ao redor da sala na pressa entusiasmada de Jenny. Ou talvez não fosse entusiasmo, e sim apenas a combinação de um fluxo contínuo de cafeína nas veias e tremores de um corpo cansado implorando para dormir.

— Vem, vem, vem! — exclama ela, a voz saltando para gritos em intervalos erráticos conforme pula os itens variados a caminho da saída, gesticulando loucamente por cima do ombro para que Sona a siga.

Em seguida, ela bate com tudo na porta de vidro, ficando atordoada por alguns instantes enquanto tateia a superfície, depois passa os dedos trêmulos pela maçaneta e a abre. Observamos em silêncio conforme ela cambaleia escadaria acima.

— Ela tá doidona, Eris — murmura Juniper.

— Ela sempre foi assim — digo, observando enquanto Sona desvia com cuidado da bagunça de Jenny. Educadamente, Xander começa a chutar caixas para longe do caminho à medida que ela se aproxima. — As pessoas só se sentem mais seguras de falar isso agora, já que acham que a precisão dos golpes de Jenny depende apenas do fato de ela não se desequilibrar quando levanta.

— Tudo em cima, Falha? — pergunta Nova num tom animado. — Pronta pra voar?

Sona abre apenas um sorriso cansado antes de seguir Jenny escadaria acima.

Entramos no pátio e vemos que Arsen e Theo se acomodaram confortavelmente no tornozelo do Arcanjo. Jenny está abaixo deles, dando gritos estridentes para que saiam de cima de seu mecha, as ameaças completamente ineficazes já que ela está virada para o peito do Windup em vez de para os pés, e quase todas as sílabas saem arrastadas.

Ela deve ter dito algo coerente em algum momento, porque Arsen solta uma resposta dissimulada que faz o foco de Jen de repente se aguçar. Ela põe a mão ao redor do tornozelo de Arsen antes que o rapaz possa gritar um pedido de desculpas, e então ele cai de cara no chão.

Nova começa a rir enquanto Juniper desaparece do meu lado e se materializa em cima de Arsen, o grunhido cortando o ar matutino. Jen desvia do golpe de esquerda dela com facilidade e enfia a bota atrás do tornozelo de Juniper, empurrando o ombro da garota para a frente e fazendo-a tropeçar. Jen coloca o pé entre os joelhos dos integrantes derrubados da minha equipe e os encara, estreitando os olhos.

– Qual é o nome de vocês mesmo? – pergunta ela.

– Nova – diz June.

– Theo Vanguard – responde rapidamente Arsen. – Prazer.

De repente, Jenny se endireita e gira. O riso de Nova e os ombros trêmulos de Xander paralisam quando ela lhes lança um olhar mortal.

– A gente tá de boa! – grita Nova.

Jenny grunhe e passa por cima do corpo de June, avançando. Nova solta um grito e segura minha jaqueta, mas Jen para antes de chegar onde eu estou, estendendo um dedo trêmulo na direção da entrada do dormitório.

– Não estou atrás de você – grunhe ela.

Eu me viro e vejo que um grupo de pessoas apareceu no pátio atrás de nós e, quando ergo os olhos, me deparo com uma gama de rostos encostados em cada janela disponível. Não consigo reconhecer todos eles: são Gearbreakers ao lado dos quais lutei incontáveis vezes, com quem vivi, com quem briguei, Gearbreakers com quem acabei em discussões ou treinos e de quem ganhei uma coleção considerável de hematomas e fraturas como retribuição. E a maioria deles passou a aceitar Sona de uma forma tímida, especialmente depois da derrubada tripla na Sucata, quando a história de seu confronto destemido com um Berserker se espalhou em sussurros pelos Ermos. Estão aqui apenas como espectadores, para ver se a destruição de Godolia pode mesmo ser possível com a combinação do plano absurdo de Jen, um punhado de renegados privados de sono e uma Piloto rebelde.

Só que os Gearbreakers perto da linha de frente servem como alvos para o olhar mortal de Jenny. Eu os reconheço sob uma luz diferente: pessoas que exibem sua covardia debilitante com ameaças vívidas à vida de Sona.

Parado no centro daquela multidão está Milo. Ele carrega o fuzil de forma casual, o cano erguido por cima do ombro. A postura é relaxada, mas a ruga na sobrancelha entrega seus pensamentos.

– Quer ir também, Vanguard? – pergunta ela.

Milo cruza os braços, e, em minha visão periférica, Sona se endireita de leve, preparando-se para o que quer que esteja vindo em seguida.

– Essa Piloto não vai se conectar, Jenny – diz Milo, ríspido.

Há um peso perigoso no ar. Jen o ignora completamente, a mão no quadril, um bocejo estendendo sua mandíbula.

– Outra vez isso? – reclama ela. – Que chato. Vem, Falha, vamos aprontar você.

– Essa coisa vai matar todos nós, Jenny! – Milo grita às costas dela, e a multidão ruge atrás dele. – Os Ermos vão queimar se a Robô se conectar!

– Ótimo – retruca Jenny. – Este lugar inteiro precisa de uma bela recauchutada, com vocês todos zanzando por aí.

Um estrondo atravessa o ar.

Uma linha fina de sangue mancha o chão. Pingos quentes atingem meu pescoço.

De alguma forma, Jenny pega Sona nos braços quando ela cambaleia, só por tempo suficiente para que eu a veja atordoada, levando uma mão à têmpora, que está pegajosa, coberta de vermelho. Percebendo que ela está viva, Jen imediatamente a afasta e se move tão rápido que eu nem sequer registro a ação até o estalo de um nariz quebrado cortar o ar. Então o sangue de Milo está brilhando sobre o material preto da luva direita dela.

– Seu filho da puta – sibila Jenny.

A multidão avança. Sona, no chão, aponta o queixo de leve na direção deles, e, com um grunhido, eu me viro e lanço gelo contra o chão.

– Você tá bem? – sussurro para Sona, as veias das luvas criogênicas brilhando em azul.

– Ele errou.

– Isso não é resposta.

– Dói tanto, Eris.

Reviro os olhos. Jenny abre caminho em meio à multidão, e eles a deixam passar, porque morrem de medo dela, e com razão. Ela segura a camisa de Milo com uma das mãos.

– Acho que você deve desculpas a alguém aqui – diz Jenny, soltando-o no chão coberto de gelo. As mãos dele ficam repletas de lascas.

– Não vou pedir desculpas pra essa coisa – sibila Milo, os ombros subindo e descendo.

Acho que há mais rugas em seu rosto do que na última vez que o vi. Mais raiva distorcida. Ou sempre esteve ali? Ele costumava dizer que eu era a raivosa, que ele gostava disso em mim. Eu achava que isso significava que nós nos equilibrávamos, que a calma dele era algo de que eu precisava. Mas talvez ele não fosse calmo, apenas contido.

– Quê? – Jenny volta a olhar para Sona. – Falha está bem. Você deve desculpas a *mim*. Sou eu quem está prestes a quebrar a sua cara.

– Pode vir – cospe Milo. – Estamos todos prestes a morrer mesmo.

– Em uma escala cósmica, é verdade. – Jenny se assoma sobre Milo, um pé plantado de leve sobre os dedos dele. – Mas sua cabecinha não consegue entender isso, né? Então deixe eu facilitar as coisas pra você: não estamos numa escala cósmica, estamos na *minha* escala, no meu relógio, na minha linha do tempo. Você vai morrer quando eu disser que vai morrer. Eu só não te mato agora mesmo porque você realmente acredita que Falha está prestes a lançar mísseis em todo este inferno de lugar, e estou torcendo para o medo fazer você cagar nas calças.

– Eris – sussurra Milo. – Isso é loucura, e você sabe disso.

Ajudo Sona a se levantar.

– Vai pastar, Milo.

– Alguém mais? – Jenny pergunta para a multidão, abrindo os braços, o que provoca uma movimentação assustada de pés, embora ela não esteja usando as luvas. – Não? Então será que vocês podem levantar esse astral e me deixar acabar com essa guerra? Deuses...

Ela se vira e segura o queixo de Sona, fitando o arranhão provocado pela bala. Observo com cautela enquanto a multidão se dissipa, alguns voltando para os dormitórios, outros caminhando até a floresta, provavelmente para sair do caminho de Falha quando ela for matar todos em alguns minutos. Quer estejam assustados ou não, a palavra de Jenny significa muita coisa aqui, ou pelo menos as ameaças dela significam. A maioria provavelmente preferiria morrer de um jeito rápido e fácil com os mísseis do que por qualquer método que a Rompe-Estrelas escolha pessoalmente para acabar com eles.

– Você estava prestando atenção – murmura Jenny. – Só um arranhão. Pega umas teias de aranha na raiz daquela árvore, Eris. Agora coma. Brincadeira, Deuses, por que tá todo mundo tão tenso hoje? Me dá isso aqui.

Ela coloca as teias de aranha sobre o arranhão, dando tapinhas nelas de leve com a ponta do dedo. Sona me olha de soslaio.

– Você está pálida – diz ela.

Entorpecida, toco os pingos de sangue no meu pescoço e os limpo na manga da jaqueta dela.

– Cale a boca, por favor.

– Coloque a entrada perto do pescoço – diz Jenny conforme subimos no Arcanjo, a ausência de uma luta permitindo que suas palavras se arrastem outra vez. Ela agita os dedos na direção da pele do mecha. – O resto das entranhas está uma merda… Funcionam, sim, mas…

Ela para de falar por um segundo, esquecendo o que ia dizer. Chegamos a uma escotilha circular na base do pescoço, contribuição do Argos derrubado, e ela faz um gesto fraco novamente.

– É… tá uma merda. Não queria que ninguém mais visse. Pode entrar.

– Você não vem? – pergunto.

– E você acha que vai?

Cruzo os braços.

– É claro.

Ela me imita.

– Por quê? Ela pode muito bem lidar com os cabos e todo o resto sozinha.

– Eu sei que pode. Qual é o problema de eu ir junto?

Uma linha se forma entre suas sobrancelhas enquanto ela vasculha os próprios pensamentos, que eu imagino terem sido reduzidos a meros filamentos por sua recusa contínua em não dormir. Ela assente lentamente, depois triunfante, escolhendo um.

– Se isso acabar explodindo, minhas preciosas luvas criogênicas vão ser desintegradas.

Reviro os olhos, vagamente ciente de que Sona está contendo um riso sombrio.

– Deuses, Jen, se explodir, aí os Ermos inteiros também vão se desintegrar.

Ela me lança um olhar vazio.

– O que significa que as suas *preciosas* luvas vão ser destruídas de um jeito ou de outro, então eu vou.

– Ah, entendi – murmura ela, parecendo não ter entendido direito. – Bem, então… divirtam-se, Falha e merdinha. E, se essa coisa voar, vocês fariam a gentileza de pousar meu mecha na Sucata depois do teste? Não preciso de nenhum outro Gearbreaker esfregando as mãozinhas imundas nele e o quebrando antes do Dia do Paraíso. Especialmente o seu ex.

Jenny cambaleia na direção do ombro, cai e pousa com força na asa. Ela dá mais alguns passos oscilantes e desaparece pela beirada, e eu a encaro por um minuto até ela aparecer outra vez, afastando-se em terra firme com a cabeça milagrosamente intacta.

– Ela vai ficar bem? – pergunta Sona.

– Vai. Claro. Se conseguir andar em linha reta por tempo suficiente para sair do caminho – murmuro, observando o rabo de cavalo dela balançar conforme ela se afasta. – Está pronta?

Sona olha para o vazio e assente. É uma queda de cerca de dois metros; ela aterrissa com firmeza e se move para me dar espaço. Passo os dedos na borda da abertura e deslizo para dentro, transferindo as mãos para a alça da escotilha, meu peso permitindo que a porta se feche. Aterrisso silenciosamente em meio à escuridão. A mão de Sona roça meu ombro e, sem mais nenhuma palavra, entramos na cabeça do Arcanjo.

Já que o Windup está deitado, o piso de vidro ocupa a parede atrás de nós, enquanto a que está à nossa frente se tornará o teto quando o mecha estiver de pé. Os cabos conectores caem dos compartimentos, as pontas de cobre serpenteando pelo chão, que é a parte de trás da cabeça do Windup. Sona gira em um círculo lento, olhando ao redor da sala, depois para e olha através dos olhos do Arcanjo.

– Creio que eu esteja um pouco desorientada – murmura ela.

Acho isso engraçado. Ela está acostumada a ver Windups de pé. Eu estou mais acostumada com eles em qualquer outra posição. Bato minha bota no chão.

– Deite aqui – instruo.

Ela obedece silenciosamente. Eu me ajoelho e junto os cabos da esquerda e da direita em feixes organizados e os deposito ao lado dela. Acho que ela tenta conter a forma como os dedos hesitam sobre as tatuagens antes que eu possa notar, abrindo o painel do antebraço direito com agilidade, mas ainda assim sinto um nó na garganta.

Um por um, Sona prende os cabos, uma pequena corrente percorrendo seu corpo a cada nova adição. Antes de pegar o último, ela ergue a mão para tirar o tapa-olho delicadamente, revelando uma pálpebra fechada com um círculo vermelho perfeito brilhando sob a pele. Ela se vira na minha direção, imitando a outra íris, e Sona coloca o tapa-olho nas minhas mãos.

— Segure isso para mim, por favor — sussurra ela.

Fecho os dedos ao redor dele e abro um sorriso torto.

— Pronta pra voar, Falha?

— Um beijo seria uma boa motivação.

— E que tal o fato de que Jen vai invadir este lugar em cinco segundos se a gente não andar logo?

Uma expressão azeda cruza seu rosto, o que me faz rir, e ela considera aquilo um pagamento suficiente para levar os dedos ao último encaixe, conectando o cabo no lugar.

Meu sorriso se esvai.

Sona abre os dois olhos e, apesar da minha vontade, apesar *dela*, sinto o sangue gelar. Ela ergue uma das mãos, dobrando os dedos no ar; faz o mesmo com a outra. A luz vermelha que despeja dos olhos do Windup se fragmenta conforme as garras do Arcanjo aparecem acima, abrindo e fechando em uma correspondência perfeita com seus movimentos.

Mantendo a cabeça voltada para trás, Sona fica de pé e abre uma mão. Eu a seguro enquanto ela ergue a cabeça lentamente, fazendo a sala ao nosso redor se inclinar e o ângulo do chão se ajustar. Eu a conduzo na direção da parede de vidro conforme ela se transforma em chão, murmurando para que ela dê um passo no momento em que o ângulo fica íngreme. O Arcanjo estremece quando ela obedece, e o piso de vidro brilha sob nosso peso. A luz azul escorre pelos traços dela, projetando as sombras de seus cílios. Solto a mão dela e saio da plataforma. Ela deixa os dedos caírem pelas laterais do corpo.

Sona estica um pouco o pescoço e gira os ombros. Uma pequena ruga aparece entre suas sobrancelhas, e ela repete o movimento lentamente. Então ela ergue a mão, delineando de leve a fenda da escápula esquerda o máximo que consegue, deixando um suspiro escapar.

— Isso... — murmura ela. — Isso é estranho.

— As asas?

– Asas... é.

Engulo em seco quando ela gira os ombros para trás mais uma vez, adotando uma postura altiva. A armadura de asas poderia facilmente derrubar um dos prédios dos Ermos. Assim como um passo. Ou um pensamento. A destruição não precisaria de esforço algum.

– Tudo bem? – É o que consigo dizer. As palavras soam forçadas, trêmulas de incerteza.

– Ah, sim, estou perfeitamente bem, Geada. – Sona suspira. – Na verdade, estou voltando a me sentir eu mesma.

Fico completamente rígida. Não tiro os olhos do sorriso aninhado em seu rosto. Meu sangue está congelado, ameaçando rachar.

Então Sona ri; um som alegre e cintilante que preenche o espaço e supera o zumbido da eletricidade que corre pelo Arcanjo.

– Você precisava ver a sua cara, Eris – diz ela.

Eu me esforço para respirar.

– Você não consegue ver meu rosto!

– Mas posso sentir ele incendiando minha bochecha. Você tem mesmo tanto medo de mim?

– Ah, com certeza.

Eu queria que soasse como uma piada, embora tenha certeza de que não é, mas a voz de Sona se torna um sussurro repentino.

– Também estou com um pouco de medo de você agora. Se isso a deixa mais segura.

Será que me sinto mais segura? Será que ouso? Desenhei aquelas tatuagens na pele dela, marcando-a como uma de nós. Elas não desaparecem só porque a pele está retraída. Mesmo sob o choque da luz vermelha que jorra dos olhos do Arcanjo e do brilho do piso, a tinta ainda triunfa lá.

– Não tenho medo de você – digo, mentindo descaradamente.

– Poderia ter? – pergunta ela.

As palavras levam um momento para se assentarem, mas depois me atingem como um soco no peito. Será que ela sabe o que estou pensando, que é claro que tenho medo dela, mas que o medo de vê-la nessa forma não é nada em comparação ao medo de vê-la todos os dias – o salto em minhas costelas quando ela sorri, o nó em meu estômago quando ela se aproxima. *Você poderia ter?* Será que ela também tem medo de mim?

Eu quero que tenha?

Sim.

– Sim.

A expressão dela se suaviza. Sona dá um único passo gracioso, assumindo uma postura de luta. Ela deixa os longos dedos caírem pelas laterais do corpo, estremecendo quando gira os ombros para trás mais uma vez. Não percebo o que ela está fazendo até ela dobrar os joelhos, e me atrapalho procurando algo em que me segurar.

Não adianta nada. A força do salto do Arcanjo me derruba, e o chão sob minhas mãos absorve uma onda de calor quando os jatos ganham vida, o rugido silenciando meu suspiro assustado. Eu me levanto – trêmula – só por necessidade, para me segurar em algum lugar quando o piso começa a se inclinar. Com a borracha de minhas botas me mantendo firme no lugar, vejo o queixo de Sona inclinado na direção de seus dedos.

– Você tem medo de altura? – murmura ela.

– Você tá de brincadeira?

– Sim. Vá para as janelas.

Obedeço, encostando as mãos no vidro tingido de vermelho e espiando pela beirada.

– Eris?

– Sim?

– Tudo bem? Você ficou quieta.

Fico feliz por ela não poder me ver engolindo em seco.

– Só estou apreciando a vista.

Não tenho medo de altura, mas, abaixo de nós, depois da miragem tecnológica de galhos cobertos de neve que Jenny configurou, há uma única mancha que representa todo o meu lar. E eu me imagino caindo. As vastas possibilidades de queda que os Gearbreakers sempre utilizaram não significam nada para um Arcanjo. Se o mecha caísse do céu, o único resultado possível seria uma calamidade.

Vejo a mesma constatação cruzar o rosto de Sona, vejo seus dedos ficarem brancos, e ouço as garras do Arcanjo rangerem em suas palmas douradas.

– Qual é a sensação? – tento perguntar, mas ela balança a cabeça.

– Qual é o *sentido*, Eris? – murmura ela. – Eu destruo a Academia; incendeio os Zênites e seus subordinados e alunos. E depois? Quanto tempo vai levar até eles se reestruturarem? Quanto tempo eles dedicarão a se recuperar antes de criarem novos Windups? Antes que modelos como este encham os céus, e como será a ira deles? Silvertwin... Você sabe o que aconteceu com Silvertwin. Você sabe como Godolia lida com desobediência nos vilarejos de suprimentos. Mate um e o restante andará na linha. É simples. Eficiente. Efetivo. E não custa nada para eles. Eles têm milhares de outros que continuarão a fornecer carvão e ferro e frutos e o que quer que seja para evitar o mesmo destino.

Embora sua voz tenha ficado estridente de uma raiva que eu sei não ser direcionada a mim, as palavras ainda machucam. Estamos pairando a nove mil metros do chão em um mecha em que minha irmã trabalhou exaustivamente para criar, e ela está insinuando que foi tudo por nada. Insinuando que todo o modo de vida dos Gearbreakers, todo o *meu* modo de vida, está preso a uma causa fútil.

E o pior de tudo é a ideia insuportável e excruciante de que talvez ela tenha razão.

— Então, o que a gente pode fazer, Falha? — grito. — Não lutar significa que Godolia nos controla.

Sona deixa a cabeça reta, o piso no mesmo ângulo, e range os dentes.

— Godolia sairá procurando os Gearbreakers freneticamente depois do Dia do Paraíso, em uma escala que nenhum de vocês já viu, isso porque teremos trocado o espinho por uma espada.

— Pensei que quisesse colocar a espada lá você mesma — falo, as palavras saindo como um rosnado.

— Eu quero. Eu *vou*, mas... o programa dos Windups ainda pode se reerguer.

— Aí a gente ataca de novo!

— E quantos de nós vamos continuar vivos, Eris, depois do fogo infernal? Depois que a fúria deles tiver queimado tudo dentro de um raio de mil e quinhentos quilômetros dos Ermos?

— Então é isso, pra você acabou? Godolia te assusta tanto assim? Queria que você tivesse dito *alguma coisa* antes de Jenny quase ter se matado construindo esta porcaria!

— Estou com medo! — grita Sona, e depois recua, mas se recupera rapidamente. — Não de perder a vida, ou de lutar, ou do plano. Eu vou ser a causa de *tudo* que vier depois, Eris! É... Eu... eu não posso perder...

De repente ela para, virando a cabeça para o lado. Preciso pressionar a mão no vidro para não ser arremessada para a esquerda.

– Mas que porra, Falha? – resmungo.

– Um helicóptero – sussurra ela, e meu sangue congela outra vez.

Lá fora, um pontinho segue seu caminho pelo céu. Talvez oito quilômetros além, e perto, perto demais. Perto o bastante para ver o *Windup alado* pairando no ar.

Mordo o interior da bochecha com força, induzindo meu corpo a romper o estupor.

– Sona...

– Eu sei – diz ela, as sobrancelhas franzidas. – Está preparada?

Só que ela não espera uma resposta. A floresta se afasta, a ardósia dos arredores em ruínas substituindo o emaranhado áspero de galhos, e logo isso também desaparece. O ponto que marca o helicóptero se contorce em uma coleção de bordas: caudas gêmeas e quatro círculos giratórios que são as lâminas das hélices. É um dos grandes, capaz de levar ao menos vinte pessoas no seu interior.

Por causa disso, e não pela primeira vez, me vejo grata pela brutalidade de Sona.

Ela fecha a mão ao redor da base do helicóptero, quase gentilmente, e fica completamente parada. Seus ombros estão retraídos de forma rígida, permitindo que continuemos pairando enquanto ela aperta uma das hélices entre o indicador e o polegar. O objeto cede instantaneamente com a pressão.

– O que diabos você tá fazendo?

– Dando uma olhada – diz ela, depois pausa. – Brincadeira. Sobre o sentimento, pelo menos. Você acha que devemos ver se os mísseis funcionam?

As janelas escuras do helicóptero mantêm o caos que se espalha lá dentro oculto para nós. Não preciso responder. Nós duas sabemos que essa será uma morte mais rápida.

Observo as garras de desdobrarem, e o helicóptero decola como um pássaro de asas cortadas, a hélice quebrada fazendo-o balançar de um lado para o outro enquanto voa.

– Agora? – pergunto.

– Me dá um segundo – murmura ela, e observo o contorno de suas escápulas se projetar de sua jaqueta antes de se retrair. – Que estranho...

– Você por acaso sabe o que tá fazendo?

Sona balança a cabeça, o sorriso tímido aparecendo.

Uma nítida linha de fumaça preta divide o azul do céu.

Não vejo o ponto onde o míssil faz contato, mas seria impossível não ver o resultado: um bulbo de chamas desabrocha, gritando de alegria à medida que rasga o metal e arremessa estilhaços carbonizados no ar. Os destroços caem do céu, a cauda em chamas tão negra e certa como o traço de um pincel.

– Acertei – diz Sona, e o choque em seu tom faz uma risada saltar de minha garganta.

– Você acha mesmo?

Há uma pontada em meu peito que só consigo reconhecer como vertigem. Com o rosto colado ao vidro, observo os tentáculos de fumaça serpentearem lá embaixo.

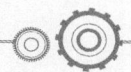

Pouco tempo depois, quando os destroços já pararam de queimar, Sona localiza um espaço largo o bastante entre as árvores da Sucata para abrigar o Windup. Galhos nus roçam a pele do mecha conforme descemos, e um suspiro de alívio sai do meu peito quando sinto o solavanco da terra firme sob meus pés. Ajudo Sona a se deitar outra vez, tomando cuidado com a inclinação do piso, e ela começa a desconectar os cabos. O Arcanjo fica imóvel.

Sona pisca uma vez, e o vazio de sua expressão se dissipa. Ambos os olhos, junto com a pele e o cabelo castanho-escuro, estão iluminados pela luz vermelha que jorra de cima. O tom de alguma forma suaviza o brilho da Modificação.

– Vai me deixar levantar? – pergunta ela, fechando o olho.

Eu me sento sobre os calcanhares, e ela ergue o tronco, abrindo a palma. Um momento se passa antes de eu pegar, atrapalhada, o tapa-olho e entregá-lo para ela.

O ar parece estranhamente pesado quando saímos do pescoço do mecha. Abrindo caminho até o esterno, esperamos a pequena, mas forte multidão de vozes surgir do que parece um bosque vazio e abarrotado de lixo – minha equipe, que não para de brigar, seguida por Jenny, que caminha para trás com o queixo formando um arco do chão ao céu acima de nós. Ela continua inclinando a cabeça para trás até nos ver, depois se endireita e caminha na direção dos pés do Arcanjo, uma mão tracejando o ar à sua esquerda ao testar sua tecnologia de miragem.

A equipe sobe no Windup, onde Arsen funga o ar e pergunta:
— O que explodiu?
— Um helicóptero — responde Sona.
— Mentira — sussurra June.
— Isso é ruim? — indaga Theo, os olhos arregalados. — Ei, isso parece ruim, *muito* ruim...
— Sona cuidou disso.

Eles notam algo em minha voz, algo elétrico, e param de se agitar para olhar na minha direção. Envolvo meu corpo com os braços, um sorriso se abrindo em meu rosto.

Xander, parado tão imóvel e rígido quanto os galhos acima de nós, pergunta:
— Isso vai funcionar?

Eu me viro para Sona. Ela ergue o olho para mim. A adrenalina do gesto me faz congelar, e a expressão em seu rosto me estilhaça. *Não lido bem com isso.*

Não sou boa.
— Vai funcionar — diz Sona.

Meu sorriso escorrega da boca, e ela o observa desaparecer.

CAPÍTULO TRINTA E QUATRO

SONA

Godolia te assusta tanto assim?

A voz dela soava vinda de todas as direções, de horizonte a horizonte. Abri a boca para respondê-la, me atrapalhei com os pensamentos. Muito fraca para organizá-los, e com muito medo da fraqueza que transbordaria se eu fizesse tal coisa.

Há apenas alguns meses, eu teria dado qualquer coisa pela oportunidade de destruir a Academia. Que se danem os efeitos colaterais. Que se danem os inocentes. Aquilo era sobre mim, sobre *minha* cidade, *minha* família. Eles nunca tiveram enterros adequados. Morreram emaranhados nos braços e pernas de outros, os últimos suspiros repletos de caos e medo e terra. O mínimo que posso fazer por eles é garantir que a Academia tenha o mesmo destino, não importa qual seja o custo.

Eris sabe disso a meu respeito, mas ela não sabe como as coisas mudaram. Que *ela* mudou alguma coisa, a necessidade nefasta e fundamental de vingança. Ela está sentada no lugar onde ficava a mais alta torre da cidade, onde eu esculpi todas as fantasias violentas que me permitiam dormir à noite, onde construí e cultivei meu ódio e aguardei o dia que Godolia perceberia que todo esse sentimento se elevava quilômetros acima de seu mais grandioso arranha-céu.

Não sei como dizer a ela que, apesar de tudo, eu arrancaria aquela torre da linha do horizonte se ela me pedisse. Que eu sufocaria meu ódio, que me sentaria em silêncio se ela quisesse remover todos os fios artificiais. Que, mesmo que o plano de Jenny funcione, mas a repercussão posterior a prejudicar de algum jeito, eu consideraria que nada valeu a pena.

Porque ela é mais do que tudo isso. Do que a soma de toda a minha dor, o meu passado, o meu ódio. A rebelião em pele e osso, a felicidade plena apenas com uma divindade ajoelhada diante de si.

Será que ela poderia ser feliz comigo?

Não sou boa. Estou apenas fazendo meu melhor.

Mas estou prestes a matar tantas pessoas.

Pela primeira vez, não durmo ao lado dela, onde ela pode se virar durante a noite e encostar a bochecha em minhas costas, colocar a mão sobre minhas costelas. Tenho meu próprio quarto porque sou um deles. Ainda sinto que deveria dar uma explicação, mas não o faço; só volto para casa, fecho a porta atrás de mim e rastejo para debaixo das cobertas. Eu me sinto pequena na escuridão, dentro de meu próprio peito.

Começa devagar a princípio, as lágrimas escorrendo por minhas bochechas. Depois de uma hora, estou me contorcendo. Com as mãos sobre a boca, os soluços contra os dedos, o corpo inteiro tremendo com tanta força que parece prestes a se partir.

Godolia te assusta tanto assim?

Não tenho medo de Godolia.

Tenho medo de mim mesma.

— *Não* — arfo, encolhida, os braços se retorcendo. — *Nãonãonãonãonãonão...*

Sinto falta do meu medo antigo e simples. Sinto falta de Jole, e Lucindo, e Rose, e Victoria. De suas ilusões sinceras e naturais, da transparência de sua tranquilidade completa. Sinto falta da minha antiga pele. Sinto falta dos meus pais.

Minhas unhas arranham o colchão. Meus gritos entalham as paredes, mas não consigo parar, consigo apenas tatear às cegas à procura de nada, nada a que me segurar; estou girando, perdendo o equilíbrio, isso nunca vai parar, essa é a última coisa que vou sentir, vou carregar isso comigo e mais nada mais nada mais nada...

— Sona.

Os lençóis estão afastados; posso ver isso na luz que o corredor lança em raios amarelos. Braços ao redor dos meus, me puxando para cima (*não, por favor, não, não quero me levantar*), mas não por completo, colocada em seu colo. Ela está recostada na cabeceira, as mãos alisando meu cabelo, a cabeça inclinada sobre a minha.

— Shhh, ei, meu amor, está tudo bem, estou do seu lado, estou aqui, ei...

– Desculpa. – Estou soluçando, arranhando seus joelhos. – Desculpa desculpa desculpa...

– Do que você precisa? – Sua voz contém uma calma rara, macia como veludo. – Me diz do que você precisa, Sona, por favor. Posso ajudar, vou deixar tudo melhor.

Preciso não ser uma assassina, ou não me importar em ser uma.

– Vá – digo, a voz presa na garganta.

Uma pequena onda de pânico percorre meu peito quando a sinto se mexer, porque não estava falando dela. Porém, Eris sabe, e está me ajudando a sair da cama. Ela pega minha jaqueta e a coloca ao redor de meus ombros, se inclina sobre mim para guiar meus dedos até um par de luvas, porque está frio lá fora. Ela abaixa a cabeça a caminho do salão comunitário, ainda ligada a mim.

Xander está encolhido embaixo da mesa, os traços delicados relaxados confortavelmente sob o cobertor de seus cílios negros. Nova e Theo estão deitados de costas sobre a mesa. Nova está apagada, a pequena mão branca frouxa pendurada sobre a beirada da mesa, mas os olhos de Theo se voltam na direção de Eris quando ela se aproxima.

– Vamos sair – diz ela, ríspida.

Os olhos gentis e claros de Theo me tocam antes de ele assentir para Nova, a mão por baixo da mesa para afagar os cachos escuros de Xander.

– Quer que eu os acorde?

– Por quê? Eles precisam que eu os coloque na cama?

– Eu pelo menos ia gostar disso.

Ela revira os olhos.

– É melhor este lugar ainda estar de pé quando voltarmos.

Nós nos arrastamos até o pátio dos Ermos. O ar de inverno faz meu rosto inchado arder; o calor e o sal são um peso tangível contra minhas bochechas. Ela me ajuda a sentar no banco do passageiro da caminhonete da equipe e desliza para o banco do motorista. O rugido do motor soa alienígena em meio ao silêncio da noite.

Um quase silêncio, pelo menos. No caminho até os portões, passamos por Jenny e Voxter, a discussão dos dois sendo o único elemento que os distingue das sombras. Eris desacelera o veículo até parar, inclinando-se pela janela para acenar. Devemos estar a três metros de distância, mas eles não notam nossa presença: Jenny ainda parece estar vivendo em seu próprio mundinho insone, e a fúria de Voxter mantém sua atenção fixa somente nela.

– Onde está? – grunhe ele.

Jenny vira a mão, como se inspecionasse as unhas, embora as luvas as escondam.

– Hum. Tô tentando me lembrar... mas não tô conseguindo...

– Você o construiu no meu campus e não pode...

Jenny faz um gesto de desprezo no ar.

– *Não posso?* Posso fazer o que eu quiser, velhote.

Seu tom é leve, brincalhão, mas Voxter fica tenso e irritado.

– Jenny Shindanai, eu sou seu comandante e, se você não me disser onde o Arcanjo está bem *agora*, eu vou...

Ela o interrompe novamente, desta vez com um riso baixo.

– Cuidado com o que fala, Vox. Você sabe que eu vou comandar este lugar algum dia. Isso significa que vou ser eu quem vai decidir se você vai ter uma cama na qual morrer.

De repente Voxter avança, agarrando Jenny pelos ombros.

– Onde está o Arcanjo? – grita Voxter, e Jenny fica tão chocada com o tom dele que seu sorriso oscila.

– Ei! – grita Eris. Da perspectiva deles, ela está sentada de forma casual, mas, dentro do carro, ela está com a mão ao redor da maçaneta da porta, pronta para sair. – Andou bebendo de novo, Voxter?

Por um breve momento, o sussurro de uma expressão aparece em seu rosto. Então ele curva os lábios numa carranca profunda, expelindo-a, e solta Jenny. Ele aponta a bengala para Eris.

– Antes fosse – bufa ele, virando-se para cambalear na direção das árvores. – Mas não existe no mundo licor suficiente para aguentar vocês duas.

Jenny o observa partir, um brilho perplexo no olhar como se não tivesse entendido bem o que acabou de acontecer. Ainda assim, seu sorriso se ilumina outra vez quando ela volta o olhar para nós.

– Para onde vocês duas vão? – pergunta ela.

Eris copia o gesto de desprezo de Jenny e afunda o pé no acelerador.

– Vai dormir um pouco, Jen.

Fico em silêncio depois que saímos dos limites dos Ermos, e enrijeço quando passamos pelo bosque da Sucata, galhos nus apontando para a clareira, o céu claro, as armas na caçamba da caminhonete sacudindo sob as rajadas de vento. Eris pergunta se quero ouvir música, e digo que sim, depois começo a chorar outra vez. Ela aumenta o volume e passa o braço ao redor de meu ombro, me aconchegando perto dela, os dedos pintados de preto segurando a parte de baixo do volante. Não há estrada, apenas a poeira, o céu e nós duas.

— Você quer ir a algum lugar? — murmura Eris.

Levo alguns instantes para responder que não. Ela continua dirigindo. Não há diferença entre andar em círculos e em linha reta.

Minhas lágrimas encharcam a parte da frente de sua blusa enquanto estremeço sob a curva de seu braço. Observo os joelhos das calças de moletom enrugarem e relaxarem conforme ela pisa no acelerador e o solta, as pernas curtas e flexíveis adentrando as botas pretas. As Terras Baldias são tão vazias — reduzidas a pó por tantas guerras inúteis, uma após a outra — que ela pode tirar os olhos da estrada e fixá-los em mim.

Ela desliza as mãos, prendendo os dedos na alça de meu tapa-olho e o afastando. O material está pesado por causa das lágrimas, a pele debaixo vermelha com a fricção. Mantenho o olho fechado, deixo que ele sangre sal e não abra mais.

Ergo o olhar, e Eris curva a cabeça para depositar o mais suave dos beijos na pálpebra fechada, logo desaparecendo, leve como as asas de uma mariposa.

Arregalo os olhos, e então ela está vermelha, e o brilho escorre por aqueles traços, aquele rosto glorioso e devastador.

— *Pare o carro agora* — digo, e ela o faz, então desço nas Terras Baldias e esvazio o estômago no deserto, a areia mordendo meus joelhos.

Eu me recosto no pneu. Eris se senta ao meu lado. Um céu pontilhado de estrelas se estende sobre nós, ouvindo com atenção.

— Você não precisa fazer isso — diz Eris, mas ela está mentindo, e nós duas sabemos. Porque isto é uma guerra e as pessoas estão morrendo aos montes, o que não é certo; então não importa se eu sou jovem demais, se vou sofrer muito.

Não importa se sou capaz sobreviver. O que importa é conseguir completar a tarefa.

Não podemos ser crianças, porque temos que vencer.

— Preciso, sim.

Ela fica em silêncio por um tempo. Tenho uma certeza incompreensível de que estamos encarando a direção onde ficava Silvertwin. Eu me pergunto se as fotos de meus pais ainda estão na mesa de cabeceira deles, as roupas no armário, entrelaçadas com o aroma da terra.

– Este mundo inteiro pode apodrecer – sussurra Eris. – Vamos só sentar aqui e assistir.

O frio borra os contornos do meu corpo. Minha perna encostada na dela é a única parte de mim que parece real.

– Não me deixe morrer durante o Dia do Paraíso, Eris – sussurro. – Tenho medo de morrer.

– Você não vai morrer – diz ela, o tom firme. Seus olhos estão fixos no ponto em que o céu encontra a terra. – Você vai ficar bem, e vai voltar pra casa.

Meus ombros estremecem, mas já não tenho mais lágrimas. Seus dedos encontram os meus na areia.

– Tudo bem ter medo – sussurra ela.

– Você nunca tem medo.

– Eu sinto medo o tempo todo.

– Do quê?

Ela balança a cabeça, mas posso ver seu esforço para colocar as palavras para fora. Leva alguns instantes, e ela prende a respiração para depois soltá-la.

– De tudo.

A noite suspira e se expande. Sinto como se tivesse passado anos sem dormir, e, quando o sono começa a me embalar, minha cabeça encostada no colo dela, é um doce vazio. Silêncio.

E pressa. Alguém está me sacudindo, tentando me acordar. Desperto num susto, inspiro por instinto e engasgo com a areia. Eris está de pé. Está me puxando.

– Sona – diz ela, suplicando. Há estrelas refletidas em seus olhos apavorados. – Sona, acorda, tô sentindo cheiro de fumaça.

CAPÍTULO TRINTA E CINCO

SONA

Passamos pela primeira Fênix na entrada das ruínas. Seus membros estão esparramados, inertes como os de uma boneca de pano, os pés fincados na fundação dizimada de uma casa, o canhão termal apoiado no andar de cima sobre uma parede de concreto. A cabeça jaz no centro da estrada, logo antes da boca da floresta, o pescoço inclinado para trás na terra. O Piloto está com metade do corpo para fora do olho direito, o abdômen afundado no vidro.

Eris não desliga o motor antes de sair, subindo no capacete de solda negro do Windup e indo até o peito. Pego minha espada na caçamba da caminhonete e corro atrás de Eris conforme ela se dirige para as árvores. Ela ignora as vozes que chamam seu nome, ignora os tentáculos de fogo que cortam a floresta desnudada pelo inverno. As luvas estão acionadas.

Não consigo ver nada, e sinto que o cinza vazio e aquecido deveria estar silencioso. Porém, por todo o lugar há gritos. Passos sacodem a terra e me lançam para fora do caminho. De dentro da fumaça, alguém solta um grito que poderia separar a alma do corpo, e outro tremor me derruba de quatro. O gelo desapareceu, transformado em lama, que deixa meus joelhos e palmas escorregadios, a mandíbula suja. E o vapor se move. *Quantos...*

A bota de outra Fênix cai a centímetros de meus dedos e, imediatamente, sinto o pescoço enrugar: minha pele se enche de bolhas com o calor emanado pelo metal. Eu me encolho, levando a mão à clavícula e espalhando terra no local. Uma mão se dobra ao redor de meu antebraço e me puxa de pé. Com um grunhido sufocado, Eris pressiona a luva na Fênix e acerta o metal com a bota. O mecha estremece, e todos os pelos em meu corpo se eriçam quando o vapor se move novamente, e então há dedos, uma mão enorme descendo dos céus. Eris lança gritos incompreensíveis para mim e nos puxa para dentro da abertura irregular pouco antes de o punho da Fênix atingir a terra.

Não há tempo para uma caçada meticulosa. Traçamos uma rota direta até o Piloto. De tempos em tempos, Eris percebe um movimento e desaparece acima de mim, soltando um grito estridente antes de se materializar de volta na escada, a carranca cada vez mais marcada. Quando chegamos à cabeça, a ação leva pouco menos de três segundos. Um movimento de minha espada corta os cabos, e o próximo desprende a carne do pescoço. Voltamos deslizando para as pernas e saltamos para o chão chamuscado outra vez.

Levanto a cabeça e vejo que a Fênix nos trouxe até o pátio dos Ermos – no caso, o que sobrou dele. Os bordos foram reduzidos a pináculos reluzentes e piscantes, escombros em chamas chovendo sobre os caminhos de concreto. Todas as superfícies estão cobertas de fuligem; quando Gearbreakers passam gritando, posso ver que seus molares estão manchados de preto.

Acima, as Fênix se movem como silhuetas inchadas atrás de um véu de fumaça, dedos ou canhões ou clarões de olhares vermelhos cuspindo chamas. Foram eles próprios que incendiaram o paraíso. Nos soltaram como pedregulhos no inferno duplo.

– Gwen! – grita Eris, seguindo na direção de duas pessoas que correm até as árvores. Elas desaceleram, virando-se para revelar rostos cobertos de cinzas e suor. – Seung! O que infernos... o que...

Gwen está apoiada em Seung, um dos braços dele curvado debaixo do dela. A perna dela está torcida em um ângulo nada natural.

– Ah, merda, você tá viva – arfa Gwen, estendendo um braço para segurar o queixo de Eris. Suas palmas estão chamuscadas, a carne num vermelho intenso. Chorando enquanto fala, enquanto ora, ela continua: – Graças às divindades. Ah, graças aos Deuses.

– A gente não estava aqui. – Eris está engolindo ar, a voz rouca. – O que aconteceu, como eles nos encontraram...

– Todas as direções – explica Seung, a voz áspera. – Nós os vimos primeiro ao sul, os alarmes de lá foram acionados, mas o norte, os dormitórios... Acho que derrubamos pelo menos uma dúzia deles, mas...

– Jenny – suplica Eris, as mãos trêmulas nas laterais do corpo. – Seung, cadê a Jenny?

– Da última vez que a vi, estava viva.

Eris estremece e dobra o corpo.

– Ah, Deuses – diz ela várias e várias vezes enquanto nosso lar se desintegra ao redor. Ela se encolhe em meus braços. – Ai, Deuses, ai, Deuses, ai Deuses, Falha, o que a gente faz, o que a gente faz?

– Precisamos sair daqui – digo, uma mão sobre seu ombro, sacudindo-a. A outra aperta a dela com força. – Eris, precisamos sair!

Ela ergue os olhos e depois para, fixando-os em um ponto atrás de mim com um horror tão rígido e palpável que a sensação se espalha por mim. Eu me viro, seguindo o seu olhar, e todo o barulho dá lugar a uma única nota estridente.

Do outro lado do pátio, em frente ao que costumava ser o complexo de dormitórios, duas figuras estão agachadas sobre a terra. Os rostos familiares não são o que faz meu sangue gelar; a presença denuncia a ausência de três outros Gearbreakers que deveriam estar com eles.

A mão de Eris desliza para fora da minha, e corremos. A cabeça de Theo está dobrada sobre a curva do pescoço de Nova, as lágrimas dele deixando a clavícula dela brilhante, as dela escorrendo pelo queixo e caindo no cabelo do garoto. Os dedos de Nova, entrelaçados atrás das costas de Theo, tremem contra sua respiração irregular.

– Cadê eles? – grita Eris, dobrando-se sobre os dois. Nova ergue a cabeça, atordoada e perplexa, seus olhos verdes e turvos abrindo caminho no preto da fuligem em seu rosto. – *Cadê eles?*

– Arsen e June voltaram para buscar Xander. – Nova soluça. Theo estremece de novo, e ela o aperta com mais força. – A gente desceu a escada juntos, Eris, eu *juro*. Mas chegamos lá fora e ele simplesmente tinha sumido!

Eris se vira, e vejo o pensamento faiscar. Ela dá um passo e eu a derrubo, nós duas encontrando a terra chamuscada.

– Me solta! – grita ela, irada.

Eu a pressiono com mais força, mantendo-a presa. Seu punho encontra minha maçã do rosto com um *pop* chocante e distinto. Eu a ignoro, voltando o olhar para o complexo tomado pelo fogo, o calor arranhando minha pele mesmo a dezenas de metros de distância. Deixo que ela me golpeie mais duas, três, quatro vezes, afundando o joelho em minha barriga. É só quando ela tenta pegar meu tapa-olho que abaixo a cabeça, e, como se eu tivesse virado uma chave, Eris dissolve. Ela pressiona as mãos nos olhos, a boca se abrindo num gemido gutural, inumano. É desolador. Lágrimas se acumulam entre as fendas dos dedos.

— June! Arsen! — grita Nova.

Com o choque de ouvir os nomes dos dois, perco o foco. Eris me joga para o lado. Ela se levanta, cambaleante, correndo até as portas, escapando de minha tentativa de agarrar seu calcanhar.

Duas figuras emergem do inferno: uma com cachos bem-definidos e lábios fechados em uma linha tensa e uma garota com pele dourada e cabelo verde vibrante cujos lábios emitem rodada após rodada de gritos de gelar o sangue. Arsen segura o tronco de Juniper com força, andando para trás conforme ela chuta e agita os braços no ar em uma tentativa de retornar para as chamas. Ela gira o cotovelo e acerta a ponte do nariz de Arsen, que se encolhe violentamente e lança um olhar selvagem e apavorado por cima do ombro.

— Me ajude! — implora ele conforme Eris se aproxima.

Ela agarra o pulso de Juniper quando a garota realiza seu próximo movimento, e Juniper gira para revelar que as franjas que emolduram seu rosto foram queimadas, deixando os fios com aparência frágil, colados nas bochechas cobertas de sal. Seu choque dura menos de um segundo antes de sua cabeça se virar na direção das portas.

— Xander! — grita Juniper, debatendo-se contra Eris e Arsen. — Me deixe ir até ele! Me solta, porra! Vou quebrar a merda do seu nariz, Arsen, juro por todos os Deuses apodrecidos, vou te matar! Me *solta*! *Xander! Xander!*

Arsen força os braços ao redor de Juniper, mas, se ela está perdendo o fôlego, isso não transparece em seus gritos.

— Por favor, June — murmura ele, várias e várias vezes. — Já foi, por favor...

— Não, não, *não*!

— Ele morreu, June! — grita Arsen, pressionando a cabeça no cabelo dela. Ele cai de joelhos. Juniper fica inerte, os olhos vazios. — Ele morreu. — Arsen soluça. — Chegamos tarde demais.

Nova leva a mão à boca. Theo ergue a cabeça e pisca devagar para ela.

— Vocês estão bem? — pergunta ele, os olhos encharcados e distantes, tão longe de tudo aquilo.

Nova simplesmente se curva no colo dele. Theo traceja a linha entre suas escápulas, sem pensar, olhando ao redor. Estão todos de pijama, descalços, as solas dos pés enegrecidas pela fuligem.

— Milo — diz Theo, sorrindo. — Você tá vivo.

Eu me viro e me deparo com sua figura robusta parada atrás de mim. Desta vez, não há a faísca agressiva inicial quando ele olha para baixo e encontra meu olho, e não é só porque a fumaça transforma tudo em um borrão. Abaixo a cabeça e dou um passo para o lado, permitindo que ele passe e coloque um braço ao redor dos ombros do irmão.

– A gente precisa ir – diz Milo, olhando para Eris. – A gente precisa ir *agora*.

Ela não o escuta. Está ereta e incrível, impossivelmente imóvel enquanto nosso lar queima diante dela. Todas as fotos nas paredes. Todos os livros. As fitas de música no salão comunitário, a mesa onde nós duas dançamos e o tapete onde todos dormíamos nas noites mais frias, amontoados como gatinhos recém-nascidos. Seu garoto mais novinho, manchado de tinta. Tudo consumido pelas chamas.

Com lágrimas turvando minha visão – no fim das contas, ainda tinha algumas sobrando –, estendo os braços na direção dela. Preciso arrancar as palavras de minha boca porque também não quero ir. Não quero deixar o lar que eu nunca pensei que teria para me perder no inferno.

– Eris, precisamos...

Ela gira, e onde eu esperava encontrar choque há fúria, e sei que, debaixo de seu véu, ela não me enxerga. Ela vê apenas o tapa-olho, a jaqueta, escuta apenas o zumbido. Naquele momento, ela vê a Piloto Dois-Um-Zero-Um-Nove.

Sei disso antes mesmo de ela erguer as luvas.

Mergulho, um breve momento antes de o raio explodir, passando por minha orelha e atingindo os galhos, que agora queimam sobre nós. Levo apenas um segundo para me pôr de pé outra vez, e, quando olho, a expressão dela mudou.

– Sona. – Eris arfa, a culpa se alastrando pela única palavra. – Espere, eu não...

Ela estende o braço na minha direção, e cambaleio para trás. Abro um sorriso, aquele falso que pensei ter deixado para trás na Academia.

– Está tudo bem – digo, recuando. Aceno na direção de Milo. – Cuide da sua equipe. Eu... eu vou ajudar em outro lugar.

– Espere, Falha! – Ela tenta, mas já comecei a correr.

Como posso ir tão rápido – a floresta um borrão, os troncos das árvores lascadas como dentes – quando parece que tenho pedras amarradas ao redor da garganta e presas aos meus pés?

Será simplesmente porque eu quero estraçalhar alguma coisa? Será que é mais fácil viver em um mundo como este quando se vive com raiva?

No entanto, tudo ao meu redor já está quebrado, reduzido a cinzas. Encontro uma Fênix morta, abro caminho por suas entranhas, torcendo para encontrar um guarda com um pouco de vida ainda nos pulmões. Eu me deparo apenas com olhares vazios e corpos inertes. Nem mesmo a Piloto, emaranhada em seu conjunto de fios coloridos, se encolhe quando enfio a bota em sua barriga. Lamentável e sem graça e enfurecedor.

Ergo o braço e tiro meu tapa-olho, deixando-o cair sobre a Piloto morta. Quando volto para o lado de fora, descubro que o mundo não mudou muito. A calamidade só veste uma cor.

Dobro o corpo para a frente e cuspo a fuligem para longe da língua. Quando me endireito, há uma pessoa caminhando em minha direção. Ela tem presa às costas uma grande arma de gancho que cintila cruelmente em meio às chamas brilhantes.

— Você ainda está aqui — grunhe Voxter, me observando limpar a saliva escurecida dos lábios. Ele aperta o castão da bengala, mas em vez de se fixar à ponta de madeira costumeira, há uma lâmina presa à sua base.

— Parece que sim. — Inspiro, e sinto apenas a garganta arranhar com a fumaça. — Eles estavam procurando o Arcanjo.

— E vão continuar procurando — cospe ele. — Malditas Shindanai. Mechas no meu campus. *Pilotos* vagando livres por aí. Este lugar está queimando há semanas.

Ele ergue a espada, lançando-a na direção de meu pescoço. Desvio com facilidade do golpe — isso, *isso* eu sei fazer — e desembainho a minha. A lama gruda em minhas botas conforme andamos um ao redor do outro, traçando um círculo.

— Eu não quero lutar.

— Não estamos lutando — diz Voxter, um sorriso forçado no rosto, sem alegria, como se seus traços não soubessem como fazê-lo. — Você morreu perto dos seus, esmagada, queimada viva... Não, talvez você tenha dado as costas e voltado correndo para casa.

— Minha *casa* acabou de ser consumida por chamas.

— A Academia ainda está firme e forte.

Avanço, e é tão simples derrubar seu bloqueio, lançá-lo na lama. Esmago seu pulso com a bota.

— Eu sou tão melhor nisso que você — murmuro, a ponta de minha espada pairando sobre o pescoço, escorregadia com o sangue da Piloto da

Fênix. – Você pode ser um renegado, mas eu sou uma assassina. Você devia se considerar sortudo.

Viro a mão; ele desvia, e entalho um pequeno risco no colarinho de sua jaqueta de lona. A lama se agita sob mim quando tiro o pé de cima dele. Ainda tenho fuligem na língua, entre os dentes. Eu me sinto contaminada, as veias correndo devagar, pesadas de poluição. Eu poderia chorar, mas não tenho mais lágrimas; poderia ficar de luto, mas não sei por onde começar.

– Você nunca será uma de nós! – vocifera Voxter, a coluna colada ao chão. Seus membros reviram a terra em busca de apoio. – Você nunca será humana!

– Estamos em guerra, Voxter. – Eu não olho para trás. O mundo está desabando ao nosso redor. – Não precisamos de humanidade. Precisamos vencer.

CAPÍTULO TRINTA E SEIS

ERIS

— Eris?

Não sei quem está falando. Parece difícil demais, descobrir qual voz pertence a quem e, honestamente, elas parecem distantes demais para que faça alguma diferença.

— Eris, você precisa comer.
— Cadê ela?
— Debaixo da cama, Novs.
— Ah.
— Será que a gente chama a Jenny?
— A Jenny tá ocupada.
— E a...
— Não.
— Deuses, Milo, não dá pra você simplesmente...
— Ela não quer a Robô.
— Para.
— June, você viu o que ela...
— Eu falei *pra parar*! Vai se foder! Quem te pediu pra voltar, aliás? *Sai do meu pé, Arsen!* Vocês todos podem apodrecer! Podem se sentar no ódio de vocês e murchar por ele!
— Juniper, espera...

Som de passos. Uma porta se fechando com força. Teias de aranha balançando contra o rodapé.

— Não vai atrás deles, Milo.
— Alguém precisa ser o capitão da equipe por aqui.

Theo ri, e a risada é sombria.

– É isso que você tá tentando fazer?

– Não gaste sua saliva. Você tem muitos outros vilões para escolher. Não dá pra um de vocês fazer ela comer?

A porta se fecha com mais leveza dessa vez. Alguém sobe na cama, o estrado rangendo acima do meu ombro.

– Bom. Quer dar uns amassos?

– Sai da cama, Novs.

– Ela não está usando.

– A gente precisa chamar a Falha.

– Rá! A gente não precisa fazer *nada*, menino Theo! A gente já tá *tão fodido* que nada que a gente fizer importa mais!

Ela começa a chorar. Cubro a boca com a mão e me encolho.

– Vamos.

O peso sai da cama. Ouço quando param diante da porta.

– Eris – diz Theo, a voz densa. – Eu amo você, e o que aconteceu com o Xander não é culpa sua. Nada disso é. Mas precisa se recompor, porque precisamos de você aqui.

Levanta.

Eles precisam de você.

Reage.

Há um pedaço do peitoril da janela que fica debaixo da cama, a luz me alcançando em uma caixa fina e cinzenta.

Você precisa se mexer.

Eu preciso me mexer.

Observo a neve tentando entrar.

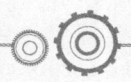

Quando escurece, alguém entra no quarto e coloca uma garrafa térmica ao lado da cama. Não como há dias porque o ato de engolir é ridículo. Encha o estômago para não morrer, Eris. Como se eu não pudesse queimar até a morte depois de uma refeição completa.

– Não estou com fome – digo.

– Que pena – responde Sona.

Levo um susto, batendo a testa no estrado da cama, mas ela já foi embora quando giro para o outro lado.

Porque estou péssima e tão violentamente apaixonada por ela, tomo a sopa. Sinto a necessidade de me levantar e ir mostrar a ela a garrafa vazia. Mas isso exigiria que eu *me levantasse* e *fosse*, e não tenho nada melhor a dizer além de *terminei meu jantar e sinto muito por ter tentado te matar*, então fico no meu canto. Desta vez, fico observando a porta. Talvez ela volte. Talvez eu saiba o que dizer quando isso acontecer.

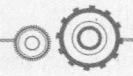

Ela não volta.

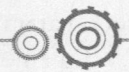

Antes do amanhecer, pego um casaco e um cobertor e me arrasto até a janela. A neve cai sobre o colchão quando abro a janela e deslizo para as ruas de Winterward. A cidade é uma velha aliada dos Gearbreakers, nossos abrigos espalhados ao longo das margens do lago. Faz um silêncio sepulcral, as lanternas elétricas estão cobertas de neve, de modo que as ruas ficam mal iluminadas.

Sigo até o fim da cidade, encontro um grande banco de neve perto das árvores e me deito ali. Já não consigo sentir a ponta do nariz nem os dedos dos pés e das mãos. Meu cabelo endurece e congela ao redor das orelhas, os cílios ficam pesados de gelo, mas fecho os olhos mesmo assim. De forma vaga e distante, estou consciente de que não tenho muito tempo até congelar e morrer, mas anseio o torpor, o sono, e estou cansada demais para pensar nos efeitos colaterais.

Não é pedir muito, mas mesmo assim, alguns minutos depois, alguém chuta minha coxa.

– Seu filho da... – rosno, ficando de pé em um pulo e lançando flocos de neve pelo ar.

Talvez uma briga seja justamente o que eu necessito: quem precisa morrer congelada lentamente quando alguma outra pessoa pode simplesmente me apagar rápido e fácil? Mas, assim que minha visão entra em foco, paro de repente. Jenny inclina a cabeça, o rabo de cavalo salpicado de branco balançando.

— Não ofenda a Mamãe desse jeito — diz ela, e depois oferece a garrafa que traz nas mãos. — Chocolate quente? Tem bastante aqui. Bem típico. Mas não vi nenhuma vaca.

— Não tô com sede.

— Você que sabe.

Ela dá um gole, recostando-se em uma árvore. As botas vão até o joelho, altas o suficiente para superar a neve.

— Irônico, né? — murmura ela. — Saímos de um calor infernal para uma tempestade de neve.

Não digo nada. Jenny baixa os olhos para mim, mas onde espero encontrar uma expressão intrigada encontro algo... bem diferente de Jenny.

— Sinto muito pelo moleque — diz ela suavemente. — Xander. Ele não merecia.

Deixo os ombros relaxarem.

— Luca também não.

— Nenhum deles — acrescenta Jenny. — Então o que vamos fazer a respeito, querida irmã?

— Você tem um plano.

— A gente já tinha um. O mesmo plano. Godolia ficou sabendo do Arcanjo, mandou as Fênix para destruí-lo. Então acham que ele foi destruído, certo? Se não tínhamos a vantagem da surpresa antes, certamente temos agora.

— Ficou sabendo? — repito, a voz baixa.

Ela dá outro gole no chocolate quente antes de se virar, começando o trajeto de volta para o vilarejo. Ela faz um gesto para que eu a acompanhe.

— Acho que temos um espião entre nós, Eris — diz Jenny de forma casual, e eu quase tropeço.

— Pensei que tivesse sido por causa do helicóptero — falo, surpresa. — Foi assim que eles nos encontraram...

— Talvez. Mas não vou arriscar. O Dia do Paraíso é daqui a quarenta e oito horas. Conte sobre o início do plano apenas para aqueles em quem você confia.

— Confio em todos os Gearbreakers.

Jenny me lança um olhar de soslaio.

– Eu não digo para você sempre ficar atenta ao próximo golpe? Eris, todo mundo, *todo mundo* aqui golpeia com força.

– Eu sei. Você também me ensinou a me levantar novamente.

– E bater com mais força.

– E mais rápido.

– E de novo e de novo e de novo – cantarola ela.

Ela para de andar para colocar uma mão no quadril, encarando as ruas silenciosas que se desdobram diante de nós. A neve abafa todos os sons, mas não seria muito mais barulhento se o chão estivesse limpo. Perdemos metade dos Gearbreakers, metade de nós mesmos. Não há uma única equipe que não tenha sofrido baixas, uma única alma não assolada pelo luto. Incluindo Jen. Os cantos de seus olhos estão vermelhos, os belos traços inchados, lábios cortados e secos. No pescoço, a ponta de uma atadura aparece debaixo do cachecol. Morbidamente me pergunto se as tatuagens dela estão intactas, ou se a tinta queima do mesmo jeito que todas as outras coisas.

– Partiremos antes do amanhecer no dia. Vá informar Falha.

A hesitação antes de eu assentir é sutil, mas ela ainda a percebe.

– Que foi? – dispara ela. – Qual é o problema?

– Eu... eu acho que estraguei tudo com a Sona. Eu pensei que ela... ergui minhas luvas e...

– Puta merda, você matou minha Piloto?

– Deuses, Jen!

– Juro, se você arruinou nosso...

– Eu não a matei! É só que... eu e ela...

Jen me lança um longo olhar.

– Então conserte isso. Peça desculpas.

Balanço a cabeça.

– Sinto que a única coisa que faço é pedir desculpas para ela.

– Então faça valer dessa vez – diz Jenny em um tom entediado. – Sinceramente, desde que não afete o voo dela, eu não poderia me importar menos com suas briguinhas de namorada.

– Não é...

– Não é o quê, Eris? – interrompe ela, fria. – Importante? Enfurecedor? Doloroso? Me diz, a existência da senhorita Sona Steelcrest não é importante ou enfurecedora ou dolorosa pra você?

Fecho a cara conforme o calor inunda minhas bochechas, calor estúpido que dissipa o torpor e deixa tudo entrar.

– Eu ia dizer que não é isso que você pensa.

Jen sorri.

– Ótimo. Então você pode matá-la, mas só *depois* de ela terminar o trabalho. A vadia me jogou num rio mesmo.

– Não vou matar a Sona.

Algo sombrio aparece em sua expressão. Jen se debruça sobre mim, enfiando o dedo em meu esterno.

– Não? Então conserte as coisas – grunhe ela. – Conserte porque você precisa fazer isso, e porque você precisa *dela*.

– Eu...

– Você tá me ouvindo? Resolva. A. Sua. Vida. Descubra de quem você precisa porque vai ser para essas pessoas que você vai voltar. Elas são o motivo de ainda *termos* um lar. – Jen põe o dedo embaixo de meu queixo. Ela parece exausta, como se não tivesse dormido desde a última vez que a vi, pés de galinha feito marcas de garras sob seu olhar sombrio. – Sei que é muita coisa. Sei que perdemos muita coisa.

Os olhos dela ardem contra os meus. Percebo que ela não está cansada. Está furiosa.

– Está me ouvindo, Eris Shindanai? Não perdemos, e não perdemos tudo, então podemos seguir em frente.

CAPÍTULO TRINTA E SETE

ERIS

Arrasada. Essa é a palavra que vem à mente depois que termino de discutir o plano do Dia do Paraíso.

Estamos reunidos no sótão do abrigo, absorvendo o ar que cheira a poeira, folhas de isolamento amareladas descascam no teto sobre a mobília descombinada. Estou empoleirada em cima de um tapete enrolado, Sona na ponta oposta. Seus olhos, assim como os do restante do grupo, estão erguidos, mas não na minha direção. Não levo para o lado pessoal. Todos acham mais fácil olhar para o teto ou para o chão, os ombros levemente curvados de um jeito que não combina com nenhum deles.

Isso me causa dor.

Arsen tem linhas de sal nas bochechas que ele não se deu ao trabalho de limpar. As unhas de Nova já foram roídas há muito tempo, e agora ela mordisca a pele ao redor delas, sangue fresco nas cutículas. Juniper e Theo teriam uma aparência melhor se não estivesse tão evidente que eles não dormem há dias, como se nem tivessem pensado em tentar fazer isso.

E Sona. Sona parece apenas vazia. Eu nunca, jamais acreditei que poderia derrubá-la. Por algum motivo, esse é o pensamento que surge – que eu poderia empurrá-la e seria fácil porque ela deixaria, nem sequer olharia para mim.

Arrasada. A equipe está tão absolutamente arrasada, e é uma medida tão tangível do quanto exatamente o mundo fodeu com a gente que é *risível*; e eu estaria rindo se não estivesse tão completamente ciente de que poderia começar a chorar imediatamente em vez disso.

– Tô abalada. – Eu me ouço falar baixinho. – Assim como o restante de vocês. É escuro e horrível aqui e vamos ficar por um tempo. Ninguém tem permissão de se acostumar a isso. Eu precisava... eu precisava de um tempo, mas estou de pé agora, tá? Estou presente, estou aqui, e temos um próximo passo. Vamos pensar no resto enquanto prosseguimos, como sempre fazemos. Não vamos perder mais ninguém porque estou mandando. Que tal esse discurso motivacional, Novs?

Ela ergue o queixo das dobras do suéter.

– Medíocre.

Eu viro a cabeça, observando o perfil de Sona.

– A decisão é sua, Falha.

Seus olhos percorrem o chão. O tapa-olho se perdeu no caos, e não a tenho visto tentar esconder a Modificação de algum outro jeito. A única vez que ela a fecha por mais tempo do que um piscar de olho é quando está dormindo, e mesmo assim lança sua luz vermelha sobre a curva da bochecha.

– Eles sabem onde estamos – diz Sona, a certeza incorporada em seu tom.

– Não sabem. Não podem. Ainda estamos vivos, não estamos? – pergunta Arsen, arrancando espuma isolante.

– Eles que venham – diz Nova. – Vamos destruir qualquer coisa que eles mandarem, assim como fizemos com as Fênix.

Agora Sona ergue a cabeça. Ela não parece tão vazia quanto eu pensava; é pior do que isso – ela parece tão triste que meu coração não chega nem a quebrar, mas se retorce e rompe, e levo as palmas aos olhos conforme o calor se dissipa nos cantos.

– E perder quantos outros Gearbreakers? – pergunta Sona, a voz trêmula e estridente. – Olhem uns para os outros. Se eu *fracassar*, quem vai sobrar, se eles nos encontrarem de novo? Quem mais vai nos deixar por causa da retaliação que eu trouxe, só... *Deuses*, para quem eu vou voltar, cacete?

– Não vai ser um problema se você fizer o seu trabalho direito – murmura Juniper.

– Mas e se...

– Se você fracassar, é só não voltar pra casa.

Fico tensa, deslizando as mãos pelo rosto, o veneno da língua de Juniper pairando no ar.

– *June* – dispara Theo.

– Porque você sabe o que viemos fazer aqui? – Juniper está de pé agora, as mãos sobre os ombros de Sona, arrancando do chão seu olhar bicolor. – Você sabe o que viemos fazer aqui, Falha? Estamos aqui para *morrer*. – Seus olhos escuros estão acesos, lágrimas raivosas escorrendo pelas bochechas. As engrenagens na mão se estendem quando ela fecha os dedos, os próprios ombros tremendo. – Estamos aqui para sermos mortos, e depois acordarmos na manhã seguinte e fazer tudo de novo, então tenha um pouco de perspectiva. Volte para casa, não volte para casa. Reduza a cidade a cinzas ou mate todos nós. Se você fizer isso, fracassando ou não, estará fazendo a coisa certa, porque está nos dando uma chance. Não é por Xander. Não é pelos mortos. É por *nós*, Falha. Você faz isso por nós e por qualquer outra pessoa que ainda vive sufocada debaixo do polegar de Godolia. Porque se você der essa esperança para as pessoas, vamos ter mais Gearbreakers do que nunca.

Ela espera Sona assentir e, quando ela o faz, June a solta com um riso seco e sem ânimo.

– Vamos – diz Juniper, puxando Arsen pela manga da camisa para que fique de pé. – Vamos dar espaço a elas.

– Mas... – protesta Nova, e June usa a outra mão para puxar as costas de seu suéter, Arsen ainda preso entre os dedos da outra mão. As pernas pequenas de Nova chutam o ar, impotentes, conforme June a ergue do chão. – O que...

Theo se levanta e segue a procissão escada abaixo, a porta no piso fechando com um suspiro.

Agora Sona encontra meu olhar, e o faz com firmeza, mas seus ombros estão rígidos. Como se ela estivesse esperando que eu vá recuar. Como se estivesse se tornando pedra agora para não rachar quando eu me encolher.

Eu me aproximo. Sona diz com suavidade:

– Eris.

É um alerta. Está evidente na forma como ela pronuncia meu nome, mas ainda do jeito que eu gosto – com cuidado, porque ela sabe que sou algo perigoso; e que sou algo frágil, e ela não me julga por isso. Ela ainda consegue ver que sou feita de pedaços afiados, muito afiados.

Há marcas em seu pescoço onde eu a ataquei. Tentei correr para dentro do fogo, e ela me impediu, e eu a puni por isso.

Silenciosamente, abaixo a testa até seu ombro. Estou orando? Nunca tentei falar com os Deuses antes – além de gritar com eles, para amaldiçoá-los – e não sei se uma prece deve parecer calma, mas essa não parece, não quando o único pensamento que passa pela minha cabeça é *por favor, não se afaste*.

Ela não se afasta.

– Como eu conserto isso? – murmuro, as palavras traçadas em seu ombro.
– Não conserta. Apenas faz melhor.
– Eu quase matei você. – Há um nó em minha garganta que é doloroso de desatar. – Deuses, Falha, e se eu...
– Você é péssima em me matar. Provavelmente vai fracassar da próxima vez também.
– Pare com isso.
– Eu poderia ficar bem parada e te dar um alvo fácil...
– *Pare com isso.* – Eu me recosto, tomo seu rosto nas mãos e as deixo suspensas lá, a expressão dela derrubando todas as palavras de minha boca. Ela não está rindo, está sofrendo, e eu sou a causa, ou pelo menos o catalisador. Meus dedos tremem sobre sua mandíbula. – Me desculpe – digo, e não é o suficiente. – Me desculpe mesmo, Sona.

As mãos dela encontram meus pulsos.

– Eu poderia odiar você – sussurra ela, suas palavras como um curto-circuito. – Eu poderia odiar você, mas isso me mataria, e não será assim que eu morrerei por você.

– Eu não quero que você morra por mim – digo, o tom firme. – Você entendeu? *Eu não quero isso.*

– Mas você faria isso por mim. Por todo mundo. Você não pode ser a única nisso, Eris; você não pode salvar as pessoas sem que elas façam o mesmo por você. – Seu olhar queima o meu; tento desviar os olhos, mas as mãos dela se fecham ao redor da minha mandíbula, me forçando a ficar parada sob o peso suave de seus dedos, e então ela sussurra, com uma espécie quieta e afiada de dor: – Você não pode amar alguém e achar que não vão sentir isso.

Estou chorando. É claro que estou. Tenho um coração de pedra, mas ele se quebra quando bate rápido demais, e eu amo lutar, mas odeio essas batalhas. Não é uma guerra, mas tenho apenas uma existência para dar a eles, e eles a moldaram de forma cruel. Não é quem eu quero ser. Quero ser frágil, e não quero aceitar desaforo de ninguém. Quero poder amar alguém de quem não tenho medo, e sinto tanto medo o tempo todo, porque amo *tanto* aquela turma que isso me assusta, porque é tão fácil para eles *partirem*. Quero tranquilidade, mas não o tempo todo, e quero boas brigas de quebrar os dentes e uma família que está viva e me esparramar no tapete com meus livros e sair de casa sabendo que vou voltar logo.

– Eu... – começo, e me atrapalho. Balanço a cabeça. – Eu vou superar isso, uma hora.

Ela sorri um pouco, os cantos da boca se curvando debaixo de minhas palmas.

– Superar o quê, Eris?

– Tudo isso. Tudo que este mundo já fez para nós, para nos destruir. – Isso não é uma prece. É uma declaração de guerra. – Está me destruindo por dentro, mas não vou deixá-los vencer.

CAPÍTULO TRINTA E OITO

SONA

DIA DO PARAÍSO

Não vamos conseguir, penso comigo mesma quando a caminhonete dá um solavanco outra vez, quase nos lançando no deserto. Jenny, fervilhando de frustração, tenta pegar o volante outra vez. A música alta de Nova e as briguinhas intermináveis no banco da frente se complementam perfeitamente, ora provocando uma explosão de risadas da equipe, ora um silêncio perplexo diante da gravidade das ameaças.

– Você tá indo pelo caminho errado! – grita Jenny.

– Eu tô seguindo a merda das *estrelas*, Jen! Você tá literalmente me dizendo que o *céu* tá conspirando pra nos indicar o caminho errado? – retruca Nova.

– Não tô culpando o céu, imbecil, tô culpando *você*, que está ocupada demais escutando essa música horrorosa para ver em que direção tá indo. Tô te falando, eu deveria dirigir! Pelo menos eu andaria mais rápido do que o ritmo de uma caminhadinha apressada. E... e... alô? Terra para princesa do gelo?

Nova fica em silêncio, mas seus olhos estão selvagens e muito fora do caminho adiante. Então ela vira o volante para a esquerda, fazendo Jenny bater a cabeça na curva do teto do carro.

– Não ofenda meu gosto musical – diz Nova com tranquilidade, um tom sedoso e doce enquanto Jenny solta palavrões violentamente.

O amanhecer espreita no horizonte cerca de uma hora antes de a Sucata surgir à nossa frente, e também é nesse ponto que o cheiro de madeira chamuscada se infiltra no ar, além de outro fedor inominável de carne queimada quando qualquer um de nós é descuidado o bastante para tentar diferenciar qual é qual. Juniper puxa a gola da blusa sobre o nariz e enterra o rosto no ombro de Arsen. Nova, que não faz o tipo silencioso, escolhe sua música mais revoltante e gira o botão do volume até que ele ameace saltar pra fora do painel em seus dedos agitados.

A Sucata substitui a fetidez pelo cheiro de metal enferrujado e o choque frio e fresco da neve. Nova manobra o carro metodicamente pelo labirinto de destroços e troncos de árvores. Chegamos primeiro à ponta da asa revestida do Arcanjo, nossas cabeças cobertas por folhagem e depois metal conforme atravessamos a tecnologia de miragem de Jenny.

Quando o motor é desligado, Jenny assume o comando, saltando sem esforço para cima da asa e sobre a curva do ombro, apesar da cesta de vime que segura nas mãos enluvadas.

Tomamos café da manhã empoleirados no peito do mecha, a frieza do ar afastada com algumas garrafas térmicas de chocolate quente e fatias grossas de pão de leite cobertas de geleia pontilhada por sementes. Eu me vejo desfrutando do retorno das conversas murmuradas que logo se transformam em provocações rápidas, o conforto de um estômago cheio.

A certa altura, o pão é reduzido a migalhas e o sol alcança um determinado ponto no céu. Jenny abandona a posição de pernas cruzadas e se levanta, esfregando as palmas das mãos no jeans antes de proteger os olhos e erguer o queixo.

— Eu estava esperando uma cobertura maior — murmura ela.

Eris balança a cabeça.

— Não importa. Vamos voar alto demais pra qualquer pessoa nos ver. Bem fora do alcance dos canhões da muralha.

Jenny baixa os olhos lentamente para a irmã.

— Então você vai com ela — diz Jenny, seca.

Eris só assente de leve antes de lamber a geleia dos dedos. Porém, quando ela se levanta e tira as luvas dos bolsos, o gesto marca o fim da paz.

A equipe se levanta com ela. Um silêncio constrangedor se segue conforme todos se esforçam para encontrar algo a dizer — o que se poderia dizer que já não foi dito? Observo-os lutar por quaisquer palavras que poderiam acrescentar outra camada de proteção, outro míssil ao carregador, outra partícula de pura sorte.

Não quero nada disso. Só quero ouvir suas vozes mais uma vez, reforçar o lembrete de que, pela primeira vez, tenho algo para o qual vale a pena voltar depois de uma luta.

Nova engole em seco.

— Essa é a luta contra o chefão, não é?

Jenny bufa.

— Tomara que não. Uma batalha não faz parte do plano. Só um massacre rápido, entrar e sair. E eles vão voltar aqui antes do pôr do sol. Será que dá pra parar com essas formalidades e sair da porra do meu Windup?

A equipe obedece, mas não sem antes dar um abraço demorado em Eris, que ela tenta fingir aceitar com relutância, mas sem sucesso. Jenny encontra meu olhar por cima do ombro e faz um gesto com o queixo, um sinal para que eu a siga. Quando passo pelos outros, Juniper pega minha mão e me puxa para um abraço.

— Você vai ser fantástica — diz ela, sem fôlego, e o restante deles desaba sobre mim, os braços ao redor de meu corpo, beijos espalhados em minhas bochechas até o calor preencher a pele.

— Queria poder ver – diz Arsen. – Mas tenho certeza de que vamos sentir os tremores lá em Winterward.

Theo sorri, as sardas franzindo.

— Mostre pra eles como é o inferno, Sona.

— Você vai ter mais engrenagens do que todos nós juntos depois disso – observa Nova, girando os ombros para trás, onde suas próprias tatuagens se espalham como asas debaixo do casaco. Ela inclina a cabeça para o lado. – Se você já não fosse mais mecha do que o restante de nós.

— Novs! – sibila Theo.

Nova estica o braço para puxar um dos meus cachos, soltando uma risada alegre.

— Ah, qual é? Falha sabe que eu tô zoando.

— Vou levar seus cumprimentos aos Zênites – digo, meu sorriso surgindo naturalmente, uma memória muscular. Como deveria ser.

June me dá um último aperto antes de se afastar.

— Te vemos lá em casa logo, logo, tá?

Pisco.

Meus Deuses – céus e *infernos* –, eu tenho mesmo uma casa para onde voltar.

Obedecendo aos gestos impacientes de Jenny, deixo todos mimando Eris por mais um tempo, embora observar sua expressão seja bastante divertido.

– Lembre-se – grunhe Jenny, inclinando-se e abrindo a escotilha de entrada. – Eu coloquei o míssil de sérum de magma por último na câmara. Deve queimar até o andar mais fundo da Academia, mas você precisa desestabilizar bem a fundação para que o míssil se assente direito. Não vamos pegar leve hoje. Você usa *tudo*. Entendido?

– Entendido.

– E Sona – diz Jenny, o tom suave. Ela se levanta e coloca a mão em meu ombro, apertando-o com força. – Quero que saiba que eu não me importo com você. Nem um pouco. Viva ou morta, só faça seu trabalho.

– Anotado, Unnie.

– Pare com isso imediatamente. Quanto à Eris, não vou te pedir que tome conta dela. Ela não precisa da proteção de ninguém. Só fique fora do caminho dela. Mas, apesar disso, e vai por mim, eu sei que isso é terrível e irônico de uma forma hilária, se qualquer coisa acontecer com ela, vou culpar você. E eu sei que você não sente dor nem nada, mas tenho certeza de que vou pensar em alguma coisa.

Os passos de Eris anunciam sua aproximação, e Jen retrai o braço em um gesto ríspido. Sua expressão ainda é enfurecida, mas só por um instante vejo uma centelha de dúvida.

– Vai lá – rosna Jenny quando Eris chega perto o bastante para ouvir.

Eris revira os olhos.

– Nada de "boa sorte, espero que você não morra"?

– Se você precisa de sorte, já estamos fodidos dez vezes – diz Jenny num tom de desprezo, dando as costas. No entanto, ela hesita por um momento. – A essa altura, você já deveria saber que não tem minha permissão para morrer. Nenhuma das duas tem.

Então ela se vai, desaparecendo em meio às árvores junto com a equipe. Pela primeira vez, aquelas palavras não me deixam com frio.

Eris bufa, exasperada.

– Isso é só mais uma manhã de domingo pra ela, não é? O que ela disse pra você?

– Fez umas ameaças.

– O tratamento Rompe-Estrelas completo.

– Vou receber alguma coisa da Geada também?

Eris segura a porta da escotilha de entrada.

– Você primeiro.

Coloco os pés dentro da abertura do mecha.

– E dizem que o cavalheirismo morreu.

– Não tô sendo educada. – Ela entra depois de mim, pulando para fechar a escotilha e nos trancar na escuridão. – Tô tentando ir embora antes que Jenny volte e insista em pilotar essa coisa ela própria.

Olhamos uma para a outra. A cor dela se esvaiu um pouco. Começo a rir primeiro, e ela faz o mesmo conforme escalamos até o pescoço.

CAPÍTULO TRINTA E NOVE

SONA

DIA DO PARAÍSO

Por mais que eu queira detestar esse pensamento, não consigo odiar a sensação de voar.

Eu sei, eu *sei* que esta é apenas outra tentativa arrogante da Academia de replicar Divindades. Esta forma, como todas as outras, é falsa, carregada de narcisismo. Porém, por enquanto, tenho asas, e meus dedos arranham o céu aberto.

– Quanto a gente avançou? – pergunta Eris.

Imagino ela sentada de pernas cruzadas entre meus olhos, a cabeça propositalmente virada para não ver as janelas, embora fosse ficar lívida se soubesse que tenho uma leve suspeita de seu medo de altura.

– Você está entediada? – indago, ignorando o que ela acabou de perguntar.

Godolia ainda não apareceu no horizonte, mas as ferrovias estão ficando mais frequentes. Deve acontecer a qualquer momento agora. Da altura em que estamos, elas parecem fios que costuram o deserto em polígonos de um vermelho pálido.

– Não. – Uma pausa. – Isso seria meio que... tipo...

– Sádico?

Praticamente ouço sua carranca aumentar.

– Eu ia dizer de mau gosto.

– As pessoas aprendem a gostar de você.

– Sua... – começa ela, a jaqueta amassando quando ela se levanta. Sinto uma leve vibração: ela está subindo na plataforma de vidro.

Minhas asas estremecem apenas por um momento, mas Eris imediatamente começa uma sequência vívida de palavrões que superam o ruído dos jatos, indicando que ela perdeu o equilíbrio.

– Isso não é justo! – ela consegue dizer.

Meus lábios se curvam.

– Sabe que eu não consigo ver você, não sabe?

Desvio os olhos dos trilhos e os dirijo para o ponto onde o céu encontra a terra.

– Eris?

– Que foi, Falha?

– Por que você está aqui? Não tem mesmo motivo para isso.

– Uau, tá bom então. – Ela bufa. Então, depois de alguns instantes, quando percebe que estou esperando uma resposta, ela suspira. – Você acha que eu ia perder isso? Tô aqui pra assistir de camarote.

Mexo os dedos dos pés enquanto absorvo suas palavras, lembrando a mim mesma da solidez que repousa debaixo de mim, em vez da sensação de leveza das solas de meus pés que pendem no ar aberto.

– Fechamos o ciclo – murmuro.

– O quê?

– Nós escapamos juntas. Nós voltamos juntas. Estamos fechando um ciclo.

– Não estamos fechando nada – reflete ela. – Vamos reduzir esse lugar a cinzas.

O sol está parado no centro do céu, marcando o meio-dia. O desfile deve estar a pleno vapor agora. Embora o Dia do Paraíso seja o evento mais celebrado do ano – e o mais sagrado, originalmente dedicado a agradecer aos Deuses que permitiram que o mundo completasse outra revolução cósmica –, na Academia, os alunos ainda ficavam confinados em seus andares como em qualquer outro dia.

No entanto, tínhamos permissão para fazer nossa própria festa, com pequenas luzes penduradas sobre a ala de simulações e um grau de indulgência em nossas rígidas dietas. Eu gostava de roubar doces. Tortinhas de fruta glaceadas, *songpyeon* rosa e amarelo com recheio de gergelim doce, bolinhos de arroz regados com mel, trufas com pétalas cristalizadas – tudo carregado para o meu quarto, onde eu os devorava até ficar enjoada.

Eu era uma criança amarga que amava um docinho. Não sou muito diferente agora. O pensamento me faz sorrir.

O Coronel Tether estava sempre atrás de mim, desfrutando do brilho quente das estátuas douradas de carvalho no pátio. Aquele era o evento principal da festa dos alunos: assistir às festividades lá embaixo com olhos arregalados e desejosos sempre que a neblina era gentil o suficiente para nos providenciar uma visão, livres da supervisão fria dos instrutores. Maravilhar-se com Windup após Windup que se exibia com orgulho nas ruas próximas, e sussurrar animados que um dia eles também estariam a pouca distância dos Zênites. Eu imaginava o mesmo, sozinha em meu quarto, lambendo o xarope das mãos pegajosas.

Um dia, me concederiam a honra de participar de um Desfile do Dia do Paraíso, e eu quebraria o pescoço do primeiro Zênite que fosse idiota o bastante para cruzar meu caminho.

Ah, as tortinhas de pêssego. Sempre foram minhas preferidas.

— Ali — murmura Eris, bem quando Godolia aparece no horizonte. Os arranha-céus pretos fragmentam o céu como tentáculos de fumaça. Agito as asas, voando mais alto sobre a terra conforme uma vertigem agarra meu peito.

Eu me certifico de ficar acima da névoa quando esta aparece, cobrindo o distrito das fábricas como uma colcha imunda. Paro de respirar por completo quando vejo os pináculos que marcam os muros projetando-se para fora como lápides angulares. Eris segue meu exemplo, interrompendo o mexer dos pés conforme as torres se aproximam. Seu metal escuro é recortado em aberturas ainda mais escuras, de onde os canhões se projetam como bolhas quando estão acionados.

Ela murmura algo, em um tom baixo e afiado, como uma espada que corta a fumaça.

— O que você disse? — pergunto, esperando que ela repita algo como um insulto a Godolia, ou uma prece igualmente sombria e sarcástica. Algo para alimentar o fervor da batalha.

— Eu disse "lá está a famigerada extravagância de Godolia" — repete ela, uma sutil risada debochada permeando as palavras. — Tem estátuas em todo lugar?

— Que estátuas?

— Logo adiante.

— Eu não...

— Sessenta graus à sua direita. Aquela com asas. É... enorme.

E lá está: encostada contra o muro que se estende entre dois dos pináculos, asas abertas contra o metal como uma mariposa preservada. Dá para entender por que não a vi: a estátua é completamente preta, da base à cabeça, mesclando-se quase perfeitamente na barricada, exceto pela forma mais intensa com que a luz se reflete em seus ângulos esculpidos. Na verdade, parece que não há nenhuma curva suave em sua estrutura, cada borda afiada, penas e dedos pontudos.

A forma humanoide me faz pensar que deve ter sido esculpida à semelhança de uma das divindades infinitas, e eu quase solto uma risada, imaginando-as espalhadas ao longo de toda a muralha no exterior da cidade. Como se fossem concordar com as imitações que são produzidas em massa ali dentro e fossem querer protegê-las.

Mas é claro que não há Deuses aqui, bons ou ruins, protetores ou cruéis. Há apenas pessoas brutais com seus brinquedinhos brutais, subjugando aqueles que não possuem a própria brutalidade.

Então não há mais nenhum pensamento a respeito de divindades em minha mente, apenas medo – frio e vívido e feroz – pulsando como uma rajada de balas em meus ouvidos, apertando-se com força ao redor de minha garganta quando paro de repente.

Porque, à minha frente, a cabeça da estátua se virou.

Ela encontra meus olhos.

O vermelho é igual ao meu.

Eris prende a respiração.

– Isso é...

– Um Arcanjo.

Forço energia nos jatos, alçando voo, cada vez mais alto. Os pináculos e as fábricas que pontilham o chão se encolhem até o tamanho de alfinetes, mas o Arcanjo continua do mesmo tamanho, saindo de seu estado imóvel e subindo atrás de mim. Ele é mais rápido; um eco mais sombrio e perfeito dos melhores esforços de Jenny, sem partes descombinadas, e o pânico ergue-se como um oceano em meu peito.

– Sona...

– Segure-se em alguma coisa.

Eu me lanço para a frente antes que o Arcanjo possa alcançar minha altitude, voando diretamente por cima do muro e adentrando a cidade. A névoa se estende lá embaixo, expandindo até o horizonte nebuloso, as pontas dos arranha-céus como dedos, apontados para o alto, alto, alto.

– O que você tá fazendo? – grita Eris.

– Vamos fazer isso – digo entre os dentes. – A Academia cai hoje.

Os pelos em minha nuca se arrepiam, e, lá embaixo, pressionadas contra a névoa, estão duas silhuetas aladas. Deveria haver apenas a minha.

Está bem acima de mim.

A sombra se move, as garras estendidas para baixo. Está tentando pegar minhas asas.

Eu as recolho, e despencamos como uma pedra. Meus verdadeiros pés perdem o equilíbrio, e ouço um baque à minha esquerda, seguido por um grito de Eris. Mergulhamos na neblina. Minha visão escurece.

A luz invade o interior do mecha de uma só vez, rápido demais, uma torrente de brilhos perversos. Percebo quando é tarde demais – o reflexo cintilante de um arranha-céu, e tudo que consigo fazer é jogar os braços sobre o rosto antes do impacto. Dor, vívida e chocante, imediatamente se incorpora em uma centena de cortes pelo meu corpo. Meu olho direito está rachado, posso sentir, uma agonia enraizada na forma de uma teia de aranha.

Eu afasto a sensação, depois me distancio do prédio. Milagrosamente, ele não desaba, a marca da minha queda espalhada por uma dúzia de andares, o vidro dando lugar a uma bagunça de pisos de concreto e vigas de suporte de aço.

Em meio aos grandes fragmentos de vidro, o Arcanjo aterrissa na rua atrás de mim, abrindo as asas, relaxando.

Pequenos grupos de pessoas se espalham na rua abaixo, mas as poucas quadras que nos separam foram abandonados no meio das festividades. Carrinhos de rua que eu sei que vendem de tudo, de quimonos de seda e máscaras de papel a velas-estrelinhas que se acendem sozinhas, foram abandonados. Alto-falantes escondidos devem acompanhar as calçadas, porque um ruído abafado de música goteja fraquinho.

Encaro o Arcanjo e levanto o queixo. Ele está parando, me examinando de uma forma fria. Eles não conseguem deixar de dar uma olhada. Um riso seco escapa de minha garganta. Mesmo agora, quando não sou mais pequena, quando há pânico aos meus pés. Sempre vão pensar que eu sou insignificante, não vão?

Apenas mais uma garota das Terras Baldias, de mais uma cidade massacrada. Que pobre, miserável bárbara, a garota que não venera este lugar.

Mas eu não me importo se eles não me enxergam. Eu já tenho pessoas que importam e o fazem.

Eles queimarão cegos, mas ainda assim queimarão.

– Eris. Por favor, me diga que você está viva.

Um grunhido. O alívio percorre meu corpo em uma única onda vertiginosa. Imagino-a girar os ombros, ignorando mais esse obstáculo.

– Você vai lutar contra aquela coisa, Falha? – pergunta ela, a respiração forçada.

– Não tenho muita escolha. Mas preciso que você faça uma coisa.

– O quê?

– Me ajude.

– Rá. – Uma pausa. – Ah. Eu realmente não quero fazer isso.

Olho na direção da voz dela, baixando os olhos.

– Eu sei que você não consegue me ver; pare de me encarar. Odeio quando faz isso. Como você faz isso? – murmura ela, arrastando os pés. Seus passos estão levemente diferentes, posso sentir. – Será que... Eu devo fazer a contagem regressiva ou só ir em frente?

– Só...

Uma dor intensa, quase vívida, e não posso sufocar um grito conforme o frio se enraíza e estilhaça o vidro de meu olho. É tudo que posso fazer para não cair de joelhos. A visão de meu olho direito se apaga instantaneamente.

– Merda. Você tá bem?

Mordo o interior da bochecha.

– Vou te levar para a zona de alcance.

Avanço, meus passos fluidos e leves – Jenny realmente fez um trabalho fantástico. Porém, estou a apenas uma quadra de distância quando percebo que o Arcanjo não se moveu para a frente, nem mesmo assumiu uma postura defensiva. E percebo o motivo poucos segundos antes de ser tarde demais.

O míssil passa voando sobre minha cabeça, e escuto o momento exato em que se enterra no prédio atrás de mim, vidro e ferro e concreto dizimados em um clarão agudo de luz. A fúria sobe rápida, voraz, devorando o estrangulamento do medo, da hesitação, e eu mal penso antes que meu próprio míssil saia rasgando o ar, seguido por uma faixa escura de fumaça. O Arcanjo desvia, como esperado, direto para a mira do meu segundo míssil, que o atinge na curva de sua asa esquerda.

Um vapor negro encobre a rua, mas, através dele, vislumbro o brilho dos olhos vermelhos. Parecem imperturbados. E então ficam perto demais, me encarando, e um punho com dedos curvados e afiados sai da fumaça, colidindo com minha lateral. Deixo que faça isso, deixo que me empurre para outro prédio, deixo a destruição crescer ao meu redor, então estendo o braço e agarro a escuridão. Minhas garras encontram um gancho, e eu dobro os dedos e puxo, arrancando o Arcanjo de seu esconderijo.

Estamos cara a cara, testa a testa, e Eris está ao meu lado, murmurando:
— Boa, garota!

O frio se espalha por minha pele verdadeira, bruto e limpo e afiado. A luz transborda de meu olho quebrado e engole a visão do outro em uma explosão de branco.

O primeiro vislumbre que tenho quando giro para trás é de gelo contra metal, um delicado desenho cristalino atravessando a testa perfeitamente esculpida do Arcanjo.

O segundo é meu punho colidindo contra ele. O metal não racha. Um grunhido de frustração faz meus dentes vibrarem. Ergo o punho outra vez.

O terceiro é uma fileira perfeita de buracos negros se abrindo, um por um, ao longo do topo da asa esquerda do Arcanjo. Um clarão de luz dentro de cada buraco. Um por um. E o restante parece acontecer tudo ao mesmo tempo.

Estou de costas, olhando para um céu encoberto, pontuado pelos dedos dos arranha-céus. A dor aperta meu peito e se espalha pelos meus braços, o metal chamuscado e fumegante com o impacto dos foguetes. Sinto cheiro de fumaça, e, em algum lugar perto de mim, e ao mesmo tempo distante demais, Eris está arfando, com uma tosse áspera e violenta. Por instinto, estendo o braço na direção dela, e a mão feia, cheia de garras curvadas e afiadas se ergue para tocar as nuvens.

O Arcanjo desce. Ele não usa os mísseis dessa vez. Enterra a bota diretamente no meu abdome, e o metal se deforma, quebrando por dentro. Depois do segundo chute, fico genuinamente chocada por minhas costelas verdadeiras não terem se quebrado. Pontinhos pretos piscam em minha visão, a imagem negativa de um céu cheio de estrelas.

Elas são arrancadas no momento seguinte por outro clarão repentino. O Arcanjo recua um passo, o gelo se espalhando por uma parte de seu quadril esquerdo. Quando ele tenta recuperar o equilíbrio, outro disparo cruza o céu, acertando-o na coxa, e o asfalto da rua racha quando o mecha desaba de joelhos.

Eris tosse mais uma vez; depois, em uma sequência de palavras adoráveis e nefastamente arrastadas pela raiva, rosna:
— Manda essa coisa de volta para o inferno duplo, Falha.

Enterro a mão diretamente no prédio ao meu lado, o vidro quebrando instantaneamente e deixando à mostra a estrutura de concreto, algo em que posso me apoiar para levantar. Dobro o pulso, pensamentos inflamados com minhas intenções, e o corpo estranho obedece, dissecando o ar com um fluxo de mísseis. Eles atingem a coxa, o ombro e o peito do Arcanjo, três deles explodem pelo revestimento do braço, levado aos olhos no último segundo possível.

Estou de pé, a mão ao redor de seu pulso, rasgando a defesa. Minha outra palma envolve sua nuca, e levo meu joelho às costelas do Arcanjo, uma, duas vezes. Agora, quando as válvulas nas pontas das asas se abrem, eu desapareço antes dos flashes de luz, saltando direto no ar. Chama e fumaça explodem pelo prédio embaixo de mim, e não hesito antes de alimentá-las, lançando outra série de mísseis no inferno abaixo.

– Está morto? – sussurra Eris, a voz áspera. – Por favor, me diga que aquele filho da p...

Uma mão se estende para fora da nuvem de fumaça, os dedos se curvando ao redor da beira de um prédio próximo, e o Arcanjo se levanta à nossa frente. Sua cabeça gira, vasculhando os céus.

Não dou chance para que abra as asas. Eu me viro e aciono os jatos, e a paisagem vira um borrão abaixo.

– Droga – digo, entre os dentes.

Há algum problema em minha asa esquerda; sinto um engasgo na velocidade. Só posso torcer para que tenhamos causado danos suficientes para o outro Arcanjo também falhar.

– É a Academia ali na frente, certo? – pergunta Eris. Suas palavras saem com dificuldade.

– Você está bem? O ar está ficando rarefeito demais?

– Vou ficar bem quando estiver terminado – retruca ela.

E lá está ele, delineado em ouro, um alvo dourado. Estamos a cerca de dez quadras de distância e, adiante, em suas posições altivas, se assomam as joias do Desfile do Dia do Paraíso: Windups e mais Windups e mais Windups, ombro a ombro nas ruas que circundam a Academia, bons soldados em marcha. Desconectados e risivelmente inofensivos. Como Jenny disse, não são nada além de um colírio para os olhos das massas, as pessoas paradas do lado de fora das áreas demarcadas por cordas, boquiabertas e de olhos arregalados, fantasiando que talvez algum dia também possam possuir todo aquele poder.

Os Windups rodeiam a Academia em um raio sólido de duas quadras ao redor do campus. Chego à margem externa e desacelero até parar.

Arranco essas lamentáveis fantasias de veneração, alivio as massas de sua ignorância.

Salvo todos pouco a pouco, míssil a míssil lançado em direção às máquinas de pé lá embaixo, cada vez sucumbindo mais às chamas infernais.

Godolia e os Windups não são invencíveis. Não são como Deuses. Não podem ser absolvidos da culpa pela dor e pelo sofrimento que espalharam pelo mundo.

Porém, noto que não me importo se elas não percebem isso, que as pessoas aqui hoje podem contar às gerações futuras que este foi um ataque gratuito, que uma garota das Terras Baldias, tão abençoada pela Academia, não tinha motivo nenhum para tamanha barbaridade.

Porque agora eu estou no controle.

Porque pessoas que eu amei no passado foram feridas por esta nação, e as pessoas que eu amo no presente foram feridas por ela mais uma vez, e porque agora eu posso fazer alguma coisa para acabar com isso.

Porque todos escolhem um lado na guerra, e eu escolho aquele que me faz sentir humana, e por isso eu não vou me desculpar.

Eu sou violenta. Eu sou terrível. E cada coisa cruel sobre mim é minha por inteiro.

Eu não vou morrer pertencendo a eles.

Os Windups caem. A Academia se aproxima, cercada por um inferno de metal rachado e divindades mortas. As pessoas são manchas, e, em algum lugar dentro delas, os Zênites são rostos indistintos em meio ao pânico. Eles procuram um caminho para escapar das chamas. Escapar das rachaduras de terra escura que vêm de cima, as pessoas ao redor chocadas demais para se mexer.

Preciso mirar baixo, deixar o brilho do sérum de magma de Jenny se espalhar profundamente. Pairo diretamente sobre as árvores de ouro, as folhas cintilando alegremente na onda de fumaça que flutua ao redor do campus.

E de repente há silêncio.

Não há mais gritos. Não há mais zumbido. A dor e a fúria dão lugar a um véu de calma perfeita.

Eris grita. Toda a luz se entrelaça com a escuridão.

Estico o braço – não sei se é para ela ou por causa da incrível dor que se espalhou ao longo de minha asa esquerda –, e o sol aparece conforme somos puxadas para cima da névoa. Minha forma se contorce quando a ponta de minha asa se parte, um grito saindo de minha garganta. Sem pensar, jogo a cabeça para trás, vagamente consciente de meu corpo real perdendo o equilíbrio sobre a plataforma de vidro. Um baque surdo soa à minha esquerda.

Então vislumbro o Arcanjo, tão preto e pontiagudo que, contra o céu, parece simplesmente que uma parte do universo foi rasgada, e encontro seus olhos.

Queimo sua visão com a minha, depois desvio o olhar e lanço o último míssil diretamente para baixo.

Sua descida parece quase preguiçosa, atravessando as nuvens. Anticlimática. Silenciosa. *Quantas pessoas eu acabei de matar?*

Os dedos do Arcanjo se curvam ao redor de minha nuca, o calcanhar contra minha coluna. Minhas mãos procuram por metal e encontram apenas céu. Dentro de minha cabeça, alguém está rindo e chorando ao mesmo tempo. Eris está inconsciente. Devo ser eu.

Nós vencemos? Acabou?

Eu não sou boa, e, meus *Deuses*, não é engraçado que isso mal importe?

Uma pressão, depois uma dor como nenhuma outra quando o Arcanjo arranca minha asa e em seguida me deixa cair rumo à terra, na cidade que incendiei.

CAPÍTULO QUARENTA

ERIS

DIA DO PARAÍSO

Hoje não está sendo tão divertido quanto pensei que seria.

— Vamos — murmuro, abrindo caminho através de fios e vidro, através da névoa em minha cabeça, a pontada preocupante em minhas costelas cada vez que respiro. — Vamos, Sona, a gente precisa ir.

Eu me ajoelho sobre sua figura caída. Cabos estão enrolados ao redor de seus braços e pescoço, retorcendo a pele.

— Acorde — murmuro enquanto desembaraço os fios. — Não temos tempo pra isso.

Limpo as bochechas com as costas da mão e dobro o corpo, a testa sobre o abdome dela.

— Vamos — murmuro sobre sua blusa. — Você não vai fazer isso comigo. Você não vai me deixar aqui sozinha. Levante. A gente precisa ir pra casa.

Ela não se mexe. Não faz sentido. Por que ela não se mexe?

— Acorde! — grito. — Pelo amor dos Deuses, acorde!

Ah. Como eu sou idiota.

Enrolo os cabos ao redor de uma mão e puxo, desconectando todos eles de uma vez só. Sona senta, arregalando os olhos. Eu me inclino para a frente e agarro seu queixo, inclinando o rosto de um lado para o outro para garantir que ela não sofreu morte cerebral.

— Estamos vivas — declara ela.

— Parece que sim.

— Ah. Merda.

— É. Merda. — Rio um pouco. — Parece que a Nova tinha razão, hein? Teve mesmo uma luta contra o chefão.

— Nós perdemos.

Solto o rosto dela.

— Rá. Bom, nós... ah. Você trouxe sua espada.

— Você sabia disso. Não é uma coisa boa? Já que nós provavelmente vamos ter que lutar daqui mais ou menos trinta segundos?

— Aham. Mas acho que só vai ser útil pra gente se você a tirar da *porcaria* da sua perna.

A espada está inclinada em um ângulo na direção de seu corpo, o cabo repousando no topo da coxa, vários centímetros da lâmina engolidos pela carne, e a ponta saindo pelo outro lado do quadril. Sona suspira, irritada, e a puxa para fora. Ela tira a jaqueta de Valquíria com um gesto de ombros e arranca as mangas, amarrando-as ao redor da pele perfurada.

Ela olha para mim.

— Você está machucada.

— Você acabou de puxar uma espada para fora da sua perna. Cala a boca, por favor.

Ela fica de pé de um jeito bem mais gracioso do que parece possível. A expressão convencida em seu rosto me faz rir, e o que quer que esteja errado com minhas costelas sacode junto comigo.

Lá fora, há sirenes e passos apressados. Uma luz vermelha é filtrada lá de cima através do único olho funcional, e eu percebo que devo estar sonhando. O que é fantástico, porque eu preciso mesmo dormir.

Então Sona pergunta calmamente:

— O que vamos fazer?

A rigidez dessa calma me faz cerrar os dentes. Estou acordada. E não há nenhuma forma de escapar daqui.

— Vou derrubar o máximo desses desgraçados que conseguir. — Eu me ouço dizer. — Se morrer, vou morrer gritando e espemeando e tudo mais. Posso estar indo para os infernos, mas vou levar alguns junto comigo.

O lábio inferior dela estremece, muito de leve.

— Eu tenho um plano — digo.

— Tem? — murmura ela, rindo baixinho. — Ah, não.

Ela ri outra vez quando eu termino de explicá-lo.

— Que foi? — disparo. — Não é horrível.

Os cantos de sua boca se curvam antes de ela me dar as costas.

— Você não tem cara de uma donzela em perigo.

Faço uma careta, o que provavelmente só reforça o argumento.

– Você me põe em bastante perigo. Talvez isso seja suficiente.

Sona vai até seu lugar nas sombras e olha por cima do ombro, o sorriso igualmente penetrante e delicado.

Ajoelho na base da cabeça, as mãos pressionadas sobre o chão. Há passos ressoando pelo metal, e então soldados de Godolia se aglomeram nas aberturas acima, vermes atrás de sua cota de cadáver. Cordas são desenroladas e corpos caem gritando, e estou gritando também:

– Por favor, não atirem! Estou cooperando, estou desarmada!

Capturo pedaços de imagens conforme se reúnem ao redor: soldados de Godolia em macacões pretos, alguns Pilotos com olhos brilhantes e duros, e o reluzir de uma arma ao tocar a lateral da minha cabeça.

Dou a mim mesma um momento generoso para fazer o mundo parar de girar antes de erguer os olhos novamente. Uma fissura na lateral da cabeça do Arcanjo funciona como uma pequena escotilha, uma boca de luz cinzenta. Um carrinho de comida tombou e derramou seu conteúdo fumegante sobre o concreto. Um sapato com cadarços cinzas descansa de lado em cima de uma grade de esgoto. Banners foram arrancados dos suportes e jazem colados ao asfalto por milhares de passos apavorados.

Então a luz se fragmenta quando Sona sai de sua posição. A espada reluz em sua mão, e no momento em que um grito e um arco de sangue rasgam o ar simultaneamente, aperto a mão ao redor do tornozelo mais próximo.

Eu me levanto quando ele cai, pele e osso devorados pelo gelo.

Um assobio de balas passa por meu ouvido, e eu giro, reunindo minha energia nas mãos e a soltando na direção do tiroteio. O disparo acerta a soldada direto na clavícula, e seu grito se extingue quase tão logo irrompe. Sona se agacha atrás do cadáver ereto, e as balas que seguem seu movimento estilhaçam a carne congelada em partículas. Encontro o atirador e mergulho até onde ele está, passando uma mão sobre seu peito conforme nós dois caímos. Quando atingimos o chão, não estou segurando nada além de um cadáver. Uma sensação de repulsa e satisfação em partes iguais me percorre quando o chuto para longe.

A luta se desenrola em sensações. Balas que ricocheteiam e fazem o chão vibrar sob meus pés. O ar frio que faz minha pele arrepiar. Meu cabelo roça minhas bochechas quando salto; minha respiração presa em meus pulmões quando desço, seguida pelo choque de meus dentes cerrados quando desabo sobre outro soldado. O suor quente cola minha blusa ao meu corpo.

Eu sou boa para caralho nisso.

Muito boa em sentir raiva.

As costas de alguém se apoiam nas minhas, o dedo deslizando pela espada. O pulso se vira, espalhando vermelho pelo chão.

Ela sussurra algo baixinho, ou talvez dê uma risada, um riso sombrio e perigoso e encantador. Então ela também se vai.

Quando me viro à procura da próxima luta, uma pontada lancinante de dor explode na lateral do meu corpo.

Consigo soltar mais um disparo, de alguma forma atingindo o soldado, apesar de enxergar seus movimentos apenas com minha visão periférica borrada, e então caio de quatro. Pressiono uma mão sobre as costelas do lado direito, notando vagamente que minha palma volta ensanguentada.

– Ei, Falha? – chamo debilmente, tentando focar na minha respiração. Ela chia dentro de meu peito como um fio rompido.

Nenhuma resposta além de alguns outros gritos e mais corpos sem vida colidindo com o chão. Disparos. O tinido das balas. Uma figura com passos silenciosos percorrendo todo o espaço, desaparecendo a cada vida tomada e se materializando atrás de outra, sem nunca ficar no mesmo lugar por mais que meio instante.

Devo estar perdendo a cabeça.

Uma quietude repentina, corrompida apenas pelo estremecimento em meu peito.

A figura se abaixa, uma mão suave passando debaixo dos meus braços e gentilmente me colocando de pé outra vez. Há uma leve pressão quando seu queixo se apoia no topo da minha cabeça.

– Você pode desligar as luvas por um momento? – murmura Sona.

Cerro os dentes e obedeço, e ela pega meu braço e o passa ao redor de seu pescoço. Pontinhos pretos aparecem em minha visão conforme ela me levanta, e começamos a nos dirigir para a base da cabeça do Arcanjo.

– Pra onde a gente vai? – resmungo, lamentavelmente ciente de que ela está carregando a maior parte do meu peso.

Ela ri. Sinto o som cantar por minha pele.

– Não faço ideia.

Seus pés desaceleram, e eu levanto a cabeça. A luz não chega muito longe no pescoço, mas posso ver que Jenny tinha razão em sua modéstia: as entranhas do Arcanjo realmente têm uma aparência horrível. Da estreita área que é visível, milhares de fios estão emaranhados como teias de aranha pelo ar, e as barras de ferro entrecruzam de forma caótica, os parafusos que as prendem descombinados tanto em tamanho quanto em cor. E já que o Arcanjo foi derrubado de costas, a escada se estende diante de nós como um projeto patético de ponte, alongando-se tanto para dentro quanto sobre o que parece ser um abismo infinito.

— Como infernos a Jenny conseguiu fazer essa coisa voar? — murmuro.

Nós duas ouvimos o som ao mesmo tempo: outra rodada de gritos e a marcha de botas de sola de borracha sobre o metal acima. A próxima onda. Reprimo uma careta quando Sona me solta.

— Engatinhe — ordena ela, apontando para a escada.

Coloco os joelhos nas grades laterais da escada e me arrasto até o degrau seguinte. Avançamos na direção da base, na direção da escuridão. Meus pensamentos saltam em meu crânio. *Para onde estamos indo? Lugar nenhum. Não vamos a lugar nenhum. Rá, rá. Não existe uma saída. Não existe mesmo uma saída desta vez.*

Não sei se é o pânico que me faz olhar para ela, mas fico feliz por fazer isso. Há um soldado parado na cavidade do pescoço, a arma apontada para a parte de trás da cabeça dela.

— Agache! — grito, e a primeira bala passa por nós e mergulha no abismo.

A agonia do que quer que tenha penetrado minhas costelas esmaece, e a adrenalina mescla tanto o tempo quanto a dor de uma forma que só posso chamar de *útil*. Quando me dou conta, Sona e eu rolamos da escada para uma viga de suporte, atravessando-a e parando sob uma cortina de fios. Minhas costas estão coladas à lateral do Arcanjo; eu me encolho, cobrindo a boca com as mãos para silenciar minha respiração pesada.

A viga é apenas larga o suficiente para nos abrigar lado a lado, mas Sona se agacha à minha frente, a espada desembainhada do cinto e uma mão ao redor de um parafuso para usar de apoio. Sua lâmina está posicionada de modo a cortar a próxima pessoa que ousar emergir da cortina de cobre, e talvez depois ela vá saltar e conseguir derrubar uma segunda. E depois…

E depois ela será atingida por uma chuva de balas e tombará pela lateral, caindo lá embaixo.

Esse não era o plano. Qual *era* o plano?

Escapar. Lutar com todos até abrirmos caminho, conectá-la ao primeiro Windup que encontrarmos. Presumindo que sobrou algum. Merda. Falha fez um bom trabalho. Ela fez um trabalho fantástico e devastador, e o mundo tem uma dívida enorme para com ela, mas tem um senso de humor perverso, então em vez disso vai simplesmente matá-la.

Ou... talvez não.

Porque ela não tem preço.

Porque ela tem todas aquelas Modificações dentro de sua carne como um presente, e isso vale alguma coisa para eles.

– Sona.

– Fica quieta!

– Só pare.

– Quê?

– Eu disse pra parar!

– Como você pode dizer isso? – sibila ela, virando a cabeça. Seus traços estão fixos em uma carranca, o fogo do olho esquerdo esculpido em uma crescente. – Derrubar o máximo de soldados que conseguíssemos; foi isso que *você* disse. E é isso o que eu vou fazer.

– Eu disse que é isso que *eu* vou fazer. Mas você... você é um investimento deles. Você é valiosa. Eles podem levar você viva.

Agora ela se vira para mim. A luz de seu olho desenha um arco pelo ar, e ela bate a mão livre ao lado de minha orelha. O golpe faz o metal às minhas costas vibrar, e ela está tão perto e é tão bonita, e está tão furiosa. Tudo que consigo pensar comigo mesma, porque ela espantou qualquer rastro de pensamento eloquente em minha cabeça, é *que merda*.

– Como você pode dizer isso? – grita ela, ignorando o próprio conselho de ficar em silêncio. – Eu *não* pertenço a eles!

Ali. Minha fúria, minha inconsequência, estampadas em um rosto diferente. Eu havia sufocado dentro do meu próprio medo, e tentei remediar isso com outro golpe, outro grito de guerra, outro pensamento violento. Não agora. Agora ergo os olhos e respiro fundo.

– Não – disparo, com tanta ferocidade quanto ela. – Mas você faz parte da minha equipe, e isso significa alguma coisa. Significa tudo.

— Eu não pertenço a ninguém – rosna ela. – Eu não sou...

— Mas não *parece* que sim, Sona? – Estendo o braço e coloco uma mão ensanguentada em sua bochecha. Minha visão está borrada. Estou perdendo a cabeça. – Não foi planejado, e talvez tenha sido um erro, mas *aconteceu*, não foi? – *Não perdemos tudo. Podemos continuar.* – Não parece que pertencemos uma à outra?

Então... silêncio.

Espero tudo desmoronar. Espero tudo se romper, se afogar sob as batidas do meu coração, porque a imobilidade nunca gostou muito de mim, porque sempre tem alguma luta sobrando para permitir que as partes boas se prolonguem.

Mas o momento não recua.

Ela mantém o silêncio no lugar, a mão em minhas costelas agora. Quando ela me beija, ela me beija devagar. Como se tivéssemos todo o tempo do mundo. Como se estivéssemos seguras no sofá do salão comunitário, a lareira soprando calor sobre nós, com nada para fazer além de contemplar o sol sangrar no céu.

Preciso dela para tanta coisa. Para dançar horrivelmente. Para ler meus livros. Para manter as cinzas afastadas de minha boca, para continuar me fazendo corar e respirar e lutar. Para voltar para casa.

Preciso dela viva.

Sou uma Gearbreaker.

Quando minhas costas encontram uma parede, eu *atravesso* a parede.

Minha luva ganha vida atrás das minhas costas, forçando o sérum para dentro do metal que apoia minha espinha. Levo as pernas para baixo do corpo e enfio meus ombros na parede, que se estilhaça como vidro.

A queda livre dura apenas um segundo, mas ainda consigo uma visão clara do choque que atravessa os traços de Sona, e, ah, fica fixo no lugar por uma mágoa incrível e nefasta.

Cada partícula de ar em meus pulmões escapa em um único suspiro no instante que minhas costas colidem com o concreto lá embaixo, e Sona milagrosamente se segura antes que possa cair em cima de mim. Algo quente e úmido cola meu cabelo à minha nuca.

— Você não fez isso – ela grita para mim, a quilômetros de distância. – Eris, você *não fez isso*!

Só que sua atenção não se mantém em mim por muito tempo. Figuras escuras emergem em minha visão periférica pontilhada, capturando sua forma agitada. Uma vez, apenas uma vez, ela se liberta, gritando de forma incompreensível, e o cheiro de sangue inunda o ar mais uma vez. Mais mãos surgem, prendendo seus braços, arrancando a espada de seu punho. Estendo o braço para pegá-la. Eles não vão me capturar com vida.

Uma bota a chuta para longe, e levanto a cabeça para descobrir que era a dela. Sona me encara com uma fúria tão palpável nos olhos que estremeço.

– Você não vai me deixar aqui – grita ela. Sona dobra o pescoço para trás, os cachos esvoaçantes, e quebra o nariz de um soldado com um ruído angustiante. Ela chuta a espada para mais longe quando mais mãos pousam sobre ela. – Você não vai me deixar aqui sozinha!

Estou sangrando gelo, que jorra das minhas palmas e devora asfalto e divindade e carne. Derramando sérum, vermelho escorregando por meu pescoço e minha mandíbula, consigo me virar de lado, depois me apoio sobre os braços, erguendo a cabeça.

– Você vai vencer a próxima – falo, rouca, seus gritos me arranhando. O gelo rasga o pavimento, cristais se erguendo como dentes que se fecham. – Quando você sair daqui e encontrar Jenny, você vai conseguir mesmo da próxima vez.

– Ah, você pode *apodrecer* – cospe ela enquanto eles a puxam para trás, ambos os olhos brilhando de fúria. Eles a pegaram; ela sabe disso, e está rindo, e é terrível. – Definhe, amor, *definhe* completamente.

Está nos meus planos, penso, cansada, porque, de verdade, não dormi o bastante na noite anterior. Também perdi muito sangue. Tudo aponta para algo estranho. Não estou sobre o asfalto, despejando gelo…

Estou em casa, e sou pequena. No chão, furiosa como os infernos. Errei a postura, e Jenny me empurrou de novo. Ela se curva sobre mim, o cabelo escuro no meu rosto, dando pulinhos.

– Você é boa, muito boa. – Ela está cantarolando, o sorriso selvagem. Ela oferece a mão e eu a afasto com um tapa. – Viu? Você está bem. Levante ou eles vão te pegar. Você tem gelo nas veias, pequena Geada. Vai mesmo só ficar aí sentada e se deixar congelar? Não? Ótimo. Vamos continuar.

CAPÍTULO QUARENTA E UM

SONA

Você a matou?

Não. Eu... não tenho certeza. Acho que ela me matou.

Você a matou?

Ela me matou?

Está escuro.

Ela me matou.

Eu sabia que ela faria isso. Ela acertou o alvo dessa vez. Fiquei a seu lado também, como disse que faria...

– Você a matou? – pergunta alguém. – Sona. *Acorde, caralho.*

Pisco com força. Há uma luz, uma mesa fria debaixo de mim. Nós passamos um tempo aqui antes. Nós partimos, tenho certeza disso. Olho ao redor da sala. Algemas prendem meus punhos. Alguém está parado sobre mim, as mãos apoiadas na superfície de metal.

Nós partimos.

Será que significou alguma coisa?

Murmuro o nome dela, mas minha garganta é algodão e a palavra sai como nada.

– Me responda, Sona.

Minha visão encontra algo em que se prender acima.

Jole me encara com os olhos que minha fraqueza permitiu se tornarem familiares. Porém, a expressão neles é nova, uma fúria brilhante e enrijecida inflamando lá dentro. Eu me forço a erguer o queixo.

– Faça – digo, a voz rouca. – O que quer que tenham mandado você aqui para fazer. Vá em frente.

– Cadê a Rose, Sona? – pergunta Jole.

Eu não respondo.

– Você a matou?

Meu olhar oscila, é só por um instante, mas ele percebe. De repente ele avança, uma mão cobrindo meu couro cabeludo e torcendo meu cabelo. Outro pedaço dele familiar para mim, a mão que apertava meus ombros ou dava tapinhas em minha bochecha de modo afetuoso. Agora, a mão que bate minha cabeça no tampo da mesa.

Minha visão fica borrada. Sinto náusea. *Será que significou alguma coisa? Precisava significar. Isso já não é uma resposta?*

– Você a matou?! – grita ele, embora as palavras não soem mais como uma pergunta. Ele me aperta com mais força. – Admita! Admita que matou a Rose!

– Eu a matei – digo, observando o brilho das lágrimas borbulhar em seus cílios. Minha voz é um sussurro. – Eu a matei.

Jole hesita por um instante e depois diz:

– Peça desculpas.

– O quê?

– Peça desculpas! – grita Jole.

– Para… Rose?

– Para Rose? Para *Rose*?! – Ele bufa, incrédulo. – Para a sua maldita amiga, Sona! Para a garota que não te ofereceu nada além de gentileza, que te defendeu, que se importava com você! Que teria matado por você!

Eu sou uma Gearbreaker, quero dizer. *Rose era leal a Godolia. Rose merecia morrer.*

No entanto, algo queima dentro de meu peito, aperta minha respiração e faz a sala ficar nebulosa. Calor irradia das bochechas e das lágrimas e das palavras dele, e tudo que consigo me ver dizendo, em nada além de um mero murmúrio, é:

– Não me arrependo.

E eu sei que deveria estar falando sério. Sei que deveria. Porém, era Rose. Rose, doce como seu nome. Que nasceu enredada na glória de um lugar que eu desprezo.

Jole levanta minha cabeça e volta a batê-la na mesa. A sala se inclina.

– Peça desculpas! – berra ele, lágrimas escorrendo do rosto e caindo em minhas bochechas. Deuses, espero que seja isso, que o sal que sinto não venha de meus próprios olhos. – Diga a ela que sente muito!

Mostro os dentes e reprimo as memórias dela – seu sorriso, seus cachos, a voz semelhante a um sino. Ela nunca foi minha Rose. Ela era de Godolia. Todos eles são.

– Não me arrependo de ter cortado a garganta dela – rosno, recusando-me a desviar os olhos do choque que toma seu rosto.

– Pare – dispara Jole, mas a palavra sai em um soluço. Ele tenta colocar uma mão sobre minha boca, mas afasto meu queixo.

– A morte de uma Piloto salva centenas de vidas nas Terras Baldias, então matarei com prazer mais mil Pilotos, começando por você, se não tirar *a porra da sua mão de mim*!

– Não há motivo para palavras obscenas, senhorita Steelcrest.

Há uma pessoa parada na porta, alguém que não reconheço.

Não preciso fazer isso, porque na lapela de seu terno preto há uma árvore. Seus galhos nus estão fortemente trançados, dispostos em camadas como dedos entrelaçados, e embaixo as raízes se espalham, finas, emaranhadas com o cosmos. Há muito tempo, a Árvore do Éter era o símbolo dos Deuses, supostamente gravada nos portões dos paraísos. Porém, com a ascensão de Godolia, os Zênites a tomaram como seu emblema oficial.

– *Não* – rosno, raiva e choque queimando minhas bochechas. – Você devia ter morrido. Todos vocês deviam ter morrido!

– Senhor Westlin – continua o Zênite em uma voz fria, me ignorando. – Acredito que você já terminou o que veio fazer aqui, certo? A Academia lhe agradece pela assistência.

Jole me solta imediatamente, mas se inclina bem perto, os lábios próximos à minha têmpora.

– É tudo verdade, o que eles dizem – sussurra ele, tão cheio de veneno, tão certo de suas palavras. – Vocês são monstros, todos vocês.

Ele vai embora. Fecho os olhos. Estou exausta, e não há necessidade de olhar.

– Onde está a Geada? – rosno.

– Senhorita Steelcrest.

– Me diga onde ela está.

– Será que poderíamos nos apresentar de forma adequada? Fui educado para apertar mãos, então isso é estranho, mas eu poderia ao menos lhe dizer meu nome antes de começarmos.

E eu fui educada para encolher diante de sua presença. Esqueça os Windups; os Zênites são as verdadeiras divindades de Godolia. E, diferente dos mechas, seu poder não é falso. Cinco deles no controle a qualquer momento. Cinco pessoas que têm o mundo nas mãos, seja sua escolha cultivá-lo, protegê-lo ou, se apreciassem ouvir o som de tudo, *tudo* se rompendo, simplesmente apertá-lo com mais força.

Porém, ele não parece ser muito mais velho do que eu.

– Que educado – murmuro. – Você é só uma criança. Ainda não terminou de ser criado.

Apenas outra criança. Assim como eu. É risível e devastador, e me faz desejar o fim deste tempo, desta era de crianças que herdam guerras. *Não poderíamos simplesmente parar?* É o que eu quero perguntar. *Você poderia agir de acordo com a sua idade e desfazer essa brutalidade dentro de si? Poderia saber que somos jovens demais para sentirmos tanta crueldade?*

– Ainda assim, herdei meu título quarenta anos mais cedo do que o esperado. Você foi... – Uma pausa, uma falha na respiração. É ele? O último Zênite? – Você foi bastante meticulosa.

– Sobrou apenas você?

– Sim.

– Peço desculpas – digo. – Pretendia matá-lo também.

– Você chegou perto.

Abro os olhos e o vejo passando a mão pelo pulso, arregaçando a manga. Uma atadura branca envolve o braço, limpa e macia, a pele à mostra é de uma cor tão próxima à da atadura que o faz parecer doente, as veias brilhando em rios escuros. Ele inclina a cabeça de leve ao examinar as amarras, e percebo que um curativo foi colocado em sua nuca também.

Eu o queimei.

Será que estava consciente o tempo todo?

Será que viu os outros desmoronarem, assim como eu os vi sufocarem?

Ele inclina a cabeça para o lado. O cabelo preto está preso em um pequeno coque na parte de trás da cabeça; os traços bonitos, quase delicados, espalhados entre maçãs do rosto angulares. Tenho a constatação excruciante de que ele se parece muito com a forma como eu imaginaria um Xander mais velho. Se Xander tivesse tido a chance de ficar mais velho.

– Por quê? – pergunta ele.

– Por que o quê?

— Por que o excesso?

Ignoro a pergunta ridícula.

— Quantos eu acabei matando? Zênites, subordinados, coronéis? Espectadores? Vamos contar também os espectadores.

Ele contorce a boca.

— Ainda não terminamos a contagem. Você conseguiu derrubar algumas dúzias de andares com aquele último míssil.

Não consigo determinar o que me atinge primeiro — o triunfo ou a repulsa, ou simplesmente a exaustão, o fervor se exaurindo em mim, porque o que poderia sobrar depois disso? Talvez tenhamos nos saído bem, apenas o suficiente, no fim das contas. Um Zênite, e ele é um adolescente, sozinho. Esta nação tem um peso tão vasto. Não é um colapso espetacular, mas ainda assim, é um colapso.

— Onde está a Geada? — pergunto outra vez.

— Vocês duas são um caso extraordinário — reflete o Zênite. — Uma Piloto e uma Gearbreaker.

— *Eu* sou uma Gearbreaker — rosno, e ele ri. O calor do riso é anulado pelo vazio de seus olhos.

— Você é uma Gearbreaker — repete ele, uma nota de divertimento em seu tom. Ele está segurando alguma coisa na mão, que rola lentamente entre os dedos. Uma caneta-tinteiro. — Diga-me, Bellsona: como os rebeldes puderam se afeiçoar tanto a você?

— Eu tenho uma personalidade adorável.

Ele ri outra vez.

— Não, não. Quer dizer, Gearbreakers odeiam todos os Pilotos. Zênites. A Academia. Godolia. Tudo a nosso respeito. Como exatamente você desafiou tal coisa? Como é que eles, depois de tudo que foram ensinados, aceitaram o fato de que você simplesmente não é humana?

Levanto o queixo.

— Eu sou humana.

O Zênite para de girar a caneta, dá um passo à frente e enfia a ponta em minha mão até alcançar o vidro da mesa. Sangue sai da ferida e umedece meu quadril. Ele não vacila. E, é claro, eu também não. Satisfeito com a ausência de uma reação, seu sorriso se aprofunda.

— Mártires são uma questão tão complicada, não são, senhorita Steelcrest? — murmura ele, a centímetros de distância. Eu queria que ele cheirasse a fumaça, a carne queimada, mas não há nada além do odor fresco de pomada em suas feridas. Ele já está se recuperando. – O povo das Terras Baldias... Elas se alimentam de esperança mais do que qualquer outra coisa. Os Gearbreakers lhe forneciam isso. O máximo que era permitido, pelo menos.

Mantenho minha expressão contida, mas meu coração desperta agitado no peito.

– O acordo era, simplesmente, ir com calma. Derrubar aqueles Windups comuns: os Berserkers, os Argos, as Fênix. Derrubar alguns Pilotos fracos demais para evoluir para nossas divindades mais formidáveis, e dar às pessoas apenas a esperança suficiente para seguir em frente. Na cabeça delas, são rebeldes. Voxter devia ter deixado nossos maiores Deuses em paz para fazer seu trabalho. Nenhum ataque direto devia ser feito contra Godolia, e seus bárbaros poderiam ter suas migalhas de esperança. Em troca, nós não massacraríamos cada alma das Terras Baldias em seu exército.

Uma expressão amarga surge em seus traços, mas ele a contém rapidamente. Ela se transforma em um sorriso, frio como a tundra.

– E então, você surgiu. Por alguma obra dos paraísos ou dos infernos, Voxter não matou você assim que a viu, pensou que seria um espetáculo ver seus Gearbreakers brincarem com o esqueleto de um Arcanjo. Foi só quando Jenny Shindanai *de alguma forma* conseguiu fazê-lo voar que Voxter percebeu seu erro, percebeu que seus Gearbreakers seriam apenas outra partícula de poeira no deserto se o Arcanjo chegasse a Godolia. Ele implorou aos Zênites que dessem um jeito na situação, então eles enviaram algumas Fênix, achando que assim o problema estaria resolvido. Só que Voxter cometeu outro erro. Quando se deu ao trabalho de avisar que o Dia do Paraíso continuava sendo o alvo, bem... o protótipo de Arcanjo não ficou pronto até ser quase tarde demais.

Ele retira a caneta de minha mão, o sangue se acumulando em uma pequena poça. Eu quase poderia rir. Percebo que eu quero rir, então é o que faço, e o som sai de mim em espasmos, como se odiasse estar sendo arrancado, mas continuo puxando-o para fora, como o fio de linha de uma manga esgarçada. Jenny Shindanai vai matar Voxter. Ela vai matá-lo, e será apavorante e violento de um jeito preciso e brilhante, e vou perder isso.

Ele aguarda pacientemente que eu termine, e viro a cabeça de volta para ele, abrindo um sorriso estonteante.

— Meus antecessores foram tolos, senhorita Steelcrest — diz ele baixinho. Isso de fato me faz reagir, a surpresa atravessando meus traços antes que eu possa contê-la. Nunca imaginei que outro Zênite sequer considerasse a possibilidade, muito menos que a dissesse em voz alta. — Misericordiosos demais. Compreensivos demais a respeito dos caprichos das pessoas do lado perdedor, ignorando o fato de que cada uma delas, se tivesse a oportunidade, deixaria esta nação ser reduzida a cinzas. Como se não fôssemos a ponte para os paraísos, a única vertente pura desta espiral mortal.

Seu fanático, penso comigo mesma. *Você nunca sequer teve uma chance, teve?*

— Quando vai me matar?

O Zênite inclina a cabeça para o lado outra vez, como que surpreso pela pergunta.

— Meu nome é Enyo.

— Não me importo.

— Senhorita Steelcrest, não vou matá-la.

Olho para o teto, deixo minha visão se afogar debaixo da luz. Meu ódio esculpiu rugas em mim; abriu um caminho por minha garganta por onde as palavras podem fluir sem dificuldade, mas elas saem cansadas, porque estou cansada, tão exausta desta raiva sem fim.

— Eu deixaria este lugar desmoronar — murmuro. — Eu deixaria tudo virar pó.

Quero que seja um cemitério, profundo como os infernos; quero que o solo respire e grite, e quero que haja dor aqui. Quero tomar a mão de Eris e dançar sobre esta terra chamuscada até perdermos os sentidos, até podermos esquecer que criamos esta cova. Porque as opções eram *fugir* ou *lutar*, *perder tudo* ou *ganhar alguma coisa*; não havia muita escolha para começo de conversa.

— Não importa — diz Enyo. — Porque você não é um deles.

— Este lugar... — Balanço a cabeça. — Este lugar é um delírio dos infernos.

Enyo faz um gesto de desprezo com a mão.

— Até certo ponto. Mas, com *você*, tenho clareza completa. Talento natural, Bellsona... *Isso* é raro. Não vamos permitir que seja simplesmente lançado ao incinerador mais próximo ou que acumule poeira em uma prisão. Quanto ao ódio e ao desprezo... esses são sentimentos triviais. Podem ser redirecionados. — Ele faz uma pausa. — Corrompidos.

Meu estômago revira violentamente ao ouvir a palavra.

— O processo de corrupção se baseia na dor — consigo dizer. — Não funciona com Pilotos. Não vai funcionar comigo.

O Zênite me lança um longo olhar. Por um estranho momento tenho a sensação de que ele está contaminado com algo semelhante a decepção.

— Você é uma Piloto, Bellsona — diz Enyo. — Assim como com toda máquina, partes suas podem ser ligadas e desligadas. Sua visão, suas funções fisiológicas básicas, infernos, até suas papilas gustativas. Isso inclui sua habilidade de sentir dor. Basta pressionar um botão. E eu, como um Zênite, por acaso tenho acesso a todos eles.

Sufoco minha explosão de medo forçando veneno em minhas palavras.

— Pensava que a tortura era indigna da sua posição.

Dessa vez a expressão que faísca em seus olhos permanece fixa. Eu tinha razão. Era luto. Um luto horrível, de devastar a alma. Eu me agarro a ele como fazem os dedos com o solo depois de um naufrágio.

— Correta outra vez, senhorita Steelcrest. Mas eu insisti. Afinal... — O sorriso modesto se desintegra. — Você matou a minha família.

Enyo ergue a mão e estala os dedos uma vez. Um grito escapa de minha garganta quando a dor — real e violentamente intensa — se fragmenta por minha mão direita, mordendo a carne crua da ferida aberta.

— Certo. — Enyo suspira, repousando a caneta entre os dedos. Com a outra mão, ele arregaça minha manga com gentileza, colocando-a sobre o meu cotovelo. — Vamos ver se conseguimos arrancar esses sentimentos desagradáveis. O que você acha?

Camada por camada, ele arranca minhas engrenagens. Em certa altura, meus gritos minguam e se transformam em gemidos baixos, e depois eu o escuto trabalhar com clareza demais. Quando chega na última, tenho energia apenas para me contorcer de leve, um gesto inútil contra as algemas de ferro.

— Onde está a Geada? — murmuro, quando consigo me lembrar de algo além da dor.

Às vezes consigo escapar, mas ainda esqueço de perguntar. Às vezes estou tão distante disso tudo, de volta em casa; às vezes estou num lugar que se parece com este, mas não é. Sei porque minhas costelas se movem de um jeito diferente, e respiro não para fingir, mas para me preparar, porque meu pulso está acelerado na ponta dos meus dedos e não sei o motivo. Já tive um coração antes, mas nunca um assim. Ela revira os olhos. *Por favor, Falha. Por acaso eu pareço assustar fácil?*

Tudo bem ter medo.

Então eu volto, e estou vazando vermelho, mas o restante do mundo também está. Nada de novo, nada de novo.

— Onde está ela? — pergunto outra vez, porque nós salvamos uma à outra, e eu preciso ser salva.

Enyo passa uma mão por minha testa, o calor manchando minha fronte.

— Minha querida Piloto, nós vamos conquistar coisas tão grandes juntos. Não há motivo para se preocupar. Console-se. — Ele sussurra as palavras como uma prece. — Godolia é um lugar misericordioso.

AGRADECIMENTOS

Este era para ser um livro sobre lutas de espada entre mechas e jovens raivosos, mas acabou sendo algo mais parecido com uma história de amor, como costuma acontecer com essas coisas. Uma comédia romântica com robôs, digamos assim. Se você leu o livro inteiro antes de ler estas palavras, talvez me despreze completamente por dizer isso, mas acho que é um pouco engraçado e, além disso, significa que você leu *mesmo* o livro inteiro; então, pode me detestar o quanto quiser, mas sinto muito amor por você, obrigada por tudo.

Há tantas pessoas em minha vida por quem tenho adoração intensa. Tenho o papel para tentar expressá-la, então aqui vai:

Para Kiva, minha querida, o morango do meu bolo. Sua entidade espetacular. Obrigada por me falar para respirar. Vou matar dragões com você, querida, quando esta realidade permitir isso, nossos nomes rabiscados na caixa de correio do nosso apartamento, a banheira no meio da cozinha, o gato que nos domina caminhando pelos tapetes que espalhamos pelo piso.

Para Titan. Agora sou mais velha, mas você parece um ancião às vezes, e me ensinou muito sobre o mundo sem nem mesmo ter intenção. Você tinha razão quando disse que tudo vem em ondas.

Para papai. Você é uma rocha, e tem um senso de humor esquisito. Não posso deixar de pensar que o mundo já teria me esmurrado além da conta se eu não tivesse herdado de você uma dose saudável de sarcasmo e a habilidade de me impor, e, quando não consigo fazer isso, você está lá para me apoiar. Sou uma garota forte por sua causa. Espero que você tenha gostado dos robôs.

Para mamãe. Você gosta de pensar que eu a escolhi, mas acho que só tive sorte. Como sou sortuda por ter o tipo de relacionamento que tenho com você, sinto isso de forma vívida quando sou dura comigo mesma e você diz que ninguém pode falar dessa forma sobre a sua filha, quando diz que eu mereço o mundo. Você não faz ideia do quanto isso significa, de como carrego suas palavras comigo por onde quer que eu vá porque não é sempre que consigo me sentir dessa forma sobre mim mesma, e elas me salvam.

E para os dois: sim, minhas personagens são órfãs, mas, por favor, não pensem que isso significa alguma coisa. Há muito amor na história, e esse é o elemento que vocês dois realmente inspiraram. Não consigo agradecê-los o suficiente por isso.

Para a equipe da Feiwel & Friends. *Gearbreakers* não poderia ter tido um lar melhor. Emily, você tem minha gratidão irrestrita por dizer o que precisa ser dito, por suas insistências afiadas e por sua paixão. Por sua causa, posso dizer verdadeiramente que tenho orgulho do meu trabalho. Estou tão empolgada para ver o que vai acontecer em seguida.

Para Taj Francis e Mike Burroughs, o artista e o designer da capa incrivelmente arrasadora, respectivamente, com estupefação completa e constante.

Para Weronika, por encontrar minha história em meio à pilha e me incentivar a fazer dela algo inabalável. Você é uma guerreira, e sou muito grata por isso.

Para Kerstin, por seu entusiasmo arrebatador e por todo o afeto que você compartilha – genuinamente me ajudou nos momentos difíceis.

Para Ally e Alex, e para os elétrons de Alex.

Para Tashie, minha esposa do mercado editorial, cujas personagens seriam ótimas Gearbreakers porque sempre têm muito vigor.

Para o maravilhoso grupo de mesa-redonda, Nicki, Eric, Daniel, Spencer, Chance e Avery. Vocês todos me encantam com suas habilidades, com suas palavras estranhas e lindas.

E, com muito afeto, aos leitores LGBTQIA+. Não deixem que ninguém diga que vocês não merecem histórias de amor grandiosas. Meus amores do clubinho Gal Palz, Ginger, Emiri, Fiona, Judas, Nikki, Maria, Rebecca, Olivia, Kat, Andy, Ryan, Stella, Jennifer, Leanne, Ames, Lindsay e Haley – é isso mesmo, fiz uma lista –, meus Deuses, estou tão feliz por poder dar esta história sáfica cyberpunk para vocês. Não há palavras para expressar a magnitude da alegria que todos vocês trazem para minha vida. Meus queridos, com afeto interminável, muito obrigada.